U0712249

Staread
星文文化

你是我的栖息地

毛利洵

印象失真

Impression distortion

毛球球 ~ 著

长江出版社
CHANGJIANGPRESS

他们曾在流萤四起的夏夜相遇，此刻，两朵萤火沁光在半空碰撞，这是路许给予他沁独家惊喜。

也能从那阵打击乐里，窥见台上沁甜美和热烈。

哪怕隔着遥遥人海，只在远处望向舞台，

目录 contents

卷一　蒲公英

1. 床上有妖精

江乘月坐在音乐广场前的喷泉边，数地上的鸽子玩。

耳机里是一段语音："江乘月吗？电话没打通，给你留言。老宅住得还好吧？我家路许下半年要回国，有机会我让他见见你。"

一周前，江乘月收到了D大计算机专业的录取通知书，并在同一天经历了乐队的解散。校园乐队成员来源各不相同，一毕业就是各奔东西。距离D大开学还有一个多月，他背着军鼓提前从C市飞过来，就是因为收到了一个叫"驰风"的乐队的邀请。对方说是缺一个才华横溢的鼓手，把他夸得天花乱坠。

有几只大胖鸽子，从刚刚起就蹲在他的手边，频繁啄他的手链，妄图骗吃骗喝，把他从台阶的一头啄到了另一头。

"它们喜欢你。"卖东西的人说，"小帅哥，买玉米粒吗？才20元。"

江乘月的午饭是两个包子，一共才5元。他摇摇头，觉得一顿要吃20块的鸽子实在是面目可憎。

"它们喜欢我，那它们应该给我钱。"他真挚地说。

乐队的人还没过来，却一个劲儿地在催架子鼓的编曲。江乘月没懂他们在急什么，但还是抱着笔记本坐在台阶上，打开库乐队改编曲。

"这段情绪推得不行，改成用叮叮镲做铺垫，声音会清透一些哦。"江乘月刚打字发过去，他的思路便被一阵哭声打断。

一对年轻夫妻带着孩子旅游，两个人不知为什么事拌了嘴，小女孩闹着要喂鸽子，被男人推开，哭着跟跄了两步，不小心撞到了江乘月身上。江乘月的身体僵了一瞬，随即伸手扶住了小女孩。他抬手招来刚才兜售玉米粒的人，买了1/4份递给小女孩。

小女孩呆呆地看着江乘月的脸，一滴眼泪"吧嗒"落在他的手背上。

江乘月缩回手，叹了口气说："去玩吧，让你爸妈别吵了，不怕明天刷小视频看到几十个版本的自己吗？"他挥挥手，赶紧离开。

朋友过来的时候，江乘月正坐在咖啡厅外面的凳子上，用一张湿纸巾反复擦拭着自己的手背，边擦边小声抽气。他的手背上沾了一小块红，像是沁着水粉的胭脂色。

"咋了，你什么东西过敏了吗？"孟哲问。

"不碍事。"江乘月说，"不影响玩鼓就行。"

作为网友，孟哲先前只在乐迷的录像中见过江乘月。十几岁的江乘月被透明的亚克力材质的鼓盾包围着，晃动的画面中偶尔能看见他白皙纤细的手腕和随着打鼓动作在空中起落的深亚麻色头发。百闻不如一见，没了晃动的镜头和鼓盾的阻碍，孟哲突然能理解江乘月为什么有那么多乐迷了。

谁不喜欢好看的脸蛋啊。

孟哲想起了正事，气愤地说："驰风真不要脸，收了个半吊子鼓手，叫啥我忘了，他爸给投了一笔钱，驰风立马乐呵呵地舔着了。"

"那……我被放鸽子了？"江乘月怔怔地眨眼。

人财两空，机票还不给报销。

孟哲把手机递过来，是驰风的乐队群。

> 驰风·主唱："江乘月，你们知道吗，被我们驰风退货了。"
>
> Vivi："他之前是玩民谣的吧，想转摇滚了？"
>
> 驰风·主唱："真的，我们一致认为，脸长得太清秀是玩不好架子鼓的，他乐迷都是冲着脸去的吧，没什么本事，名不副实。"
>
> Pineapple："摇滚圈最讨厌这种虚有其表的人了，呸，别来祸害我们圈子，别把饭圈[1]那套往我们这里带。"

恰好驰风的主唱又给江乘月发了条消息。

> 驰风·主唱："改完了吗？万分期待你的作品。"

江乘月："……"

空手套编曲，生产队的驴都没你脸皮厚。

> 竹笋："改完了，转账两万给你发源文件。"
>
> 驰风·主唱："这么贵？不给个友情价？"
>
> 竹笋："谁让我名不副实还乐迷多呢，颜值加成，这是你爹给你的父子价。"

江乘月把人给拉黑了。

"附近有 Live House（乐队现场演出的场所）吗？"江乘月叹道，"想借酒浇个愁。"

---

1 网络用语，指粉丝圈子的简称。

"成年了吗你！"孟哲哭笑不得，"还借酒浇愁，走，我带你换个方式找快乐，蹦极跳伞冲锋船喜欢吗？"

"那我还是回家早点睡吧。"江乘月正直地说。

可回家之后，江乘月毫无睡意，窝在沙发上百无聊赖地刷手机，却不知不觉睡了过去。

第二天醒来，腰酸背痛的，江乘月便想要回卧室再睡个回笼觉，顺便拉下筋骨，可一进卧室，原本睡眼惺忪的他便精神紧张起来。

一个陌生的男人躺在床上，斜斜地盖着江乘月的薄毯，一只胳膊枕在脑后，一条长腿屈着横在床边，小腿肌肉线条结实流畅，抬头往上细看，这人眉眼轮廓很深，鼻梁高挺，下颌线条紧致，薄薄的嘴唇报着，呼吸平稳。

江乘月咂咂嘴巴，感觉到了人与人之间的参差。

"听着，孟哲。"江乘月拨了个电话，"出事了，我家多了个人。"

"真的假的？"孟哲在电话那边说，"哪里捡的？"

"我根本就不认识他。"江乘月说，"人还在我床上，这怎么办？"

他找谁说理去？这真的不是碰瓷吗？

他说话的声音不算小，床上躺着的男人皱了下眉，睁开眼睛，是少见的蓝眼睛。

"Wie viel Uhr ist es？[1]"男人的声音低沉，带着点慵懒的哑。

江乘月撇了下嘴，有点想哭："还是个外国人，这要是出点什么事，得赔多少钱啊？"

孟哲："……"

孟哲暂时没想出来对策，但江乘月自己先冷静了，他觉得，应该不是自己的问题。

醒过来的男人似乎也没弄明白状况，蹙眉盯着他看了半晌，直到他在江乘月审视的目光下一颗颗扣好了扣子，套上了牛仔裤，才开口，矜贵地用夹生的中文问："几点了？"

"啊？ 9点……"江乘月莫名有点怕他。

"嗯。"对方答了一声，又陷入了沉思状态。

江乘月开始凑口袋里的零钱，思考3张10块能不能把人给打发走。

男人收起长腿，靠在床边坐起来，动作熟稔得像在自己家。他掀了下眼皮，看了看江乘月，蓝眼睛淡漠地扫过去，在江乘月的脸上多停留了一瞬，随后不感兴趣地摇头说："虽然你长得还不错，但穿衣品位不是我喜欢的，所以正常情况下，我们不可能出现在同一个屋檐下。"

不知为什么，江乘月体会到了扑面而来的嚣张感。

"我也觉得。那你……"你为什么会出现在这里呢？

男人闭目养神："你走吧。"

---

1 德语，现在是什么时间？

印象失真

"我走？"他呆呆地抗议，"这是我家！你这样是不对的！"

从刚刚起就神态自若的男人难得有点恍惚："你家？"

一个跨国电话适时打了过来，打破了两人之间僵局。

"Kyle？路许！"电话里的人声听着有点着急，"你怎么回事，你是不是提前回国了？你昨晚住在哪里？"

"回国了。"路许说，"就在老宅，找找设计灵感，顺便准备一下明年的春夏大秀，可能要待大半年，有事？不是很要紧的话，我要先解决一下手头的事情。"

江乘月的睡意醒了大半。路许这个名字他听过，所以眼前这位是路阿姨跟他那个德国老公的儿子？小的时候，江乘月听妈妈提过几句路许童年时的"光辉事迹"，小到幼儿园称王，和街头小学鸡 [1] 争霸，大到亲手把家暴的亲爹赶出家门，他对路许的看法还停留在畏惧层面。

那边路许换成德语和路念沟通了几句，其间还一直打量他。

"江……乘月？"路许问。

江乘月忙不迭地点头："月，四声，别读三声，'不知乘月几人归'的'乘月'。"

"让你接电话。"路许把手机抛过来。

江乘月连忙接过："路阿姨。"

"哎，小乘月，真的不好意思。"路念的声音听起来非常歉疚，"我不知道路许这么早就回国了，也不知道他打算住老宅。不过没关系，你们可以一起住，刚好在你大学开学前，可以让路许照顾你。"

江乘月悄悄瞥了眼路许轻蔑的目光，有点想哆嗦。

感觉到他的短暂停顿，路念轻声安慰："没事的，路许是个好孩子，他在国外长大，很久没回国了，中文不太熟练，你帮帮他，陪他到处走走。"

"……"江乘月倒是觉得，路许的中文挺顺溜的，尤其是刚才想把他扫地出门的时候，每句话都字正腔圆。他挂了电话，小心地看着自己面前的路许。

"说完了？那情况你都知道了，刚刚是误会。"路许先开口了，"我不想和你住，但没办法，我不愿意住酒店。从现在开始，我就是你的户主了。"

"……是房东。"江乘月真挚地说。

2. 下凡

家里多了号人，江乘月感觉空气都变得稀薄了点，特别是路许从他说完话开始就一直在沉着脸，皱着眉盯他，从上看到下，甚至在腰带上多停留了几秒，还发出了不

1　网络流行词，意思是指行为幼稚的中学生或成人。

满的一声"啧"。

"路哥？"江乘月被盯得几乎缺氧，耳尖有点红。

"为什么要拿运动衫搭牛仔裤？"路许惋惜地问，"蓝色搭翠绿色，这不是乱来吗？"白瞎了一张漂亮脸蛋，路许摇了摇头。

"啊？"江乘月愣了一下，脸颊上的热度消了些许。这是乱来吗？他不懂，以前在乐队时大家都这么穿，说是什么撞色，很潮。

"算了，不和你聊审美。"路许抬手终止了这个话题，"饿了，有吃的吗？"

他俩各自以一种几近昏迷的睡态在同一张床上躺了一整个晚上，现在虽然有互相看不顺眼的趋势，但还在竭力维持着表面的和平。

可是，当江乘月打开冰箱，从里面拎出三个馒头的时候，路许的脸色彻底多云转阴了。

"给你两个，我留一个。"江乘月小心地问，"行吗？"

"你午饭就吃这种东西？"路许难以置信地问。

江乘月举着馒头的双手无处安放："也不全是。"就是到月底了，身上的钱只够啃馒头了。

"还有别的。"江乘月又从冰箱里拎出了两瓶"老干妈"，"加这个，不辣。"

路许又开始头疼。

"你自己吃吧。"路许站起来往外走，"这房子不大，等下我的东西搬进来后，你记得把你放在墙角的那堆东西收拾好。"

原定的乐队没了，江乘月成了野生鼓手。已经成形的乐队，多少有点排外，江乘月想了想，决定还是自组乐队，比如，孟哲的贝斯玩得就不错。江乘月揣着自己的鼓棒，在美食街口的第一家店里找到了孟哲。孟哲正挂着他爸的围裙，在卖小龙虾。

"来了啊，问题都解决完了？"孟哲转头看见他的第一时间就问，"那个闯进你家的不速之客是谁？"

"那是我房东……"江乘月低头看小龙虾吐泡泡，"感觉有点难相处。"

"不是混血帅哥吗？"

"帅是挺帅的……"江乘月现在一想到路许，脑海中重现的就是那会儿掀开毯子时生出的参差感，他伸手比画了一下，"身高起码 1 米 9，眼睛特别好看，长相很高级，是我这种嘴笨理科生形容不出来的好看。"

"可是，"江乘月话锋一转，"我能感觉到他不喜欢我。"

"啊？怎么个感觉法？"孟哲问。

"就觉得……我跟他不是一路人吧。"江乘月绞尽脑汁地描述，"他有点像是那种……对，下凡的仙女，不食人间烟火，张口就能吐出仙气的那种。"

"……"孟哲歪着头想了想，实在是没想明白 1 米 9 的仙女是个什么概念。

"总之，"江乘月总结，"只要我能在他面前'装孙子'，他应该就不会为难我。"

"老板！我半小时前点的龙虾呢？"顾客吼了一嗓子，"还做不做生意了！"

"哎，来啰。"孟哲赔着笑脸道了个歉，忙不迭地走了。

江乘月吞了吞口水，觉得刚出锅的小龙虾好香。

手机突然震了一下，江乘月掏出来一看，有两个未接来电，是 D 大的校园乐队，大概是没打通他的电话，学校的人给他发了消息。

> D 大·主唱："嗨，学弟，近期的大学生音乐节，可以帮个忙吗？"
> 竹笋："尽管说。"
> D 大·主唱："我们这边需要一个 drummer（鼓手），想请你来。"
> 竹笋："没问题！几天没打，手有点生，我先找个地方练练手。"

孟哲今天太忙了，没时间说组乐队的事情，江乘月站起来，想自己出去走走。

"去那里吧。"孟哲远远地冲他喊，"星彩音乐空间，本市最大的 Live House，据说是个有钱的富二代建的，占地约 1000 平方米，单是灯光就投了小两百万元，这边的乐队都喜欢往那里钻，你去找找感觉，我把龙虾卖完就去找你。"

"要得，我这就去。"江乘月挥了挥手。

星彩音乐空间坐落在文创街的尽头，一辆豪车停在门口，老板宋均亲自给拉开了车门。

"路设计师，"宋均说，"你能赏脸来我这儿一趟还真是不容易啊。"

"少来，就你昨天那酒差点坑死我。"路许刚下车，打量了一番朋友宋均今天的着装，"把你那装模作样的领结扯了吧，实在搭不上你这衣服，看着难受。"

"那酒度数不高。"宋均习惯了，抬手扯掉领结，"要和你一起住的那个小朋友，人怎么样？"

"不太行。"路许说，"脸长得很漂亮，穿衣服的品位太差了。"

江乘月左眼下方靠近鼻梁的位置有一颗小痣，看人的时候未语先笑，怯生生的，还挺生动，就是那个穿衣品位，颜色款式乱搭，简直是在路许的审美点上疯狂蹦迪。

职业习惯使然，在设计师眼里，长相先于性格。

"看起来也呆，而且，"路许说，"我看出来了，他不喜欢我。"

"行啊你，这都感觉出来了？"宋均问。

"不是一路人，气场不合。"路许顿了顿，说，"不管怎么说，他年纪小，只要他能在我面前'装孙子'，我就不为难他。"说到这里，他看着 Live House 的门边，愣了一瞬。

"怎么了？"宋均问。

"没事。"路许收回了目光，"刚才好像看见了江乘月。"但江乘月那种老实巴交的土孩子，应该不大可能出现在这种场合。

星彩有三层，一楼用于 Live 现场。今天在台上演奏的是一支不知名的小乐队。

"喝点什么吗？"吧台问江乘月，"今天老板庆祝朋友回国，酒水半价。"

"那来杯水吧。"江乘月说。

小乐队只有三个人，键盘、贝斯和吉他，演奏得没精打采，差点意思。卡座上的人都在喝酒聊天，不怎么尽兴。

"我能去试试吗？"江乘月问吧台。

"你？"吧台的服务员看了看他天真的一张脸，没忍心打击，"挺难的，架子鼓不是想打就能打的，得有点基础，不过现在没什么人，想玩就去吧。"

江乘月卡着音乐的间隙上了台，刚在鼓凳上坐下，不远处就有人起了哄。

"会玩吗？这可不是玩具。"长头发男人说。

"会拿鼓棒吗，小孩？要不要我教教你？"另一人说。

"不会就别上去丢人了。"一个穿着黑衬衫、三十多岁的人冷冷地说。

玩鼓的谁都不服谁，江乘月谁也没搭理。

主唱对他很友好，冲他问："来个什么歌？"

"随便来一段摇滚吧。"鼓棒在江乘月的右手上转了两圈，试了个短节奏。底鼓敲出密集的鼓点声，原本无精打采的吉他配合着弹出一段流畅的电音，台下先是安静了一瞬，顿时沸腾起来。

主唱转头冲江乘月吹了声口哨："鼓不错。"

鼓是一个乐队的灵魂，节奏快了，整个乐队的氛围也就躁起来了。

一曲结束，江乘月的鼓棒在手里转了转。灯光下，他的脸颊白皙，眼睛里映着空气里交织的光。台下有人在喊："有点东西，再来再来。"

卡座那边，路许接了国内品牌助理的一个电话。

"路老师，"王雪报了个流量明星的名字，"他的团队想和我们合作，在明晚的红毯活动上借穿我们 Nancy Deer 的礼服，他助理已经到了，说是艺人粉丝有一千多万，能给我们带流量。还说……说是让我们搞快点，别耽误活动，我先问问您的意思？"

"又不是快消品牌，要那点流量做什么？"周围的声音太吵，路许不得不抬高说话的声音，"这人上个月在某综艺节目里有不尊重女性的行为，还拒绝道歉，自己心里没点数吗？不借。"

路许正要挂电话，想起了江乘月的那双眼睛。

"等等，"他给助理说，"帮我往老宅送份晚饭，不要白馒头。"

"说起来，忘了问你。"宋均见他挂了电话，问，"你昨天说，缺乏设计灵感。怎么了，安迪又说你了？"

安迪是看不惯路许作品的设计师之一，路许出一件作品，他能喷十句。

"安迪算个屁，就他那种设计师，专改热门款，也配点评我。"路许嗤笑，"是明年的春夏大秀，我想做点不一样的东西，要找点想法。"

"那不简单啊。"宋均骄傲地冲里面一指，"你看我这是哪里！音乐和梦想的诞生地，每一个活跃的乐队身上最不缺的就是灵感，你可以找个玩乐队的聊聊。"

路许顺着他指的方向看过去，半透明的鼓盾挡着鼓手，深亚麻色的头发看起来有点眼熟。台下是乌泱泱的一片人，吵吵嚷嚷的声音混杂，路许只从中辨别出只言片语。

"什么灵感不灵感的，你需要找的，说得接地气一点，"宋均不服，"我这里应有尽有。"

"太吵了。"路许一刻都不想待在这里。

吉他和键盘的声音停了，江乘月打了段 solo（独奏），双鼓棒在他的手里转出漂亮的弧线，同时，听见观众的呼声。

"跟你说不清楚。"路许处于中文复健期，多说多错，懒得和人多解释，"灵感就是一种，不期而遇的当头棒喝。"

话音刚落，一只鼓棒隔空飞过来，砸在路许的头上。

3. 这是B King

本市乐队和乐迷的大群里，有人传了一段视频，原本安静的群，因为这段视频热闹起来。

来二斤包子："这是谁家的鼓手啊，这段炫技玩得有点强？"

猫又："谁家的啊，能借我们乐队用两天吗？他的鼓打得挺好，这节奏太流畅了，感觉录专辑都不需要过分修音。"

甜甜圈："刚好今晚去星彩那边逛了一圈，这位的鼓玩起来爆发力十足，就是谁能把这碍眼的鼓盾给老娘拆了？"

孟哲："咦，这是江乘月啊！"

猫又："江乘月？听过这个名字，哦，对，记起来了，他先前就挺有名，是为读大学来咱们这边了是吧，之前听说是去了驰风乐队？"

甜甜圈："没去！我记得昨天驰风的人还放话说江乘月长得不像 Rocker（摇滚青年），配不上他们乐队。"

镜子："啊？长得好看和会不会玩鼓没有关联吧，驰风仿佛有什么大病，什么时候长得好看玩乐队就要被某些人诟病了，能别把没礼貌和口无遮拦当个性吗？"

江乘月平时算恬静，一拿到鼓棒就容易激动，带乐队节奏和炫技加花一样都不缺。就比如刚刚，台下喊扔鼓棒，他就攒足了劲儿扔。这种时段的表演和乐队正式演出不同，台下虽然起哄得厉害，却没有那么多人，最后好像……砸人头上了。

玩乐队的都疯，上台兴奋了扔拨片扔鼓棒扔自己的都有，但砸人这种事，江乘月是第一次干。被砸的人回了头，远远看着有点像路许，他摇了摇头，否认了这个可能性，路许这样的人，多半是不会来这种场合的。江乘月想去道个歉，但过去的时候，发现那人已经不见了。他怔怔地看了一会儿那人离开的方向，又坐了回去。

过来这边的几天没有碰鼓，江乘月觉得有些手生。这场观众的反响很好，但江乘月自己不是很满意。一个人练鼓的效果不佳，当务之急是赶紧组好自己的乐队，选定排练的场合。他数了数自己账户上仅剩的几百块零钱和 2200 块套牢的基金，小声地叹了口气，觉得有必要在开学前找个兼职。他会的东西不多，架子鼓和口琴，都在烧他口袋里的钱。鼓棒刚才扔了一只，还得重新买。

先前学校的朋友给他拍过一组街拍，做成小视频后，点赞数高达 10 万，不少人建议他去做平面模特，但这行水太深，没有认识的设计师或摄影师，很容易被拐带进坑里。除此之外，他从小对数字敏感，连大学考的都是计算机专业，好像只能试试编程赚钱了。

这会儿卡座区的人变多了，拼桌的人也多了。江乘月在为生计发愁时，坐在他对面的人去了又来。

"江乘月？"说话的人三十来岁，穿着一件黑衬衫，一身的名牌大 logo，江乘月记得，他刚刚在鼓凳上坐下时，这人好像冷眼说了句"不会就别上去丢人"。

"你好。"江乘月说，"有什么事吗？"他和人说话时，嘴角总是带着点弧度。

"这桌上的酒怎么少了那么多？有谁动了吗？"黑衬衫一边抱怨，一边看江乘月，"1000 多块一瓶，挺贵的。"他的声音挺大，周围人都纷纷望了过来。

"你自己拿错了吧。"江乘月好心地说。

"查监控不就好了。"孟哲走进来时，刚好听见了两人的对话，"向驰，你别阴阳怪气地为难江乘月。"

向驰？江乘月对这个名字有印象，就是那个扬言把他给退货的驰风乐队主唱。

"谁阴阳怪气他了？"向驰摇了摇酒瓶，"这酒都见底了。"

"刚刚摆着的那瓶瓶身编号是 31998，现在这瓶是 51232。"江乘月说，"你自己去看。"

向驰之前被江乘月骂，今天被群里人骂，本意就是想为难江乘月，没想到他记得这么清楚，有些下不来台："我没为难他，刚好在这儿也澄清一下，都别站着说话不腰疼，在群里酸我，乐队都缺资金，有本事你让你爸给你投 20 万，哪个乐队敢说不要你？"

驰风乐队是从街头发展起来的，一群出身一般的小青年，有点人气之后就爱挑事，圈里的人都知道。然而向驰一句话说完，江乘月只是笑了笑，让他感觉一拳头打在棉花上，挺没意思。

"我那 1000 块的酒……"向驰还想说话。

"星彩还真是应有尽有，什么时候 1000 块的酒也能大声喊出来炫耀了吗？"旁边卡座一个声音饶有兴趣地插入了他们的讨论，"1000 块也能叫贵啊，嚷这么大声，呵……"

"……"看清楚来人的江乘月打了个激灵，背过手，快速把仅剩的一根鼓棒藏到身后。

"哟。"路许扫了眼江乘月，又漠不关心地把头转向向驰，"连帽衫仿得还挺像，但正品因为是手工，有走线瑕疵，你这明显是工厂机器缝制，最多五块钱成本。还有，手包的皮质发黑发硬，菱格纹货不对板，假货。"

路许："穿过正品吗，就出来装？土鳖。"

江乘月："……"

"这这这谁啊？"孟哲觉察到江乘月不自在。

"仙女。"江乘月脱口而出。

孟哲瞪大了眼睛，这哪儿是仙女，这是 B King[1]，难怪江乘月早晨慌成那样。

"你房东……做什么工作的啊？"孟哲问，"好……好厉害。"

"我不太清楚。"江乘月摇头，往洗手间的方向走。

向驰想下的台被拆了个干干净净，低骂了一句后也走了。

"刚刚那个是，江乘月？"看到江乘月走开，宋均哭笑不得地问，"你不是看不惯他吗？怎么还……"

"确实看不惯，又老实又土，还有点呆。"路许说，"我不是帮他，我是听不惯有人在我面前装。"尤其是那人刚刚那句"有本事让你爸也给投 20 万"，他路许看不惯的，从来不憋着。

路念之前说过，江乘月的爸爸是好些年前在维和工作过程中出事的，江乘月的妈妈曲婧留在他牺牲的那片土地上，一留就是十多年。江乘月作为这段至死不渝爱情的附加品，活成了留守儿童。

"土是土了点，"宋均愣愣地看着江乘月离开的方向，"但是脸很好看啊。国际大牌 Nancy Deer 的路设计师，还搞不定穿搭？"

"我只是和他同房，凭什么要管他的穿搭？"路许说。

"同……你们那种应该叫'同住'吧。"宋均听着感觉不太对，纠正了一下，又觉得自己说得好像也不太对，"就你成天架子大，既然要一起住，就好好相处啊，小江

---

1 网络流行词，意思是多为调侃语气，形容一个人举手投足之间充满气质，很酷，周身散发着光芒。

只是不会穿，审美又没问题，你别动不动就看不起人。"

　　江乘月站在洗手间的镜子前，用湿纸巾贴了贴自己的眼睛，镜子里的人眼尾有一小道不正常的绯红，像是用红眼影轻扫了一道。

　　问题不大。江乘月对着镜子笑了下，觉得自己这身撞色穿搭挺好看，笑到一半，他看见了出现在自己身后的路许，笑容僵在了脸上。

　　"路哥。"他低头喊了一声，"好巧，你怎么也在这里，刚才……谢谢。"

　　"问你个问题。"路许打断了他，直接问，"你玩鼓吗？"

　　江乘月："……"

　　江乘月惊魂未定地坐在路许的玛莎后座上，跟路许一起回家。路许的手上还把玩着一根鼓棒，刚好就是他先前飞出去的那根。江乘月缩了缩脖子，也不知道路许知道了多少。

　　路许没国内驾照，临时雇了司机，这会儿和江乘月一起坐在后排，手头拿着一台平板电脑，开了娱乐新闻的外放。新闻挺有意思，说一个叫奚杰的流量明星，想借一个国际大牌的礼服，被设计师以过往劣迹为由拒了，本来不是什么大事，但明星的粉丝发了疯，在超话辱骂设计师 Kyle，结果被路人嘲得体无完肤。

　　江乘月听着有趣，瞄了几眼。原来路许也会看这种新闻。

　　"有意思？"路许把平板扔给他，"你还看这个？"

　　江乘月点头："挺有意思的啊。"

　　他们玩乐队的，每次看娱乐圈那套互撕，都像是在看耍猴。

　　被送上讨论热门话题的时装品牌叫 Nancy Deer，中文译名叫鹿与南希，还挺好听。

　　江乘月拨了两下屏幕，看到了那个叫奚杰的明星没有借到的衣服，指尖停顿了一下。

　　"什么感觉？"路许问他。

　　"啊？"江乘月怔怔的，不太懂这种娱乐新闻能给出点什么感觉，但路许愿意和他说话，是件好事。他认真地回答："这个叫 Kyle 的设计师很有性格，也有原则，这种情况，如果是我的话，我也不会借的。"江乘月又想了想，"这个明星的团队也不行，他们饭圈那套，国际大牌都是不吃的，人家又不是快消品牌，还稀罕他那一千多万喷子[1]引流吗？"

　　"是这个道理。"路许点头，"还有呢？"

　　"就是这款黑色的衣服。"江乘月蹙眉，"我看不明白，这就是高定吗？"

　　路许："怎么了？说说。"

　　"那悄悄地，我只和你一个人说。"江乘月压低了声音，"我觉得这衣服好像垃圾袋啊。"

─────────────

1　网络用语，指没有逻辑，毫无事实根据，爱好胡乱指责他人而不通情达理的人。

4. 尽量别哭

"Wie bitte ?! [1]" 路许心情复杂地看了江乘月一眼，气得牙疼。这"垃圾袋"现在就挂在老宅的工作室里。不对，什么垃圾袋，江乘月的审美简直是个不可救药的谜！

现场目睹老板炫耀失败，气到蹦德语，司机也抽了口凉气。他从后视镜里偷看了两眼路老板的脸色，立刻把脸摆得端端正正，眼观鼻、鼻观心地专心开车。

江乘月觉得，路许翻脸比翻书还快。刚刚还侧过头给他看娱乐新闻，问他的想法，现在瞬间又把脸扭回了最开始的位置，还说了句他听不懂的话。

"路哥？"江乘月没等到回答，轻声催了一句，"还想听我说什么吗？"

国际时尚大牌设计师路许，从纽约 Parsons 设计学院毕业后，手下作品无数。赞誉和诟病他都笑纳了，唯独不想忍今天这句。

路许磨了磨后槽牙，换了个角度："你觉得你身上这件怎么样？"

"啊？"江乘月不知道这话题怎么就转到了自己身上，"我在我家附近买的，好看耐穿不起球，还不到 100 块。"江乘月还呆呆地补了一句，"路哥你是想要同款吗？"

"谁要和你穿同款？那么难看！"路许气愤地说。

也是，江乘月心想，路许是"仙女"，"仙女"是不可能跟他穿同款的。

江乘月下车之后才发现，不到一天的时间，老宅的布置发生了巨大的变化。原本空着的一楼里被人搬进去一张长桌，添置了电脑和手绘板，周围大大小小地摆着五六个塑料模特，半身和全身的都有，桌角上盘着一卷软尺，桌子中央还被人摆了满满一盘馒头。

路许记得自己说的明明是"送份晚饭，不要馒头"，不知道助理怎么就会错意了。

"这个……"江乘月饿了。

"这是我买给我自己的。"路许还在气头上，伸手打落了江乘月伸向馒头的手。

先前还说不吃馒头，这会儿却自己买，江乘月好像懂了。路许可能不是不食人间烟火，只是不想啃他买的烟火。

这栋老宅是路家祖上的资产，民国风建筑，宜居但面积不大，上下两层加起来只有 80 平方米，路许的东西多，搬进来以后，江乘月的行李箱只能靠边摆放着。

"你那几个灰扑扑的包不行就扔院子里。"路许这会儿看江乘月格外不爽，想欺负。

"不能扔，我放阳台吧。"江乘月的包里是各种各样的镲片，还有军鼓，都是他的宝贝。他拖着包，路过设计台时，看见了路许随手扔在一边的鼓棒，想拿，但没敢。

房间里的衣柜只有一个，路许打开的瞬间，觉得自己看见了世界上所有的颜色。

1　德语，你再说一遍？！

"你的衣服，别贴着我的挂。"路许命令道。

江乘月愣了两秒，回"好的"。他想了想，"仙女"好像是这样的，干什么都会跟人划清界限。江乘月从行李箱里找了只黑白相间的熊猫挂件，挂在衣架上，横在了衣柜中央："四六开，我挂熊猫左边，你右边。"

路许："……？"

床只有一张，江乘月自知路许看不惯他，自觉地抱起枕头被褥，准备去楼下沙发。

现在的路许，什么都想唱个反调："去哪里？"

"睡沙发呀……"江乘月说。

路许找了江乘月一晚上的麻烦，都像是踩了棉花。这会儿终于见他识趣一些，满意地笑了下。不知道为什么，路许觉得自己今天好像很有设计灵感，在工作间多留了一会儿。

江乘月被路许明里暗里嫌弃了一晚上，这会儿终于得了清净，塞了耳机，听着躁动的摇滚乐，睡着了。

第二天一早，江乘月就去了趟医院。

"以前医生说，年龄大点会好的。"江乘月指着自己眼尾的一点红抱怨，"可是我都快二十了，还是会眼泪过敏啊！"

从小到大，他对自己和别人的眼泪都过敏，一过敏皮肤就会泛红，江乘月觉得这事就离了大谱。

"没得事，个人体质问题。"医生说，"尽量别哭，笑口常开。"

江乘月拎着两盒可有可无的抗过敏药，往星彩 Live House 的方向走。大学生音乐节就在今天，他说好要去给学校的乐队帮忙。

路许醒来的时候，江乘月已经不在家了。昨天一晚上都被他管着的江乘月今天没打招呼就出门了，这让他隐隐有种失控的烦躁感。他打开手机，给江乘月打了个电话，无人接听。

倒是宋均给他打了个电话："今天大学生音乐节在我这里办，来看吗？找你的设计灵感。"

"吵死了，我不去。"路许正烦着，"找设计灵感的话，书店、美术馆，我哪个不能去，非得去吵闹的 Live House 吗？"

"来看看呗。"宋均劝说，"真的，乐队和灵感永不分手，我把节目单和人员发你，你来了可以挑喜欢的看。"

"不去。"路许点开了节目单。

江乘月到大学生音乐节的现场时，设备都已经添置好了，就等着傍晚的开场。节目单送到江乘月的手里，他翻了两页，看见了眼熟的驰风乐队，驰风乐队的演出顺序，恰恰是他们前面的一个。

"他们也上大学生音乐节？"江乘月算着驰风的每个成员，年龄都不怎么像是大学生。

"他们想吸引大学生乐迷。"孟哲也过来帮忙，在调试自己的贝斯。

由于演出顺序比较靠后，江乘月这边正和请自己来的 D 大乐队的主唱聊天。主唱是大四年级的一位学姐，叫付悠然，穿了身欧美风的黑色长裙，头发是棕色的长卷发。

"小学弟，等下交给你啦。"付悠然说。

参加这种非营利小规模大学生音乐节的一般都是校园乐队，仅用于乐队间的交流，面向的也是附近大学城的大学生，校园乐队的配置或是水平都不算太稳，像 D 大校园乐队这样，找江乘月来当外援的不在少数。

路许在卡座区坐下时，刚好远远地看见在舞台下转悠的江乘月在和一个长头发的女生聊天。今天的江乘月穿了件橙色的短袖衫，黑裤子上乱七八糟地挂着很多拖沓的金属链子，丝毫不符合穿搭美学，看得路许想给他把这身扒了重新穿戴。

他给江乘月打了三个电话，江乘月一个都没接，原来小孩在忙这个。

"毕业典礼好想穿 Nancy Deer 的高定裙子啊。"付悠然说，"可是这个牌子的价位好高啊。"

"鹿与南希？"江乘月觉得自己最近好像经常听见这个品牌名。

哦对，他昨天还和路许悄悄吐槽过。

"你知道啊！"付悠然惊喜地说，"我很喜欢这个品牌，我觉得设计师很有想法，Kyle Lu，先前是蓝血品牌的设计师，给 U 国皇室设计过衣服，后来主动离职，做了自己的品牌。"

付悠然边说边给江乘月看搜索到的资料："设计师很年轻，还很帅，你看这个蓝眼睛……"

江乘月："……"这个蓝眼睛，昨晚来来回回地白了他不下五次。

路许是 Nancy Deer 的设计师？难怪昨天那么生气！

江乘月低头去看手机，这才发现手机上有四五个未接来电。他刚要回电话，后台突然嘈杂起来。

刚刚上台的驰风乐队，临时换歌了，换的刚好就是他们即将要演奏的那首歌。

"怎么回事？"路许问旁边的宋均。

"前一个乐队好像是临时换歌了。"宋均说，"你家小朋友他们，有麻烦了。"

"不是我家的。"路许冷漠地说。

小规模音乐节的时间有限，乐队上场演奏的都是半支歌，留给江乘月他们的反应时间，仅有短短的两分钟。

台下的观众也开始议论起来。

"怎么回事？"

"前一个乐队临时换歌，后一个还上吗？"

"同一首歌，我可不想听两次。"

驰风乐队的缺德程度简直令人发指。

江乘月想了想，这问题的根源大概还是出在他这里，驰风今天来这一出，可能还是想恶心他。

"我们也换歌。"江乘月说。

付悠然也不是怕事的人："换什么？"

江乘月："Nightwish 的 *I Want My Tears Back*。"[1]

"可以倒是可以……"付悠然考虑得比较多，"但是前奏怎么处理？"

"前奏我来。"江乘月说。

两支乐队临时换歌，这是此类小规模音乐节上少见的事情，大部分人还是抱着看热闹的心态。原本没什么兴趣的路许，也站起来看向这边。

舞台的灯光暗了下去，场内也跟着安静了下来。

口琴声取代原曲的爱尔兰风笛声响了起来，江乘月坐在鼓凳上，按着口琴，吹出了放慢的前奏。

The treetops the chimneys, The snowbed stories winter grey……[2]

付悠然的歌声恰到好处地踩在口琴的最后一个音符。

江乘月放下口琴，抓起鼓棒，带起全曲鼓声节奏的瞬间，台下传来一阵欢呼。

"好听！"

"临场处理太强了！牛哇！"

"鼓太强了，节奏太好了。"

路许站在卡座区，听着喧嚣声，远远地看着一楼的舞台，江乘月的衣服是丑了点，鼓他也听不懂，可是这段口琴，吹得太漂亮了。

那口琴声像是这座城市初夏悠闲的晚风，穿过梧桐树叶的缝隙，摇曳过夏虫的梦呓，又拥过不知名远方的呢喃，遣散了喧嚣繁忙中的最后一点燥热。

江乘月的衣袖无风自动，路许好像看见了细小的音符，染着光与微尘，落在江乘月的发梢、脸颊和吹奏着的口琴上。这让路许觉得，这样好看的江乘月，不管是做什么事情，都会很漂亮。这是路设计师审美语系中的那种漂亮。路许在遇见江乘月之前，从来就不知道有人会这么同时在他美与丑的审读边界疯狂试探。

1　Nightwish：夜愿，成立于 1996 年，是一支来自芬兰的剧院金属乐队。*I Want My Tears Back* 出自 Nightwish 的第七张录音室专辑 IMAGINAERUM。

2　歌词大意：那些树梢，那些烟囱，灰色冬天，那被雪覆盖的故事……

5. 你换这件衣服

D 大校园乐队的临时换歌，彻底带动了现场的氛围。虽然是小规模交流性质的音乐节，但观众的热情不输任何一场大型的演出。跟着音乐律动摇晃身体，跟着唱的人不在少数。

"我说得对不对！"宋均作为这家 Live House 的老板，喜欢这里的每一场演出，"乐队和灵感永不分手，快去找你的灵感。"

"闹哄哄的，歌也不好听。"路许说，"吵得我耳朵疼，没个正经样。"

"还有更疯的呢！一般都下去听，在卡座没意思。"宋均说，"扔东西、跳水，更疯的还会砸琴……哎，说起来昨天砸你脑壳的人还没找到，咱还问吗？"

江乘月一上台就容易兴奋，他的节奏感好，鼓打得也稳。付悠然作为英语专业的学生，歌词发音标准，虽然稍有生涩，但声音很有质感。

歌声在观众的欢呼声中停止，江乘月用力在镲片上击打最后一下，抬起右手的鼓棒遥遥地指向台下的驰风乐队，指着向驰，面无表情地点了点。

路许按着酒杯的手紧了紧。这个时候的江乘月，好像比平时要生动不少。

"谢啦。"江乘月抬手，把左手那根借来的鼓棒抛给台下的另一个鼓手。那个鼓手接过鼓棒，冲着江乘月比了个摇滚金属礼的手势。玩乐队的多半都是真性情，当即就有人吼了一嗓子："向驰，临时换别人的歌，能不能要点脸了！"

"江乘月！"台下突然有人喊了他的名字。

"跳水！跳水！"有人在喊。

江乘月先前玩民谣的时候，不常遇见观众这么疯。他年纪小，也爱玩，有人一撺掇立马就想行动。

"跳水是什么意思？"路许不懂，"你这儿也没泳池啊。"

"跳……谁跟你说要跳泳池了。"宋均指了指台上，"你自己看。"

台上江乘月抿嘴笑了笑，把自己那根鼓棒扔给旁边的孟哲，助跑了两小步，冲着台下跃了过去。

路许："……嗯？"

江乘月没摔，而是被下面的观众托举了起来，他很少这样玩，笑得弯了眼睛。路许的目光扫过他翻卷的 T 恤下那段光裸的腰，觉得不太像话。

江乘月借着人群在台下游完一圈，回到后台，发现手机上又多了 6 个未接来电了，他正要给路许回个消息，就被付悠然送了个拥抱。

"学弟，你这也太棒了吧，玩得很熟。"付悠然的性子大大咧咧的，"找到心仪的乐队了吗？"

"还没有。"江乘月摇头。

付悠然又说:"校园乐队不适合你,你适合更大更远的舞台,还是自组乐队合适,可惜我下个月就要出国留学了,没办法和你一起,但我可以给你们推荐人。"

"好啊。"江乘月说。

Live House 的舞台上,又站了一支其他高校的乐队,在唱一首耳熟能详的民谣,斑驳缭乱的光影下,路许袖口的纽扣闪闪发光。

"对哦,Kyle,你等下可以和他一起回家。"卡座区,宋均和路许说。

"别了吧。"路许看向正冲着一个女生笑得开心的江乘月,突然就觉得不爽,"又不是一个世界的人,没有共同话题,我就不平白给自己找气受了。"

路许先一步回了老宅,才发现自己中午出门时没有带钥匙。住惯了刷脸的现代式住宅,这种颇具时代感的大铁门他总不记得带钥匙。江乘月那土孩子不知道野到什么地方去了,电话一个都不接。江乘月的微信 ID 叫"竹笋",头像是熊猫,路许用不惯国内微信,好不容易搜到,加了也没回应。

路设计师坐在屋外的玻璃秋千椅上,逐渐火大。

江乘月以前在老家小酒馆蹿的时候能野到后半夜,现在住的不是自己家,知道不能晚归,所以晚上 11 点不到就回来了。

老宅的灯关着,门前的草地上笼罩着一股怨气:"出门不打招呼,晚归也不说,打你那么多电话一个都不接,你倒是挺舒服。"

"……"江乘月品了品这怨气,觉得路许八成还在为昨天的事跟他过不去。他想道个歉来着,但路许根本就没给他说话的机会。

"昨晚是不是还砸人了?"路许问,"扔得挺用力啊。"

砸人……江乘月心虚地笑笑:"那路哥,我那根鼓……棍子,能……"

"棍子扔了。"路许的态度很横,深不见底的蓝眼睛白了他一眼,"你有意见?"

江乘月心疼地抽了口气,诚恳地说:"不敢有。"

设计师的才华与脾气大多是不对等的,路许就是这样,很容易没来由地生气,生气的时候原本不太好的性格就会变得更加恶劣。所以搞这行的,通常都有点孤独。

"愣着干什么?"路许问,"开门啊。"

"哦,好。"江乘月弯腰从包里扒拉出钥匙,橙色上衣在路许的眼皮子底下晃眼得不行。

穿得土,还呆,跟没脾气似的,才会玩个乐队都被人欺负。路许找麻烦的想法一旦有了个苗头,就不太能收回来,他就是想为难江乘月。

江乘月想进卧室拿件换洗的衣服,被板着脸的路许一把推了出去。

"路哥?"江乘月抬头,不明所以。

"不许进。"路许说,"身上又是酒味又是烟味,衣服上还有手指印,脏兮兮的就想进卧室?"

江乘月想了想，意识到自己这是被嫌弃了。挺正常的，他很快接受了，路许怎么可能看得上他这样的人。

"那路哥，我下楼睡。"江乘月乖巧地说。

又来了，路许最不爽的，就是江乘月面对他时，这种消极抵抗的态度。路许喜欢把问题都挑到明面上解决："楼下也没你的地方。"

江乘月被路许往门外推了一下，手足无措地靠在墙边上，看着路许从房间里一个塑料人台上扒下一件黑色的衣服，扔在了他肩头。

"你的衣服我全扔洗衣机里了。"路许说，"换这个看看，不然你今天就别想进屋。"

江乘月："……"

手头的衣服有点眼熟，好像就是他昨天刚刚嘲过的那条"垃圾袋"，娱乐新闻上某明星借不到就恼羞成怒，价值百万的那件衣服，现在就躺在他的手里，被扔过来的时候还带着路许的火气。

"这不好吧？"这太贵了，他不配。

"这衣服在你眼里是有多丑?!"路许见他迟疑，抬高了声音，"这到底哪里不好看了，你这么嫌弃？"

江乘月低着头半天没说话，路许看了看他柔软的发顶，原本的烦躁消了不少。要不算了，路许心想，真哭了就算了，他那么大的人了，跟江乘月这种刚上大学的小孩过不去，过分了。

路许开口："你……"

江乘月抱着衣服，转身想去卫生间。

"都是男人你害羞什么，你就在这里换。"路许刚软了一瞬的心又硬回去了。

江乘月头疼地咬了咬嘴唇，有点想哭。他明白了，他说衣服丑，路许就逼他穿这件，这是典型的幼稚报复行为。这衣服江乘月看不明白，也不会穿，弯腰琢磨衣服的时候，路许就一直在背后盯着他，让他感觉浑身不自在。他只是情绪上迟钝点，不代表他意识不到路许这是在欺负他。

"我不会穿！"他有点生气，脆生生地说。

"那你跟我来。"路许抓着他往楼下工作室走。

这衣服是秀款，不是日常款，江乘月一个人当然穿不好。

路许按着江乘月坐在高凳上的时候，他还在生闷气，路许把衣服乱七八糟的布料往他身上绕的时候，他手脚怎么都不配合。路许跑过不少时装周，先前去秀场的时候，都没亲手给模特调整过衣服，见状立马推搡着呵斥了几句。江乘月从小到大，还没被人这么管着训斥过，咬了咬嘴唇，更想哭了。可是他不能哭，他都穿垃圾袋了，再加上他这个神奇体质，哭完肯定丑死，路许又要笑话他。

许久，他听见路许说："好了，下来看看。"

这是件偏中性风的长衫，网上评价充满冷酷帅气感，但风格和布料江乘月都没看懂。他从凳子上下来的时候，被过长的衣摆绊了一下，撞在了路许身上。

路许的脖子上挂着条软尺，摆出工作时的状态，打量了他一番，不太满意地说："你好像有点矮。"

"我矮?!"江乘月真的生气了。他差一厘米就1米8，而且还能长个子，哪里矮了?!

"你别动，好像有点长了。"他还没说话，路许突然蹲下身，神情认真地观察了片刻，抬手从工作台上抓把剪刀，贴着江乘月的小腿，直接把衣服过长的部分剪了。

江乘月打了个激灵，傻眼了。付悠然说 Nancy Deer 的衣服一件比一件昂贵，路许这一剪刀下去，得多少钱啊。

路许推了下眼镜，继续看他，一边看，一边动手改衣服的尺寸，剪刀和软尺轮流往江乘月的衣服上招呼。路许很喜欢这种随心所欲改衣服的感觉，不堆砌设计元素，全凭一时的灵感爆发。这件衣服原本的尺码适合高一点的欧美男性，江乘月偏瘦，得改尺码。

路许本来只觉得欺负人好玩，到最后变成了认真工作。这种冷酷味十足的风格，配上江乘月那双略显天真的琥珀色眼睛，就有种不可及的禁欲感，这还是素颜。路许从牙痒变成了手痒。

"多好看，长着一张好看的脸，就别乱穿衣服。"路许把自己完成的作品往镜子前推，软尺还绕在江乘月的手腕上，路许拍拍他的肩膀，"拿去，给你当睡衣。"

江乘月："……"

"是不是很好看?"路许追问着，想要个答案。

江乘月怔怔地看着镜子里的人，好像……这垃圾袋上身之后，没有他想象得那么丑。路许很会改衣服，这件和他平时的穿衣风格完全不同，设计张扬大胆，甚至是有些好看的。

刚想说话，他听见路许嘲笑了一句："我是打你了还是怎么你了，嘴巴都咬红了，这么可怜。"还没等反驳，又听路许说，"这样好脾气吗，委屈了都不会哭。"

江乘月一晚上没搭理路许，穿着那件黑色衣服没脱。

路许没别的心思，只是觉得这衣服江乘月穿着好看极了，他改得也满意。他想把人喊起来拍两张照片存档，正盘算着，路念给他打了个电话。

"Kyle?"路念的声音一直都很温柔，"我想了想还是不放心，你没欺负江乘月吧?"

"他不惹我，我就不给他找不痛快。"路许说，"他要是惹我，那不好说。"

"那就好，有个事情，你要知道一下。"路念说，"江乘月不爱接电话，如果有类似的事情，你不要和他生气。"

"嗯? 这是什么坏毛病?"路许今天刚为这事找了江乘月的麻烦，"他是哪个原始山洞里出来的?"

"Kyle!"路念头疼，"具体情况我不太清楚，好像是当年他爸爸出事的时候，他才 5 岁，打来的第一个告知电话，是他接的，曲婧说从那以后他就不太乐意接电话。

路念再三提醒："你什么脾气我知道，我就先提醒你一下，别因为这个和他过不去哦。"

路许："……"

清晨，路许起床时接到了国内好几个明星工作室和综艺节目的造型邀约，他还没来得及看，就听到楼下一声门响，回头一看，江乘月已经不在床上了。

江乘月今天约了孟哲和学姐付悠然，想去问问重组乐队的事情。时间还早，他随便套了两件晾干的衣服就出门了，现在站在梧桐树下的早点摊前买早餐。

一辆玛莎拉蒂停在早点摊前，鸣了笛，江乘月头也没回。

身后传来路许的声音："去哪儿？捎上你？"

江乘月回头，黑色蝙蝠衫上印着的三棵大向日葵跟着一起回了头。路许的嘴角抽了下，忍着没说。

"不要你送。"江乘月说，"我们又不顺路，还没有共同话题，你平白给自己找气受？"

"这就生气了？"路许问，"路边摊有什么好吃的？"

江乘月拎着包子油条往前走："没生气，好吃。"

"没生气你摆脸色给谁看呢？"路许问。

江乘月不理他。司机在路许的示意下慢吞吞地开着车，跟在江乘月的身后。江乘月跑两步，车也跟两步，江乘月停下，车也停下。

"别人遛狗遛鸟，你遛玛莎拉蒂呢？"路许闲闲地问，"上来。"

6. 乖乖

文创街的路窄，路许的车开不进去，江乘月在路口就下车了。

音乐广场的鸽子瞧见有人来了，边咕边在背后跟了一小段，很是热情。

"去哪里？"路许叫住他。

江乘月不想理他，但还是说了："路尽头的那家小酒吧，离这里大概 350 米。"

"去吧。"阳光下，黑色的蝙蝠衫衬得江乘月的皮肤很白，路许从背后盯了一小会儿，才移开了目光。

"路老师？"司机半天没等到人说话，回头问。

"去市中心的工作室。"路许说，"哦，先去店里看一圈。"

今天的乐迷大群里，驰风乐队依旧被骂得很厉害。

"绝了，驰风昨晚跟一群大学生抢台子，完了还顶别人的歌，不知道是在想什么。"

"他们 live 完全被碾压了，还是被无名校园小乐队压，不作死就不会死。"

"D 大请来帮忙的那个小鼓手，临场反应太好了，那段口琴加得好好听，他是哪个乐队的啊？以后他的每一场演出我都想追。"

"江乘月以前是民谣乐队'柚子冰雪'的鼓手，不过乐队解散之后，他好像还没进哪个乐队吧，最近感觉他在换风格，每次都给人眼前一亮的感觉。"

"呜呜呜，他什么时候还有演出啊，我想加他的微信。"

"咱们圈子，看的就是实力。"酒吧门口，付悠然说，"你的鼓打得好，就没人拿你其他地方说事，实力到了，喷子就必须闭嘴。"

"向驰就跟个傻子似的，非得跟咱们过不去。"孟哲气不过，"长相好，讨人喜欢，这是优点，怎么到他嘴里就成了见不得人的东西了？等我们乐队组起来，不知道有多少人想追我们江乘月。"

向驰昨晚被骂之后，心中不服气，在自己乐队的群里说女乐迷只会看脸，结果诱发了群内的一场大骂，连群都被网警给封了。江乘月半夜睡醒刷到这条，偷偷笑了半天。

说回乐队，付悠然给他们推荐的主唱，叫孙沐阳，先前玩过一小段时间乐队。江乘月查了很久，找遍了各大音乐播放平台，才找到一小段音质不怎么好的歌，现场收音做得很差，但能听出来，孙沐阳的确是有功底的。

"之前大一的时候，听过他的现场，免费的，挺惨淡，一共才去了 10 个观众。"付悠然说，"我对他的声音念念不忘，但没过多久，就听说他们散了，没能玩下去。

大部分乐队都是出于喜欢，自己烧钱在玩，因为穷而死在半路上的比比皆是。不管是江乘月还是孟哲，都深知这一点，任何一个乐队消失的时候，他们都不会致以不堪的嘲笑。

"那我们去哪里找他呢？"江乘月觉得可行。

"他好像是回去找班上了吧。"付悠然说，"我打听了一下，好像在帮他爸做什么面料生意，下周这边有个面料展，我给你们地址，你们过去看看，应该能找到他。"

"对了，你之前说要找兼职，找到了吗？"孟哲问。

"还在看。"江乘月看了好几份工作，打算对比之后再做决定。

文创街对面的大电子屏幕上在播放 Nancy Deer 几个月前的秋冬秀，江乘月原本从不关注这种东西，只是看见这个品牌名字的时候，不自觉地多留意了几眼。看英文介绍他才知道，这个国际时尚大品牌的设计竟然有很多都是路许的手笔。

Nancy Deer 的色调都偏冷，来往的模特都是西方面孔，身上的衣服有的江乘月能看懂，有的则看不懂。看得懂的有几件长风衣，他觉得路许穿，应该很不错。看见设计师谢幕的环节，他的心底还小小地雀跃了一下。这种感觉就好像在电视上看见了自己认识的人。

路许的身量完全不输周围的男模，肩宽腰窄，品牌的衣服穿在他的身上板型就很好看，江乘月看他泰然自若地走上T台致辞，接受赞誉和掌声。

"设计理念主要来自生活。"T台上致谢的路许用英语说，"我对时尚的理解是不断地尝试，在前沿不断地突破，在保持品牌主线风格的基础上，打破常规，明年的春夏大秀我们想主打亚洲市场，到时候应该会出现不一样的元素。"

江乘月怔怔地听着路许的发言，正想着，突然有人送了个长方形的小盒子过来，那人看了看孟哲，又看了看他，最后把盒子递到江乘月的手上，说："你好，路老师让我把这个给你。"

路老师？路许吗？

"什么东西啊？"孟哲好奇地探过头来，"怎么？你那个长得超帅的房东都开始给你送礼物了吗？"

"不可能。"江乘月摇头，他昨晚才决定单方面和路许绝交一天。

长盒子里是江乘月的鼓棒，是昨天路许骗他说丢掉的那一根。江乘月垮了一早晨的嘴角扬了起来，琥珀色的眼瞳里也有了笑意。

路许这人，很重视仪式感，送个鼓棒还拿了个四四方方的盒子，搭了一枝蓝色的小花，盒子里配了一张手写卡片，卡片上是德语，江乘月看不懂，但他知道这是路许写给他的，因为卡片上还手写了他的名字。

To 江乘月

Nancy Deer 的时装精品店在寸土寸金的市中心，和一众大牌奢侈品店比肩，路许在店里查看了一圈，婉拒了一两个想要过来合影的顾客。

"墙上的油画撤掉，桌子上的瓷花瓶摆件扔掉，丑得有点扎心。"路许的脖子上挂着软尺，指间夹着一支圆珠笔，挑店里装饰的问题，"下周在本市举办的面料展，你们记得到场，我也会过去。"

"路老师，我们这个月的线下散客流量为……"经理赶着汇报工作。

SA[1] 早就听过大设计师的脾气，如今第一次见到本尊下凡，觉得路许本人全身上下都在发光，气场惊人，吓得她话都不敢说，只拿着个笔记本，埋头专心地记着。

"衣服的摆放别挤在一起，我们品牌不缺这么块地，这么拥挤给谁看？"路许话说到一半，手机响了。

---

1 service assistant 缩写，销售顾问。

竹笋同意添加你为好友。

竹笋？这是……拿回鼓棒，心情好了？终于愿意通过他的申请了？路许觉得，江乘月还是年纪小，容易哄。

见路许没说话，精品店的经理和员工都默不作声地在等他，当他在处理什么工作，屏息凝神，没人敢开口。

竹笋发来了一条语音。

江乘月的声音很软，没什么攻击性，保持着少年脆生生的质感，像夏天树叶缝隙间的阳光，给人温暖的感觉。路许昨天还在想，不管是唱歌还是说话，江乘月的声音应该都很好听。

路许点了播放。

"我叫江乘月，不叫江乖月！路哥你就是个中文不好的瓜皮！"

7. 和好

"瓜皮"是什么意思，路许其实不太能理解。但是看周围 SA 和设计助理的反应，他能意会到这不是什么好话。昨天还觉得江乘月没脾气好欺负，这是……触底反弹了吗？路许扫了眼周围等着的人，把中文换成了英文，继续交代工作。

江乘月坐在酒吧门前的遮阳伞下，手里捧着孟哲刚刚打印完的一份曲谱。

"你唱唱看。"孟哲催促。

江乘月开口唱了，唱完发现对面两个人都在憋笑。

"想笑就笑。"他垂头丧气地说，"我又不打人。"

江乘月的节奏感很好，但唱歌是个雷区，从来就没人夸过他唱歌好听。

"我差点忘了原曲是什么。"孟哲笑个不停，"就没几个音在调上。"

江乘月拿着鼓棒把孟哲往外拨："说了唱不好还让我唱，你侮辱我。"

盒盖上的蓝色小花落在了他的手背上，江乘月觉得这蓝色好看极了，像路许的眼睛。恰好学姐付悠然也在抬头看对面电子屏幕上 Nancy Deer 的秋冬秀，开口就是一句感慨："Kyle 的眼睛可太好看了，祖上没两代混血都混不出来吧。"

江乘月低头看手机，发现路许在两分钟前，竟然回了他的消息。

Kyle："你很可以，户主都骂。"

Kyle："哦，房东。"

竹笋："乘！"

竹笋："不是乘！"

Kyle："Oh，少了两条腿。"

Kyle："打开就好了。"

江乘月觉得这个表述够形象，也好记，但好像哪里不对，不过路许能理解就不是坏事。路阿姨让他教路许中文，他从一开始就没放在心上，现在看来，还是有必要的。

竹笋："不知乘月几人归，落月摇情满江树。"

竹笋："路哥你只要记住这诗，就不会忘记我的名字了。"

路许那边大概在忙，很久没有回应。

江乘月拿起鼓棒在桌上打节奏，孟哲和付悠然在唱歌。七月中的天气燥热，江乘月觉得口干舌燥，连着灌了好几口水都没有缓解。蓝色的小花都有点蔫了，江乘月也蔫了。

"你在这里晒太阳吗？"有人停在他身边。

"咦？"江乘月仰头，看见了一双蓝眼睛，"路哥你怎么在这里啊？"

坐在江乘月对面的付悠然闻言，转头看了看路许，又看了看在放秋冬秀的电子屏，原本平静的眼睛里映出几分惊讶。江乘月仰头说话时，声音软软的，带着点鼻音，和早晨的倔强模样不同，表现得很温驯。

路许昨晚因为一股子无名火，把人给欺负了一通。完事后，路念来了个电话，亲妈觉察到儿子语气中的短暂停顿，从中剖析出他的累累罪行，把人给骂了个狗血淋头。路许被他妈骂清醒了之后，想到昨天把嘴巴都给咬红了的江乘月，那时候江乘月的眼睛怯生生地看着他，还带着层薄薄的泪意，他以为江乘月会哭，但没有。

好在江乘月似乎过了个上午已经忘了生气。江乘月不知道路许来这里做什么，但今天的路许好像从早晨开始，就一直在迁就他。他想到路阿姨的请求，是时候提上日程了。

"你工作结束了？"江乘月问，"那我带你去附近看看？"

"走。"路许说。

"孟记小龙虾、纪念品、街区美术馆、湖畔大闸蟹、××内衣、公共……WC……"江乘月不知道怎么教，只好边走边给路许念路边的招牌，见到字就读，没过多久就被路许不耐烦地打断了。

"我只是不熟，不是小学生入学，语文老师教的都没你这么细碎。"路许说，"不嫌累？"

"哦……"江乘月讪讪地应了声。

路许只说去附近走走，没说去哪里。江乘月带着路许在附近七拐八拐，最终来到公交车站。

"几个意思？"路许把墨镜推得老高，"公交车？"

"对啊路哥！"江乘月说，"认识一座城市最好的方式，就是乘坐公共交通。"

"我怎么可能坐公交车？"路许气愤地说。国际知名设计师，怎么可能坐公交车？

公交车上开了空调，比外边凉爽许多，路许把椅子擦了十几遍，坐下来的时候还觉得浑身难受。江乘月浑然不觉，把窗帘拨开了一小段，转头去看窗外。被玻璃过滤了一层的阳光柔和了许多，照在江乘月侧脸上时，能看见白玉色的皮肤上细小的汗珠，睫毛也长。他侧头看窗外时，路许就一直在看他，觉得这小孩真是不自知的漂亮。

漂亮小孩回过头来，眨了眨眼睛："坐公交车的两块钱，等下记得转给我。"

"……你再多说一个字，"路许恶狠狠地说，"我就……"

江乘月缩了缩脖子，好脾气地笑了笑，暂时把两块钱的事情抛到了脑后。

车上的大爷大妈在讲本市的方言，两个人都听不懂。

"你要带我去哪里？"路许习惯了自己主导生活，不喜欢被安排。

"不知道。"江乘月说。

"不知道？"路许质问。

"嗯，真的不知道，没骗你。"江乘月点头，"坐到哪里，就在哪里下车，我以前经常这么坐，就想看看到了个没见过的地方，别人是怎么生活的。"左右也没人管着，他就漫无目的地乱跑，停在哪里都不重要。

"路哥，你今天不忙吗？"江乘月被太阳晒得有点头疼。

路许的工作在他看来很神秘，没有固定的工作场所和时间，似乎在哪里都能开始工作。

"不忙，今天都有空。"路许说，"怎么？"

"那我们可以去吃小龙虾。"江乘月的眼睛都亮了许多，"我还没和你一起吃过饭，我们可以 AA，一个人吃太贵了。"

江乘月周围的每个人都是匆匆忙忙的，跟他的人生轨迹少有交集，很少有人能像今天的路许这样，抽出一段时间来，陪他漫无目的地闲逛。虽然他知道路许大概是在为昨晚的事情表达歉意，但他还是觉得高兴。

"你成天都在吃些什么奇怪的东西？"路许低头看了眼江乘月手机上的图片，"路边摊，垃圾食品，高油高盐，看起来就很不好吃。"

"那去吗，路哥？"江乘月问，"去吗去吗？"

"行了，去去去。"路许不胜其烦，"就一起吃个饭，这么高兴？"

江乘月眯着眼睛笑了笑，露出了两颗小虎牙。不管怎么说，住在同一个屋檐下之后，路许对他第一次有了想要和解的意思。

"这边我都不太熟悉，我们去哪家呢？"江乘月一边看别人的评价，一边问路许。

"随便你。"路许答得很敷衍。

公交车从老城区驶过，街边是旧时留下的民国风建筑，灰墙上肆意地染了些艳色的蔷薇。

车行驶的速度不快，阳光被老街两旁的古树树叶分割成零碎新奇的形状，江乘月半闭着眼睛靠在车窗边，头顶几根俏皮不羁的发丝被染成了淡金色，微微卷翘的睫毛上像是揽了一层弧形的薄光，他微微张开嘴巴，小声哼着一支路许没有听过的曲子，调子有些古怪，但不难听。

车摇摇晃晃，停靠在一处人来人往的公交站边，江乘月睁开眼睛："路哥，我们该下车了。"

路许一怔，随即冷着脸起身。这段路程，倒是比他想得要短很多。

"这个点评最好，很真实，不像是刷出来的。"江乘月用手机地图找路，"路哥，你……"

"稍等。"两人下了车，刚沿着夏日的街道并肩走了几步，路许就接了个电话。

江乘月停下脚步，安静地等他打完电话。

"嗯，红毯服装造型是吧，几点？"路许问，"可以提供，但你们先把东西准备好，别等我过去了还在忙这忙那。"

"行，那你们顺路来接，我现在过去。"听那边答了话，路许又说，"下次有类似的情况早点说，别突然提前几个小时找我，再这样我不会来了。"

"你自己去玩吧。"路许喊了声江乘月，"我临时有点工作。"

"嗯，好。"江乘月站在街边，有些怔怔的，好像在电话里听到了一个女明星的名字，他懂事地说，"路哥你去忙吧。"

房车开到街边时，行人纷纷回头去看，工作催得急，路许抬手在江乘月肩上拍了拍，转头上了房车。

"你这个大骗子。"江乘月小声说。他站在这条陌生的街道边，目送着路许上车，觉得七月傍晚的太阳热得厉害。他不喜欢接电话，爸爸是因为一个电话走的，后来妈妈也是。每次身边人接了电话，都会离开他，然后不回来。但路许不是家人，还好，他还没因为刚刚那一小段同行开始把路许当家人。这么想着，他的心情又变好了。他没继续坐公交，而是沿着街边四处看看，还去路边的酒吧听了几首歌。和他来这座城市之前一样，毫无牵挂。

晚上十点，路许还没有回家，江乘月写了段鼓谱，拿盘子扣在桌上试着敲了敲。之前路许还没住进来的时候，每个晚上他都是这么过的，今天路许不在，没人咋咋呼呼地吼他，他竟然觉得房子有点空。

时间不早了，他想去卫生间洗脸，站起来的时候发现自己有点头重脚轻，像踩着云。他从旅行箱里翻出了一支体温计，给自己量了体温，38℃。难怪他下午一直觉得有点头疼。

竹笋："路哥？我好像发烧了，家里有退烧药吗？"

路许没回。

时间不早了，江乘月想了想，觉得38℃不碍事，没必要去医院，顶多人有点"飘飘欲仙"，于是他侧躺在床上，拿着手机刷微博。

热搜第一："宁城红毯之夜徐诺谨艳压全场"。

原本和他没什么关系的词条，他却鬼使神差地点了进去。

热搜里都在夸徐诺谨今晚选择的那条裙子。

"团队的眼光太好了吧，这衣服衬人，好漂亮。"

"这是 Nancy Deer 家的款吧，之前奚杰没借到衣服，粉丝还骂设计师剑走偏锋，可是这牌子的衣服就是好看啊。"

"据说徐的团队花了不少钱，说是直接买衣服，还托了点关系，Kyle 亲自监督设计的红毯造型，能不好看吗？"

"鹿与南希YYDS！[1]设计师好帅！看来路大设计师回国了，混血的帅哥，刚才徐诺谨还想拉着设计师合照，被他拒绝了，感觉是很有个性的那一挂，鹿家设计师秒杀红毯现场一众男星，哈哈哈哈。"

"今天在公交车上看见了一个长得好像鹿家设计师的人，但不可能，哈哈哈，Kyle 那么高调怎么会坐公交车出行。"

"学服装设计的告诉你们，这条裙子的设计真的很绝，在面料的选择上就赢了一半了。"

江乘月看着手机屏幕上的裙子有些发愣，原来路许那会儿说的工作，就是这个啊，看起来挺重要的，难怪路许没时间跟他闲逛。镜头里的路许近乎孤高地站在一旁，拒绝了许多人的搭讪。众星捧月，这是他羡慕不来的人生。

Kyle："退烧药无。"

Kyle："你热水多喝点看看。"

江乘月："……"来了，直男经典语录。

微博上都是夸路许的，还有人猜测路许和徐诺谨的关系非同一般，说拍到路许和

---

1 网络流行语，即"永远的神"的缩写，后常被粉丝用来赞赏自己的爱豆。

徐诺谨一起上了车，不知道会去做什么。江乘月估摸着路许是不会回来了，迷迷糊糊地就睡下了。

路许工作结束，将近凌晨两点才回来，手上提着让助理去买的小龙虾，路许受不了这味道，把手臂伸得老远。家里安安静静的，江乘月早就睡着了。路许想了想，把小龙虾放在二楼阳台上，这才洗漱躺了下来。

江乘月睡得晕乎乎的，听见有人在叫他，睁开眼睛时没想起来自己在哪里，盯着路许的蓝眼睛看了好一会儿，眼睛里的薄光淡了下去，沮丧地低下了头。

"我对你很失望啊……"路许读到了这层意思。

"我又怎么你了？"路许摇了摇他的肩膀，"睡醒就给我冷眼，看起来气呼呼的。"

"睡迷糊了。"江乘月说。眼睛周围有点轻微的刺痛，可能是发烧睡迷糊了，不小心沁出了眼泪。他还有点生气，不想理路许。

路许在德国时，很少生病，就算是身体不舒服，几杯热水下肚，隔天就好得差不多了，家里也没有常备药，他以为发烧不碍事，没想到江乘月还挺严重。

江乘月烧得一张小脸都有点白，眼睛周围却是红的，有向眼尾晕开的趋势。这让路许想起了去年夏天旅行时偶然在湖面上见过的飘散的花瓣，他喜欢把花瓣捻开，揉碎，放在湖水中。

"你怎么回来了啊？"江乘月问。

"我不能回来？"路许反问，"这是我家。"

江乘月头疼，还有点生气路许傍晚把他丢在路边的事情，说话也不过脑子，想到什么说什么："微博上说路设计师春风得意，满面春风，等着春宵一刻……"

"什么跟什么啊？"路许没听懂，"都烧迷糊了，我带你去打退烧针？"

"不去。"江乘月翻了个身，"退烧针要扎屁股上，疼。"

路许："那我给你打？"

江乘月："你会？"

"你妈和我妈先前都是军医，不然她俩也不会认识，我怎么不会？"路许小时候，妈妈没少教他这些。

"那你厉害，我就不会。"江乘月没什么诚意地夸了一句，又说，"不要你打。"

路许："为什么？"

江乘月："因为我们的关系还没有好到这个地步。"

8. 我是你债主

路许软硬兼施，也没说动江乘月去医院，原本想倒杯热水给江乘月，回来的时候发现人已经睡着了。他一直都挺横，幼儿园时就把不讲理的小孩揍得满地打滚，后来结交的也大多是硬碴儿，没见过江乘月这样的，看似好欺负，其实最不好拿捏。

江乘月自己就没把发烧当一回事，第二天醒来时只隐隐约约记得自己好像跟路许说了几句胡话，具体内容是什么，已经记不清了。总之，一晚上过去，他感觉自己又能活蹦乱跳了。他推开二楼房间的阳台门，外面是鸟语花香，还有一大盘放凉了的小龙虾。

"醒了？"阳光洒进来，路许睁开了眼睛。

"路哥你昨晚买了小龙虾，怎么不把我叫醒去吃？"江乘月站在衣柜前挑衣服，"你还放阳台，现在都不能吃了。"他俩共用的衣柜原本是四六分的，但路许的衣服挂着挂着有开始向他这边侵占的趋势。

"你昨晚都快烧成小龙虾了！"路许没好气地说，"还吃！"

虽然最终没吃到小龙虾，但江乘月的心情也不差，路许说他什么，他都照单全收，不反驳。

孟哲喊他去星彩讨论乐队的事情，说是找了个合适的吉他手，让他过去看看。

江乘月站在镜子前，想了想，从衣柜里挑了套紫色渐变的衣服套上，再给自己扣了一顶渔夫帽。嗯，很乐队的穿搭，江乘月在心里给自己打了个满分。

"你穿的这是什么？"路许的声音从他的后方传来，点评道，"跟个霜打的茄子似的。"

江乘月："……"他路哥长这么大没被人毒打一定是因为他的设计天赋惊人，毕竟昨晚微博上就有人说，单是一条裙子，就能在这个月内把徐诺谨从二线送上一线。

"你才茄子。"江乘月瞄了瞄路许的深紫色睡衣，"你像个老茄子。"

天就这么聊死了。

老宅上下两层加起来大约80平方米，江乘月原先觉得挺大，现在不觉得了。路许刚来的时候，他夜里下楼，被一只塑料模特吓了一跳，短短两天时间，工作间的塑料模特又多了一排，墙上做了个陈列柜，放着各种各样的衣服面料，桌上还有一张路许没画完的图。

江乘月其实能想明白路许为什么选择老宅，因为这里地处市区却僻静恬淡，有种大隐隐于市的感觉。反正再过一个月，学校开学了他就搬走，到时候路许肯定浑身都舒服。

江乘月到星彩 Live House 的时候，孟哲还没到，留言说是有事，老板宋均认识他，让他进去先坐，还给他拿了果汁。江乘月道了谢，借着星彩的鼓，先练了一首歌。

"学弟！"付悠然先来了，"炫一个。"

江乘月手里的鼓棒转了转，做了个抛接，脚下底鼓一踩，换了段节奏型，敲踩镲时微长的额发跟着动作轻轻扬了扬。

宋均在不远处看他，感觉这小鼓手像是夏天的柚子汽水，远看是安静柔和，近看则跳跃着快乐的小气泡。

"这里没人，没意思，找个晚上去湖边或者街头打。"付悠然说。

"我也是这么想的。"江乘月收起鼓棒，一说话就开始咳嗽。

"对了，昨天来找你的那个混血帅哥，长得好像 Kyle 啊。"付悠然问，"孟哲说是你房东，据说来头不小？"

"就是他。"江乘月说，"我妈和他妈妈曾经是同学，我最近刚好寄住在他家里。"

"我就说我不会认错人！"付悠然说，"怎么样，跟大设计师住一起的感觉？"

江乘月想了想，用一句话概括："他无时无刻不在嫌我丑。"

路许在市区 Nancy Deer 的国内分公司处理工作，抬头时打了个喷嚏。他怀疑是江乘月在骂他，但没有证据。

"路老师，"扎着高马尾辫的助理王雪走过来，"昨晚徐诺谨那边，有无良记者发了通告，说你和徐诺谨背地里有私人来往，所以才会帮忙监制红毯造型，徐的团队那边在处理了，我们这边需要做什么吗？"见路许没接话，助理接着补充道，"目前给的说法是，通稿是奚杰的后援那边放出来的。"

路许的脖子上挂着软尺，正站在塑料模特前面思考板型，闻言："不管，让他们自行处理，爱怎么撕是他们的事情，我们品牌没必要掺和，自降身段。"

"哦，对了，"路许又说，"我那会儿看见你和开发部的执行经理坐在二楼咖啡厅里掰手腕，下次有矛盾请放到工作时间外，或者申请人力调解也行。"

助理疑惑：掰手腕？

"我那是在谈恋爱……"助理王雪早晨和男朋友眉来眼去含情脉脉地牵了几分钟的手。

王雪悄悄翻了个白眼，不知道是自己手残还是老板眼神不好。

路许戴着眼镜，在模特前站了几分钟，动手改了几次衣服，总觉得不满意。他索性停手，立在落地窗前，拿出手机搜索了一个关键词"柚子冰雪"，很小众的一个民谣乐队的名字，据宋均说，这个乐队是江乘月来这边前所在的乐队，可能搜索到的有效信息只有寥寥几段。

柚子冰雪乐队成员的年龄都小，都是学生，路许看到的几段视频都是在小酒馆外的街上拍的，比现在还小一号的江乘月坐在树下的鼓凳上，于人群中冲着镜头笑。这是一段酒吧外街头的斗鼓，江乘月明显是赢了，笑得有点甜且嚣张："你再跟我装，你这种的，我们见一个打一个。"

大概是周围人说了什么，江乘月还笑着骂了几句路许听不太懂的话，什么"宝批龙""你要爪子"。

另一边，江乘月在看国外时尚杂志对路许的一段访谈，是付悠然塞给他看的，非说是巨有意思。刚看了几行，手机屏幕亮了亮，路许给他发了消息。

Kyle："宝批龙是什么龙？"

竹笋："……不是龙。"

竹笋："路哥你不要学奇奇怪怪的东西啊！"

江乘月继续看视频。

"能说说你为什么从蓝血品牌离职了吗？"杂志编辑问，"放弃了千万年薪，去做自己的品牌。"

"我是个追求自由的人。"视频里的路许说，"我不喜欢被束缚着，大品牌的风格大多都固定了，很多时候容不下自由发挥。"

杂志编辑："哦……"

路许话锋一转："离职是要付出点代价的，我喜欢自由点，但我的性格又很要强，不会容许自己输给别人，尤其是同学校同年出来的那几个，比如 Andy Chen，如果我赚得比那几个少，我会生气。"

"所以你现在……"杂志编辑又问。

"我现在赚得比他们都多。"路许说。

这天又这么聊死了。

"他一贯都是这样。"早上人少，听闻动静的宋均过来看了眼，"我第一次见他的时候，是在德国的魏玛古城，当时是在歌德广场对面的邮局，我在给家人寄明信片，他在给前老板寄辞职信，洋洋洒洒的一封。好像他辞职也是拍脑袋做的决定，九头牛都拉不回来的那种。"

江乘月："……"不愧是路许，辞个职，都与众不同。

"他给 U 国皇室做设计拿的钱，到手直接捐了非洲。"宋均说，"你看他这么说，但其实他不是那种在乎钱的人。"

宋均接着说："那个叫 Andy Chen 的设计师，是路许大学时的学长，经常嘲讽他的设计，被他骂得也挺惨，他俩年年春夏秋冬的秀都比着来，据说是老对手了。"

本着一点点好奇，江乘月去看了这个叫 Andy Chen 的设计师的作品，不像垃圾袋，像垃圾桶，又板又僵，还没有路许的好看。

付悠然给他们约的吉他手终于来了，和孟哲一起，扛着一把电吉他。

"这是李哥，李穗。"孟哲介绍，"退役特种兵，现在是跳伞教练，吉他弹得很好，拿过好几个奖，刚过 30 岁，今后就是我们乐队的……"

"不忙。"李穗人高马大的，先在桌子边坐了下来，问孟哲，"你说的乐队都有哪些人？"

"目前就我、你，还有他，江乘月，咱们的鼓手。"孟哲给他介绍。

"你？是你的话，我就不来了。"李穗看着江乘月，"懂摇滚吗，小孩？摇滚不是你们这一代想的那样，它有自己的音乐内涵。"李穗说，"它不是耍耍帅就能玩好的，你不要怪我说得难听。"

国内乐队发展的好时候算是过了，目前的趋势就是青黄不接，加上流量经济盛行，有流量是个人就能出道赚钱，网民也不挑，真正的好乐队就渐渐被埋没了。年纪轻的大多听不懂摇滚，年纪大的也不大看得上后来者。江乘月知道自己的年纪太轻了，在这群玩了挺多年的摇滚老人面前没有说服力，如果展现不出什么过硬的实力，那被看不起也是应该的。

"来一场试试吧。"江乘月说，"付姐的朋友在文创街开了个酒吧，我联系过他们，晚上我们可以提供免费演出。"

李穗点头答应："其实我还有个去向，那几个都是科班出身，音乐学院的，都是从小学乐器的，刚好，要比的话，明晚就都一起吧。"说完就走了。

江乘月放在桌上的手机响了，收到了大学的短信，他先前填写的新生个人信息被打了回来，让他补上必要信息。

"我看看。"付悠然是大四的老学姐了，清楚学生入学流程，"缺个紧急联系人，补上就好了。"

紧急联系人，这个对江乘月来说，还挺重要的，他时常接不到电话，还真得有个靠谱的紧急联系人。

"写你爸妈不就好了。"付悠然笑着说，"这还要想？"

"不行呀。"江乘月笑笑说，"我妈时常在战地工作，还是不打扰了，哈哈哈。"

他想了想，路念阿姨比较合适，他小的时候，路阿姨就经常给他寄吃的穿的。

      竹笋："Hello, Kyle。"

      Kyle："你闲着没事拿我练口语呢？"

      竹笋："（猫猫投降.jpg）"

      竹笋："我可以用你妈妈的号码填表吗？需要填个紧急联系人。"

      Kyle："填我。"

      Kyle："路念跟你有时差。"

      竹笋："可以吗？"

      Kyle："可以。"

江乘月记数字很厉害，不管是路念还是路许的手机号，他见过一次就不会忘记。路许都这么说了，他在表格上补了路许的号码，还有与紧急联系人的关系。他想了想，在仅有的母子(女)、父子(女)、兄弟、姐妹四个选项中，选择了父子。这次提交上去，学校没再给他打回来。

天气闷热得厉害，江乘月在星彩坐到中午又开始发烧，没办法，他只好去了趟医院，还背着自己的小军鼓。

"你这是扁桃体发炎了。"一把年纪的医生冲他瞪眼睛，"嗓子疼你感觉不到吗？"

医生把江乘月数落了一通，开了药，让他去打点滴。

"啊？"江乘月瞄了眼医生面前的屏幕，有些迟疑。曲婧每个月给他3000元的生活费真的不少，就是他搞乐队这些，实在是很费钱。

于是，江乘月诚恳地问："好贵啊，这药有平替吗？"

"平什么玩意儿?!"医生听不懂，又冲他发了通火，让他快去输液。

江乘月没办法，一边心疼钱一边取药。打点滴的实习小护士手法不熟练，一个劲儿地抱怨他血管细，抱怨到一半抬头看见他的脸，又把剩下的话给吞了回去。

"哎，扁桃体发炎也要重视。"护士说，"别仗着自己年纪小，就不把身体当回事。"

江乘月看了会儿兼职，没挑到合适的，沉默了一会儿又想起跟李穗的约定，打开手机上的音乐软件试着编曲。李穗说，他想去的另一支乐队，鼓手算是科班出身的。江乘月不是科班出身，他就没正式上过什么培训班，都是跟朋友在小酒馆乱窜的时候学来的，音乐学院正规学过的鼓手是什么样子，他还真想会一会。

江乘月在医院打完点滴，出门时，天空中遍布着乌云，云中隐隐地还有电光。憋了两天的雨要落不落，在江乘月快到家的时候，终于落了下来。没带伞的他在家门口被浇了一身。他想要开门，却发现钥匙不在身上。他给路许打了个电话，路许没接。

附近的便利店都关门了，老宅的门前空旷，要返回市区还得弯弯绕绕地走好一段路，他连个躲雨的地方都找不到。仅有的，是院子中央的半玻璃球秋千。

江乘月把军鼓放在秋千上，又给路许打电话，还是无人接听。好家伙，天道好轮回。上次路许一整天都没打通他电话时的心情，他好像能理解了。

雨越下越大，雷声响得也厉害，江乘月整个人都缩进玻璃秋千里，凭着记忆中的联系方式给 Nancy Deer 的国内分公司打了电话。

"您有预约吗？"电话那边的女声礼貌询问，"路设计师在工作的时候不回消息，如果没有预约，我们也不便打扰，请您理解。可以帮您记录，您的身份是什么？"

江乘月想了想，不知道自己是个什么身份，淋了雨的手机先替他做了回答，直接关机了。

江乘月："……"屋漏偏逢连夜雨！

现金和身份证都无，玻璃秋千还算遮雨，江乘月索性不出去乱跑，就安稳地坐在秋千上等。他小时候很少玩秋千这种东西，以前看见人家孩子坐在秋千上，爸妈在后面推几下，就能荡得很高，没有人推他，他也不怎么玩。他在雨中，伸出双腿搭在地上，摇了摇秋千，也没管裤子有没有被雨水打湿，觉得这秋千越玩越有意思。

路许坐在工作室里，面无表情地看着落地窗外的闪电，手中的铅笔在速写本上涂出了几道闪电的轮廓。早上看了点乐队的视频，他突然有了设计灵感，写写画画到现在，画了不少新元素。平时到了这个时间，他的思路就开始迸发，但今天，他感觉自己好像忘记了什么。

忘记了什么呢？

江乘月这个时间，应该都睡着了吧，他让助理买了退烧药，就放在床头，如果江乘月再需要，可以直接拿。办公桌上有个毛绒熊猫玩具，撅着个屁股趴在桌角，憨憨的，不知道是不是助理放在那里的。路许平时挺讨厌这类劣质毛绒公仔，今天看了却不觉得讨厌。这个小熊猫总让他想到江乘月，微信名都叫竹笋，是有多喜欢熊猫。路许盯着熊猫玩偶看了一会儿，突然发现，这熊猫的脖子上，挂了一把钥匙。

"……嗯？"路许想起来，他上午出门的时候，包里好像是卷了个什么，是这熊猫？

恰好助理王雪端了杯黑咖啡进来："路老师，刚才客服说接了个找您的电话，问有没有预约又不说话，只说姓江……"

路许抓起钥匙就往外走。

"路老师？"王雪在后面喊，"下暴雨啊，司机都回家了。"

路许打了辆出租车。

雨下得大，司机正要收工，被路许拉开车门闯上了车，想要拒载，但路许报了个价后，司机立刻喜笑颜开。

"外国人啊？"司机笑着说，"你们外国人就是出手大方。"

"快点开，瓜皮。"路许冷着脸流利地说。

司机："……"

这么大的雨，江乘月还关了机。路许希望他没回来，或者去了朋友家。看到老宅门口空荡荡的时候，他是松了一口气的，然而这口气没松到最后，他就下意识地朝玻璃秋千上看了一眼，整个人都顿在原地。

江乘月蜷缩在半玻璃球形的秋千里，衣服半干，裤子全被淋湿了，就这么抱着个鼓包，睡着了。湿漉漉的头发贴在他的额角，脸显得有点苍白，发丝上的雨水从他的睫毛上滑落，在脸颊上留了一道未干的水痕，像夜晚院子里躲雨的萤火虫小精灵，透明的小翅膀被雨水打湿了，忽明忽暗地闪着可怜的微光，让人想抓进玻璃瓶子里，关起来，才好避开风雨。

一种说不上是后悔还是什么的感觉席卷了路许。

"起来。"路许碰了碰他的脸，"回家睡。"

江乘月睁开眼睛，先碰了碰眼尾，知道自己没哭后放心了，冲路许抿嘴笑了。

"好大雨哦。"江乘月小小地打了个哈欠，"你怎么回来的啊？"

"打车。"路许开门。

"你不是不坐公共交通吗？"江乘月站在门边没进去，生怕自己身上的水弄湿了路许工作室里的东西，"这个点打车肯定贵死了，你打了多少钱啊？他们看你像外国人，中文还不熟练，肯定要坑你！"

　　"不多，就 30 块。"路许骗他，"你是财迷吗？"路许把人往房子里拉，"站那里干什么，进来。"

　　"不是财迷，"江乘月纠正，"是你债主，你还有两块钱没给我，什么时候结一下。"

　　"先欠着。"路许蛮横地说。他刚想上楼去给江乘月找个毛巾，才迈出一步，衣服的一角被江乘月轻轻地牵了一下。

　　"路哥。"江乘月的嗓音有点哑，他小心翼翼地扯起路许背后的衣服擦了擦眼睛，布料挺舒适。

　　路许"嗯"了声，心里莫名地难受了一下。

　　"我很快就会搬走，不会麻烦你太久。"江乘月说，"在这之前，别再把我忘外边了，好不好？"

9.话题终结者

　　路许伸手在江乘月的头发上揉了揉："行啊，不是说我欠你钱吗，我都听你的。"

　　虽说如此，但在一开始，路许是想赶走江乘月的，他实在不喜欢跟人同住。可是，当江乘月真的说要走的时候，他又觉得自己像是被单方面抛弃了，他习惯于让一切都在自己的安排之中，失去了主动权，心里就有点空。这种失控感，让他浑身不舒服。

　　"下次打电话给他们直接说你是我弟弟，知道吗？"路许说，"让他们别耽搁，直接找我。"

　　江乘月的衣服一半湿着，军鼓却一点水都没沾。他从衣柜里随手翻了件黑白相间的棉质睡衣套上，拿了毛巾擦头发。

　　"你身上这件衣服……挺……好看的。"路许捏着鼻子一字一句艰难地说。

　　"真的吗？"江乘月的眼睛亮亮的，仿佛一下子就雀跃了起来，"我也觉得好看。"

　　路许撇过头，斜着眼睛望了望地板，不知道为什么，总感觉刚刚那瞬间的自己好像有点谄媚，所以，他冲着镜子，唾弃了一番刚刚的自己。

　　"你下午去哪里了？"路许问，"手背怎么回事？"

　　江乘月的手上有一小片瘀青，因为皮肤白，就很显眼。

　　"我过完中午又发烧了，就去了趟医院。"他把下午被迫输液的事情告诉了路许，顺便还吐槽了那个扎偏针还想加他微信的护士姐姐。

　　"体质不好，你还能跟医生讨价还价？"路许服了，"我明天闲着，陪你医院一日游。"

　　"不用吧？"江乘月瞪大了眼睛。这位可是行走的奢侈品，带出去无时无刻不在散发着刺眼的光。

"陪床罢了，我不配吗？"路许掀了掀眼皮问他。

"陪……陪护吧。"江乘月纠正路许的用词，"或者陪同。"

江乘月明天不仅要去医院，晚上还约了人在文创街酒吧比鼓。他要切磋的那个人叫陈如辉，玩吉他的李穗李哥已经帮他们联系上了，据说是在国外某音乐学院学的鼓，还是个海归。听说要比试，陈如辉一口答应，立刻放话说最看不上的就是他们这些凭爱好学的业余人。

江乘月说话的时候很专心，专心到他侧着头给路许讲乐队那些事的时候，擦头发的动作就会缓下来，双手举在半空中，也不觉得累。路许嫌他的动作慢，从他手里扯过毛巾，帮他擦头发。江乘月的皮肤很细腻，略显粗糙的毛巾轻轻擦过去，就是一片微红，路许手里的毛巾从他的颈间多蹭了几次，留了绯红的一片。

"疼。"江乘月轻轻摇了下头，"轻点。"

"抱歉。"路许没什么诚意地说了声，收回手。

江乘月觉得有些痒，略微偏了偏头，路许轻轻一推，把他脑袋推正。江乘月淋了雨，脸颊微微地凉，路许的手掌多贴了一会儿，感觉比自己揉捏过的任何材质的面料都柔软。

徐诺谨红毯艳压的视频还在微博的热搜上，江乘月刚打开微博，点进去就看见了这条。路许夸了自己衣服好看，江乘月觉得自己有必要礼尚往来，友情互吹一下路许的作品："这条不规则白裙子真好看，他们都说徐诺谨穿上像天使，头上还有光环，皮肤仿佛都在发光。"

"光环？那是她头顶圆形的灯，再加个相机光圈，你要吗？你要我也能给你照一个出来。"路许满不在乎地说，"皮肤发光，需要连着打水光针，再加超厚底妆。你皮肤底子挺好的，我不建议你打这个。"

江乘月："……"

江乘月看见微博上有人说路许，就点进去看，没过多久，又问："陈安迪是谁啊？"

"陈安迪？Andy？"路许说，"勉强算设计师，是个学人精。"

路许说到陈安迪就来气，然而见江乘月坐正了身体，摆出了想听的姿势，只好多说了几句："跟我同一个设计学院毕业的，成绩不如我，作品也不如我，大概是嫉着他了，从那之后，我用什么元素，他就学什么元素，去年的巴黎时装周，我没忍住，给了他一拳，还上报纸了，夸我真性情。"

江乘月："……"那您可太秀了，这种事情也能拿出来吹。

"微博上说他也回国了。"江乘月举着手机给路许看。

"回就回了，国内这么大，难道还能碰面不成？"路许不屑地说，"真碰面了，要怕的也是他。"

江乘月前一天在医院输液就被几个护士盯来盯去，今天还带了个蓝眼睛的混血帅哥，几个小护士的眼睛都看直了，来来回回地从他们面前经过了好几次。路许没来过这种集中输液的大厅，往凳子下垫了十多张纸巾，这才纡尊降贵地坐下来。这医院靠近大学城，输液大厅里坐着的大多是 D 大感冒发热的学生。

"浓颜系帅哥，美瞳吗，还是真的蓝眼睛啊？"江乘月听见身后两个小姑娘在讨论，"真好看啊。"

没过多久，就有个女生站到了路许面前："帅哥你好，请问可不可以加……"

"不是美瞳，两代混血，货真价实。"正在画服装效果图的路许头也没抬地说，"不加盟微商。"

"……"江乘月直呼好家伙，他路哥还知道微商了。

江乘月一只手在输液，单手不方便玩音乐软件，所以他放下手机，侧过身子去看路许画图。他不了解设计行业，只是时常看见路许在一楼工作间里写写画画，或者拿着软尺在塑料模特的身上反复比画。路许工作时很专注，脖子上挂着软尺，工作间里有黑咖啡淡淡的苦味。通常这种时候，他轻手轻脚地下楼，会看见灯光下路许轮廓很深的侧脸。

"看什么？"路许问，"感兴趣？"

"我看不懂。"江乘月如实说了。

平板电脑上的画，看形状是一条裙子，江乘月看不明白，只知道路许手里的笔轻轻地勾了几道后，裙子变得立体起来，也能看出布料的材质了。

"效果图就是细化，把面料的特征和质感都给呈现出来，让看到图的人一眼就能明白。"路许手里的笔转了一圈，在平板上敲了敲，"你看这个地方，就需要强调一下褶皱变化……"

路许平时画稿子，不是在环境灯光舒适的工作室，就是在风景秀美的山间别墅，没在这种人多的地方画过，不知道是因为场合还是因为江乘月，他手上勾线的速度越来越快。

"吊瓶没药了不喊，都要静脉回血了，你这个陪护怎么回事？"护士长走过来，按着江乘月的手背拔针，一边问路许，"外国人啊，Hello，听得懂中文吗，你来干什么的啊？"

"懂。"路许理亏，"错了错了。"

江乘月没见他被人这么骂过，偷偷地笑。

他俩要走的时候，有家长抱着一个哭闹的孩子经过，孩子的鞋不小心踢到了江乘月的衬衫上，女人没抱稳孩子，差点把孩子摔在地上。路许伸手，扶了一把，他接过五六岁的小姑娘，放在地上，抬手帮小姑娘擦了擦眼泪："哭什么呢，别哭。"

小女孩被他那双好看的蓝眼睛看得愣了一下，咧着嘴，哭不出来了。家长道了谢，赶紧抱着孩子去打针。

江乘月稍稍退了两步，怕自己被眼泪沾到。

路许想回头牵人的时候才发现，江乘月都退到五米外了。路许挑了下眉，似乎没明白是怎么回事。

距离江乘月晚上的演出还有好几个小时，他在手背上贴了块医用胶带，跟着路许去了 Nancy Deer 分公司。他们出电梯时，分部的人就一直偷偷地看江乘月。

"路老师带了个谁？"

"长得好可爱，像小爱豆，很奶的长相，就是衣服穿得不太行。"

"不知道，别打听，别问，工作时间就埋头干。"

江乘月没来过这种地方，周围的灯光明亮，每走几步就是镜子，一排排衣架上挂着各式各样的衣服，走来走去的都是设计师打扮的人。

"你晚上约的，那个叫陈什么的鼓手？"路许问。

"啊，对。"江乘月想起来，昨天他发消息时，路许一直在看。

陈如辉嫌他又穷又土的那句，刚好被路许看在了眼里。

江乘月的衬衫那会儿被小孩踢了一脚，现在还沾了点泥，路许看了看说："换了吧，这儿有几件不要的简单款，我给你搭，不像垃圾袋，不会比他难看。"

路许平时做什么决定，不怎么会问旁人的意见，他说完就从工作台上拿了软尺，去量江乘月的腰围。

"路老师，"设计助理王雪进来的时候，刚好看见大老板牵着卷尺，在给面前站着的少年测臀围，"……楚小姐邀您晚上 8 点在维多利亚玫瑰酒店共进晚餐。"

她说了个国内女明星的名字，把一份散发着香水味的邀请函和一枝玫瑰放在路许的工作台上。

"嗯。"路许应声，"你去吧。"

王助理："啊？"这是约会吧，我去合适吗？

路许："她的咖位不配跟我当面谈合作。"

王助理："……"

江乘月："……"

10. 借我一件衣服

江乘月站着没动，任凭路许把软尺绕在他的身上。他本身不喜欢太近的身体接触，但路许的神情太认真了，那双蓝色的眼睛里目光很深，仿佛能容下的只有设计和工作。路许的身上有黑咖啡淡淡的苦味，软尺从他的手腕内侧擦过时，他的手背碰到了路许的手表，触感冰凉又坚硬。江乘月任凭路许摆弄的时候，那个穿着白衬衫和浅咖色长裤的女助理，就一直在旁边悄悄地打量他。

"随便借我一件衣服就好了。"江乘月说，"能穿、方便打鼓就行。"

"不用你说，我心里有数。"路许随口报了个编号，让助理去找衣服。

江乘月就坐在高凳上，看落地窗外边的车水马龙。黑色纱织的薄窗帘很长，堆叠在他的脚下，他怕踩脏了帘子，连脚都不敢落。

孟哲："晚上去吗？我有点后悔了，要不咱们就不约李穗了，去找别人吧。会弹吉他的遍地都是。"

竹笋："去呀，别屡。"

孟哲："陈如辉这个人有点一言难尽，总之咱们就当是乐队交流，不和他说别的。"

竹笋："要得要得。"

"手机放下，过来换衣服。"路许在叫他。

江乘月看不出衣服的价值，只觉得路许手上拎着的这两件，和平日里他见过的Nancy Deer的衣服相比，要朴素很多，所以他理所当然地认为，这就是路许不要的衣服。

"你的腰比最小码的还细，来不及改了，凑合穿吧。"路许把衣服抛给他，让他去换。

江乘月手里的是一件质地柔软的白色T恤，看上去毫无设计感，衣服上只有一句德语印花，但穿上之后会发现这衣服有很多小心机，T恤有些长，右领口开得略有些大，假两件的设计，下摆拼接了黑色。裤子像是伞兵裤，右侧有口袋，左侧有几根带子，江乘月看不太明白，裤腰有点松，他想系腰带时，又没看懂，只好求助路许。

路许对这些衣服的构造了如指掌，站在他身后，拎起那几根带子调整，双手环过他的腰，表链在他伞兵裤的口子上轻轻地刮蹭过去。

江乘月呆呆地站在镜子前面，感觉镜子里的自己和平时的穿衣风格很不相同。

"我怎么觉得有点奇怪？"他转头问路许。

路许没说话，王助理先开口了："不奇怪，很好看。"

"你怎么还没走？"路许问助理，"你没有别的工作了吗？"

王雪缩了缩脖子往外走，去给大老板回绝挤上门的桃花。

路许看了江乘月半晌，说："嗯，手腕好像有点空。"他在工作台的抽屉里翻了翻，找了个高奢的皮革手镯给江乘月扔了过去，"戴这个吧。"

江乘月被路许折腾了两个多小时，换了身看上去有点东西但东西不多的衣服，还被路许找人简单弄了头发。

在路许找了根眼线笔，试图给他化个摇滚风的淡妆时，江乘月终于坐不住了。

"加个淡妆真的好看。"路许有点意犹未尽。

"我不。"江乘月这两天嗓子疼，言简意赅，"一点都不酷。"

文创街上有很多小酒吧，夜晚华灯初上的时候，会渐渐地热闹起来。这座城市大一点的乐队有自己的演出专场，或者去 Live House 和音乐节，小的零散的又想玩音乐的人，多半聚集在这条街上。

　　江乘月好不容易逃出了路设计师的"魔爪"，赶到文创街那边时，迟到了几分钟。还没进酒吧，就听见有个人扯着嗓子夹杂着中英文在骂他。

　　"江乘月怎么还不来？"陈如辉说，"说什么小众民谣乐队'柚子冰雪'的鼓手，都是吹的吧。自学的鼓能有多厉害，正式的乐队都没有，浪费我的时间，stupid。"

　　江乘月听得直皱眉。路许是在国外长大的，祖上混血混得有点杂，平日里跟他说话，有时候接不上中文就会蹦德文，蹦完考虑到他听不懂又会给好心地换成英文，最近好像还无师自通了几句方言。他只觉得路哥有趣，不觉得矫揉造作。但面前这个陈如辉，普通话和英文都很"塑料"，让他感觉不舒服。

　　陈如辉不是一个人来的，还带了个直播摄影团队。

　　"抱歉来晚了。"江乘月说，"有点事。"

　　"怎么回事？"孟哲问他，"生病了吗？"

　　"不碍事。"江乘月低头找自己的鼓棒，"前两天嗓子有点发炎，少说话就好了。"就是这个陈如辉嚷嚷得让他有点烦。

　　"瓜兮兮的，嗓门比鼓还大。"江乘月小声说。

　　"确实烦。"孟哲说，"我看李哥也不耐烦了，这货嘴上说得厉害，但看起来就是个网红鼓手，过来试个鼓还带了拍照团队，堵着酒吧的门，调了半天的角度，不知道在想什么。"

　　江乘月六年级开始学鼓，纯粹是觉得喜欢，没想过借着架子鼓吸引粉丝或者积攒名气，更多时候想要的，是抵消孤单。

　　"来试试吧。"江乘月说。

　　"学弟！"付悠然小跑着过来，"我这里有两台鼓，刚好你用里面那个。"付悠然说完，上下看了看江乘月的衣服，笑了，"哟，今天衣服不是自己搭的吧，整个人气质都变了。"

　　"嗯……跟我平时的风格差别很大吗？"江乘月问。

　　"你平时没什么风格吧，就乱穿？"付悠然问，"今天就有风格了，哪个牌子的，让我看看标签！"

　　江乘月低下头，正想给学姐看，那边李穗叫来的那个鼓手，又开始催了："快点行吗，真是搞不懂我为什么要跟你这样的人在这里耗时间。"

　　江乘月在鼓凳上坐下，权当没听见陈如辉的声音，他拿着鼓棒，试了底鼓和踩镲，用来感受这边架子鼓的音色，接着才用扣腕的方式抓着鼓棒，抬眼去看陈如辉。

　　文创街是景区，今天是周末，晚上这个时间，酒吧里的人已经逐渐多了。

　　"你想怎么比？"江乘月问。

"试试不同的节奏？"陈如辉没觉得江乘月会鼓，"鼓这种乐器，同种节奏型，不同的人来打，是不同的效果。"

陈如辉打了段基础的反拍，小臂上的肌肉分明，击打得很用力。他是科班出身，在国外学了鼓，还考过级，只当国内这些街头小乐队的鼓是在乱玩，他也看不上李穗这样的吉他手，只是李穗和他提的时候，他想来街头炫技，想着能拍一段不错的视频。

"手挺稳。"站在一旁的李穗对孟哲说，"专业级别够了。"

孟哲只是笑笑，没说话。周围的客人看不懂，就举着手机冲着陈如辉拍照。

江乘月安静地在鼓凳上坐着，等着陈如辉把这段节奏打完，这才抬脚，在底鼓上落了声，随后鼓棒也落在了踩镲上，打了一段反拍节奏型。他没像陈如辉那般用那么大的力气，而是每一次击打都恰到好处。

李穗看江乘月的眼神终于变了，赞赏地说："很稳，力度没那么大，但好听。"

对打击乐而言，最重要的是节奏上的共鸣，简言之，江乘月的鼓，更能给人以共鸣。

陈如辉有点倨傲地看了李穗一眼，手中鼓棒狠狠敲了下军鼓，打断了江乘月那边的动作，江乘月也没生气，停了被打断的节奏。不过既然对方不守规则，江乘月也不会再守，所以当陈如辉 solo 了一段高难度的节奏后，江乘月不紧不慢地接了段鬼音。这些都是架子鼓新手入门学习的东西，但往往就是这些基础的，才能看出来一个人基本功的扎实程度。

陈如辉从小学鼓，底子无疑是扎实的，可李穗听着，却感觉这鼓声里缺了点什么，没有江乘月打出来的那种情感和生命力。人或许听不懂音乐，但一定能听懂情感，不少人开始转换对象，把手机镜头对着江乘月拍。

江乘月浑然不觉，他一玩鼓，就容易忘掉周围。

"不打基础了。"陈如辉说，"找首歌，然后 solo 吧，速战速决。"

"随你。"江乘月说。

酒吧里的鼓没有鼓盾，他坐在那里时，周围人能清楚地看到他。他说话的时候嘴角总是带着点笑，但玩鼓的时候专注认真，连着被人拍了好几张照片也没察觉。

陈如辉挑了林肯公园的歌，毋庸置疑，他对这歌很熟，练习的机会也多，熟练到每个拍子都牢记在心，打完后骄傲地看向江乘月。

"你技术挺好的。"江乘月说，"你一定练过不少场，我很羡慕你。"

"你羡慕不来，我以后也会有很多舞台，能走得远，你就只能在街头玩一玩。"陈如辉的嘴角得意地扬了扬，但江乘月的第二句话，让他笑不出来了。

"但是，"江乘月说，"玩音乐和被音乐玩，是两回事。"他说得一本正经，酒吧里有人在偷笑。

"陈的鼓太僵了。"付悠然给孟哲说，"他没有自己的想法，可能他是个好的学习者，但绝不能算好的音乐人。"

周围人或许听不懂，只能大声叫好，但他们这些玩乐队的多多少少都能听出来，陈如辉完完整整地复制了别人的节奏，毫无自己的想法。

"弟弟，"李穗冲他吹了声口哨，"想来什么歌？我期待一下。"

"《红莲华》吧。"江乘月说，"我随便玩玩。"

"这歌啊！"付悠然来劲了，"我给你唱吧！刚好这儿也有键盘。"

"那我也来。"孟哲去抱自己的贝斯。

付悠然作为 D 大校园乐队的主唱，基本功扎实，上次在大学生音乐节上唱英文摇滚就惊艳全场，这次唱日文歌竟然也能及时地调整自己的声线。

一场斗鼓被玩成了临时起意的 live。

強くなれる理由を知った，僕を連れて進め。[1]

付悠然第一句歌词结束，江乘月双手抬起，击打在吊镲上，深亚麻色的头发跟着动作在空中轻甩了一下，又稳又准的鼓声拉满了全歌的节奏，酒吧里的氛围忽然就躁了起来。

一天后，路许神奇地在网上看见了这段视频。

当晚，陈如辉比鼓没比过，江乘月他们一首歌还没唱完，他就带着自己的人先撤了，剪了剪当天的视频，给自己修了音，发在了 ins[2] 上。

Chen："在国内酒吧打了段鼓，感觉我的穿着跟这里的氛围格格不入。"

陈如辉可能是想展示自己的优越感，视频拍了自己和江乘月，还特地晒了自己的衣服品牌和穿搭教程，言语之间都是贬低旁人的意思，关注他的人像往常一样吹捧他，有的说鼓打得好，也有人说衣服不错，显贵气。没过多久，陈如辉的评论区里出现一条新评论。

柚子："也没有格格不入吧，跟你比鼓的那个弟弟，穿搭甩你十几条街了好吗？"

Chen："@柚子 就他那路边摊穿搭？"

柚子："@Chen 你是瞎还是不懂时尚？昨天旅游刚好看到了这场秀，他那个黑白上衣是鹿与南希去年的限定款，首席设计师 Kyle 手工定制，一万三一

1　日语，意思是：知道了变强的理由，带着我前进吧。

2　Instagram 的简写，是一款运行在移动端上的社交应用，以一种快速、美妙和有趣的方式将随时抓拍下的图片彼此分享。

件，总共就没几件，裤子是鹿家的副线品牌，走的潮牌路线，去年国内好多明星买，直接卖断货。"

这个叫柚子的，是国内时尚圈达人，争论期间，把江乘月后面那段 live 的视频转载到好几个大平台上。

Chen："肯定假货呗，都断货了，他怎么可能有？"
Chen："是真的我把头给你当球踢。"

除了那次大学生音乐节，路许没看过江乘月完整的 live。昨天江乘月的那身造型是他一时兴起琢磨出来的，从视频里看，路许觉得赏心悦目。江乘月玩鼓的时候，好像也是笑得最开心的时候，不是那种因为性格的未语先笑，而是真的因为喜欢和高兴。路许能懂这种感觉，他看着这样的江乘月，像是在看自己的作品，既想要保留原本的灵气，又想稍加调整，打造成自己心仪的模样。

"路老师，"王雪敲了敲他工作间的门，"江乘月刚刚来找过你一趟，还衣服的，已经走了。"

路许的手机上有江乘月的留言。

竹笋："路哥！昨天玩嗨了给酒吧引流了，学姐给我发红包了，谢谢你的衣服，好穿！我洗完了，没有起球，还给你。"
竹笋："我去排练，晚上自己回去。"

"啊，对，"王雪说，"他说顺便给你买了一点点水果，要谢谢你。"

路许嗤笑了一声："还买水果，平时怎么不见他这么客气？我难道还想占他便宜不成？"说完后伸手，"水果呢？"

王助理的嘴角抽了抽，冷笑了声，从口袋里拿出了一根香蕉，双手捧着放在路许的工作台上。

路许："……"

11. 紧急联系人

路许攥着一根香蕉回家的时候，在院子里踢倒了一个花盆。这几个艺术花盆是他好久前去罗马旅游买的，去年装饰老宅的时候让人给布置了过来，但今天，路许看见花盆里长出了两排绿苗苗，他又踩扁了一个。路许以苗为圆心，1 米为半径画圆，公转了两圈后，决定问问江乘月。

　　Kyle：（照片）
　　Kyle："这是？"
　　竹笋："哇，你家的风水可真好，这么快就长出来了。"
　　Kyle："？"
　　竹笋："那是上周我种的白菜和葱，拿来煮面，可以省好多钱。"
　　竹笋："我煮面可好吃了，重庆小面听说过吗？到时候给你做，但是你要先把买种子的钱给我。"
　　Kyle："……"

　　江乘月的手机"叮咚"一声，收到了路许郑重转账的两毛钱。这年头，两毛钱也买不到种子啊。他路哥飘太高了，跟他这种穷人完全不在一个世界。他们玩乐队的，租场地要钱，修音也要钱，他昨天打坏了一个吊镲，还要赔钱！
　　"陈如辉的视频被骂得好厉害啊。"孟哲幸灾乐祸，"不过，小乘月你昨天穿的衣服，竟然那么贵的吗？跟你平时的风格是不太一样。"
　　"啊……我不知道啊。"江乘月只记得，路许把衣服抛给他时，态度随意，只说这是不要了的衣服。江乘月低头去看手机，网友围绕着他那件衣服，掐得厉害。

　　"仿款吧，Nancy Deer 这款总共出了 17 件，16 件都有确定的买家，还有一件应该是路设计师的私藏，除非路老师被偷家，不然这衣服不可能出现在这个鼓手身上。"
　　"那我看他手腕上的皮革镯子也是假的，所以还是陈搭得好啊，毕竟陈如辉他哥是设计师陈安迪啊。"
　　"但是有一说一，他们比的是鼓，陈如辉自己把话题歪到穿搭上去了，而且他没放完整视频，那个男生的鼓可太好了。"

　　"我昨天就说你衣服看着不一般，但没敢认，你竟然跟 Kyle 一起住。"付悠然羡慕地说，"国际大牌的设计师，行走的奢侈品啊，我省吃俭用砸锅卖铁都不够买他家一套衣服，他竟然随手就给你搭了一身。"
　　路设计师刚回国不久，一出手就是红毯艳压，现在在业内的风头正盛，再加上路许长相出众，本身就有男模气质，稍微关注点时尚的人都知道他。
　　这会儿陈如辉得了理，在自己的账号上跳得厉害。但没多久，路设计师就发了条动态，是一张照片。
　　江乘月都不知道路许是什么时候拍的自己。照片上的他坐在高脚凳上，低头在调伞兵裤上的绑带，他屈着一条腿搭在凳脚上，另一条腿在地上自在地放着，这样拍，显得他的腿很长。光影垂落，江乘月的侧脸上带着薄光。他点了软件自带的翻译，去看路许发出的那句德语。

　　　　Kyle："昨日作品。倒也不必说我这是假货。"

　　陈如辉那边彻底闭嘴了，大概没想明白江乘月这种看起来吃了上顿没下顿的小男生，到底是怎么勾搭上了国际大牌的设计师。但网友没放过他，追着找他要"头"。

　　路许的这张照片仿佛是个引线，引燃了外界对江乘月的关注。江乘月当天下午就接了个电话，问他想不想出道当爱豆，说是包吃包住，五险一金，连人设都给他想好了，就差把他本人打包进公司了。江乘月婉拒，理由是自己只想玩鼓。但事情还没结束，他似乎小看了路许一条动态的影响力。昨天他的那段单人 solo 视频火了，有人扒出了江乘月两年前朋友给他拍的街拍，视频、街拍放在一起，都在夸他是什么神颜。

　　　　爱过："10 分钟内，我要这个弟弟的全部资料！"
　　　　我害怕鬼："弟弟花了多少钱，请到 Kyle 监制服装造型啊，这是哪家的富二代崽崽，这得花多少钱啊，流下了羡慕的泪水。"
　　　　Red："看了这张照片之后，发现我之前粉的那几个都是歪瓜裂枣，还天天塌房，娱乐圈挑人以后麻烦按这个质量来好吗？"

　　江乘月不懂娱乐圈，也不打算出道，所以网友的这些评价他半懂不懂，没有太过关注。倒是有好几条平面模特的邀约引起了他的注意。没人会跟钱过去。江乘月给好几个大点的公司的平面模特邀约都留了联系方式和紧急联系方式，照抄了之前给学校填写的那份。

　　因为江乘月不好联系，路许那边，倒是收到了不少人的消息。他在工作室里画设计稿，国内设计助理王雪每隔几分钟就往他那边跑一次。
　　王雪："路老师，火花娱乐想问江乘月的联系方式。"
　　路许："干什么？"
　　王雪："问他想不想当练习生。"
　　路许："不想，让他走。"
　　十分钟后。
　　王雪："路老师，新希自媒体问江乘月想不想接网剧？"
　　路许："不想，让他走。"
　　又十五分钟后。
　　王雪："路老师……"

　　　　　　　　　　　→ 印象失真 ……

路许:"又怎么了?!我是他家长吗?都来问我?"

王雪:"哦……湘云科技的老板问江乘月想不想要金主。"

路许:"不想,让他滚!"

路许揉了揉眉心,站起来,走到落地窗边看了一会儿云。江乘月有那么好看吗?以至于仅一张照片,仅一段短视频,就能让这群人嗅到商业或是躯体上的利益。路许的手机屏幕上,反复播放着江乘月那段视频。

视频里的江乘月笑得比平时张扬,琥珀色的眼睛亮亮的。好看吗?他很好奇,江乘月身上到底有什么,值得这群人上赶着追捧。当晚,路许就做了个噩梦——梦见他接送江乘月上下学,给江乘月买书包,给江乘月检查作业,还梦见有人上门提亲,喊了他一声爸。

路许被吓醒了,发现凌晨三点江乘月还没回家。

Kyle:"跑哪里去?"

竹笋:"排练呢,路哥,我今晚不回去了,抱着架子鼓睡。"

路许突然对架子鼓有点生气。

Kyle:"不许到处乱跑。"

竹笋:"好的,路哥放心。"

竹笋:"路哥,明早帮我给小白菜浇点水。"

过了几天,路许受邀去S市的时装周看秀,在台下遇到了自己的"老仇人"陈安迪。

"大名鼎鼎的 Kyle 真是不得了。"陈安迪阴阳怪气地说,"一回国,两次出手,就是两场轰动。"

"你说得对。"路许说。

陈安迪:"……"

路许一句话把人气得半死,自己却浑然不觉,专心看秀。他们这些设计师,在看别的品牌的专场秀时,为表示基本礼仪,多少会穿戴一两件该品牌的衣物饰品。路许今天戴的就是该品牌的表。陈安迪读了几年的设计,屁都没学会,就学会了"内卷"。念书的时候,他就嫉妒路许的才华,时间久了,路许身边有什么,他都想来一份尝尝。

"你昨天那个照片,"陈安迪又开口了,"拍得真好看。"

"我拍能不好看吗?"路许反问。

"他是你的平面模特吗?"陈安迪说,"我喜欢他,我想认识他一下。"

路许终于正眼看他了。

"你在做梦吗?"路许问,竟然敢把主意打到江乘月的头上。

"他是你的什么人，我为什么不能想？"陈安迪说，"你是他家长吗？"

路许突然有点烦躁，站起来就要离席。

"那看来不是了，我自己去联系。"陈安迪见他这样，更是得意，"反正我托人问到了他的联系方式，我都想好给他做什么服装造型了。"

"他不可能接你的电话。"路许冷笑了一声，"你就做梦吧。"

江乘月这个不接电话的毛病，在这种时候，还是让他非常放心的。路许站在秀场外，有点心烦意乱，甚至想起了昨天那个奇怪的梦。有个陌生号码一直在打他的电话，打了一个又一个。路许顶着低气压，终于接了电话："谁……"

电话那端传来了陈安迪谄媚的声音："哎，您好您好，请问您是江乘月的爸爸吗？"

12. 好心办坏事

路许活生生地被抬高了一个辈分。走出秀场的路许去而复返，举着手机，站在陈安迪的面前："你再喊一声试试。"

路许的声音在手机内外构成了立体声，炸开在陈安迪的脑海中，把人惊了个外焦里嫩。

"你就是他爸？"陈安迪茫然地问。

"我是你爹。"路许忍住了给他一拳的冲动。

"哎……其实，"陈安迪讪讪地想了一会儿，"我要是能跟他合作一次的话，我喊你爹也行。"

"你脑壳是不是有包？"路许忍他很久了。以前他都是拿德语骂人，今天发现换中文也很有感觉。

"我只是想跟他合作，表达一下欣赏，你生什么气。"陈安迪说，"也不全是因为你那张照片，我之前就见过他了，陈如辉是我表弟，那天发的视频我就看中了。"

T台上的模特走过来，冲着路许的方向抛了个飞吻，没人接。

"看中了也别想，你配吗？"路设计师在骂人，"陈什么是你弟？那你家基因可真不好。"

"所以我能认识一下他吗？"陈安迪换了个问法。

"不能。"路许拒绝，"他不是我们圈子的，你不要打扰他。"

"Kyle 老师是西南人吗？"旁边一个国内女设计师问，"听 Kyle 老师说中文有一点点那边的口音。"

路许没什么表情地看了对方一眼。他不是，如果有，那应该是让江乘月给带偏的。

"总之，"路许对陈安迪说，"你别把歪心思打到我这里来。"

路许想了想，觉得陈安迪着实不是个正经玩意儿，所以还是给江乘月上了点眼药。

Kyle:"如果有个姓陈的坏坏找到你，跟你说平面模特什么的，你不要信，骂一顿了事。"

竹笋:"好的。"

江乘月对自己成了两个大设计师的较劲点这件事一无所知，但另一边，他想组的乐队总算是有了点起色。孟哲找来的那个吉他手李穗，经过之前那一出，对江乘月心服口服，再也不说江乘月是漂亮废物，玩不得架子鼓了。李穗是部队上退下来的，没什么心机，也是真性情，前两天还指着江乘月，就差没冲着人说"我就是看不起你"，今天就想拉着江乘月拜把子了。

"之前是我不好，以后有什么困难就找我，我能帮的一定帮。"李穗说，"指哪打哪。"

江乘月捧着椰奶笑，他看起来没什么脾气，嘴角沾了点椰奶，湿漉漉的，有股子不谙世事的学生气。

江乘月因为路许发的一张照片备受关注。听闻他无意娱乐圈或网红路线，只想玩乐队后，甚至有人想往他这里塞人。江乘月通通拒绝了。今天甚至还有人特地去星彩找了他。

"你这条件和资质，只玩个乐队太可惜了。"来人是某家娱乐公司的经纪人，"而且你玩的还是鼓，乐队要火就火个主唱，就算是贝斯和吉他，到处走动还能露个脸，鼓手只能在后排，甚至还被鼓盾挡着看不清，你图什么呢？"

"玩鼓又不是希望被人看见。"江乘月说，"我只要能被人听到，就足够了。"

江乘月年纪小，但他看得明白，这些突如其来的吹捧和夸赞都是暂时的，热度有一拥而上的时候就会有一哄而散的时候，他不至于为这种东西上头。

倒是陈如辉被网友骂了一通，坐不住了。他重整旗鼓，咬咬牙，又发了条新动态，想着不争馒头也要争口气。

Chen:"别吵吵了行吗，某些人年纪轻轻的不干正事，也就街头玩玩鼓，泡在酒吧里，不知道怎么就勾搭上了鹿与南希的设计师，这种事就别拿出来炫耀了好不好。"

这刺挑得挺刁钻，加上江乘月被几个跟风的自媒体夸了两天的神颜，某些网友看出了逆反心理，立刻跟着陈如辉骂了起来。

"对啊，你看那个视频他在哪里，酒吧啊，周围都是些什么人，群魔乱舞。年纪轻轻的不务正业。"

"散了吧，看你们吹了两天不尴尬吗，一看就是没什么教养的小孩。"

"我看短视频天天说他拒绝了这个拒绝了那个，确定这不是在立什么人设吗，打算走网红路线了？"

陈如辉委屈了两天，总算和某些阴沟里的网友挤在同一战线，心满意足。然而江乘月那边没什么反应，学姐付悠然先生气了。

悠然见南山："@Chen 陈如辉，要点脸啊，你自己还科班出身玩鼓，Live House 是什么地方你不清楚，引导圈外人谩骂很有意思？另外有的话，我还偏要说，小乘月马上就是我们学校的大一新生了好吗？是我们 985 学校的 A 级专业，现在是暑假，出来玩玩怎么了？我看不务正业的另有其人吧，上了国外野鸡学校还能拿出来吹。"

付悠然刚表完态，有看热闹的网友也扒出了民谣乐队"柚子冰雪"在解散前不久发过的一条动态。

柚子冰雪的晚安民谣："恭喜咱们年纪最小的 drummer 江乘月，成绩太优秀啦。（图片）"

江乘月前不久才结束的考试，这成绩被扒出来后，先前骂人说闲话的好几个人都偷偷地删了微博。

"啊，这，这成绩……我想说，他不配玩乐队吗？"
"明显是尬黑，无语了，现在是个人都能上网，别人生活得好好的，非得拖出来骂。"
"竟然学计算机，这也是我未来的学弟，啊啊啊啊啊，都不许欺负他。"
"欣赏颜值不好吗，非得扒人家的身份和出身，攻击别人是什么爱好呀，神经病啊。"

陈如辉继续被骂了一通，然而还没完。当晚，他接到了表哥陈安迪的一通电话，又把他骂了个狗血淋头。

"你的教养被狗吃了吗？"陈安迪骂道，"你妈送你去国外念了三年的书，是为了让你嘲笑别人的学历吗？"
陈如辉举着手机愣了好久，愣是没明白自己表哥的胳膊肘子什么时候就朝外拐了。

江乘月傍晚回家时，天边染着橘色的晚霞。夏季的火烧云染了大半边天空，空气仿佛也是热的，花盆里的葱苗和白菜苗蔫蔫的，看起来随时都可能撒手人寰。江乘月拿了口琴，坐在院子里的玻璃秋千上，给绿苗苗们吹了首曲子，想要试试科学手段，用音乐挽救自己的口粮。

路许回来时，遥遥地在老宅门前的山坡上，未见到人，就听到了口琴的琴声，悠悠扬扬的，很轻，像清透干净的透白丝带，被夏风捡起，在梧桐树梢挽着的绯色红霞里飞得很远。路许从玻璃秋千的后面，瞧见了江乘月的背影。因为没出门，江乘月就套了件简单的白衬衫和短裤，搭在秋千上的双腿闲闲地垂落着，被日光散布了一层柔和的光晕，光柔和了他整个人的线条，让他的皮肤看起来比路许见过的任何材质的布料都柔软。

路许是来算那笔父子账的，可他刚刚没忍心打断，停在江乘月的身后，听完了这首歌。老宅的院子、微微摇晃的秋千，加上正在吹口琴的江乘月，这个构图对玩摄影的人来说堪称绝妙。路许突然很想试试手机的摄像功能，于是他悄悄用手机录了一小段。

江乘月身上那种生涩而天真的气质，在他眼中，像是一件等待打磨的、很有灵气的工艺品。任何艺术工作者，都无法拒绝。

江乘月吹完曲子，还唱了几句词，唱到一半，发现草地上的人影，赶紧用双手捂了嘴巴，也不知道自己五音不全的歌声被路许听进去多少。

"什么歌？"路许说。

"《那些花儿》，挺早的一支民谣了。"江乘月说，"路哥你应该没听过。"

路许的确没听过，自从看过江乘月的 live，他其实很少能把江乘月和安静缓和的歌曲联系在一起。江乘月的 BGM[1] 通常都是喧嚣躁动的摇滚风，坐不坐上鼓凳是两个人。他知道江乘月以前属于民谣乐队，却没看过这种状态下的江乘月。

现在可以算账了。

"乖月，"路许笑了笑，有些危险，"谁让你的紧急联系人勾选了父子关系的？"

"啊……"还有这事，江乘月自己都快忘了，那原本就是随便选的，没有合适的选项了啊。

"赶紧改了。"路许的声音说，"选什么都可以，这个不行。"

"哦，好。"江乘月的嗓子刚好，声音很软很轻。

路许忽然又想到他之前问陈安迪，到底欣赏江乘月什么。陈坏坏给了他一个词——真实，还拽了句诗：清水出芙蓉，天然去雕饰。

真实吗？路许只知道"江芙蓉"抠得真实。铁公鸡或许还有铁锈，但江乘月可能是不锈钢的，连铁锈都没有。就在昨天，江乘月听说他去看秀，托人给他送了一束观赏向日葵，还是到付。路许收到花的时候，脸色比向日葵的秆儿还绿。

陈安迪都没有和江乘月相处过，哪儿来的资格说欣赏。路许忽然很想知道，江乘

1　Background music 的缩写，意思是背景音乐。

月身上，还有哪些惊喜。

"练琴吗？"路许问。

"不算是。"江乘月有点不好意思地说，"看了点英文文献，说轻松舒缓的音乐有利于农作物的长势，我就试了。"

"……"音乐和植物长势到底有没有关系，路许并不想知道。

宁城夏季的天像小孩子赌气干架时的脸，说变就变。夜晚电闪雷鸣，风雨大作，路许半夜起床时发现，江乘月那几盆口粮，全都不深不浅地泡了水，徘徊在"嗝屁"的边缘。想到傍晚江乘月给绿苗苗吹口琴时认真的脸，路许忽然就有些头疼。他不太想看见江乘月失望的表情。

算了，帮个小忙吧。路许想了想，就当是晨起锻炼，干了件这辈子绝对不想干第二次的事情——他跟着导航去了附近的菜市场，买了把葱，边骂自己，边把江乘月种的那堆苗给换了。神不知鬼不觉，就当什么也没发生过。

江乘月起床时，路许已经去工作室了。他煮了点面条，想起了自己的葱。长又长不太起来，不如抓紧吃了。江乘月拿着剪刀，去了院子里，找到花盆，蹲下来，准备薅

江乘月："？"

江乘月："？？？"

他的葱，怎么变成韭菜了？

13.鸿门宴

好心的路设计师给花盆物理复原后，就去了 Nancy Deer 的设计工作室。他之前去看秀时，又有新的邀约递到工作室。

"路老师，"设计助理王雪把一份文件放在路许的办公桌上，"这边有个合作，给的条件在业内算是非常好，对方指名想要 Nancy Deer，您要看看吗？"

这份合作很新奇，是一个当红的男明星想和 Nancy Deer 进行品牌合作，借着品牌的名字，出一套由该明星"自己设计"的衣服。说是自己设计，但在行的人都懂，这种合作大多是由品牌设计师出手，只是挂上明星的名字而已，于设计师而言没什么损失，甚至还能带起品牌的销量。

路许的桌上摆着一杯黑咖啡，工作室里有一丝丝咖啡豆的苦味。路许的指尖拨了拨脖子上挂着的软尺："我们不参与合作。"

真正的大牌，都有自己的品牌文化或特色，譬如已有的红蓝血高奢大品牌，不会容许不懂行的外人参与设计，路许这边也是一样。

王助理有些为难，说："对方的经纪人想约您谈谈……"

"拒了。"路许端起桌上的咖啡杯抿了一口，"就说我忙着准备来年的春夏大秀，

没时间参与。"

"那内娱这边有几个综艺和舞台造型的邀约……"王雪提醒。

"等我忙完我会看的，不行就让陈安迪捡漏吧。"路许的指尖敲了敲桌上经典蒂芙尼蓝的杯子，"你也看到了，最近我忙得只有时间看设计稿，明天还要去一场面料展。"

设计师都有脾气，路许是那种从不自降身段的类型，道理王雪都懂，但是……

"路老师，"她忍不住问，"为什么您今天桌上会有一把韭菜，我们下一季度的设计主题是韭菜还是菜啊？"

路许早上一时兴起，帮江乘月恢复了院子里的植物，剩下的苗苗没地方放，只好顺手带进了工作室。

路许皱了皱眉，说："这是葱。"

王雪话到了嘴边，哽了回去："这……这是……行，那就葱吧，您忙哈。"

路许把昨天江乘月吹口琴的那段视频，看了一遍又一遍，想找到昨天初闻琴声时，心被充满的愉悦感。那一瞬间，他似乎是旷野上干枯的河床，突然逢见了自远空坠落的星辰和雨滴，盈盈流光填满了河床的缝隙，雨水催开了不知名的蓝色野花。那个时候，他想画的和想成就的，仿佛都能够做到。

他找了原曲来听，但就是觉得，差了些什么。这让他想尽快完成手头的工作，去江乘月身上找找答案。

江乘月煮面煮一半，特地去查了文献——没有音乐会使农作物基因突变这个可能，他自己也没那个本事。所以追根溯源，他向种子经销商之一反馈了这个问题。

"孟哲，你爷爷卖我的那包，真的是葱种子吗？"江乘月问，"我种出韭菜了哎。"

"嗯？不可能！"孟哲不同意售后，"我们家不做韭菜生意的。"

江乘月坐在老宅门前的台阶上，想了很久，也没搞明白，只好重新撒了点种子。这两天，他收到了好几份平面模特工作的邀约，有来自网红服装店的，也有一些小杂志的，还有和平面模特无关的邀约，例如什么歌曲的 MV 拍摄，这个江乘月兴趣不大。他想利用自己近期的空闲时间，去拍一两套图赚钱，这样他能换一套新的鼓棒，或许还能换个好用的军鼓。如果有剩余，他还可以给他认识的那几个，几乎玩不下去了的乐队凑一些资金。

正想着，一片阴影自上而下地投在了地上，江乘月的视线里出现了路许的鞋子，他抬起头，冲着路许弯了弯嘴角。

路许第一次见江乘月的时候就发现了，江乘月的眼睛像幼鹿的眼睛，有点小杏眼的轮廓，睫毛弯弯的，在眼尾处加深，眉眼间总是盛着笑。路许忽然间产生了一种江乘月其实是在等他回家的错觉。

"坐在这里发什么呆？"路许问，他没意识到自己的语气比平时温和了很多。其实在回国之前，他大部分时间都在说德语，刚说中文时的语调会稍微有点凶和生硬，但在不知不觉中，他已经开始把发音放缓放平。

江乘月笑到一半被阳光晃了眼睛，连忙用手背擦了擦眼尾："没发呆，在看我种的东西。"看它们什么时候又会变成奇怪的物种。

"那你让开点，挡着我开门了。"路许抬起一只脚，轻轻踢了踢江乘月的屁股。江乘月站起来，跟着路许走进去。工作台的桌上放着江乘月的笔记本电脑，屏幕上是几家公司的邀请。

"在看兼职？"路许自作主张地坐下来，"帮你看看？"

"好啊。"江乘月挺高兴有人帮忙，"那路哥你刚好可以给我参考一下。"

路许在大学的时候爱玩摄影，不过拍的都是风景，很少拍平面模特。上次给江乘月拍的那几张图，算是他除设计工作外第一次拍人像。江乘月虽然没有经验，但是个合格的平面模特，随便拍照的人怎么摆弄折腾，都不会有意见。

"这个不行。"路许叉掉了第一份邀约。

"为什么？"江乘月问，"这好像是一家网店，他们甚至还给我寄了样衣，我还没来得及拆。"

路许："他家主营的是内衣，你年纪够吗，拍什么内衣？"

江乘月："……哦。"

五分钟后，第二份兼职邀约也被路许理所当然地叉进垃圾桶。

"为什么？"江乘月问，"这是个电子杂志。"

路许："杂志尺度大，涉及内容杂，你这种根正苗红的计算机系大学生，不许去拍这种东西。"

江乘月："……哦。"

江乘月眼睁睁地看着他的兼职邀约被路许一个个叉进垃圾桶，还有最后一个——邀请人 Andy Chen。路许舔了下后槽牙，按着鼠标的手刚压了一下，被江乘月碰了碰手背。江乘月的指骨修长纤细，手心里略微有些汗意，搭在路许的手背上时，大概有些紧张，还轻轻地攥了下路许的袖口。路许说过，陈安迪是个坏坏，可是再删……他好像就不能出去找个班上了。

路许的鼠标停在这份文件上没动。

"先别答应他，陈安迪的设计和拍照都不太到家。"路许说，"再看看吧。"

"哦……"江乘月有些失望，还有点难过。没有工作，就会贫穷，他很缺钱，但路许的意见，他会听。

晚上，路许刚洗完澡出来，听见了叮叮当当的声音。

江乘月拿了盘子和碗，用筷子敲着玩，他天生对节奏的感知好，就算是敲敲碗筷，声音在旁人听来也悦耳。路许只是草草地裹了件睡袍，没有规规矩矩地穿好，他在岛台边坐下时，江乘月刚好能看见他后背延伸至肩膀的文身。

"文的什么？"江乘月手里的筷子停了，拿起一旁的玻璃杯灌了一口水，有些羡慕地说，"好漂亮。是烟花吗？"

"……"路许有点想咬牙，"Löwenzahn."

江乘月："什么？"

"中文是蒲公英。"路许说，"有的植物，我好像分不太清，但这个绝对是蒲公英。"

"哦。"江乘月若有所思地说，"真好看。我还以为，路哥你这样的人，不会做文身这种事？"

路许正拿着江乘月刚刚用的筷子，试图还原江乘月那段节拍，闻言抬头："为什么？"

"因为我感觉路哥你这样的人吧，好像都不太能容忍别人动自己的东西。"江乘月说，"自己的品牌，绝不会交给别人来设计，自己看中的东西，也绝不会交给别人来打磨。我猜得对不对？"江乘月笑出了两颗小虎牙。

路许的目光在他的脸上停留了片刻，方才转开。

"差不多吧。"路许说，"这个文身是拿来挡疤痕的，后背有个玻璃划出来的伤痕，应该是我五六岁的时候，你路阿姨前夫，家暴打你路阿姨的时候，我去挡，被伏特加酒瓶的玻璃划伤的，然后他把我关了阁楼。"

路阿姨的前夫，应该是路许的亲爸吧。江乘月记得，路许应该是路念和那个前夫的儿子。

"那你……"江乘月问。

"我砸了他所有的酒，放了把火把阁楼烧了，引来了附近的警察。"路许低声笑，"他被关了好一阵子，然后他俩就离婚了。"

江乘月："……"

路哥，勇。

江乘月还是第一次从路许的口中听到这些。他和路许的距离，好像一下子拉近了很多，就好像，他并未没入淤泥深处，而路许也并非一直都在云端。

江乘月认为自己的性格还算比较热情的，刚过晚上十点，他自作主张地要给路许做夜宵，不收钱的那种。路许从小接触中餐的机会少，江乘月说要煮面条时，他面上没说什么，但脚却在厨房扎根了。小抠门精难得大方一回，不按面条的根数给他算钱。

"挺香的，待会儿就好，不辣。"江乘月一边说，一边往死里放辣。

厨房外有丝丝的虫鸣，厨房里的红油香味很招人，江乘月轻轻把碗推过去时，香味一下子在路许的心上浅浅地挠了一下，紧接着路许就觉得确实有些饿了。

江乘月挺好的，人如其名，像月光，永远是温和的，没什么攻击性。路许有些后悔自己一开始对江乘月的态度了。

"路哥，问你个事。"江乘月拿了两棵绿苗苗走过来，琥珀色的眼睛里盛了一池温和的笑，"我左手和右手里的，哪个是葱？"

"不都是吗？"路许被面汤呛了一口，觉得江乘月应该是辣椒里泡大的。

14. 参与感为负

江乘月怔怔地看了路许好几秒，忽然就笑了。不是他平时那种出于礼貌的未语先笑，而是发自内心地觉得高兴了，眼尾翘着的睫毛像是映了光。路许正想质问他这碗面是不是放进了冰箱里所有的辣椒，是想报复还是想谋杀，转眼瞧见笑得开心的江乘月，张口就忘了自己原本要说的话。

路许有点恼："笑什么？"

"没什么。"江乘月伸手捂了自己的嘴巴，"就突然觉得路哥你其实也没那么高高在上，不好接近。"

"我什么时候高高在上了？"路许挑眉。

任何时候，江乘月在心里说，路设计师看他们这些凡人可能都是隔着云层看的。

江乘月的默认让路许更恼了。从路许搬进来的第一天就是这样，只要他不高兴，就会找江乘月的麻烦。

所以，第二天早晨，江乘月刚起床，就被书架边站着的路许叫住了："收拾一下你的书，乱七八糟的。"路许指着书架。那里原本放着的都是路许以前的设计工具书，还有几本早期的杂志 Vogue，江乘月住进来以后，多了好几本《C++》《编译原理》，和路许的书混在了一起。

"路哥，我没有乱放。"江乘月辩解，"我是按页数排的。"

路许："嗯？"

路许随手拿了架子上的两本书翻开，果然如江乘月所说，页数少的靠左，页数多的靠右。

"你这是什么神奇的收纳方法？"路许说，"全拿下来重新放，按颜色排，同一个色系的放一起。"

江乘月无法理解这种按颜色的排列方式，但路许是房东，他听房东的。

整理完书架，江乘月正准备出门，又被路许拦住了。

"外面院子里晾着的衣服，也按颜色排好，花花绿绿的，你在摆什么阵法吗？"路许指着院子。

路许的衣服都是每天有人拿出去干洗，会在院子里晾衣服的只有江乘月。江乘月长得好看，什么样的衣服都能撑起来，他也不挑衣服的颜色，所以路许每次从工作室回家时，都能在院子里找到世界上所有的色彩。

"哦，好。"江乘月放下背着的鼓，忙不迭地跑去院子里重新晾衣服。

路许看他忙得团团转，觉得出了昨晚被嘲笑的那口气，神清气爽地去面料展了。

江乘月重新晾完了衣服，拿了自己的鼓棒也出门了。先前学姐付悠然提过，他们的主唱可以找一个叫孙沐阳的人，孙沐阳唱过一阵子，但因为乐队不景气，后来回了家里的公司做面料生意。也不知道孙沐阳是个什么样的人，愿不愿意重新把乐队捡回来玩。

今天市内的国展中心有一场面料展，他们在那里可以找到孙沐阳。国展中心和江乘月住的地方不是一个城区，需要多次换乘公交才能到。

"311路换91路再转34路，直接走吧。"背着军鼓包的江乘月蹿上了一辆驶来的公交车。

面料展展示各种服装面料、辅料和一部分设备及纺织工艺，是服装设计师常来的地方。比如路许，在每年的大秀设计和取材期间，都会跑遍所在城市的大小面料展。而展场上所有的布料与线，路许都能叫得上名字。

"白色透明色渐变欧根纱、黑白色绒雪纺订货，工作室里不足的布料记得补货。"路许的墨镜遮了大半张脸，边走边给王助理说这些。

王雪追着他的脚步，一笔笔记录下来。

"对了，路老师，"王雪说，"您刚回国时，在西区买的那套别墅，已经收拾好了，室内的布置也是按您一贯喜欢的风格安排的，那边安置了更大的工作间，方便您在家里做设计工作，您看看什么时候搬？"

路许都快忘记自己另买房子了。

"先放着吧。"路许说，"还是家里的老宅更有设计灵感。"

王雪在心里呸了句，不太懂大设计师的灵感来源。

江乘月没逛过面料展，但他觉得高端。各式各样的彩色布料被摆在展出案上，不断有人停驻欣赏，要么夸色彩工艺，要么夸质地纹理。江乘月听不懂，这些展出的东西，在他的认知里只有一个字——布。

江乘月和孟哲环顾四周，三点钟方向有个酷哥，二十七八岁，头发很黑，穿着牛仔短外套，脚下蹬着一双黑色的短靴，就是他们想邀请的主唱。

"真的可以吗？"孟哲犹豫了一下，"他看起来，不太好沟通啊。"

酷哥冷漠地坐在自家展台前，左脸写着无聊，右脸写着快滚，来往的人不少，但他的展台前始终冷清。

"试试吧，反正他看起来也不忙。"江乘月说。

他在网络上仅剩的那一小段音频中，听过孙沐阳唱歌，吐字清晰，音符流畅，那样带着感情的歌声，像是上天亲吻过的好嗓子，是江乘月觉得自己组乐队时，必须要有的主唱。

"你好。"江乘月站在展台前。

酷哥撩了下眼皮，看了他一眼，没说话。

"我不是来买布的。"江乘月如实说了。

酷哥的眼球动了动，孟哲连忙站在江乘月的面前，生怕酷哥一个不高兴揍人。

"我听过你的歌，"江乘月继续说，"我们都很喜欢。"

孙沐阳终于说了今天的第一个字："哦。"

这人可真是太酷了，江乘月心想。

"我是民谣乐队柚子冰雪的 drummer，但柚子已经散队了，我现在重新组乐队。"江乘月说，"你能加入我们吗？不着急，你可以先看看我们的水平再做决定。"

"不。"孙沐阳吐出了一个字。

"好吧。"江乘月失望地低头，转身要走，刚迈出两步，就听后面的人说。

"不……不是不行。"

江乘月："……"

"别走。"孙沐阳以为他要走，急得脸都红了，"我……我不想卖……卖布了。"

孙沐阳："我……我知道……柚子……冰雪。"

江乘月："……"

酷哥板着脸，给他们留了个联系方式，意思是稍后联系，可以详谈。其间，孟哲被他爸打电话痛骂了一顿，让他赶紧回去卖小龙虾。

"头疼啊。"孟哲被骂得狗血淋头，解释道，"等小龙虾下市就好了，我先回去。"

江乘月没人管着，不急着回家，他在面料展上逛了好几圈，没看明白，但觉得还挺有趣。据他所知，路许的工作好像是和这些相关的，他低头找手机，想拍个视频给路许看看，一时间没有看路，撞在了一个人身上。那人的身量比他高出不少，江乘月一抬头，鼻梁刚好磕在了对方的下巴上，当场就鼻子一酸，眼泪都要漫出来了。

"江乘月？"被他撞到的人开口。

听见了熟悉的声音，江乘月抬头，隔着一层薄薄的泪光，看见了一双辨识度极高的蓝眼睛。

路许？

不行，撞得太疼了，眼泪要落下来了。江乘月急忙跑开，袖口从路许的手臂上擦过。

江乘月站在洗手间的镜子前，用纸巾蹭掉了不小心落出眼眶的眼泪，可是来不及了，眼睛周围，尤其眼尾处还是起了一片红，伴着点细微的痒。江乘月对着镜子，小小地叹了口气。他这个体质，真的好烦人。江乘月觉得自己难看，也见不得人，他没去找路许，从面料展的后门溜了，找了个僻静的公园，坐在湖边的绿荫下，等眼睛周围的红褪去。

那边路许愣在原地，先不说江乘月为什么会出现在这里，见到他之后，这孩子跑什么啊？跟见了什么吃人的妖怪似的。路许反思了一下今天上午的所作所为，确实有几件事不怎么像话。除此之外，昨晚他好像也干涉了江乘月想找的兼职。那份平面模特的工作，江乘月似乎真的很需要，当他差点删掉陈安迪的邀请时，江乘月的眼睛里有藏不住的小沮丧。在平面拍摄的场景设计和实际操作上，他比陈安迪专业，但陈安迪在国内的时尚资源还不错。要论平面模特这一块，还是陈安迪能铺得开资源。

路许了然。

路设计师在面料展的现场多待了一小时，果然蹲到了某个闻风而来的学人精，把人堵在门口。

"干什么？"陈安迪问，"面料展你家开的啊，我不能进吗？"

"不是。"路许指着展览馆对面的咖啡厅，"过去谈谈？"

"谈什么？"陈安迪警惕。

"江乘月。"

"哦，那行。"陈安迪手头有几本国内的时尚杂志，除了欣赏外，也是真心想邀请江乘月合作，毕竟江乘月的鼓玩得好，还能给杂志提供个人经历与背景故事，可塑性很强。

"Chen，你那杯咖啡自己付钱。"路许点了两杯咖啡，又说，"我可以答应江乘月跟你合作，但我有条件。"

"你怎么那么抠。"陈安迪来劲了，"那你说吧，都能满足。"

路许："嗯。第一，你不参与服装穿搭，这部分我来，品牌不限制你。"

陈安迪咬咬牙："行。"

路许："第二，你不参与场地选择，拍摄场地由我来提供。"

陈安迪又咬咬牙："行。"

路许："第三，你不参与拍摄，摄影师我来找，动作姿势我定。"

陈安迪牙咬碎了："……"

路许："第四……"

"等等。"陈安迪没有牙可以咬了，他举了手，"那请问设计师 Kyle，我在这个过程中参与了什么呢？"

"嗯，我想想。"路许低头抿了口咖啡，停了几秒，认真地说，"你可以，发个工资。"

15.背锅

"你是不是看我傻了吧唧的？"陈安迪指着自己问。

路许手里的白瓷勺子在杯壁上轻轻叩了下："傻……了吧唧，什么意思？"

陈安迪样样比不过路许，每次说话还都被气个半死，闻言酸溜溜地说："你那么看重他，巴不得把人看得死死的，你怎么不自己给他资源？"

"这不是有人主动想来送合作吗？"路许意有所指。

"你看见我的邮件了？"陈安迪想明白了。

"我手头的杂志资源都是国外的，江乘月好像不太喜欢欧美风的穿搭，作为他临时的监护人，我也不大可能让他去接乱七八糟的兼职，你设计做得挺烂，但时尚杂志还行。"路许站起来，"后续如果产生收入，你四我六，找你是看得起你，你看着办。"

陈安迪："……"

路许差不多听见陈安迪在心里骂娘的声音了，但他知道，陈安迪不会拒绝。

果然，路许没走出两步，陈安迪就想明白了："行，我觉得他有商业价值，那你提供衣服拍摄，我铺国内资源。"

路许莞尔。

紧接着，陈安迪又说："你这人，谁都看不上，等到哪一天，有人看不上你……"

"哪一天？"路许挑眉问。

陈安迪的嘴炮也拼不过路许，小跑了几步，摆出了一张笑脸："哎，Kyle，你们Nancy Deer 这季订了哪些布料，让我抄个作业。"

"订什么？中文不熟听不懂。"路许快步走了。

刚刚他的设计助理王雪发信息说，江乘月没有等他的意思，直接从国展中心后门坐公交车走了，路许到现在都不大高兴。怎么说也是同吃同住的 good roomie[1]，见了面招呼都不打一个就走。

> Kyle："！"
> 竹笋："Hello, Kyle。"
> Kyle："你每次这么和我打招呼，我都觉得你在说'Hello, Kitty'。"
> 竹笋："对不起……"
> Kyle："去哪里了？几点回？报备。"
> 竹笋："星彩 Live House，几点不知道哎，可能会排练。排练的话，就不回去了。"
> Kyle："嗯，去吧。"

星彩 Live House 的主理人宋均接了个路许的电话。

"来喝两杯？"宋均直接问。

"行。"路许答应了。

江乘月在湖畔坐了半个下午，等到日薄西山，湖面上水鸟的翅膀扑腾起一串破碎的水花时，他才想起来，自己约了孙沐阳在星彩 Live House 见面。他用手机自拍镜头看了看自己，眼尾的红褪去了一半，剩下一层薄薄的绯色，有风吹过的时候微微的痒。

问题不大。

---

1 英语，好室友。

江乘月振作地站起来，拍了拍衣服上沾到的灰尘，坐车去星彩找人。他到星彩 Live House 的时候，孙沐阳看起来已经等了很久。酷哥头发很黑，换了个黑色皮外套，脚下蹬着一双机车靴，板着脸，面前摆了杯香槟，见他过来，薄薄的眼皮只是略微掀了一下，看起来不怎么高兴。

"对不起，我来晚了，有点事耽搁了。"江乘月在孙沐阳对面坐下，赶紧道歉，"让你久等了，是我的问题。"

孙沐阳："是。"

江乘月："嗯嗯。"

孙沐阳："是……是我来早……早了。"

江乘月："……"

酷哥深杏色的瞳仁动了动，又生无可恋地瞥向了天花板。

江乘月低头翻了翻，从手机的音乐播放软件上找了段音频递给孙沐阳："这个，是你之前唱的吗？"

孙沐阳侧过头，听了两秒，吐出了一个字："是。"

江乘月的嘴角弯了弯，孙沐阳抬手指了指他的眼睛，问："怎……"

"啊，没有关系。"江乘月的心里只有乐队，闻言立刻摆手说，"有点过敏，不管它。"

"我因为读大学来这边了，要重组乐队，我很喜欢你的声音，"江乘月说，"目前有贝斯手孟哲，吉他手李穗哥，鼓手我，还差键盘和主唱，你愿意来吗？"

孙沐阳冷冷地说："可。"

江乘月松了口气，虽然孙沐阳是酷哥，说话一个个往外蹦字，但酷哥的嗓音，真的太适合摇滚了。

"我能多问一句，你们之前的散队原因吗？"江乘月说，"除了缺钱，还有什么其他的缘由吗？"

"不……不和。"

"好的，我知道啦。"江乘月从背包里拿出鼓棒，用手机调了段孟哲先前录好的贝斯，"我们试试？"

孟哲提前录的是 The Beatles[1] 的 *Yesterday*，很经典的一首老歌，他们这些玩乐队的多少都会唱几句。

Yesterday, all my troubles seemed so far away……[2]

孙沐阳没有让他失望，虽然说话磕磕巴巴的，但唱歌的时候吐字清晰流畅，嗓音

1　披头士乐队

2　歌词大意：昨日，我所有的烦恼似乎已远去……

既特殊又好听，半点都不磕巴。

"巴适！[1] 就你了，来和我们玩乐队吧，别卖布了。"毕竟看你也不像是能把布卖得出去的样子。

顿了顿，江乘月又说："我没什么钱，但会玩下去的。"

"行。"孙沐阳言简意赅地说。

"那回头我们找地方排练。"江乘月说，"我先走啦。"

眼睛好像不那么难受了，他想找镜子看看情况，要是红色消失了，不难看了，他就可以回家了。

路许在星彩二楼的卡座区坐了很久，面前摆着一瓶未开封的黑桃A。从他的位置，恰好能看见不远处坐着的江乘月。白天看见他就跑，现在却坐在这里，跟别人有说有笑的。没过多久，江乘月起身离开，路许站起来，走了过去。

"他，"路许的指节敲了敲桌子，"江乘月，去哪里了？我是他哥哥。"

孙沐阳指了指洗手间："去……"

路许转身走了，留下孙沐阳慢吞吞地说完了后面的话："去……洗手间，他有……有点……过敏。"

江乘月站在镜子前叹气。因为上午撞见路许时，磕的那一下，让他不小心沁了点泪花，一个下午过去了，到现在，眼尾还是有点红。淡淡的，像是敷了层胭脂，疼倒是不疼了，可他觉得难看。路大房东本来就各处嫌弃他，等下见到了，怕不是又要嫌弃几句。正想着，有人从背后靠近了他。

"你化妆了吗？"来人的声音有点故作轻浮，"真不错。"

江乘月认出来，是向驰。因为驰风乐队一开始和他有过节儿，向驰好像一直在找他的麻烦。之前的大学生音乐节就是这样，先一步上场的驰风试图顶掉找他帮忙的D大校园乐队的歌，好在他们临时换歌才解决。

"没化妆。"江乘月擦了擦手上的水珠，"有事吗？"

向驰盯着他的脸，不住地打量，这种粗鲁而不尊重的视线让江乘月觉得很不舒服。路许平时也喜欢打量人，但路许那是职业病，打量的同时还会带点专业角度的点评，和向驰这样赤裸裸的眼神完全是两回事。江乘月不想理他，转身想离开，却被向驰伸手拉了一把。

向驰好像是喝了酒，身上有点廉价的酒味。

"哎，"向驰说，"上次帮你的那个人，今天不在啊？"

"他在不在这里，和你没关系吧。"江乘月说。

"怎么没关系。"向驰醉得厉害，抓着江乘月的袖口把人往墙边推，"我后悔了，早知道你这么受欢迎，随便发张照片都有那么高的人气，我就应该让你来我们

---

1 方言，很好。

乐队……"

江乘月厌恶地别过了头，伸手去找洗手台上的小瓷瓶，想给向驰的脑壳来一下，但瓷瓶赔起来比较贵，江乘月想了想，目标换成了不锈钢的香皂盒。

"瞪我干什么？"向驰怪笑，"你多高贵，我说不得你吗？我在你们老家那边的朋友说，你没爹疼没娘爱的，就是一个小酒馆附近乱窜长大的野孩子。"他说到兴头上，也不顾江乘月脸色发白，伸手去碰江乘月的脸颊，"你的小乐队，组不起来吧，你讨好我几句，我找个乐队接收你。"

向驰一句话没说完，被人揪着领子抢了出去，撞在洗手池边的墙上。

"Mach dich fort！[1]"路许的蓝眼睛像是凝了霜，冷得很，"你在干什么？"

他回头看了眼江乘月，目光从江乘月微红的眼尾上一扫而过："他打你了？"

向驰："我没……"路许按着向驰手腕的手一紧，向驰半句话没说出来，只剩惨叫。

闻声赶来的宋均让保安带走了一直喊冤的向驰。

"他欺负你？"洗手间外，路许抬起衣袖蹭了蹭江乘月的眼睛。

江乘月怔怔的，还没反应过来。

"下次再碰到这种对你恶语相向、图谋不轨的变态，直接甩他一巴掌，知道吗？"路许看他愣着，以为他吓坏了，又说，"打完了回来跟我告状，我再去打一顿。"

"哦……"江乘月说。

江乘月坐在路许的车上回家时，还有些没回过神。

"路哥，"他轻轻地唤了声，说，"谢谢啊。"

"嗯。"路许应了声。

"你要真是我哥就好了。"江乘月的嘴角弯了弯，柔软的头发在路许的肩膀上蹭了蹭。

路许愣了一会儿，他不知道为什么，心里酸酸的。或许是少年转头时柔软的发丝，隔着一层薄薄的衣料，无意间擦过了他肩膀上的蒲公英文身——一场携了云的春风，拥着原野上的蒲公英，或高或远，想在更靠近星与月的地方生根发芽。

"刚才坐在那里是在做什么？"路许换了个话题，"跟那个人。"

"孙沐阳吗？"江乘月问，"啊，那是我刚刚找到的主唱，他的嗓音很好听，非常适合摇滚。"

路许不怎么在意地"哼"了声，似乎并不想听他夸这个人。

路许又说："为什么要找主唱，你不会唱歌吗？"

"我不会。"江乘月摇摇头，"他们都说我唱歌难听。"

路许："听听。"

江乘月："嗯？"

---

1 德语，滚开。

路许："听听看。"

江乘月从小学开始就被人说唱歌五音不全，很少有人说想听他唱歌。他想了想，给路许唱了首很老的歌——他妈妈唯一教过他的一首歌，在那些她陪伴他的、少之又少的时光里。

> 抬头寻找天空的翅膀，候鸟出现它的影迹……
> 带来远处的饥荒无情的战火，依然存在的消息……

江乘月微怔，仅停顿了半秒，接上了后面的词句。路许没说话，伸手抚了他的头发。

> 玉山白雪飘零，燃烧少年的心……

江乘月的声音很软很柔和。路许没听过这首歌，但他觉得好听，只是歌词对江乘月来说，大约是有特殊意义的。

路许不由自主地想起，那段从路念那里听来的，江乘月被远方战火侵蚀的童年时间。孤单瘦小的孩童踩过低矮的门槛，在大街小巷里奔跑穿梭，时光匆匆而过，街边的老树绿了又叶落，少年推着行李箱，只身一人，飞往1700多公里外的城市。路许以为江乘月在哭，但低头时看见一双琥珀色的眼睛，盈盈的，含着薄光。老宅就在不远处，他却不想要司机停车了。

第二天，路许在工作室以"雨中萤火"为灵感，设计了一条以水色为主调的中长裙。雨中的萤火虫像是扑打翅膀的精灵，浅碧色的荧光点缀成了羽毛的形状，一行行像诗人笔下的短长句。

路许边画设计图边不自觉地哼了哼江乘月昨天唱过的歌。他乐感其实还不错，记旋律很快，听个一两遍，就能完整地唱。工作之余，路许想去开发部看看自己新买的面料，路过王雪的办公室，听见王雪似乎在和她那个关系不怎么好的男性同事聊天。

王雪："我的天哪，我刚路过工作室，竟然听见 Kyle 在哼歌，中文歌，我听懂歌词了，竟然是《明天会更好》，好久前的歌了……哈哈哈哈哈，你敢信，他五音不全，一个字都不在调上。"

16. 蔷薇花

"秋冬季形象片的进度盯一下，然后下个月的订货会记得准备，面料的物料信息需要整理，设计侵权的两个案子追一下进度。"路许站在办公室门口说，"你俩关系不好，聊天的时间倒是很多？"

王雪和男朋友对视一眼，赶紧坐回了自己的电脑前，开始工作。

"首席设计师 Kyle 太可怕了。"王助理的男朋友悄悄说。

"等他完成春夏大秀的设计回德国就好了。"王雪说，"你说话小点声，看着我们呢。"

路许面无表情地回了自己的设计工作室，下载了一个国内的音乐播放软件，搜索歌曲名，点击播放。

路许："……"

怎么说呢？江乘月唱的和这个原曲，应该是两首歌，除了歌词之外，没哪里是一样的。难怪他昨晚说好听的时候，江乘月回了他一句"路哥，你是个好人"。

今晚有个 5 亿级票房女演员的团队联系了他，希望能由他监制在卫视七夕之夜晚会上的造型。这女演员自身条件不错，咖位够，人也没什么黑历史，路许答应了这次合作。

时间差不多快到了，路许放下修改了一半的纸坯，把软尺搭在模特架子上，低头看手机时，发现江乘月半个小时前给他发了消息。

竹笋："Hello，Kyle。"

竹笋："不小心把电子表摔碎了……能借我一个吗，晚上有场排练，不想带手机，打鼓的时候会摘下来。"

Kyle："一楼工作间的装饰品抽屉里有，你随便挑个喜欢的颜色戴吧。"

竹笋："好呀，第 3 个盒子，黑色表盘，看起来掉了很多玻璃碴儿的那个可以吗？"

Kyle："玻璃碴儿？你再仔细看看，那是星空！"

路许到对方公司的时候，女演员的团队特地给他准备了单独的工作间。这家的团队财大气粗，把 Nancy Deer 这两季的女成衣都给买了一通，整整齐齐地挂了两大排衣架，让路许帮忙选。路许支使着设计助理王雪给女演员量尺寸，自己则是站在衣架前挑挑拣拣。

"你以往都是深色穿得多。"路许看了团队给的过往造型照片。

"是。"女演员说，"影迷说我长得比较凶，不适合浅色的衣服。"她为这个问题愁了很久，连戏路都变窄了，接的都是些苦大仇深的心机反派角色。

"所以你以往的造型才都被说中规中矩没突破，别人稍微堆点热门元素，你就会被艳压。"路许直白地说，"观众给你贴标签就算了，你还给自己贴，社会给女性制造了一道道限制和规则，你不要给自己再设限。"

路许："造型这种东西，是需要经常变换的，保留核心气质即可，你再这样下去，影迷会审美疲劳。"

"听您的。"女演员说，"换个风格。"

"去找本季桑蚕丝系列的小灰裙，不要重工设计的那条。"路许冲王雪说完，又转向化妆师，"妆面素雅一点，到位就好，不要浓妆，头发不要盘，放下来。"他几声命令下去，团队里的人都忙了起来。

路许推门在走廊里逛了两圈。这是一家挺大的娱乐公司，旗下活跃艺人众多，路许没走几步，就看见这边练习生的排练场地，敞亮的房间里摆着一台架子鼓，地上还横着一把吉他，这比江乘月平日里的排练场地不知道好了多少。

被要求练鼓的男爱豆坐在鼓凳上，结合表情管理，向前方做了个标准的wink[1]，抓起鼓棒在架子鼓上缓慢地打了几下，跟捣蒜似的。

路许看得直皱眉，这力度和节奏，还有打鼓时的气场，跟江乘月比，简直差远了，脸更是比不上江乘月。江乘月不懂表情管理，不会像成熟的艺人那样知道在拍照的时候把自己相对好看的侧脸迎着镜头。可江乘月只要坐在那里，鼓声震起，就足够让人惊叹了。

> Kyle："晚上回家吗？"
> 竹笋："不回了吧？想多练练。"

"路老师，"公司的人热情地迎上来，"要看看吗，我们这边的艺人在训练，他们会玩点乐器哦。"

"不了。"路许摇头，索然无味。

因为约的键盘手要求有正式的排练场地，江乘月和孟哲他们凑钱约了个正式点的琴房，几人赶到的时候，却发现被人捷足先登了。

"我们定金都付了。"江乘月去找琴行老板说理。他的身后，左边站着特种兵退下来的李穗，右边跟着脸比冰块还冷的酷哥孙沐阳，不远处还有个扛着贝斯的孟哲，老板哆嗦了一下，把原本想搪塞的话给咽了回去。

"你的契约精神呢？"李穗敲了敲桌子。

"你们约了1小时，他们约了后面的3个小时，结果……提前一个小时到了。"老板为难地说，"而且他们给的实在是太多了，我把钱退给你们吧。"

"不。"孙沐阳冷冷地说。

"咋回事啊？"里面占着地方的人听见了外边的动静，推门出来，"我们是大乐队，最近有场演出，把地方让给我们吧。"

"骗鬼呢你。"江乘月说，"大乐队都是有经纪人或唱片公司的，用得着跟我们抢

地方排练吗？都是野鸡，你装什么？"

对方的主唱是个大块头，见状又说："乐队不就是拼钱玩，我们有钱，多包会儿场地怎么了？我们还缺个键盘，听说你们键盘约的是杜勋，这人琴弹得不错，但老势利了，见钱眼开，一会儿肯定直接跟我们走了。"

"说我什么呢？"琴行里多了个声音，还是个烟嗓。

来人比江乘月大了四五岁，染着一头奶奶灰，脖子上挂着个金属骷髅项链，打扮得非常社会。

"说你见钱眼开。"大块头说，"明晚咱们牛气乐队有个演出，给你钱让你来两下键盘，来不来？"

"谁不爱钱？"杜勋痞里痞气地笑，嘴上叼着根烟，四下看了看，指了指江乘月，"在他面前炫富，你可真没眼力见儿啊。"

"啊？我？"全场最穷、每日主食是馒头的江乘月指了指自己。

"百达翡丽 6104，有价无市。"杜勋冲着江乘月手腕上的表抬了抬下巴，"请务必让我加入咱们乐队。"

江乘月："……"百什么？他没有听说过。

路许借给他的时候，压根没告诉他表的价格，只是发了条挺长的语音，耐着性子告诉他，表盘是银河苍穹中的星象图，很有艺术价值，不是什么碎玻璃碴儿，完了还单独发了条两秒的语音，说他审美黑洞。

"这表是借的，不是我的。"换了一间老板临时腾出来的琴房后，江乘月对杜勋说，"咱们乐队很穷，你要不再考虑一下？"

"你还穷？"杜勋熟知各种奢侈品，"上次那视频，一件上衣就一万三。"

"那也是借的。"江乘月说，"和表都是一个人的。"

"他房东借的。"孟哲在一旁补充。

"就你们乐队了，刚刚那人有句话说得不对，乐队不仅拼钱，还拼技术。"杜勋摘了嘴上的烟，"一起穷着玩吧。"

来这里将近一个月了，江乘月终于把乐队的成员都给凑齐了。

"这下好了。"江乘月说，"我们乐队不仅有兵哥、酷哥，现在还有社会哥了。"

"那我是什么哥？"孟哲兴奋地问。

江乘月正思考乐队发展，心不在焉地说："你像外卖小哥。"

有了新乐队，江乘月的日常就会变得忙碌起来，他们要取自己的乐队名，还要开始编曲写歌，以及尝试第一次小范围的演出。

时间挺晚了，江乘月原本不打算回去，但余光瞥见了手腕上戴着的表，想了想，还是搭上回老宅的末班车。下车后，他边走边踢路上的一块小石子，走到那条遍开蔷薇的路上时，忽然想到一段不错的编曲。他在路灯边坐下来，记了几句谱。

老宅这边，是闹市里唯一的一片静区，周围的老式民国风建筑里，住了不少休养的老人，一到晚上，这里就安静极了，路边的蔷薇丛里，还有萤火虫。

另一边，那个女演员上完节目后，造型在微博上广受好评，夸新造型好看的通告铺得漫天都是。女演员和团队想请路许吃饭作为感谢，但路许的心情不是很好，被他直接拒绝了。司机感觉到车内的低气压，没和他搭话，车一路往老宅的方向开。

"停一下。"路许说。

路灯下的蔷薇丛里，萤火虫织出了地上的银河，众星捧月般簇拥着坐在其中的少年。温凉如月色的灯光里，江乘月抬手接了只半空中落下的萤火虫发呆，不知道在思考什么。

路许一整晚烦躁的心情，在等一只萤火虫落下的瞬间平静了下来。他想靠近点，看看那只萤火虫，又或许，不仅仅是萤火虫。

如果是他，在萤火虫落下来的那一刻，就会紧紧地攥在手心里，捧去暗处，只留给自己欣赏，而不是像江乘月那样，任凭流光从指缝中飞走。

"就到这里，我走回去。"他对司机说完，就下车了。

江乘月在心里数拍子，抬头看见了路许。

"坐这里干什么？你还挺招萤火虫的。"路许停在江乘月面前。

"它们不害怕人的。"江乘月说，"路哥，坐吗？你坐在这里，也能招萤火虫。"

"你怎么这么晚才回来啊？"江乘月问，"我以为你早睡了。"

"没。"路许嫌脏，站着没坐，"刚要回来的时候，突然有点想法，找了路边的咖啡店，记了点灵感。"

江乘月收起记编曲的笔记本，想再坐会儿。

"走了，回去。"路许才站了几分钟，就把嘴巴抿成了一条线，"快点。"

"不看会儿萤火虫吗？"江乘月有些不舍。

"Mücken.[1]"路许说了个德语词。

什么东西？江乘月没懂，路许的格调他追不上，但他记住了发音。

"中文是什么？"江乘月看了看周围环境，和他路哥不断加快的脚步，忽然懂了，"……不会是蚊子吧。"

路许装没听见，率先走了。

江乘月："你……"

看来是了。行吧，他招萤火虫，路哥招蚊子。这年头，蚊子也知道挑进口的来。

---

1 德语，蚊子。

17. Nancy

路许在德国的时候，就没怎么见过蚊子。没想到在宁城这边的夜晚，想看个萤火虫，还要被成群的蚊子困扰。

"哦，对了，路哥，手表还给你。"江乘月小心地把表摘下来捧给路许，"要不是别人提醒，我都不知道它这么贵。"

江乘月好就好在不被价格绑架审美，就算知道这表没 300 万元拿不下，他也不觉得有多好看，这时候只觉得他路哥好像有点……人傻钱多。

"啊，贵吗？"路许不是很在意，"之前让助理代买的，没问过价格。"

老宅的室内面积不大，院子却很大，江乘月推开院门走进去时，玻璃秋千上也停了几只萤火虫。江乘月那天听付悠然学姐说过，老宅这片是城区唯一能看见萤火虫的地方，虽然房子上了年纪，但房价和地段都冲在全市的前排。

江乘月的身上有股淡淡的香味，从刚才靠近他开始，路许就闻到了。很淡，像是某种植物的芬芳，夹杂着薄荷味儿，比路许接触过的任何香水都要好闻。

"你用的什么香水？"路许关上门问。

"香水？"江乘月歪着头想了想，"没啊，我不用那种浪费钱还花哨、不中用的东西。"

"……"路许把手腕背到了身后，不是很想让江乘月闻到自己身上的男士香水味。

江乘月进门后在门口的柜子里找了找，扒拉出一瓶花露水，对着路许来了两下："驱蚊的，这两下算一毛钱吧，记得转给我。"

路许："……"

他被这股廉价刺鼻的味道熏得皱了眉，觉得人类为了驱蚊还真是杀敌一千自损八百。这气味，一点都没有江乘月身上的好闻，也不知道为什么，同样的香味，在江乘月身上似乎就变得高级了。路许被劣质薄荷味熏得脑壳痛，推开卫生间的门去洗漱了。

江乘月用两下花露水驱走了路许，自己坐在岛台边，看付悠然刚给他转发过来的一条短视频——某胡姓女演员，在七夕晚会上，一改往日严肃端庄的风格，改穿了一条桑蚕丝小灰裙，整个人的气质都变得明媚了起来。

"这好像又是 Kyle 的手笔吧。"付悠然说，"跟她同台的她对家，特地砸重金邀请了某个蓝血品牌设计师，耗时三个月定制了一条长裙，但还是被压下去了。"

江乘月之前听人说过，路许在做自己的品牌前，也是蓝血品牌就职的设计师。他上下滑动屏幕，看了短视频的评论。

"胡姐这次是要翻盘啊，听说有制片方很满意她的新风格，已经开始有新角色找上门了，跟她以往的戏路不同。"

"那条裙子是鹿与南希的吧，好像不是秀款，日常也能穿，想'get'一下同款。"

"不得不说，鹿家设计师真的很会，不把人标签化，擅长打破常规，每次出手都是惊喜。"

服装设计是江乘月的盲区，但看付悠然的反应，路许在这个圈子里，似乎还处在食物链的顶端。他很羡慕路许的人生，能尽情地做自己想做的事情。

"又看这些？"因为是在家里，路许穿得没那么正式，胡乱披了件睡袍，衣带都没系上，就直接出来了。

江乘月看得入迷，听见路许的声音，才察觉路许不知什么时候靠近了他，就站在他的身后。路许站得太近了，他刚要回头，屁股下的高凳没坐稳，整个人后仰，被路许手疾眼快地从背后托了一下。路许推着他坐正，其间又闻到了他身上那股淡淡的薄荷味。

"路哥……Nancy Deer，鹿与南希，"江乘月侧过头，把话题岔开，"鹿可能是你，南希是谁？"

路许正看着江乘月头顶的小发旋出神，闻言说："Nancy 是我养过的一只小鸟。"

"鸟？"

"嗯。"路许把视线移开，"小时候放火烧阁楼的第二天，在家门口捡的，带回家喂了两天，想放它走的时候，才发现它已经不愿意飞了。"

"那怎么办？"江乘月问。

"能怎么办？"路许嗤笑，"好吃好喝地供着，养到它寿终正寝。"

江乘月其实很难想象，路许这样的人，会捡一只小鸟回家，甚至还宠坏了那只小鸟，让它不再眷恋外边的世界。

路许坐在他旁边，翻平板电脑上国外助理传来的几份设计图。

"哇，这件。"江乘月在一旁出声了。

"怎么？"路许把电脑推过去，"什么想法？"

"这个颜色，这个纱，我感觉好像大蛾子啊。"江乘月笑得很开心，笑了两声后，他大约是想起了什么，眼睛怯生生地看向路许，生怕路许立马把他抓过去套衣服。

路许把他这细微的表情变化收入眼底，牵着嘴角跟着笑了两声。

五分钟后，江乘月上楼了。

路许："……"

他刚才……怎么了！江乘月嘲笑就算了，这是他自己设计的衣服，他跟着笑个什么劲儿，仿佛有点那个什么大病。

······ 印象失真 ······

为此，他给陈安迪打了个电话："Chen，如果有人当面三番五次地嘲讽你的设计，你会怎么办？"

"还能怎么办，憋着呗。"陈安迪懦弱且愤怒地说，"不瞒你说，到目前为止，当面给我说过这种话的，只有你这个烂人。"

路许："……"

"你也没少在背后嘲讽我，谢谢。"路许补充。

"我想想啊。"陈设计师操着一口流利的英文说，"如果是你这种人被嘲讽，还没当面打人的话，那恐怕得是挚友了。"

江乘月的新乐队名字有了，叫梦镀。他抽空在短视频 App 上建了个账号，拿来放他们乐队的排练日常。新乐队刚组起来，没什么知名度，更多的时候都是自嗨。

江乘月当初找孙沐阳，不仅是冲着声音，也是冲着原创能力去的。孙沐阳能写歌，他能编曲，几番下来，他们开始写自己的新歌了。

梦镀的短视频账号上，目前仅有 320 个粉丝，大部分都是冲着江乘月来的，剩下十来个，是孙沐阳先前的乐迷。

> "现在关注，以后你们火了，我就是大乐迷了。"
> "乘月弟弟我来了，哈哈哈，看乐队简介的时候差点没敢相信。"
> "等着你们的第一场 live 啊！"

江乘月他们的第一场 live 定在番茄音乐空间，是本市规模较小的 Live House，位置比较偏，场地小，现场只能容纳几百人，但一晚上的租金和设备使用费便宜。小的、没什么名气的乐队，一般都在这里演出。

等路许悄悄摸到短视频账号点关注的时候，江乘月正在艰难地卖乐队演出票。一场才 20 元，比酷哥他们散队前卖得还便宜，演出费用大多是自己掏钱。这是一场完全不赚钱的演出。

票总共才 300 张，线上零零散散地卖了七八十张，都是冲着乐队的颜值过来尝新鲜的，本市真正喜爱乐队的，没几个人有兴趣，乐队的大群里，也是嘲讽得很真实。

> "梦镀？刚成立的啊，竟然还是摇滚乐队，江乘月那个气质专心玩民谣
> 不好吗？说真的，摇滚的好时代已经过去了，年轻人我就没见过几个能玩得
> 起来的。"
> "票才 20 元，真可怜，一分钱一分货，玩不起来吧。"
> "江乘月不是富二代吗，烧钱玩呗。"
> "早就说过了，能不能别拿不礼貌当真性情，现在玩得好的乐队，谁不

是从这个阶段过来的啊，有必要这么嘲吗？"

"谁爱去谁去喽，位置太偏了，不过看脸不亏啊，人员配置也还行吧。"

路许开了个短视频账号，给江乘月发的每条视频都点了赞，点完发现自己被拉黑了。

"你拉黑我？"坐在设计台前的路许突然抬头，把专心卖票的江乘月吓了一跳。

江乘月："你是哪个？"他刚才是拉黑了一个连赞的纯数字账号，因为连赞会导致视频限流，他手动把路许从黑名单里放了出来。

"在卖票？"路许从江乘月面前的桌子上抽出了一张小海报。

"卖了一阵子了，怎么办，卖不出去。"江乘月泄气般地趴在桌上，有种挫败感，他把头埋在了臂弯里，带着鼻音，小小地叹了口气，"没几个人愿意看我们演出……"

江乘月其实有自己的乐迷，数量还不少，但主要集中在老家那边，要飞过来不太现实。而他所谓的颜粉，或是在微博，或是在 ins 上，也都来自五湖四海，能真正到现场听一场 live 的人寥寥无几。

路许觉得他垂头丧气的模样很有意思，伸手想拍拍他的头，手伸到一半，又落了回去。他想起了自己养过的那只叫南希的小鸟，也有柔软的羽毛，喜欢停在他的书桌上打盹，高兴的时候会来啄他的手指，不高兴的时候就会把爪印踩在他刚画好的设计稿上。

"那你卖我一张？"路许从抽屉里抽了张卡，递过去，在江乘月的桌子上敲了敲。

"你别闹，"江乘月把他的手推开，"你要来就来，这个我不收你钱。"

江乘月觉得自从路许跟自己混熟了之后好像没之前那么高冷了，还很乐意逗他。

"乘月，"路许就当没听见他的话，把卡随手扔在桌上，"这算是你请我去听的吗？"

江乘月想了想，这话没毛病，虽然是路许先提的，但也可以说是他邀请的。

"行，路哥，我请你去听。"江乘月说。

路许的嘴角不动声色地弯了弯，从桌上的盒子里自行抽了张质地粗制滥造的票，放进了自己的口袋里。

江乘月只沮丧了一小会儿，就振作了起来，他剪了段短视频，录了乐队里每个人的排练场景，特地标注了 live 的时间，勾选同城，又让孟哲他们开了一会儿直播，咬咬牙花钱投了个视频推广。

大家都有工作，这个时间都在忙，只有孙沐阳闲着。某酷哥坐在直播镜头前，观众问十句，他答一个字，愣是靠颜值和酷卖掉了几十张票。

与此同时，Nancy Deer 的国内首席设计助理王雪收到了大老板的一封全英文邮件，扯了一圈公司团建的必要性和意义，最后附了一个国内乐队梦镀小规模演出的购票链接。

"团建？"王雪自言自语，"路老师竟然还想团建？"

印象失真

另一边，远在 S 市新区的设计师陈安迪刷到了路许的个人社交媒体账号，路许发了张架子鼓的图片，扯了通摇滚乐和设计灵感的相关性。

"学人精"给路许打了个电话："Kyle，你都是这样找设计灵感的吗？"

"Ja.[1]"路许说。

"哦行，那我也想去，带我团队。"陈安迪说，"来五十张票。"

"略贵，30 元一张。"路许冷冷地提醒。

陈安迪不屑地说："你是不是看不起我，再多个零都行。"

路许："Ja."然后回以微笑。

300 张 live 票，最后江乘月卖了 90 张，酷哥卖了 50 张，路设计师凭本事卖了 130 张，还当中间商，赚了点差价。

18. 审美点

梦镀乐队的第一场 live，设在八月的第一个周末。

江乘月为这场演出准备了好些天，每天早出晚归地去乐队租来的地下室训练。其间，路许飞巴塞罗那看了场秀，某个傍晚回家的时候，在老宅门口的台阶上捡到睡成一摊的江乘月。

江乘月的手里攥着鼓棒，脚边摆着几个空花盆，路许一眼看过去就明白他又敲花盆来找节奏了。

"起来。"刚从国外回来的路许抬脚踢了踢江乘月的屁股，嫌弃道，"不知道的还以为我这个黑心房东把你赶出来了。"

江乘月还在做梦，因为被吵醒，睁开的眼睛里带着薄薄的水汽，他揉了揉眼睛，拎起鼓棒，像踩着云，跟着路许飘进了屋子里。

"Chen 那边，平面模特合作的合同，已经发给你了吧？"路许问，"看过了吗？"

"已经收到了。"江乘月点头。

这份合同的条款出乎意料地简单，开价对江乘月来说，是个惊人的数字，他拿到合同时，有种天上掉馒头的不真实感。所以他花了好几天反反复复地检验了"馒头"的真假，中间有几条隐藏条款，关于服装穿搭和拍摄场地的，他没怎么看懂行话，拿来问路许。

"行。"路许没看合同，直接点头了，"你就接这个就好，其他的邀约全部拒绝。"

于是江乘月拿起笔，在晾了好几天的那份合同上签下自己的名字，签的时候还特地喊了路许，不放弃任何一个教学机会，让他路哥好好看看他名字的写法。

1　德语，是的。

路许没认真学，满不在乎地笑了声："怎么？最近累成这样，明晚就要演出了？"

"嗯，明晚6点半，在番茄音乐空间。"江乘月把乐队的宣传海报找出来，指给路许看，"你可以坐地铁……"

他说了一半，忽然想起来，路大设计师是有车的人，顿时不好意思地笑了笑。

"你会去看的吧，路哥？"江乘月认真地问。

"你白请我的，我为什么不去？"路许反问。

路许把乐队的海报拎起来看，海报是乐队里的几个人用手机自动拍摄拍的，照片里的江乘月坐在架子鼓前，背靠着架子鼓，右手举着鼓棒，红色短袖的衣领上做旧的金属链子垂落在他的腰侧，在他白皙的左手腕上绕了一圈。这照片的拍摄角度和穿搭都很"死亡"，可路许想到了自己去年夏天散步时，路过的北德森林，废弃的金属栏杆上缠绕着生命力顽强的野生红莓，轻轻用手一捻，红色晶莹的汁水就会沾满指腹，带着一点点青涩的甜味。

"路哥。"江乘月提醒，"看完就还给我，2块钱印一张，贵死了。"

路许不甚在意地"嗯"了声，松开了海报，用不太正宗的中文说："我要画图了。忙你的去吧，明天应该会是个艳阳高照的好天气。"

"谢谢啊。"江乘月很少从他路哥嘴里听到好话，受宠若惊，"借你吉言。"

番茄音乐空间有两个舞台，一大一小。江乘月他们的经费不够，定了便宜的小场地。小场地在二楼，舞台有雨篷，但观众区是露天的。

演出当天，炎炎夏日艳阳高照到了下午5点，距离演出还有一个半小时，老城区上空突然一声惊雷，炸出了大半个宁城的暴雨。

江乘月的腰带上斜插着两根鼓棒，正低头帮着搬设备，被劈头盖脸的一通大雨淋了个晕头转向。果然，雨下了半个小时，就有他的乐迷私信他说来不了了。

"啊啊啊啊，抱歉，很想去听的，一开始就买了票，然而这雨太大了，实在是不方便，票就不用退了，你们加油。"

"呜呜呜，我等着看大家上传的视频吧，突然要加班。"

这下好了，原本就不多的观众因为大雨，又少了一部分。

"没事。"李穗正在给吉他试音，看他垂着头，头发都被打湿了一半，安慰他说，"没人就演给自己看，都是这么过来的。"李穗当兵那会儿什么世面没见过，尽管临到演出而下暴雨，现场冷清，他也没怎么在意，倒是担心年纪最小的江乘月不高兴，停下来安慰了两句。

江乘月想了想，说："那等下我们试音的时候，可以开个同城直播，或许有附近的人会过来。"说着他让孟哲架了个手机直播，自己打了段试音鼓。

江乘月的预估是对的，尽管乐队的短视频账号只攒了几百个粉丝，但他们的试音直播，吸引了将近 3000 人。

"咦，好像离我这里很近，是等下要演出的乐队吗？还有余票吗，想去听一场。"

"啊啊啊，想听，但是太大雨了，不想出门……"

"我去，我去，老娘就喜欢雨中蹦迪，这乐队总体颜值好高，尤其是鼓，等着，老娘换个拖鞋就出门。"

"我也来，我就住附近，票这么便宜，血赚啊。"

因为试音时的同城直播，live 的余票销售一空。但好景不长，番茄音乐空间里，位于一楼的大舞台突然开始了演出，直播间里传来嘈杂的声音，线上观众迅速开始流失。

"他们这鼓打得也太烂了，就乱捶啊。"孟哲忍不住捂耳朵，"一点律动都没有。"

李穗骂了个脏字："这里的隔音也太差了点，他们的设备好像要比咱们这边的高端，炸场效果太好了。"

江乘月没办法，只好找了这边 Live House 的负责人。

"我们隔音还好的。"负责人说，"不过今天你们楼下那乐队自带了两个大音响扩音，可能你们要委屈一下了。"

孟哲手里的手机直播忘了关，这段刚好就完完整整地播给了线上的观众。路许摸到直播间的时候，刚好看见两个乐队的人在争执。

"请问你们可以关掉那两个自带音箱吗？"江乘月问，"我们这边 live 实在是听不到声音了。"

"听不到？"另一个乐队的主唱讥笑，"那你们大点声唱不就好了，我们花两百来万块买设备，不是放着看的，没钱玩个屁的乐队啊。"

同时演出的另一支乐队不愿意配合，江乘月也没有办法。杜勋拧了拧手腕，想跟对方比画两下也被他拦住了。

"就这么唱吧。"江乘月说，"我们是来演出的，不是来挑事的。"

临近乐队演出时间，现场来了一百多个乐迷，江乘月四下看了看，没见到路许的身影，他定了定神，在鼓凳上坐下来，让音乐空间的人帮忙拆了鼓盾。没有那层透明材料的遮挡，现场的观众都能清晰地看见他的脸。江乘月笑了笑，冲着台下的乐迷挥了挥鼓棒。

一辆玛莎拉蒂停在番茄音乐空间的楼下，随后是四辆房车。拖家带口来看演出的陈安迪得意地看向路许："Kyle，你车子没我的大。"

"让开点，"路许带着自己的朋友、星彩 Live House 的老板宋均从车上下来，"别挡到我们的卡车。"

陈安迪："卡车？"

江乘月正在做演出前的最后准备，台上突然来了两个工作人员，要给他们换外扩设备。

"现在换吗？"江乘月不解。

"路老师让换的。"过来装设备的人说，"说就当是他给的 live 门票。"

路老师？路许来了吗？

江乘月看向台下，在远离人群的地方，路许举着一把透明的伞站在雨中，在和旁边的助理说话。他举起鼓棒，想冲他路哥挥一挥，这是江乘月在这座城市的第一场 live，是他的新起点，他希望路许能见证这一切，但时针指向了演出前的最后一秒。

梦镀乐队的第一次 live，开始了。

楼下乐队的声音嘈杂，现场的乐迷撑着伞，踩着二楼大平台上的水花。雨声、乐声、说话声交织在一起，连同乌云深处的轰鸣声一起，似乎从一开始就不想给新乐队破局的机会。

一声轻轻的口哨声打破了僵局。主唱孙沐阳站在麦前，用口哨吹了支不知名的小曲。李穗在吉他上轻扫了几下弦，江乘月从口袋里取出口琴，接了段悠长的小调。现场的乐迷安静了下来，周围喧嚣的乐声像是变得很远，没人再去关注楼下的声音，江乘月放下口琴，换了鼓刷，配合孙沐阳的哼唱，打了段爵士。歌是轻柔而俏皮的，为完整乐队的演出，铺开了前奏。

"哐——"吊镲快速摆动，简单的鼓棒在江乘月的手里有律动地起落，清脆而有节奏的声音响起，江乘月踩了几下底鼓，千万级别的扩音箱将鼓声放大清晰，精准地击中现场所有人的神经。孟哲手里的拨片在贝斯的琴弦上划动几下，熟练地按出一段旋律，声音及时被音箱送出后，像是拨在人的心弦上，辽阔的天际忽然就有了风，自南向北，卷起整个天幕的流云和天边翻飞的草叶，天色骤变。

鼓声瞬间响起，由缓至急，似是呼啸和怒吼，每一下，像是都敲击在人心深处，在贝斯和吉他的迎接中，前奏以键盘音的形式出现，宛若一场酝酿着的夏日暴雨。舞台的设备简单，单一的聚光灯从三方打在舞台的中央，照出丝丝缕缕的雨幕，鼓与弦声并起，薄薄的光影中，雨幕招摇，碎光如线，连着空气中的雨点和微尘一起震颤着。

一瞬之间，全场沸腾。

摇滚乐，比歌词更重要的是律动，好的摇滚乐会让人忍不住跟着疯，感受音乐里的情绪和共鸣。这种音乐从来就不需要什么专业音乐人的评价，现场观众的热烈反应就是对一首歌最好的褒扬。此时此刻，所有人的目光都聚焦在台上那一方天地，有人抛开了伞，在漫天的雨幕中跟着嘶吼，风雨中凋零的白伞坠落在水洼里，迸溅出涟漪与水花。

雨雾弥漫，孙沐阳带着磁性的嗓音于此时，流淌进已经铺垫好了的音乐里。

一千七百公里，你说走就走。

旧时琴弦，撞碎几多西城柳。

你终于又拾起过期的年少轻狂。

······

这是梦镀自己第一张专辑的主打歌《仲夏不尽》。

从鼓声起，到键盘接上摇滚的旋律，杜勋的烟嗓伴唱了两句，live 现场的观众再次沸腾，能玩得起来的音乐，现场不可能缺少热闹元素。

酷哥临场发挥，换了句词。

破烂贝壳，凭你也问什么是响遏行云。

原曲的词是"破碎玩偶"，而他们楼下那支喧嚣的乐队，名叫"碎贝壳"。

酷哥唱就唱了，还顺带着把人给骂了。

江乘月手上丝毫不乱，鼓棒在手里转了两圈，垂落的耳机线随着他的动作摇晃，他修长的手指有力地抓回鼓棒，双手抬起，分别击打吊镲和鼓面，鼓声清脆稳重，节奏完美流入乐声中，人却没忍住笑了，他没收着那声笑，声音融进音乐里，给这首摇滚乐添点俏皮。

live 现场的观众跟着节奏摇晃着身体，现场人不多，但音乐氛围彻底炸翻了全场。

a harmonica and wine in midsummer night.[1]

haunts dreams like the rain at night.[2]

······

"新歌啊，不错！"台下有人欢呼。

"好听！票价值了！"有人说。

孟哲也紧跟着吹了段活泼的口哨，融入曲中。

"怎么回事啊？"楼下演出乐队的主唱找上来，一脸菜色，"能把你们的音箱关一两个吗，下边听不见了啊。"

路许回了头，淡色的蓝眼睛吝啬地给了对方一点余光："你们唱大声点不就好了。"

楼下乐队主唱的脸色由菜色变成了咸菜色。

台下的观众已经全然融入音乐里，没有注意到这边的交锋。他们或陌生或熟悉，

1　歌词大意：仲夏夜的口琴与酒。

2　歌词大意：如夜雨惊扰梦魂。

此时纷纷勾着旁边人的肩背，跟着音乐玩得不亦乐乎。

　　路许说完转头，遥遥地望向台上的江乘月。这次没有烦人的鼓盾挡着他的视线。江乘月的衣服被雨水打湿了一半，白色的衬衫变得透明，紧紧贴着他的腰腹。歌的节奏很快，江乘月的双手起落间，还能抛接一次鼓棒，熟练地炫技，让台下的乐迷跟着吼了好几声。

　　江乘月深亚麻色的头发被汗水打湿，垂落在额前，颈间的汗水一点点沁入被雨水淋过半边的衣服，衬衫领口往下，逐渐变得有些透明。鼓棒在江乘月的手里转了一圈，他突然高高抬起右手，一个用力，笑着击打在吊镲上。

　　明明这是一个潮湿的夏日傍晚，暴雨也只是刚进入尾声，路许却觉得口渴。

　　"哎，Kyle，""学人精"用胳膊肘拐了路许一下，"在审美上，我们也不是总没有共识，江乘月好看，但穿搭是真的丑。"

　　"我不觉得难看。"路许扫了陈安迪一眼，"你别瞎说。"

卷二　萤火虫

1. 巧合

新乐队梦镀的第一次演出收效良好，尽管一场盛夏的暴雨从开始到结束将歇未歇，但现场乐迷的热情程度不减，最后一首歌唱完，孟哲扬手把拨片扔向台下，现场的观众意犹未尽，高喊着 encore。[1]

演出结束，乐队成员还未离场，又有之前看直播来的观众起哄，让新乐队的成员们做个介绍。

"我是孟哲，目前待业，帮忙经营家里的饭店。"

"李穗，退伍伞兵，偶尔玩吉他。"

"杜勋，键盘，希望有一天我们的票能卖出好价钱。"

主唱孙沐阳摘了麦，在台下的瞩目中，酷酷地摘了墨镜，深吸了一口气，蹦出了一个字："哦。"

随即几人看向坐在后排架子鼓边的江乘月。

在每一个乐队的演出里，鼓手的位置都靠后，而庞大的架子鼓也决定了鼓手在演出中的不可移动，所以很多人去 Live House 听歌，嗨完以后，不会记得鼓手的模样。但江乘月不一样，他在民谣乐队"柚子冰雪"的时候，就很受欢迎。

江乘月刚从剧烈的打击乐中停下，汗水把他的头发和衣服都给打湿了，他说话时微微喘着气，胸口小幅度地起伏着："我叫……江乘月，名字来自一首诗，《春江花月夜》，'不知乘月几人归，落月摇情满江树'。我玩鼓好几年了，因为要读大学，所以来了这边，希望以后每一场演出都有人来听。"

"会来的！"台下一个穿着吊带裙、踩着拖鞋的女生喊。

散场结束，路许走过去的时候，江乘月正被几个男生围着拍照。那几个人高马大的乐迷把江乘月围在中间，其中一个还把手搭在江乘月的肩膀上，咧着嘴，笑得很喜气。

"真的不错！我们下次还会来听的！"男生冲江乘月说，"你是我这段时间 live 见

1　安可，表达在演出之后应乐迷要求而返场再唱的意思

过鼓打得最好的。"

等了好半天，乐迷才散去，江乘月正打算去拆自己带来的镲片，回头时发现路许就在他身后的不远处站着。

"路哥！"他挥挥手，"今天谢谢你。"

路许托人带来的外扩音箱设备，完全弥补了暴雨给他们第一次演出带来的遗憾。原本是他请人来听 live 的，路许却帮了他这么大的忙。刚刚楼下那个碎贝壳乐队主唱的脸色，着实不怎么好看。

雨刚停，盛夏的潮意飘散在空气里。水雾沁了半座老城，路许看人时，就像隔了一层薄薄的雾意，光自后方照过来，江乘月全身都好像浸了一层迷离的月光。路许伸出手，想理一理那束江乘月颈边的月光。

江乘月却躲开了。路许挑眉，淡色的蓝眼睛里掠过了一丝不悦，却又听见江乘月说："我全身不是汗就是雨水，太脏了，还有点不知道哪里来的烟味。"江乘月拧了拧自己衣角上的雨水，"路哥你快离我远一点，我怕弄脏你。"

毕竟他路哥坐个公交车都能在座椅上垫个十来张纸巾。

路许笑了声，心里刚起的那一小片乌云散得干干净净："那不至于。"

江乘月一边和路许说话，一边去拆鼓上的碎音镲。他有演出时，鼓棒、军鼓和镲片一般用的都是自己的，所以每次出门，总是大包小包带一堆。路许是第一次这么近看架子鼓，他以往对这种吵闹的乐器没提过兴趣，今天近距离看江乘月摆弄，就觉得很有意思。

"用这里的不行吗？"路许指着军鼓问，"为什么非得自己带，每次都像背了个龟壳。"

"……"神龟壳。他气呼呼地接着路许的话说，"我'龟壳'的音色，比这里的好听。"

番茄音乐空间的架子鼓有些老旧，不仅音色不好，边边角角也有很多破损的地方。江乘月跟路许说着话没在意，一不小心，手心被划了一道口子。突如其来的这一下划得太疼了，江乘月下意识先捂住了眼睛，怕自己又不受控制地流眼泪。

路许是看着他划伤手的，也看见他第一时间没捂伤口，反倒用纸巾捂了眼睛。

"你在搞什么？"路许的语气不太友好，他掰开江乘月的手，给江乘月检查伤口。

江乘月愣了愣，他不是第一次弄伤自己，也不是第一次在疼的时候先捂眼睛，但因为这事吼他的，路许还是第一个。他不生气，甚至有点受宠若惊。

"划到手了。"江乘月捂眼睛。

陈安迪开过来的房车上应有尽有，有人自作主张反客为主。路许熟练地用棉球蘸着酒精给江乘月清理伤口，江乘月就拿纸巾捂着眼睛，一个劲儿地"嗞嗞嗞"，偶尔还把手往回挣。

"你娇气什么？"路许处理伤口的动作很熟练，"我怎么不知道你还晕血呢。"

江乘月想解释他不是晕血，只是怕过敏，刚要说，旁边传来了一个有点陌生、带着怨念，还阴阳怪气的声音："Kyle，我发现你跟他说话的时候，就是很正常的中文，没有一句话里夹杂着英德语言，为什么你跟我说话的时候就那么让人费解？"

江乘月捂着眼睛的手松开一条缝："你是？"

"你好啊，我是 AndyChen，即将跟你合作平面拍摄的设计师兼摄影师，我很喜欢你的演出。"陈安迪说，"你应该是第一次见到我，但我已经好几次在照片或视频上看过你了，我们大概下周开始拍摄。"

路许余光瞥了陈安迪一眼，往江乘月手心上缠纱布的动作快了一圈，江乘月的注意力又被拉回手疼上："嗞嗞嗞，好疼好疼。"

"行了。"路许说，"你妈妈也是军医，医疗常识你怎么一点都不懂。"这话说完路许就后悔了。江乘月的妈妈在援非医疗队，这么多年来，见江乘月的次数屈指可数，江乘月当然学不会这些。他这段时间，中文利索了不少，说话嘴也变快了，这话不该说。

"那路哥你教教我呗。"江乘月缩回手，冲着自己手心吹了吹，想减轻点疼。

路许顿了顿，看了他片刻，说："不教，你还是，别再弄伤自己了。"

江乘月的牛仔裤淋了雨，有点掉色，弄得他衬衫上沾了一小片蓝。他站在路许的车前，有些犹豫，想自己是不是不该坐路许的车回去。

"愣着干什么？"路许问。

"要不路哥你把我的设备带回去吧？"江乘月问，"我自己可以坐公交车回。"

"我车上是长针了吗？"路许掀了下眼皮看他。

"那倒没有。"江乘月指了指自己的裤子，有点不好意思地说，"新牛仔裤有点掉色，我怕弄脏你的车。"

"那没事。"路许不甚在意，说完就把人往车上推，"走吧，跟我回家。"

2. 管得真宽

梦镀的初次演出，收效良好，在本市的乐迷群里得到空前的关注，讨论度比江乘月想象得要高。不少人关注了他们乐队的社交账号，还有人私信表达了自己的喜欢。

"啊啊啊啊啊，后悔了，我怎么就因为下雨没去呢，听说现场的效果太好了，有人赞助了顶配设备，直接碾压同场地演出的碎贝壳乐队。刚刚听了他们现场录的歌，收音不行，但能听出来歌很惊艳，期待一下他们的第一张专辑。"

"我去了，真的很绝，非常有实力，我特别喜欢他们的鼓手，是叫江乘月？年纪轻轻的，爆发力太好了，鼓很稳，半点都不飘。"

"现场氛围真的好！我再也不穿拖鞋去蹦了，一趟火车开下来，到现在也没找到我的另一只鞋。"

"他们主唱孙沐阳也太酷了吧，别人都自我介绍，他就冷冷地说了一个'哦'，真的是太有性格了，果然能玩摇滚乐队的都不是一般人。"

"笑死，20块一张票，去了的都血赚，做梦都得笑醒。我感觉他们要火，留着那张20块的票做纪念吧，以后的演出不可能那么便宜了。"

一支不被看好的乐队，一场不被天气眷顾的演出，乐迷的反应却超出了所有人的想象。先前贬损江乘月他们的那几条发言，甚至也被乐迷又扒出来嘲了一通。

乐迷的喜欢需要有作品的支撑，梦镀是新乐队，却没有新人，几人没有被短暂的成就冲昏头脑，而是继续创作练习，想呈现出更好更成熟的作品。第一场live过后，江乘月也没闲着，他和孟哲一起整理了先前乐队写的几首歌，着手准备乐队的第一张专辑。

也因为那场演出，先后有两家唱片公司主动联系了他，但对方的规模较小，录音设备和场地都不正规，不太靠谱。他查了资料，联系了本市的另一家唱片公司。在联系后的第三天，这家公司问他要了乐队成员的照片资料等信息，江乘月一起打包发了过去，对方这次回复得很快，说会在近期单独约见他。

江乘月坐在门口的台阶上，膝盖上摊着笔记本，埋头写乐队的发展计划，身后一声门响，他没留意，继续在纸上写写画画。他的颈间忽然有些痒，他抬手去碰，触到一个冰凉柔软的东西，是路许几乎不离身的软尺。

江乘月不用回头都知道，路许大概是在低头看他，脖子上原本挂着的软尺垂落下来，在他的颈边挠了挠。江乘月在心里笑了下，抓着软尺的一端一扯，尺子落在他的手里。

"干什么？"路许弯腰在他的头上敲了一下。

带着红刻度的软尺在江乘月的手腕上松松垮垮地绕了几圈，江乘月抬起手，想让路许自行把软尺拿走。

"路哥，放开。"江乘月晃了晃手，"写字呢。"

"写的什么，不认识，念给我听听？"路许说。

江乘月觉得，他这个语文老师当得挺失败，别人家的学生越教越好，他路哥好像越学越差。明明路许先前有中文见好的趋势，连方言都能扯两句了，但最近，就是从那天听了他的live开始，路许的中文好像又回炉重造了。不过，也有好事，路许的好学程度有所增加，时不时就会拿一些中文表述来问他。

"乐队发展计划，先从短视频的粉丝攒起……EP作品也要提上日程……"江乘月给路许念纸上的字，"之后还要去见一家唱片公司的负责人……"

"你还挺忙。"路许笑他。

江乘月晚上有一场乐队日常的练习，刚过傍晚，他就站在镜子前，给自己胡乱挑了身衣服。

路许破天荒地没说他衣服丑，只是坐在他身后的高凳上不住地打量他。路许平时也盯人，但不盯他换衣服的过程。江乘月被盯得有点不自在，低头把上衣衣角上银白色叮叮当当的朋克风金属环一个个挂好。

江乘月今天不用步行去地铁站，孙沐阳从李穗那里搞了辆摩托，两人把摩托开到老宅的门口，来接江乘月。孙沐阳话少，因此江乘月跟他打招呼的方式很简单，江乘月抬起手，跟他击了个掌。江乘月把军鼓递给李穗，然后坐到孙沐阳摩托车的后座上，冲路许挥了挥手："路哥，我出门啦。"

摩托车飞驰而去。

酷哥憋了十分钟，总觉得后背刚才被一双蓝眼睛瞟得发凉。

"你……你哥……"孙沐阳问。

江乘月："啊？"是在说路许吗？

"他反……反对你……和我们玩？"

"没有的事。"江乘月说，路许才不是这样的人。

"那他刚才怎么一直盯着我们？"李穗也问。

这个，江乘月也没想明白，他被盯了一下午了。

手机上发来一条消息。

Kyle："别随便跟人击掌。"

管得真宽啊，江乘月想。

3. 零分审美

路许不爱管闲事，可是刚才看到江乘月跟才认识不久的人互动得那么自然，他就莫名有点不爽。江乘月对他，好像还处于尊敬和客气的阶段，像是把他当家长。

唱片公司的人给江乘月打了电话，说是后天见面。

大家都是兼职玩乐队，入不敷出，除了周末都得忙于生计，只有江乘月这个准大学生还不算太忙。在乐队低价租来的地下室里，江乘月细心整理了包括《仲夏不尽》在内的所有原创歌曲的创作思路和曲谱，以及乐队过往每个人的演出经历，把这些按字数多少排好顺序，装进了特地买来的文件袋里。除此之外，好几天前，他就找乐迷要来了效果相对较好的一份现场录音，发给唱片公司的负责人。

微信提示声响起，对方负责人给他发来了一条新消息。

溪雨唱片："录音重发一遍，找不到了。"

"小乘月几天前就发了，这是压根就没接收吧？"杜勋的性子像个火药桶，说话做事都是急匆匆的，"就这还大公司，真不走心。"

孙沐阳斜他一眼，了无生趣地望向天花板，跟平时一样没说话。

"急什么！"孟哲过来看了看，说，"别人是大公司，我们是小乐队，顾不上我们很正常。就我们这种规模的新乐队，没有人引荐的话，怎么可能有更大规模的公司看中我们。"

"我后天去看看吧，又没什么损失。"江乘月一一把文件收好，"依托平台会发展得更好，但现在的网络环境，找不到平台自己做专辑的乐队比比皆是，总之就当是尝试了。"

几个小时以后，江乘月排练完从地下室回了路家老宅，原本想坐秋千上练一会儿歌，进了院子才发现，今天的秋千被人霸占了。路许的手上拿着平板电脑，眉头紧锁，像是在思考什么要紧的事情，手里的笔像敲木鱼似的一下一下磕着平板电脑。

"路哥？"江乘月沿着院子里的小路走过去，"是有什么东西让你觉得困扰吗？"

路许深深地看了江乘月一眼。他只是皱了下眉，江乘月就知道他在困扰，带着江乘月特有的善解人意，这应该是江乘月和别人之间没有的默契。

"看看这个。"路许挥手赶走了膝盖上落着的几只萤火虫，把平板电脑递到江乘月手上，"下周是你路念阿姨的生日，我在想，能给她送点什么。"

路许很早就经济独立了，年年给路念送的，都是自己亲手设计的衣服，路念每次都高兴地收下，但很少会穿出来，今年路许的心境有所改变，想送些不一样的东西。

"我来帮你挑，我很会选礼物。"江乘月主动请缨，"我每次给别人买了礼物，别人都在微信上对我致以微笑。"

江乘月对自己是特别的，路许心想，江乘月还会帮着给自己妈妈选礼物。

江乘月把手里的曲谱折成小方块："你可以买口红。"

路许："……"

路许从来就没想过还能送这么俗套的礼物，气得脑壳想冒烟，他想了想，把话咽了回去，不动声色地找了个牌子的官方网站，让江乘月选色。江乘月的指尖在平板上点了点，挑了一排，递给路许。路许点开购物袋一看，果然，全带玫红色调。江乘月的眼睛亮亮的，仰头看着他，像是在等夸。

路许把到了嘴边的混账话又吞了回去，换了种比较温和的表达方式："玫红色真是丑绝人寰。"

江乘月的眼睛不亮了，琥珀色的眼瞳黯然，视线低低地飘向对面的青草："哦，那路哥，我回去继续练歌了。"他垂头丧气，略微压着脖颈，深亚麻色的头发衬得颈间的皮肤很白，像一只雪白的小天鹅，正温顺地低着头，在水面上欣赏自己的倒影。

路许咬了下后槽牙，忽然就很想出手正一正他的审美。

"你来，我给你试试。"路许说。

路许的设计工作台下是一排排小抽屉，里面应有尽有，为了方便他做各种服装搭配，王雪几乎买遍了市面上所有色号的口红。路许拉开抽屉，从各种色号里，精准地挑出一支玫红色。

"过来，把手背给我。"路许说。

江乘月眨眨眼，伸出手背，看着路许用小刷子在他的手背上画了一道红。

"丑吗，这颜色？"路许得意地问。

"不丑，挺好看的啊。"江乘月坚持，"很亮，很显肤色。"

"怎么就好看了？"路设计师的审美原则再一次遭遇了挑战，他想弯腰去找一个更玫红的颜色。

恰好江乘月不干了想跑，路许手上还没来得及收起的唇刷，在江乘月的脸颊上靠近右眼的位置蹭了一道红，两个人都愣了一下。江乘月伸手去抹，那瞬间眼睛里的惊惶恰好被路许看见。路许有时会觉得江乘月的眼神幼稚，是那种未经世事才有的执拗，但明明江乘月在很小的时候，就应该知道这个世界容不下天真。

这场关于颜色的争论，路许忽而觉得自己其实一败涂地。

"你要不自己试试。"江乘月也不总是随路许摆弄，被惹毛了，于是伸出手，想把指尖上沾着的红色蹭到路许的脸上。

路许歪头避开，江乘月的指尖从路许的颈侧擦过，留下了两道红痕，一直延伸到白色的衣领上。

"对不起……"江乘月知道自己闯祸了，怕路许像之前那样欺负自己，赶紧跳下椅子逃了。

路许在原地笑了笑，好像，江乘月跟他也没有那么疏离，朋友之间该有的打打闹闹，他们之间也有，甚至还更能闹腾，相处起来似乎也没什么顾忌。

第二天是乐队主唱孙沐阳的生日，江乘月他们亲手做了蛋糕给孙沐阳过生日，还在乐队注册的短视频 app 上开了直播。酷哥被套了一身酷衣服，冷着脸坐在画面里，满脸都写着不耐烦，惜字如金，不是说"哦"，就是"哼"。

直播间里有一百来个人，江乘月给自己切了蛋糕，坐在镜头前和观众聊天。

"弟弟往镜头后面去一点，这角度，只能看到你的漂亮眼睛。"

"梦镀？没有听说过的乐队，不过颜值好高啊，对脸拍都毫无瑕疵。"

"高冷主唱，从不多说一个字。"

······ 印象失真 ······

"谢谢葡萄果汁送的小心心和千纸鹤，可以买好几个馒头了。"江乘月学着其他主播的样子，生疏地念观众送的礼物，念完又被要求说土味情话。

"最近有谣言说我喜欢你，我要澄清一下，那……不是谣言，不行不行，不说了。"江乘月念到一半，赶紧摇手拒绝，因为不好意思，脸颊都红了。

> "哈哈哈哈，关注了，太可爱了吧，念到自己不好意思。"
> "弟弟，拿出你打鼓的气势来！"

摸到直播间的路许刚好看见这一幕。原来昨天，江乘月的反应只是单纯地怕他欺负人。路许叹了口气，低头继续审设计稿，铅笔在开发部交上来的草稿上勾了几道，提了几句意见。

那边直播继续进行，接下来的几分钟里，江乘月的脸上被人抹了两道奶油，网友立刻夸了几句可爱。路许皱了皱眉，不太高兴看见江乘月和乐队里的人这么亲近。手机屏幕里，江乘月被惹毛了，摔了自己手中的纸盘子，把蛋糕扣在杜勋的头上，沾着奶油的手又胡乱地在孟哲脸上抹了几道。

路许："……"

这熟悉的动作，和昨晚如出一辙，他忽然有点生气。

江乘月对待他，好像也没那么特殊？

4. 坚持的意义

那家唱片公司就在市区，约见江乘月的地方是他们本公司的办公室。和网上查找的资料所说一致，这家唱片公司的规模很大，各项流程似乎都很正规。江乘月被保安拦了一下，说明了来意后，前台让他在一个房间里等。约好的时间过去了半个小时，他联系的那个负责人才姗姗来迟。

"不好意外，我来晚了。"对方的态度很好，接过江乘月带来的资料后说，"我带你去见经纪人。"

经纪人？江乘月疑惑了一瞬，他只想合作专辑，为什么要见经纪人？他想了想，出于安全考虑，给路许和乐队的几个朋友都发了消息，说明了自己的行程。

正在查看自己市区服装精品店的路许手机响了一声，收到了江乘月的消息。

> 竹笋："Hello，我在见一个唱片公司的经纪人。"
> 竹笋：（定位）

路许原本正在因为自己店铺 SA 的销售态度问题教训人，看到这条消息的同时，原本紧绷着的嘴角微微弯了一下，教训人的话到了嘴边，少见地忘词了。江乘月出门知道要报备，他这个房东，在江乘月心里，还是有分量的。

　　"去工作吧，下不为例。"路许说，"凡是进店的顾客都要礼貌接待，这是品牌印象的一部分。"

　　SA 死里逃生，频频点头，挂上工作牌摆着笑脸去门前接待顾客了。

　　经纪人姓林，端坐在办公桌前，周围还站着几个公司内部的人，见江乘月进来，抬了下眼睛，放下，又抬起，目光停在江乘月的脸上不动了："不错。"

　　"您好。"江乘月礼貌地说，"我是梦镀乐队的鼓手，想合作一张专辑，之前联系过你们，当时在微信上跟您这边的负责人说明了情况。"

　　"梦镀。"林姓经纪人斟酌了几句，"你们到目前为止，也就那一场演出。"

　　"是，我们刚成立不久。"江乘月如实说了，"其实这是我们想做的第一张专辑。"他有些忐忑，心里也没底，因为这首歌还有很多不完善的地方。

　　"你叫……江乘月？"对方问了他的名字。

　　"是。"江乘月老实地回答。

　　"你会跳舞吗？"对方突然问。

　　"啊？"江乘月被他问得愣了一下，"跳舞？"

　　他只有在一场 live 结束的时候，会跟着瞎蹦跶两下，那算吗？

　　"我不会。"江乘月说。录专辑也不需要跳舞吧？

　　"柔韧度呢？"对方又问，"试试？"

　　"挺好……的？"江乘月不知道要怎么试，站在原地，呆呆的，有些手足无措。

　　从他刚进这个房间开始，经纪人旁边站着的几个人就开始窃窃私语，就好像在讨论什么商品，偶尔还有几声不怀好意的笑。江乘月觉得不太舒服，但为了专辑，他没说什么。这边的人，个个脸上都带着妆，衣服收拾得整整齐齐，衬得他好像有些不合时宜的土气。

　　"是这样，"唱片公司的经纪人放下手中一直在玩的笔，"我听了你们的歌，歌词简单，音乐毫无记忆点，可以说是平平无奇，专辑没有销售潜质。"

　　江乘月放在后背的右手，指尖捻了下掌心。

　　摇滚乐和流行乐，是两个概念，大街小巷播放的流行乐会拼命追求记忆点，但摇滚不是。他可以接受对词曲专业上的挑剔，但不能接受对方拿他们的歌与某些烂大街的流行乐做对比。如果不能合作，那就算了。

　　江乘月想离开了。

　　"但是，"对方又突然话锋一转，"你和主唱都不错。其实现在，乐队发展的好时候已经过去了，你既然想录专辑，说明你想好好做，不如签个公司，好好包装一下，你自身条件好，不怕找不到人捧你，后续的发展，肯定比这个乐队好。"

江乘月："……"

江乘月是没怎么经历过现实毒打，但对方这种先抑后扬的说话方式他听得出来。闹了半天，他准备了那么多资料，都是一场玩笑，对方原来是带着让他拆伙单干的心思。

"对不起啊，我只想合作一张乐队专辑，没有一个人发展的打算。"江乘月笑了笑，"梦镀玩的是摇滚，不是流行乐，您的否认我不接受，资料还给我吧，我走了。"

对方看他年纪小，想着好糊弄，想签进来当个赚钱工具，给的条件也都算好，没想到江乘月并不同意。

"你自己可以查一查，我们公司规模不小，找你是抬举你，你出了这个门，以后不可能有同等规模的公司会签你。"这位姓林的经纪人说，"乐队早就过时了，国内环境也决定了乐队发展不起来，十几年下来，存活的乐队寥寥无几，无非就是烧钱自娱自乐，就你们那小乐队，不是我说，不出一年，你不抛弃他们，他们也会抛弃你。现在是快餐时代，人们愿意花几个小时的时间去记住一首流行歌的旋律，也不愿意花五分钟去听一支摇滚乐。

"他们不听歌，只看唱歌的人，脸好看有流量，拍戏或唱歌都会有人买账，还有几个人在用心做音乐？我们不可能出钱去做一张赚不到钱的专辑，你别浪费了一张好看的脸。"

江乘月捧着乐队资料转身走了。他知道这个姓林的经纪人说得不无道理，太多的乐队死在了追梦的路上，但他还是想撞一撞南墙。

江乘月捧着文件袋站在楼外，有种无处可去的惆怅感，准备了好几天的资料，似乎全都变成了废纸，先前背好的关于对方公司的信息，在脑海中挥之不去，嗡嗡的，有些恼人。盛夏的烈日晒得他有些头疼，他就近找了市区附近的商场，想蹭一会儿免费的空调。

这家商场的级别在全省排名第一，有七层楼，聚集了各种高奢和轻奢的精品店，楼层越低，奢侈品等级越高，连外地的很多人都会特地坐车过来买东西，但江乘月不关注这些。他坐在一楼的凳子上，只觉得周围人身上的香水味道有点呛人，每个人在走路的时候都会有意无意地露出自己的包。他好像是一只从乡野间飞出的小萤火虫，明明只想看星星，却误入了城市的钢铁森林，怎么都有点格格不入。

一阵高跟鞋的声音踩了过去，江乘月抬头看见了对面那家精品店的名字——Nancy Deer。他突然意识到，路许其实也是他不可企及的存在。抛开他们同住的老宅和院子，路许和他其实是两个世界的人。

"你很闲？不是说见什么经纪人吗？都逛到我这里来了？"有人用两根手指轻轻地敲了敲他的脸，熟悉的声音在他的背后响起。

"嗯？路哥？"江乘月抬头，"你怎么在这里？"

"这段时间每周一都在这里。"路许说，"要改店内设计，换换风格，先前的装饰丑得不能看，全给扔了。"

江乘月朝精品店的方向看去，果然看见了路许的设计助理王雪，王雪趁着路许出去正在偷懒，见缝插针地和男朋友说话，刚好迎上他的视线，赶紧指了指路许的背影，冲他比了个噤声的手势。

"怎么了？"路许看他的样子就知道专辑的事情不顺利，"小乘月，人家嫌你唱歌难听了？"

"那倒没有。"江乘月给路许讲了刚才的事情，"他说我不识抬举……白长了一张好看的脸。"

"那是他蠢，目光短浅。"路许想也不想就说。

那经纪人的话听着耳熟，路许也这么说过江乘月，但他脸不疼。

"路哥，"到底是专辑的事情受挫，江乘月不太开心，"要是有人嘲讽你精心设计的作品，你会怎么办啊？"

这话也耳熟，路许前阵子刚问过陈安迪。但这个问题他也没法回答，敢当面嘲讽他的只有江乘月。江乘月目前活得好好的，还天天在他的审美点上蹦迪。

"别听他胡扯。"路许说，"我觉得，你们的歌不难听，现场的效果那么好，会有人欣赏的。"

相比于先前梦镀 live 当天毒奶[1]出现的暴雨，路许今天的嘴巴像是开了光。

当晚，江乘月刚洗完澡，就接了个陌生号码的电话。对方自称是晴雨表公司的唱片制作人，希望能和他合作乐队专辑。江乘月当初在挑选合作方时，直接略过了这家公司，因为晴雨表算得上是东部地区做唱片的顶级公司了，跟晴雨表相比，下午那家的规模和作品都不值一提。

江乘月从来就没敢想过像晴雨表这样真正的大公司会看得上他们这种只有几千个乐迷的小乐队，但现在，对方竟主动给他打来了电话。

"实话说，我们公司这五年来，重心偏向流行乐，做了很多歌，但没有一首称得上历久弥新的经典。"对方的负责人说，"看到你们演出的视频，我很惊讶，国内竟然还有年轻人愿意去玩摇滚，能真正沉下心来去做音乐。"

"我们可以给你们提供排练和录制的场地，希望我们能做出来一点不一样的东西。"对方要了江乘月的微信，没有多说，直接推送了一份合同。

江乘月举着手机站在原地，被这从天而降的馅饼砸得找不到方向，转身一头磕在路许的身上，路许手上捧着的废弃画稿散了一地。

"Rege dich nicht auf！[2]"路许呵斥了一声，"帮我捡回来。"

1　网络用语，意思是反向加油、拖累队友。

2　德语，别激动！

······ 印象失真 ······

江乘月"哦"了声，低头去拾路许的那些画。江乘月的夏季睡衣是他好几年前买的了，衣服有些小了，上衣尤其短，他半跪在地上帮路许捡设计稿时，衣服往上卷起来许多。

"算了，你放那里。"路许说，"我自己捡。"

"我都捡一半了。"江乘月说，"你怎么那么多事，那你自己来。"

这些废弃的画稿，大多是路许灵感来时，用铅笔随手勾画出来的，有的画的是衣服，有的画的则是一些元素。但江乘月还是看见了一些不同的东西，比如一只叫 Nancy 的小鸟，停在一个人的手心里；还有他们住着的这栋老宅，路许画了院子里的玻璃秋千，勾勒了雨丝，和侧躺在秋千上的模糊人形。

路许自己去整理画稿，江乘月坐回桌子前，查看了晴雨表唱片公司发来的合同，发现了一点新东西。这家公司的负责人，和星彩 Live House 的老板宋均是亲兄弟。而宋均，江乘月记得，是路许关系不错的朋友。

"路哥？"江乘月回头找人。

路许正在拾画稿，闻言头也没抬："嗯？"

"专辑的事情，你是帮我了吗？"江乘月问。

兴奋的那阵劲儿过去，江乘月反应过来，他很清楚，如果没有路许帮忙的话，晴雨表这种业内的大公司，不可能会找上他这种毫无名气的小鼓手，更何况对方开出的条件还格外优渥。孟哲也说过，这样的大公司，如果没有人引荐的话，根本就不会看到他们这样的小乐队。路许愿意帮他，他很感激。

路许知道瞒不住，也没打算藏着："不算帮，只是发了段现场录音，问他是不是真的很难听。"路许又说，"搞创作的人都一样，不是真正欣赏的东西，都不屑一顾，所以他选你合作，是因为你们的才华，跟我半毛钱的关系都没有。大家本质上都是商人，不可能让自己吃亏。"

路许一句话没说完，被后面扑腾过来的江乘月撞了一下，手里刚捡完的画稿又散了一地，这次似乎更乱了。

"路哥，你也太好了吧。"江乘月很开心，"谢谢啊，我不会辜负你的。"

整个晚上，路许都在改屏幕上 Nancy Deer 的一件品牌花押字衬衫设计，而江乘月就坐在他旁边的地毯上，擦自己的镲片。江乘月不说话，动作很轻，要不是偶然会听见布料剐蹭过碎音镲的沙沙声，路许几乎感觉不到他的动静。

在最开始意识到自己必须和江乘月共住老宅时，路许不爽的情绪肉眼可见，生怕江乘月干扰了自己的设计工作，备好的骂人话能骂倒一个连，结果现在，一个标点都没用上，不仅如此，在他没灵感的时候，反而希望江乘月来打扰他。可江乘月的眼里好像只有他的那些鼓和镲片。江乘月的零花钱都被他投在这些零件和设备上，平时宁愿顿顿啃馒头，也不愿意亏待了这些东西。江乘月正收起军鼓，拿出鼓棒开始擦，听见路许叫他的名字，仰头时闻到黑咖啡的苦味。

"这么喜欢你那根鼓棒，天天擦？"路许的声音从他头顶的方向传来。

江乘月被他问得怔了半秒，点头："喜欢啊。"

路许"哦"了一声，掰开江乘月的手指，抓过那根砸过自己脑袋的鼓棒，左右端详。他仿着江乘月敲鼓的动作，在江乘月的肩膀轻轻敲了两下。

"路哥，"江乘月坐过来了一些，给他演示，"这样拿，你那样像握着叉子。"

路许："……"

江乘月的手刚刚拿过酒精棉，还带着微微的潮意，动手矫正路许的动作时，在路许的手背上蹭了一下，凉凉的，留下一道转瞬即逝的湿痕。

路许听宋均说过，江乘月虽然没有系统学过，是东玩西学出来的野路子，可爵士鼓的功底扎实，不输专业级别。江乘月虽然玩鼓熟练，但从来没见他教什么人。

"对了。"路许说，"之前跟你说的，还记得吗，同陈安迪合作的第一期平面模特拍摄，就定在明天。"

"我不会忘，明天白天都空出来了，晚上有一场已经报备过的路演。"江乘月把鼓棒收回来，"但陈老师没给我拍摄地点和具体时间，路哥能帮我问问吗？"

"不用问。"路许看他认真的样子觉得可爱，抬手在他的头上揉了一把，"明天我带你去。"

路许坐回桌前，继续修改花押字衬衫的设计。江乘月坐在地上，碰了碰路许刚才揉过的位置，不知道他走了什么狗屎运，他路哥这两天看他，似乎是少见地顺眼。上午他把书放错了位置，不安了一整天，没想到路许根本就没有计较。他晾在院子里的衣服也是，路许好久没让他按颜色深浅排列了。但路许不发火不找麻烦是好事。江乘月移了点位置，靠在桌角上，蹭着路许桌上台灯的灯光，打开了库乐队，开始改昨天刚写的一段编曲。

5. 最后一朵花

第二天早晨，江乘月站在小厨房的餐桌边，看着自己桌上多出来的那一份德式早餐，有点受宠若惊。

"这不好吧，路哥？"江乘月闻着香味，吞了吞口水，"这得值多少馒头啊。"

德式的早餐丰盛，盘子里是黄油香煎的全麦面包，叠着切片的熏肠，旁边是佐餐的奶酪。路许是不会做早餐的，每天都会有人送过来。

"别吃你那些馒头了。"路许说，"看你瘦的，拍照不好看。"

江乘月其实还好，穿衣显瘦，脱衣有肉，能被陈安迪看过一眼，就费尽心思想签成平面模特的人，也不可能不好看。但江乘月一听路许说拍照可能会不好看，怕自己的平面模特事业死在起跑线上，赶紧端起旁边知更鸟造型的蓝色牛奶杯："那我下次给你煮面吃。"

直到跟着路许一脚踏入拍摄场地，江乘月才意识到陈安迪给出的这次合作到底有多高端。他以为的平面模特拍摄，只是在一个小房间里换上对方指定的衣服摆姿势，他立刻把这想法跟路许说了，路许则板着脸要求他一定不能接这样的工作。

路许选择摄影棚就在市区，离江乘月晚上要路演的地方很近。约120平方米的大工作室，周围摆满了各种江乘月看不懂的灯架，连试衣间都准备了3个。从路许走进来开始，站在陈安迪身边的 Nancy Deer 御用摄影师许可就一直在打量着路许身边那个看起来稚嫩青涩的男生。

男生显然没见过这么富丽堂皇的拍摄场地，好奇但不拘束，惊讶但不卑微，男生身上穿着的衣服普通，甚至有些不上档次，但在场的业内人士没人觉得难看，只觉得那双像幼鹿般的眼睛看过来时，让人忍不住会联想到森林和清泉。

"他适合纤尘不染的清新风格。"摄影师许可说，"我看怎么纯就怎么拍，稳赚。"

"不见得。"由于被路许坑蒙拐骗当冤大头宰，从而看过一次江乘月 live 的陈安迪摇头，"看路许的造型吧。"

"我刚才就想问了，摄影是我，场地是 Nancy Deer，造型监制是 Kyle，你是从哪里冒出来的？"许可问。

陈安迪不是很想接这个话头。

"叫什么名字呀？"许可很想和江乘月说两句话。

"江乘月……"正在仰头同路许说话的江乘月说，"不知乘……"

"从今若许闲乘月的'乘月'。"路许漫不经心地搭了句话。

"嗯……也行。"江乘月说。

路哥中文好到已经会背诗了，很快就不需要他了。

江乘月没见过这么正规的拍摄场合，新奇是他看见这个工作室时的第一感受。但他没到处乱看乱摸，而是乖乖听从路许安排，在高凳上坐下，听路许拿着笔记本，指挥周围的工作人员干这干那。

"皮肤真好啊。"王雪羡慕地说，"乘月弟弟有什么好方法吗？"

江乘月歪头想了想："多吃辣？"

在来这座城市以前，他周围的人都把辣椒当饭吃，皮肤一个比一个水灵，来了这边以后，他最不能忍受的不是穷，而是菜里放糖，连番茄炒蛋都要放两口糖，简直无法理解，但路许好像就很喜欢。

"多吃辣？"王雪缩了缩脖子，觉得路设计师能看顺眼的人果然深不可测。

"去把那边的衣服拿过来，联系户外拍摄场地让他们尽快做好准备。"路许支使首席助理干活，又转向江乘月，把软尺搭在他的脖子上，推了推鼻梁上临时架着的金边眼镜，指着拍摄方案说，"来，我给你讲一下拍摄思路。"

江乘月知道路许是国际大牌的独立设计师，也知道他经常应邀监制服装造型，还被路许强行换过两次穿搭，但从未见过路许在正式工作场合里的样子。拍摄方案在路许手里，只是薄薄的一张纸，江乘月凑过去看了看，上面只记了两行英文。

The earth's sacrificial fire flames up in her trees, scattering sparks in flowers.[1]

"这是？"江乘月不懂大设计师的思路，他知道这是诗，但他不知道路许会怎么在设计上解读，他好像总是跟不上路许的设计思路。而先前，路许也没细说这次平面拍摄会是他亲自监制造型。

"这句诗来自泰戈尔的《流萤集》。"路许说，"这是拍摄的灵感源，我会做一点不太一样的诠释，你配合我就好了。"

"我们 Kyle 老师来年春夏大秀的主题也定了，是流萤。"去拿衣服回来的王雪说，"我很期待，Kyle 的流萤主题，要怎么打破常规。"

王雪作为路许的国内设计助理，大部分时间在国内，有时候也飞国外协助路许，她知道路许从不和模特讲设计理念，通常设计理念都是同作品一起出现在展览页上的，但看着路许竟然耐心地跟江乘月说灵感来源，王雪觉得自己好像发现了什么秘密。

《流萤集》江乘月没有看过，但他知道，这本诗集歌颂的是萤火、露珠这样的渺小之物，那些不被看见与欣赏却又能孤单发光的微尘。他其实有点期待，路许要给他套什么样的衣服。

然后，他看到了，王雪的手上有个白色的大垃圾袋。

江乘月："……"

"噘什么嘴？"路许一眼瞄见了他细微的情绪，"表情还挺丰富，不穿这个'垃圾袋'。跟我过来，我教你怎么穿。"

江乘月小小地松了口气，嘴角弯弯的。

路许挑的是 Nancy Deer 今年早春的两件非秀款男装，设计不算简约，是在路许的设计中很少出现的浅粉色，但相对于江乘月之前被路许逼着穿的那件衣服，已经规矩很多了，能看得出上衣和裤子的形状。

"我说是怎么纯怎么来吧。"鹿家御用摄影师许可说。

"Kyle，搭一身同色？你怎么想的？"陈安迪忍不住说话了，"没有亮点。"

"要你说。"路许斜了他一眼，举着衣服在江乘月身上比画了一下，示意王雪把衣服在塑料模特身上挂好。

"左边袖口，用打火机燎一下，大概烧到这里。"路许在袖口的位置用画粉轻轻

1　摘自泰戈尔的《流萤集》，大意为：大地的丛林燃起献祭之火，又将散落的火星织成花朵。

画了一道，对王雪说，"让男同事来，你别伤着手。"

"然后右肩，左边膝盖的位置，腰侧，两边裤腿……"路许边看江乘月，边用特制的画粉画定位线。

火舌卷上昂贵的布料，蹦出小火星，又准确地被熄灭，在樱花色的布料上留下翻卷的黑边。

江乘月呆呆地看着他们改衣服，每一个火星，可能都抵得上他一个月的伙食。他看不懂这个操作，但刚刚还说没有亮点的陈安迪，突然摸出一个小笔记本，开始记笔记了。

"妆面用战损妆、伤妆。"路许转过头去交代化妆师，"在他这里……"

路许的食指在江乘月眼尾下方划过去："这里，画一道擦伤。"

江乘月眨眨眼睛，被路许碰得有点痒。

"然后额头上、脸颊上，适当画出烟灰的效果，衣服上也是。"他深深地看了眼江乘月，"总之别让他太干净。"

于是，江乘月被路许折腾着套上了那身看起来漏风的樱花色衣服，化妆师在他的脸上、肩膀还有膝盖上都化了伤妆，腰的位置是路设计师亲自处理的，有两道看上去像是被树枝抽打出来的伤痕，显得周围的皮肤更白了。

江乘月看着镜子里的自己，原本干净的衣服被燎得破破烂烂，身上被抹成烟灰效果，眼睛下方也被化了擦伤。他越看越觉得自己好像土得掉渣，不知道陈安迪跟许可在后面为什么跟抽风机似的"咝咝咝"个不停，还发生了人传人的现象。

"我们等下去一个枯木林里拍摄，后期会把场景处理成被山火燃烧后的树林。"路许低头给江乘月解释了两句。

"那我是?"江乘月问。

"林木向烈火献祭，而你是花，是烈火不忍吞噬的最后一朵花。"

"花"呆头呆脑地看着镜子，感觉自己好丑好丑。

路许把江乘月推上车，拍摄团队赶往外景场地。

江乘月低着头，在手机上按了几句什么，路许不小心瞥见，是江乘月在群发消息。

　　　竹笋："今天是阴天，我正在去郊外拍照。"

　　　竹笋：（定位）

他看着江乘月把这句话复制了十来遍，发给十几个朋友，有很多是路许都没有听过的名字。

路许："……"

6. 腰杆挺直

江乘月坐在路许那辆玛莎拉蒂的后座上，穿着一身被路设计师亲手改过的破烂衣服，不明所以地望着车窗外的街景，感觉这人大张旗鼓地赶他出门的样子，像极了绑架。车内空调的温度开得有些低，加上路许不知道是不是因为进入工作状态，脸冷得像冰块，江乘月偷偷打了个寒噤。

"冷？"路许问。

江乘月点头："有一点。"

"把这个披上。"路许从储物箱里拿了一条他先前随手扔在车里的丝质女款披肩，"等会儿下车就热了。"

江乘月从路许手上接过这条花里胡哨的印花披肩，盯着渐变蓝底色上印着的鱼和贝壳出神。

"喜欢这个？"路许问他。

"不喜欢。"江乘月毫无章法地裹上披肩，"看起来很容易勾丝，质量好像不是太好。"

路许："……"

路许盯着上完妆的江乘月，有些出神。化妆师是路许特地授意陈安迪去请的，做过无数明星的舞台妆效。江乘月的素颜是比较清新干净的，略显幼稚的杏眼，鼻梁边靠近眼睛的小痣，再加上深亚麻色的头发，路许先前就觉得，不管是在什么环境里，瞧见这样一张脸，眼前耳畔都仿佛掠过一丝带着花香的风。但今天的江乘月不太一样，眼尾被化妆师用眼线加长，叠加了浅橘色的眼影，在未打破原先稚气的基础上，多了一点撩人的意思，附加的伤妆又让他显得楚楚可怜，像一朵不谙世事、不知人间疾苦的野花，折了叶与花瓣，却依然绽放花蕊。偏偏当事人不知道自己现在的模样，一个劲儿地偷偷往路许这边瞧。

"你出个门，用得着给那么多人发定位吗？怎么，怕我拐卖你啊？"路许问。

江乘月被问得一愣，反应都慢了半拍，随即笑了："路哥，你拐卖我，我也跟你走。"

路许不动声色，但感觉自己刚刚直回去的腰杆有点累了，皮质的座椅这么舒服，他想放松脊柱倚一会儿，过一会儿再挺直。

"稍微熟一点的、会理我的朋友都会发。"江乘月滑动着好友列表给路许看，"初高中时，和同学出去玩，他们都有家长管着，去哪里都得报备，不许晚归，我觉得挺有趣，就学了……路哥你别笑我！"

"不好笑。"路许把嘴角压得平直，说，"很有趣。"

"真的啊？我本来不想打扰你，那天顺手发给你了。"江乘月的眼睛亮了亮，"那我以后去哪里都给你报备。"

路许惬意地靠在椅背上，远程指挥了一下拍摄地点的人员调度，他的心情忽然变得很好。

车在一个小植物园边停下，江乘月提着自己的背包，跟在路许的身后下车。树林遮天蔽日，掩着盛夏的一丝凉意，路许选择的拍摄点少人至，靠近湖边的地方有几棵枯木，看上去应该就是路许想要的场景。

"在这儿等我。"路许扔下一句话，让另一个助理给江乘月撑伞，自己先行去看场地。

江乘月这会儿觉得有些热，才想起来自己忘记把披肩还给路许了。

"哎，江乘月小弟弟，"陈安迪问，"你的鼓玩得好棒啊。"

"谢谢。"江乘月说。

"先前跟你过不去的那个，陈如辉，是我远房表弟，我骂过他了。"陈安迪找了段视频给江乘月看，同时准备好笔记本，"这是我亲弟弟，今年刚 9 岁，在学鼓，你能帮我看看他打得有什么问题吗？"

路许从湖边回来的时候，恰好看见陈安迪和许可等人围着江乘月，在听江乘月点评一段视频。

江乘月说："拿鼓棒的方法不对，太靠前了，不能这样……然后 30 秒这里，能看出来是想打 Rumba[1] 节奏，但是打错了，你们请的老师可能不太行……"

"快点开始拍，都愣着干什么，你们很闲？"路许问。

正在叽叽喳喳的一群人作鸟兽散，只剩下刚刚被围在中间的江乘月，冲着路许有点不好意思地笑笑。

路许在心里叹了口气，这架子鼓……江乘月并不是只教他，江乘月还教别人，昨晚纠正他抓握鼓棒的动作，大概只是江乘月玩鼓的习惯。

Nancy Deer 的御用摄影师许可对着取景地抓拍了几张，查看了照片，找好位置，让江乘月在其中一棵枯木边坐下。江乘月以为这就可以开始拍摄了，然而并没有。他刚坐下，路许就过来，帮他调整姿势。

"路老师，需要我来吗？"王雪在一旁问。

到底是外景，还是废弃了挺久的植物园，江乘月在枯木边坐着的时候，衣服和手心里无可避免地会沾到地上的泥土。

"不用。"路许说着，伸手托着江乘月的后背，让江乘月的坐姿往下沉了些。

"别动。"路许说，"侧一点身子，保持这个姿势。"

于是江乘月就不再动了，陈安迪那边的拍摄助手提了个小篮子走过来，应路许的

---

1 伦巴，拉丁音乐和舞蹈的精髓和灵魂。

要求，往江乘月身上撒了点半烧焦的花和叶子。周围的布景是山火后烧焦的森林，仅剩江乘月周围的方寸之地，还有些潮意。

"左手给我。"路许示意江乘月伸手，在他的手腕上缠绕了一圈带着叶子的藤蔓。

江乘月大概是有点疼，但他只是咬了下嘴唇，没有乱动。

路许问："怎么了？"

江乘月答："……没事。"

路大设计师的造型水平和动手能力成反比。眼看着江乘月有被勒死的可能，拍摄助手实在看不下去，说："路老师，让我来吧。"

路许看了江乘月一眼，退到摄影师许可的身边，看拍摄助手那边往江乘月身上缠各种道具，连脖子上也被牵了半圈新鲜的藤蔓，藤蔓簇拥着中间的江乘月，呈放射状延伸向方寸外焦黑的土地。花被树的藤蔓禁锢，而四散的火星即将带来毁灭，花不是单纯与被动的，而是在渴望自由和新生，这就是路许最开始从片面的意象中延伸出的拍摄灵感。

"差不多了。"许可看了看天光，对江乘月说，"别紧张，放轻松，不用担心会弄坏道具，我随便拍几张看看效果。"

江乘月有点紧绷的身体放松下来，他确实有点紧张。他不是没有平面模特的拍摄经验，但他从来就没拍过这么正式的一套图，这么大动干戈，还布了外景。

真的能赚钱吗？他甚至怀疑陈安迪遭遇了路许的杀猪盘。

这么想着，江乘月的目光从不远处藤蔓上的叶子飘到路许脸上，甚至没忍住笑了出来。他被化妆师弄了个又欲又纯的妆面，笑的时候却还是从前那样，没有任何表情管理的痕迹，也不做作。许可觉得这样的笑即便是那几个当红的流量明星也架不住，江乘月的五官比例太好了，怎样都很合适。

路许站在镜头最佳取景处，抓着江乘月书包里的一个熊猫玩偶在拧，无意间目光扫过江乘月的脸，把熊猫玩偶的脑袋压下去半分。

"好，看过来。"许可那边拍摄开始了，"我们先不笑……嗯，镜头感很好。"

江乘月听他们指挥，看向许可身后站着的路许，收敛了笑容，快门声响个不停。陈安迪更是找了块地，埋头记笔记。

"这一组 OK 了。"许可的效率很高，"道具上。"

第二组照片，要求已经挣脱束缚的江乘月站在树下，回头遥遥地望向镜头这边，衣衫破碎，伤痕累累，但眼神单纯，又勾起人无限的遐思。

许可正要开始拍，忽然被路许叫停了。

"乘月，能稍稍哭一下吗？"路许问。

许可跟路许合作的次数很多，立刻明白了路设计师的意思："对，眼泪！加上泪水！绝了。"

刚站起来的江乘月："……嗯？"

"这个不行。"江乘月严肃地说，等下过敏了，会变丑。

"嗯。"路许招招手，不勉强他，让化妆师去处理泪滴效果。

很乖，但不是他所有的要求都能实现，路许心想。

江乘月那个熊猫玩偶质量不好，因为被路许拧了太多次，头直接掉了。

这场拍摄进行到傍晚，路许临时多了几个想法，多折腾江乘月加拍两组照片。陈安迪手里做笔记的笔就没停下来过，王雪也夸个不停。

时间不早了，江乘月完成平面拍摄，只换下了那身破破烂烂的衣服，连妆都没怎么来得及卸，就急着往路演的商场赶。路许横了陈安迪几句不准直接抄，转头发现江乘月已经不见了。

"人呢？"路许问。

"说是晚上有演出，赶车去了。"王雪说。

路许的脸色忽然有些冷，熟悉他的人都知道，他这是心情不好了。

突然，手机振动一声，是江乘月发来的消息。

竹笋："报告路哥，正在前往路演现场！"

路许刚把嘴巴压成了一条平直的线，这会儿嘴角又弯了。这条消息前面有"路哥"，应该是江乘月给他一个人发的。

7.路演

江乘月的路演现场离拍摄地点不太远，就在他们来时的路上。他赶到的时候，乐队另外几个人已经准备得差不多了，正在架直播设备。这场路演是江乘月和孟哲上个月申报的，拿了临时的路演许可证，打算唱唱乐队自己的歌。这片广场每周都有人来路演，江乘月他们排了好久，才有场次。

"脸怎么了？"孟哲问他，"在哪里擦伤了？怎么觉得你今天给人的感觉很不同。"

"啊？"江乘月说，"没事，下午去拍照了，妆还没来得及卸。"

他今晚要用的鼓，是管商场负一楼的小酒馆借的，江乘月刚要过去试音，路过主唱孙沐阳身边时，发现孙沐阳在和一个男生说话。男生的个子很高，都快赶上路许了，穿得比酷哥还酷，手上还提着个头盔，看起来好像只比江乘月大一两岁的样子。

"你理理我行不行？我找你找好久了。"江乘月路过时，就听见男生在争辩，"只要你别不理我，你让我干什么都行。"

孙沐阳冷冷地蹦出了一个"滚"字。

"我错了还不行吗？"那男生抓着孙沐阳不肯松开，"当时咱们乐队……"

江乘月调完了鼓，孙沐阳那边似乎也把人搞定了。

拎着机车头盔的男生退到了一边，一双眼睛炯炯有神，跟刚才卖惨的判若两人，在瞧见江乘月的时候还咧嘴笑了一下，这才转身离开了。

路过广场的人，零零散散地驻足，好奇地探着头，询问他们是哪支乐队。梦镀也没多等，杜勋的键盘声先起，江乘月的鼓声接上，《仲夏不尽》的曲调流畅地出现在星空下。

"啊啊啊啊啊，是梦镀吗？竟然在这里遇到了！弥补了我先前没有听live的遗憾。"

"梦镀的小鼓手！今天是化妆了吗，太好看了，呜呜呜。"

"好听，看来今天路过这里是天意！"

梦镀路演现场的反应出乎意料地好，不断有路人停下脚步，询问乐队或某个成员的名字。

路许回公司的路上，路过这里，遥遥地站在广场外，瞧见了广场灯光下的江乘月。相比于下午拍摄的衣服，江乘月换了套普通的衣服，布料没有什么质感，颜色和印花都很敷衍，毫无设计感可言，可路许突然觉得，在江乘月身上，衣服的品质和价格好像都失去了意义。人们花费无数的精力去堆砌元素，追求奢侈品，可这些在本真面前一文不值。

梦镀的演出出了一点小状况，一个自称是商场物业的男人闯进了乐队的演出范围，打断了乐队正在演唱的歌。

"您好，"江乘月停了鼓，"请问有事吗？"

"那边，"男人指了指二十米开外的一栋楼，"有俩小孩在学钢琴，你们吵到他们了。"他大概是觉得江乘月年纪小，说话的语气也凶。

"把音箱拔了，要不别演。"男人说，"人家是高雅艺术，你们这是在制造噪声。"

"可是……我们是审批过的路演。"江乘月从杜勋的琴边抽出许可证，"而且这边每晚都有不同的乐队演出，您每晚都要过来赶人吗？"

"你听不懂的就是噪声了？"李穗单手抱着吉他，伸出一只手去揪男人的衣领，他人高马大的，男人一时间说话都磕巴了。

"要不你给个300块，我看看能不能帮你周旋一下？"男人转头问江乘月。

江乘月立刻明白了，这个商场的物管，看他们是个不入流的小乐队，来赚红包的。他和孟哲申请这块场地的时候，的确听说过先例，小乐队初来乍到会被欺负，但没想到他们也被人找上了。江乘月不想给，也没有钱。平面模特拍摄的工钱他还没到手，背包里只有一个傍晚刚买的还没来得及吃的馒头，穷得很。

"我没有钱。"江乘月说，"您小声一点，我们开着直播。"

直播间里都骂开了，现场的路人也看不过，上前帮他们说话。

"没钱那你们就走，你威胁我没用。"穿着物管衣服的男人伸手去推江乘月，"人家小孩家长有意见了，不让演就是不让演，再不走我喊人了，快点！"

李穗把吉他往地上一放，刚想揍人，中年男人推江乘月的手被人拦了下来。这商场的物管都是人精，嫌贫爱富还欺软怕硬，他没来得及看路许的衣着，先被路许手腕上那块表晃了一下眼睛。

"您……"他话没说完，先接了个商场领导的电话，被骂了个狗血淋头。

"哎，经理，没有没有……没为难审批通过的乐队，就是家长投诉，我过来问问情况。"中年男人脖子上的汗一下子就落下来，路许嫌弃地横了他一眼，往旁边站了站。

"没有要钱，怎么会要钱呢，都是误会。"男人点头哈腰地道歉，忙不迭地走了，还被路人骂了好几声。

"他经常过来要钱，就是个物业的小头头。"有个时常来听歌的女生说，"一些小乐队拗不过他，只能给钱。"

"路哥？"江乘月惊喜地问，"你怎么来了？"他怕打扰路许晚上的工作，拍完照就赶紧离开了，没想到路许还出现在了这里。

"正准备回公司，路过来看看。"路许朝着男人离开的方向偏了偏头，"他们商场在申请 Nancy Deer 服装精品店入驻，级别不够，我拒绝了。"

"路老师把人家商场说得一文不值，但我和商场经理有几分交情。"王雪笑着说，"虽然没有品牌合作，但这种忙，还是会帮，经理说这样的物管影响不好，会劝退。"

"你先回吧。"路许把手里的纸袋子递给王雪，"今晚不用加班。"

路许站在广场上，听了江乘月的后半场路演。

其间江乘月怕他被蚊子叮，还放下鼓棒，过来给他来了两下花露水，不收钱的那种。人群逐渐散去，江乘月收了背包，蹦蹦跳跳地过来，在裤子上蹭了蹭手心里的汗，这才伸手拉着路许往回走。

"敲一晚上鼓，野成那样，还有力气蹦？"路许嘲笑他，"我看着你都觉得累。"

"啊？"江乘月正在兴奋劲儿上，"还好啊，玩音乐就很快乐。"可能会没人听，也可能会被人赶，可是只要有一个人能欣赏，他就觉得快乐。

江乘月忽然想起来自己还没吃晚饭，路许一路过来，大概也没吃？他想了想，从背包里翻出自己傍晚买的那一个馒头。

"路哥，给你一半？"江乘月掰开馒头，仰头问，"没有辣椒酱，可能不怎么好吃。"

路许犹豫着伸手，接了江乘月递过来的那小半个馒头。江乘月的脸上还带着那道擦伤妆，橘色的眼影柔和了眼睛里的稚气，琥珀色的瞳仁看起来有些招人，睫毛弯弯的，盛了点月光。路许忽而觉得手里的半个馒头有千斤重，压弯了他的胳膊。

8. 娃娃

背后商场的灯光一格格暗了下去，江乘月把馒头递出去的时候就后悔了，他记得他刚和路许同住的第一天，就友好地邀请过路许啃馒头。路许当时的反应很激烈，似乎是觉得他不可理喻，以致于江乘月在之后相当长的一段时间里，都认为路大设计师是不食人间烟火的。他懂事地拍了两下路许的手背，摊开手，意思是把馒头退给自己。

"给都给了，还有要回去的道理？"路许挑眉问，"你这不是出尔反尔吗？"

"你吃吗？"江乘月怀疑地问，"对路哥你来说，可能不太好吃。"

他想把东西要回去的表情太认真，路许心里刚被勾起的那点愉悦又散了："不好吃你还请我吃。"

江乘月想了想，的确是这个理儿，国际奢侈品牌的设计师怎么可能跟他一起坐在市区路边的花坛边啃白馒头呢，传出去影响多不好。

"我倒是想请点别的，"江乘月耷拉着脑袋，像是有些委屈，"但我太穷了。"

路许今天帮他做平面模特拍摄的造型监制，忙前忙后大半天，江乘月压根就不认为那套图能赚到什么钱，江乘月其实挺想请路许吃点别的，以示感谢……

江乘月头顶上方的灯泡亮了。

路许还在等江乘月的反应，附近有一家米其林三星餐厅，稍远点的地方还有好几个设计师们常去的私厨，只要江乘月开口示弱，他立刻就让司机带两人过去。

"路哥，"江乘月终于又说话了，"你能不能……"

路许挑眉，等着后文，他现在，很乐意看见江乘月依赖自己。

江乘月的目光闪了闪："你能不能借我 20 块钱？"

"就 20？"这和路许预想的不太一样。

路许身上只有卡，没有现金，为了满足江乘月，他把卡递给了江乘月，说了个密码数字，跟着江乘月去附近的 ATM 取了一张 100，又看着江乘月去隔壁的便利店把钱换成了五张 20 块。

路许平时的工作场合是品牌工作室，社交场则是各个品牌的大秀，在这种盛夏的夜晚，跟着江乘月在老城区的大街小巷乱窜还是人生第一次。树叶的声音沙沙的，两人身后有自行车铃声响起，路许还在想这是什么，江乘月抓着他的手，把他往路边拉，避让两辆老式自行车。

"小伙子衣冠楚楚的，走路怎么占路中间啊！"骑车的阿姨回头数落路许。

"对不起啊阿姨！"江乘月笑呵呵的，忽然发现自己抓着路许的袖口，赶紧放开了，"啊，拉你之前忘了先擦手了。"

他担心路许不高兴，但刚单方面松手，却发现路许紧跟上他的脚步。路哥这是……

怎么了？江乘月左思右想，觉得应该是路许"下凡"前没见过这么逼仄的街道，不自在了。因此他任路许抓着自己的手臂，摇了摇示意路许安心，自告奋勇地主动带路。

路许想好了，不管江乘月准备拿那 20 块请他吃什么，他都会夸上两句。夜市、江边的小吃街或者路边摊，他突然都不觉得讨厌了。

两个人拐过一个路口，停在一家麻将馆的门前。

路许："这是？"

"路哥，你在此地不要走动。"江乘月说，"我给你表演个变现。"

路许："……"

路许提着助理送来的黑咖啡和气泡水，皱着眉走进麻将馆时，刚好看见江乘月推倒桌上一排绿白色的小方块，指着对面一个人说："哈批！[1] 你这一手好牌打得稀烂，给钱！"

"Happy？"路许听得直皱眉。这么高兴？江乘月把他扔在外边，不让他进来，自己玩得这么开心？

"啊，路哥！"江乘月瞧见他进来，立刻站起来挥了挥手，"我不玩了。"

他花了五十分钟，坐在麻将桌旁，把 20 块变成了 200 块。

麻将桌旁的人原本还在劝他再来，怕他见好就收，一回头瞧见门边站着的路许。路许的身高来自他那个德国爹，麻将馆的门楣还比他矮了一大截，他迈步进来的时候，略微低了头，不爽地看着周围，像是大夏天里的一根冰棍，全身上下都在冒着冷气。不管是棕色的头发还是蓝眼睛，都和麻将馆里的市井气息格格不入，一看就不是一个阶层的人。

"娃娃是 C 市人吧，这麻将打的，下次还来啊！"有人招呼。

"不来了。"江乘月笑着拒绝，推着路许往外走，"走吧路哥。"

"你来这里，就是为了把你那 20 块变成 200 块？"路许没有笑，蓝眼睛沉沉的，像遥远的冰海，沉着亘古的思绪。

"嘘。"江乘月没察觉到他不高兴，因为兴奋和紧张，脸颊微微红着，江乘月略微踮脚，食指抵在路许的唇间，"路哥，别告诉我妈我打麻将了，对路念阿姨也不能说！"

路许身上的冰棍味儿散了，变成了男士香水后调的青佛手柑味，他不怎么上心地笑了声："为什么？"

江乘月初中那会儿比现在皮，曲婧常年在海外，家里没人管，他跟着高中部的学生们天天蹲麻将馆，本来只想当个观众捧场，奈何差点混成赌神。那年年中，曲婧跟着医疗队回国，拎了两个非洲带回来的小玩具，回家扑了个空，随后从麻将馆里揪出叼着果汁吸管正在和牌的初中生江乘月，一顿"竹笋烧肉"，把未来赌神摁回摇篮里。江乘月对这段经历甚是不忿，奈何路许想听，只好红着脸被一字一句地逼问完了全过

1　方言，笨蛋、傻瓜的意思。

程，还时不时被报以一声意味不明的嘲笑。

"那你还敢赌，皮痒了？"路许似笑非笑地问。

"我还不是为了你！"江乘月有些得意地冲路许扬了扬手上新鲜的两张粉票子，挣开路许的手，大摇大摆地往前，"路哥，我们走，带你去个有意思的地方。"

"没为过别人？"路许的脚步缓了些。

"没有。"江乘月揣着两百块巨款往前走，"一为自己开心，二为路许，没为别人打过麻将，以后也不打了，你千万别告我状。"

街灯下，江乘月的影子被拉得很长，他背着鼓，腰带上斜插着鼓棒，深亚麻色的头发上有树叶摇曳的影子。路许以前觉得他这种打扮土，现在看只觉得洒脱自在。

"娃娃。"路许忽然出声。

"嗯？"江乘月的脚步一顿，听见了路许口中这个陌生的称呼，"什么？"

"没什么啊。"路许说，"就刚才，在那个小房子里，听见那些人这么叫你，就跟着学了。"路许刚才没听懂几句，就听见了"happy"和"娃娃"，这两个词都让他有点介意。

"哦哦。"江乘月回忆了两秒，想起来了，"那是我家乡话，'娃娃'是小孩的意思。"

那群人嚷嚷的是方言，可路许的中文发音是普通话，落在江乘月耳边，就比方言多了点不大一样的意味。他拿方言发音，给路许说了两遍。

路许也不知道听进去多少，张口还是标准的普通话："娃娃。"

江乘月被他叫得有点不好意思，感觉自己被看扁了，像个长不大的小孩子。

江乘月只比路许早一周来这座城市，但已经熟悉了老城区的大街小巷，他携着200块巨款，带着他路哥进了一家小酒馆。江乘月点了两杯酒精度数很低的酒，一杯120块，一杯60块，他把120块的那杯推给路许，然后把找零的20块纸币塞进了路许的口袋里，拍了拍，说："还钱了。"

这家小酒馆的驻唱和江乘月认识，是江乘月以前在老家那边的朋友，江乘月刚刚一进来，驻唱就冲他招手。驻唱今天挑的歌都是摇滚，吵闹得很。

"我过去和朋友打个招呼。"一首歌结束，江乘月想起路许不爱太吵闹的环境。

路许的指尖刮过酒杯壁上冰凉的小水珠，掀了下眼皮："去。"

"嗨，潇哥。"江乘月走过去，"傅叔他们今天没来给你弹贝斯打碟啊？"

"家里忙，傅叔家孩子才两岁，昨晚发烧了，连夜送去输液。"主唱说，"这两天都来不了了。"

"那还真是不容易。"江乘月说。

玩音乐的，除了喜爱，哪个不带点功成名就的梦想，但随着时间和生活的打磨，最后能留下来的乐队，少之又少。

"跟朋友来玩呢？"主唱坏笑，"外国人吗？够帅的啊。"

"我请客呢。"江乘月说，"他听不惯摇滚，一直觉得吵，你要不唱个民谣之类的吧。"

"OK，听你的，我换歌。"

路许盯着手机屏幕看时间，江乘月已经跟那个人说了三分钟的话了。江乘月讨人喜欢，朋友遍地都是，刚刚套现蹭个麻将馆，还有人喊弟弟。

"路哥，"一个脑袋搭在他肩上，"酒咋样？"

"不怎么样。"路许"哼"了声说。

路许先前喝过的最便宜的酒，也没下过五位数，这小酒馆里的，他碰都不会碰。

酒吧里快节奏的旋律变了，驻唱歌手换了个民谣歌曲，自弹自唱。

> 我在二环路的里边，想着你，
> 你在远方的山上，春风十里……[1]

"那我尝尝。"江乘月把爪子伸向路许面前的那杯果酒，抿了一口，尝了尝味道，"路哥，还不错啊，要不你再试试？

> 今天的风吹向你，下了雨，
> 我说所有的酒，都不如你……

淡淡的果酒香味飘在空气里，玻璃杯里的透明的冰块碰撞两下，在路许耳边落下清脆的声音。

9. 想和你去听音乐会

路许逐渐发现，虽然江乘月嚷着要喝酒，但其实是有贼心没贼胆。江乘月像猫咪一般抿了几小口，就再也没碰过那两杯酒。

江乘月对眼泪过敏，不知道自己醉态如何，所以不敢喝醉。万一哇哇大哭，那得多难看。但由于担心浪费，江乘月把脑袋耷拉在他路哥的肩膀上，像个劝酒小弟，劝他路哥喝完了那两杯果酒。江乘月就没发现自己还有干推销的潜质。

晚上回到老宅，路许在看两份律师发来的文件。江乘月洗漱完路过，偷偷地瞄了两眼，路许见他好奇，直接把他拉过去看。Nancy Deer 这几年品牌做大之后，国内多了好几个抄袭模仿风格的小品牌，美其名曰小众风格，但仿的其实都是路许的个人风格，对品牌 logo 也是照葫芦画瓢。路许先前在国外，眼不见心不烦，回国之后见到，挨个去告，一家都没放过。律师刚才打电话说，这些小店铺可能赔不了多少钱，很多大牌

---

1 歌词摘自鹿先森乐队的《春风十里》。

就这么算了。

"一毛钱也要让他赔。"路许在电话里说。

对于 Nancy Deer 的创始人兼首席设计师，路许一回国就开始大动干戈搞维权，网上的评价褒贬不一，有人觉得品牌维权合情合理，也有嘴贱的说路设计师格局小了，平时借件礼服给明星还挑咖位人品，没有红蓝血品牌的档次还"装"。

"年薪跟我持平了再来谈格局，可别穷得手上就剩个键盘还来指点江山。"对于国内时尚杂志的电话采访，路许是这么回应的，"还有，'装'是什么意思，听不懂。"

"品牌是路哥你的，想怎么维权，就怎么维权。"江乘月了解完来龙去脉，在一旁小声说，"怎么还从被侵权人身上挑毛病。"

"听到了没？"路许对着电话另一端的律师懒洋洋地说，"网友问之前怎么不告？之前没看见，怎么着，国外的品牌活该被抄吗？我想告就告了，还要看皇历挑个良辰吉日吗？"

"路哥，"江乘月扒拉着自己今天背过的那只黑色背包，"我包里有个熊猫玩偶，你看见它的头了吗？奇怪，我找不到了，会不会掉在外景那里了啊？"

重新接了电话，正在冲着时尚杂志编辑高谈阔论的路许背影僵了一下，搓了搓手指，没理会。江乘月也不指望路许回答，兀自又翻了翻，失望地迈着脚步，去楼上了。

路许吓退了时尚杂志编辑，把一张标有国内 Nancy Deer 各大专柜精品店的地图挂在工作台边的墙上，给王雪打了个电话："帮我订两张音乐会的票，明天晚上的。"

江乘月第二天一早就在牛奶杯下发现了一张音乐会的票，票面写着"国际钢琴大师……倾情献礼"。一个手掌长，纸看起来很扎实，就是票面上的价格有点吓人。

"路哥，"江乘月冲路许摇了摇手里的票，"你的？"

"朋友送的两张票。"路许说，"带你去听一听。"

"好啊！"江乘月说，"那我晚上早点回来！"

路阿姨说过，让他有空的时候，多陪路许走走看看，先前路许一直忙于工作，顾不上搭理他，最近难得有这么多机会。

"高兴就高兴了，敲什么碗。"路许优雅地把牛奶杯放下，"沉稳点。"

"哦，好。"江乘月这是玩鼓留下的习惯，他把音乐会的票郑重地放进书包里，用自己那个头掉了的熊猫玩具压好，"那路哥，我晚上早点结束排练，然后去精品店那边找你。"

"嗯。"路许说，"以后说话别未语先笑，别人当你好欺负。"

江乘月怔了一下，冲路许弯了弯嘴角："好的。"

路许坐在桌前，听着老宅院门开了又关。直到蹦蹦跶跶的脚步声远去，他才放下嘴角，抓起江乘月刚刚拿过的叉子，叮叮当当地磕了两下碗。

梦镀昨晚刚完成了一场路演，挺消耗体力，除了江乘月，其他人都有些懒散，架子鼓前的地上躺着一条"横尸"，姓孟。

"让开啊。"江乘月举着鼓棒，一脚一个。

"体谅一下我们社畜[1]吧。"李穗坐起来，"白天带人跳伞，晚上蹲路边演出，很想睡觉了。"

江乘月笑了笑。

"出了点状况。"迟到的杜勋撞开地下室的门，脸色不怎么好看。

有个叫奚杰的流量明星，在昨天的一场商演中，唱了《仲夏不尽》。可问题是，商演没有问他们要任何授权，杜勋刷到短视频，才知道自己的歌被拿去商用了，而且那段商演的字幕中，没有出现任何梦镀成员的名字。这是盗用，盗的还是梦镀的第一首歌，影响恶劣。

奚杰，这个名字江乘月是有些耳熟的。他一下子就想起来，先前路许刚回国时，拒绝借出一件黑色秀款衣服，理由是艺人不尊重女性。这个艺人，好像说的就是这个奚杰。

"看这个。"孟哲查了奚杰的公司资料，除却经纪公司外，还有一个长期合作的唱片公司。据说，奚杰的团队经常从这家唱片公司买歌，给自家艺人立创作歌手的人设。

这家公司的名字是溪雨，刚好就是江乘月那天为了专辑去拜访的公司。

"我想起来了。他家后来还给孙沐阳打过电话，问他想不想单独出道。"孟哲的嘴角抽了抽，"……沐阳一声不吭地听了半小时没打断，最后说了个'呵'。"

江乘月："……"侮辱性好强。

梦镀是个刚成立不久的小乐队，没有公关团队，手头唯一能用的，只有那个才5000多个粉丝的短视频账号。关注这件事的人，少之又少。很快，梦镀发出了一条短视频，声明奚杰团队的侵权行为。这条声明只在乐队的粉丝中引起了一些讨论，相对于浩渺的网络世界而言，翻不起几朵小水花。

"要不算了？"视频评论里有个人问，"奚杰正当红，你们搞不过的，他的公关团队是有名的能撕，你们这样的小乐队想维权，太难了。"

江乘月想了想，没放弃，他给视频投了个推广，把视频的 tag 改成了"奚杰商演"。

昨天商演的热度还在，这下立刻有不少人刷到这条。

"梦镀？什么玩意儿也来维权了？这歌不是奚杰自己写的吗？"

"词还不错呢，小糊乐队来蹭热度了？"

"别这样，奚杰平时风评是差了点，但也不是随便谁都能来踩一脚的。"

孟哲那边，给溪雨公司打了电话，接电话的是一个无足轻重的小员工，扯了半天

---

1 网络流行词，形容上班族，多用于自嘲。

也没说到重点上，倒是劝梦镀和他们签个协议，把歌卖给奚杰，息事宁人。

"不就是一首歌吗，多大点事啊，有必要闹成这样吗？"接电话的小员工满不在乎地讥讽。

"他们的皮也是够厚的。"杜勋都气笑了。

李穗也沉着脸没说话，他是退伍下来的，正面打架他没输过谁，但这种背后阴人的恶心事，他是头回碰见。

"新乐队被坑的太多了，算了吧，就流量这一关，你们就过不去，别人都看不到你们在维权。"

评论又有人劝。

江乘月把奚杰商演的视频打开，又听了一遍。

"是这样的，"他说，"那天他们让我多等了半个小时，在那半个小时里，我重新打了两份资料，因为手头没有现版本，我就打了前一版，也就是说，给他们看的曲谱和歌词上有明显的错误，奚杰这个唱的，是修正前的错误版本，编曲上有明显误区。"

李穗的眼睛都亮了："巧了，不然这闷亏我们就吃定了。"

更巧的是，那天 live，孙沐阳随机改了词，把"破碎玩偶"改成了"破烂贝壳"，以此骂了当天同场地演出的碎贝壳乐队，奚杰不知怎的，刚好完整复制了这段。

孙沐阳骂就骂了，有个前因后果。奚杰跟着骂了，那就不对了，碎贝壳乐队的几个壮汉看到视频，发现无故又被这歌骂了一通，而且这次还是商演，现在除了梦镀，闹得最厉害的就是他们。

"《仲夏不尽》这首歌是有两段的，目前我们在公众面前呈现的只有第一段，我把排练时的完整视频传上去。"江乘月说。

"可是……"杜勋说，"我们的影响力太小了，路人不明所以，奚杰粉丝装瞎，唱片公司装傻。"

还真是这样，猖狂成这样，无非就是欺负他们人微言轻。

江乘月低着头，在杜勋以为他要放弃妥协的时候，听到他说："那我们就去找不瞎的人。"

"找……找得……到？"刚赶来的孙沐阳问。

"当然。"

计算机专业的准大学生江乘月临时写了个简单程序，抓取了网上各大社交平台每一个骂过奚杰 10 条以上的黑粉，把盗用歌曲事件的全过程私信发给奚杰的黑粉们。黑粉迅速一传十、十传百，还喊了几个营销号。两个小时以后，"奚杰盗用歌曲"出现在各大社交媒体平台的实时搜索榜上。

梦镀乐队的证据确凿，在很久之前，江乘月就让孟哲放了完整的写歌过程。视频里，江乘月坐在灯光昏暗的地下室地板上，一句句写下了《仲夏不尽》的歌词，短视频的日期，早于奚杰演唱的时间。事态终于引起广大路人的关注，奚杰的公关团队出手了，围着梦镀的视频号开始骂，试图以人多势众的方式喷掉无名小乐队。

> "用你们的歌是看得起你们。"
> "联系黑粉维权，真有你们的，你们也不是什么好东西吧。"
> "要点脸，就一首歌，至于闹这么大吗？"

时间接近傍晚，路许在 Nancy Deer 专柜前徘徊了很久，把专柜的 SA 惊得瑟瑟发抖。江乘月没回消息。忙什么呢？演出都要开始了，江乘月怎么还不来？路许沉着脸，坐在专柜前，开始给江乘月打电话，打到第 20 个的时候，江乘月那边总算是接了电话。

"在哪儿？"路许压着声音问。

"路哥？"江乘月小声说，"啊……音乐会，我给忘了，今天发生了一点事，太忙了。"

"忙什么？就忙你那乐队？"路许的心情不是很好，语气也有点冲，"说好的 5 点，你有没有时间观念？这么重要的事情你也能忘？"

"我的错……"江乘月说。

恰好王雪有事找，路许顺势挂了电话："怎么了？"

"奚杰，您还记得吗？"王雪捧着电脑过来，"他昨晚在商演上穿了 Nancy Deer 的仿款，是我们正在打官司的那家，影响有点恶劣。"

"这种事没必要找我处理，直接找律师。"路许正烦着，没什么耐性地点开视频。

这歌，有点耳熟啊，好像是……《仲夏不尽》？

路许压根就没看奚杰穿了什么衣服，他在瞧见屏幕上歌曲信息字幕的瞬间，就生气了。

作词：奚杰

这段歌词，是江乘月写的，那几天睡觉的时候江乘月都在念叨歌词。奚杰是个什么东西？路许点开了梦镀的主页，恰好看见奚杰的粉丝在骂人，阴阳怪气的字句在路许的视野中都那么显眼。

> "梦镀的小鼓手，长得那么好看呢，整的吧。"
> "唱片公司说你们卖了歌，这是看到人气来了又反悔了？"
> "求求梦镀的小鼓手别拿你那双无辜的眼睛看镜头了，你也不单纯吧。"

"那行，我去找律师……"王助理话音未落。

路许从她身旁擦肩而过，脚步很急。

10. 笑死，狗咬狗

江乘月还在初中的时候就接触乐队了，见过各种性格的人，有人尖锐，锋芒毕露，有人温和，通情达理，总体上相处起来都还算可以，没有过什么太大的冲突。像之前为难他的陈如辉和向驰，大多数也是面对面亲自上阵说点难听的话，这种藏在公关背后阴人的，他是第一次见。就……比较好笑的是，这群人还反过来骂受害者。

其实，江乘月不喜欢娱乐圈的那一套，奚杰粉丝阴阳怪气的句子在他心里掀不起什么波澜，他更难过的是，他把晚上要去的音乐会给忘了。路许打了他20个电话，他接了第20个。听路许刚刚的语气肯定是生气了，是他没有信守诺言，还不接电话。

说来也奇怪，奚杰粉丝骂他那么多条，他无动于衷，路许一句不高兴，他的心情就低落下去。他和路许好不容易缓和一点的关系好像又陷入了僵局。江乘月叹了口气，开始想晚点怎么和路许道歉。的确是他的错，他不知道要怎样才能让路许不生气。

"你……你还好吧？"孙沐阳关心他。

酷哥有点社恐，平时不怎么爱讲话，说话超过3个字就会脸红，今天怕他心情不好，倒是艰难地安慰了好几句。

"我没事。"江乘月摇摇头，盗歌的事还没解决，他不能丧气。

江乘月从电脑里调出一份文件，文件来自之前联系江乘月的那家大唱片公司，晴雨表唱片公司，也就是路许托朋友宋均引荐后，看中梦镀乐队的那家。梦镀在签这家公司的第二天，江乘月就提出《仲夏不尽》的版权问题，他们是小乐队，但公司那边没有怠慢，立刻走了加急申请流程，就在不久前，音乐著作权的证明材料江乘月已经能查到了。

江乘月发了一条新的短视频，这次附上了这首歌的证明材料，材料一放出，终于有清醒的路人看出了端倪。

> "站一下无名小乐队，这是大公司欺负人了，怎么能不买版权就唱啊，还说是自己的。"
>
> "有一说一，确实。这是不是两方的协调问题啊，心疼梦镀，不是娱乐圈的还得遭娱乐圈这一套，奚杰那边有些粉丝也太疯批了。"
>
> "心疼梦镀的小鼓手和主唱，尤其是小乘月，因为长得好，对方骂得太难听了，我就奇了怪了，长得好看是错了吗。"
>
> "你们看文件上的公司名，晴雨表……版权归属晴雨表和梦镀啊，奚杰那边，确定是盗歌了吧，晴雨表是大公司啊。"

事情有了转机，支持梦镀的乐迷和路人逐渐增加，但依然耐不住对方部分粉丝的胡搅蛮缠。

"P的吧，@梦镀，P材料犯法。"
"求求你们了，糊成这样，咱们别登月碰瓷了行不行啊。"

"尽力了。"江乘月摊摊手，"宁鸣而死，不默而生，剩下的骂就骂吧，我不在意。"

好在一番争取过后，除了装瞎的人外，大家都心知肚明，《仲夏不尽》是梦镀乐队的歌。尽管挣扎的结果不算圆满，但梦镀好歹是发声了，没有默默地被欺负。

"真想当面给他两拳。"李穗气愤地说。

杜勋也说："我刚跟他粉丝对骂了，'饭圈'这股妖风到底是怎么回事。"

江乘月对娱乐圈没兴趣，不想管幺蛾子从何飞起。这下好了，音乐会的时间彻底过了。路许也没再联系他，听刚刚那语气，像是不想再邀请他做任何事情了。

江乘月想发条信息给路许道个歉，然而他刚要编辑消息，就听孟哲在那边喊："喂喂喂喂喂喂。"

江乘月满脸问号，眨眨眼睛说："喂什么？"

"奚杰又摊上事了，直接热搜第一。"孟哲兴奋地说，"谁这么猛啊，我看看……Nancy Deer亚太地区分公司，太狠了。"

"Nancy……deer？"江乘月怔了怔。

这不是路许的品牌吗？奚杰又干什么了，这是踢上钢板了吧。

"Nancy Deer品牌方声明：奚杰在本次商演中的服装是Nancy Deer的山寨款，涉嫌严重侵权……"孟哲继续读，"首席设计助理亲自指责，厉害了啊。"

江乘月："……"

首席设计助理，是王雪吧，那个经常在路许背后悄悄翻白眼的漂亮姐姐。

"Nancy Deer，是你混血房东的那个品牌吗？"孟哲读到一半，忽然想起来。

"是……"江乘月点头。

"可是谴责有什么用？"李穗说。

他们刚刚也谴责了，可是奚杰团队和粉丝搬弄是非的本事太强，让人无可奈何。

江乘月摇了摇头："我们谴责的话可能收效甚微，但路哥……"

路许不可能把事情高高拿起轻轻放下，他要么不计较，要么把人往死里整。

奚杰的团队正忙着锤小乐队梦镀，被Nancy Deer这块从天而降的板砖砸了个猝不及防，十分钟后，热搜词条又出现了新的实时消息。

奚杰 国内杂志发售延期

与此同时出现在众人面前的，还有今天一直没什么热度的词条。

奚杰盗用歌曲

网友开始对这件事发表看法，连带着下午奚杰粉丝怒撕梦镀的事情，一起被晾了出来。

"Nancy Deer，我爱了，他家设计师真的是说一不二的性格，说撕就撕，一点反应时间都不给。"

"团队快处理吧，圈里最不能得罪的，一是金主，二就是设计师好吗！哈哈哈，路许这种大设计师手头的人脉和资源都很庞大。"

"下午我就看不惯了，盗歌这种事情很严重的，快些处理吧。"

奚杰的团队慌了，托人问了好几层关系，总算是联系到路许。

"我家艺人不懂事，胡乱穿了元素相似的衣服，您大人有大量，我们给品牌赔点钱，加上通告道歉，行吗？"奚杰经纪人过来商量。

"不好吧。"路许说，"他不是还盗歌了吗？品牌跟他沾边，多不好。"

"这不是我家艺人的错啊！"奚杰的经纪人连忙说，"我们也是花钱买歌，谁知道那个唱片公司会把已经确认版权的歌卖给我们了啊。这样吧，我去找唱片那边商量商量，看看怎么解决这个问题，恢复艺人的声誉。"

"商量什么？"路许掀了掀眼皮，"商量你们两方的病情吗？"

奚杰经纪人也不知道怎么就越级碰上了这位，慌张地想办法解决。

然而奚杰的粉丝摸到了路许的 ins，一通开炮。

"这就是大设计师啊，跟个小艺人计较，这么没格局，难怪设计出来的衣服都看不懂。"

谁也没想到，路许在 ins 的评论上回复了这条。

Kyle："Ja. 让你看看格局。"

没过多久，整个热搜再次炸锅。

奚杰 红血资源形象大使被撤
奚杰 时尚杂志资源被撤

五分钟后，晴雨表唱片公司的官博晒出了一张版权页，表明先前已经和梦镀乐队签订合作意向，以及梦镀的专辑正在制作中，奚杰在商演上无授权演唱《仲夏不尽》的行为极其恶劣。

奚杰的粉丝乱作一团，混乱中把两件事糅在一起，把矛头对准卖歌的溪雨唱片公司，再次开炮。

"都怪你们乱卖歌，都不问清楚来源，被你们坑死了。"

唱片公司的老板从业以来，就没被骂过这么多条，连老婆孩子的信息都被人扒出来，挂在微博上骂，顿时也出来解释。

"是奚杰自己过来挑歌的时候看中了，非说要买，唱一次就算了，还把作词作曲给改成了自己。活该！"

一时间，粉丝和唱片公司两方撕得不可开交。奚杰一晚上掉了五六个时尚资源。经纪人搞不定了，去找路许说情。

路许闻言，只是嘲笑了一句："不就一首歌吗，闹成这样有必要吗？"

微博上，奚杰的粉丝杀到眼红，又有人摸到路许的 ins 下边骂。这次没有粉丝骂路许了，奚杰的粉丝在内斗。

"活久见，这就是国际大牌的设计师吗？撕人资源跟闹着玩似的，契约精神呢，一点都不成熟。"

"能不能让他闭嘴，这不是我们家的粉。"

"求求了，少说两句吧，都说了不要小看大设计师的人脉，穿仿款本来就是天雷了好吗？奚杰那杂志封面还是经纪人去求来的，我听内部人员说，陈安迪手头有个大项目，根本不稀罕奚杰。"

"就别说什么契约精神了吧，盗歌这事现在锤死了，时尚资源的合同里都会写明，不允许类似的风险事件的发生。"

与此同时，溪雨唱片公司也扛不住骂，给梦镀打电话，想要他们发声，帮忙澄清一下，减少舆论压力。可是唯一能沟通的江乘月不在，电话是酷哥接的。酷哥孙沐阳十级社恐，不管对方说什么，回答永远都是冷冰冰的"哦"和"呵"，把这天给聊得死死的。

地下室里，乐队里的几个人目瞪口呆。江乘月也没想到仅 Nancy Deer 的一条官方谴责能把惹事的双方给抢成这样，惊呆了，原本他心中仅存的委屈都变成了钦佩。他刷完微博，出了排练的地下室，悄悄点开了路许的 ins。

路许不知道在什么地方，拍了一段月色。取景的角度很好，把普通的街景拍得很高级，树影摇曳，月色静谧，梧桐树干上系着十几条许愿用的红绸，配文："笑死。狗咬狗。"

江乘月忽然觉得有些好笑，那些沉闷的情绪，突然烟消云散。他于盛夏月色中往前走了几步，忽然发现，自己面前的树上，系了几段红绸，那是他刚来这里排练的时候，自己偶然系上去的。

这树，好眼熟？和路许照片里的那个，好像是同一棵，连着月光也好像熟悉了起来。

他路哥在附近吗？

11. 我逐渐特别

江乘月在梧桐树前站了一会儿，他猜想路许或许在周围，想找找人，围着系红绸的树走了好几圈，没见到人影。

　　竹笋："Hello, Kyle."

路许没回，江乘月有些失望，又觉得理所当然。这边远离市区，说好听点是生活气息浓厚，说难听点是有股市井气，路许那种格调的设计师，怎么可能会出现在这里？他索性把沮丧抛在脑后，蹦蹦跳跳地往回走，快到地下室时，瞧见楼前停了路许的车。

江乘月："咦？"

路许倚着车，手里拿着一罐黑咖啡，正在缓慢地喝，见到他的瞬间，原先有些烦躁的眉眼才慢慢沉了下来。

"说好的在排练，跑去哪里了？"路许丢了句话过来，"我一通好找。"

江乘月向着路许的方向跑了几步，忽然想起什么，刹住了脚步，没走过来："路哥，你还生我气不？"

路许的气都在 ins 上冲奚杰撒完了，现在浑身舒服，看什么都顺眼，他把江乘月"刹车"的动作看在眼里，只觉得可爱，半点都没生气。

"Kyle，你现在打我电话。"江乘月站在几步外，举着手机，神神秘秘地说，"你试试。"

"卖什么关子？"路许不知道他想做什么，打开了手机通讯录，找到"乘月"，按了通话。

江乘月的手机铃声响了，和平时的系统提示音不一样，是江乘月自己录的一段口琴。

"我把你设置成特别联系人了，以后不会不接你电话。"夜幕中，江乘月的轮廓温和恬静，"你打电话来，我不怕接。"

江乘月认真地说："我觉得，你……不是坏消息。"

路许今晚不久前才为不接电话的事情数落了江乘月两句，当时语气不太好，他早就后悔了，没找到机会开口，江乘月却先给他递了橄榄枝，这次还是给的特别联系人。

"你有几个特别联系人？"路许问。

"就你一个。"江乘月奇怪地说，"怎么了？"

"没事。"路许说。

路许有些高兴。只有他这么一个特别联系人，只为了给他套现而打麻将，只给他唱根本找不到调的歌，他这个"便宜"哥哥，是不是在江乘月心里，还算重要呢？

"路哥，那我们和好了！"一直站在几步外的江乘月扑上来，撞在路许身前，"你今晚可真厉害，太好了，我还以为你不理我了。"

路许心口的位置被他撞了一下，站定未动，手臂扶了一下他："横冲直撞的，不疼吗？"

江乘月摇摇头。

路许看着面前因为兴奋而微微脸红的江乘月，他的脑海中，跳出了一两朵快乐的小火花，像是情绪，又像是灵感。

"有点遗憾。"江乘月说，"音乐会大概已经结束了？没进场的话，票能退吗？"

他心疼钱！他下午一句都没骂过奚杰，这会儿为了钱，就想去踩两脚了。

"没去就不收钱。"路许骗他，蓝眼睛里闪过了一抹笑意，"你要是想听，我把人叫回来给你再演一遍。"

"别……"江乘月说，"我带你看点别的，也很有意思。"那名字看不懂的钢琴大师起码得有七十多岁了吧，经不起这么折腾。

附近有个夜市，晚上十点后才逐渐热闹起来，卖的都是稀奇古怪的东西。江乘月抓着路许的袖口，把人往夜市上带。

"这都是些什么啊，我不逛这种拥挤的地方。"路许跟紧了江乘月的脚步。

"你春夏大秀主题不是流萤吗？渺小而倔强的事物，我带你找找灵感！"江乘月说。

夜市在老城区，摊位上摆了旧书、旧家具等二手物品，江乘月爱逛这些，他喜欢陈旧物品中诉说的年代感，但路许不喜欢。

"看看就得了，别蹲下来乱摸。"路许边走边教训江乘月，"不知道被多少人摸过，二手物品散发的气体对身体也不好……"

江乘月的书包里有个二手的木雕小鸟摆件，是他昨天逛这里时，觉得像南希，买下来想给路许的。闻言他立刻缩了缩脖子，把拿出来一半的木雕塞回背包，不想给了。他在这边为了一个小木雕犹豫，路许却停在一家店门前，指着摊位上的一只陶瓷熊猫，问了价格。

"真有眼光，这是好东西。"店主说，"景德镇烧出来的珍品，放了两百年了，刚出土，难得你识货，我便宜点，一万二给你了。"

才一件衣服的钱，路许也觉得便宜，正准备刷卡，被赶过来的江乘月给拦了。

"路哥你先等等。"江乘月把路许推到自己的背后，瞪着正准备收钱的老板。

"多少？"江乘月凶巴巴地问，"你骗鬼呢？还刚出土？我看你脑袋刚出土。"

店主唯唯诺诺："哎，你这孩子，这么凶，这真的是景德镇……"

"十块钱卖不卖？"江乘月更凶了，"身上就十块，不卖拉倒。"

店主："十块？你不是开玩笑吧……"

"十五？最多二十！"江乘月又问，"我朋友喜欢，不然我五块钱都不给你。"

五分钟后，路许捧着江乘月花二十块买的陶瓷熊猫，被拉出了夜市精品店，人还有点不清醒。

"只值五块。"江乘月气呼呼地说，"店主含泪血赚十五！"

路许："……"他想给江乘月花钱的。

其实，二十块和一万二对路许来说没有太大的区别，但看到江乘月为了他跟对方砍价的样子，他开心得不行。熊猫原本是要赔给江乘月的，现在他不想给了。

夜市吵吵嚷嚷的，路边有卖水果的摊位。切好的西瓜上点缀着深红色的樱桃，江乘月每路过一次就会瞄上一眼，路许很难不注意到。他的钱夹里有五张崭新的二十块，是江乘月上次去打麻将折腾出来的。他们再次路过西瓜摊时，路许给摊主递了一张二十块。

路许本来是想直接把塑料碗递给江乘月的，江乘月嘴上说着不要，实则悄悄地舔了下嘴角，路许一下子就改了主意。戴着价格能买一条街的腕表，路设计师捧着西瓜杯走在夜市上，看着江乘月四处买东西，不时喂江乘月一小块瓜。

"便宜点！"江乘月走着走着，盯上了一盆绿植，摩拳擦掌地跟店主开始扯，"叶子都蔫了！"

路许忽然有点生气，抓着江乘月，把人给拉走了。

"哎！路哥，乐队地下室想摆两盆绿植……"

路许没理他，没让他买，找了街边的椅子，擦完了椅子和手，终于坐下来。

"还要吗？"路许指了指手里的水果。

"想要的。"江乘月点点头。

路许用竹签给他扎了块切好的西瓜。夜市的西瓜卖得不便宜，可是清甜多汁，江乘月怕咬到路许的手，小心地接过路许递来的西瓜果肉，粉红色的汁水迸溅出来，他连忙抬起手背轻轻地抹了下嘴角，又怕路许嫌弃自己，只好怔怔地笑。

"对了，路哥。"江乘月说，"我最近，有点想去文身。"

"嗯？"路许的理智被拉回来些许，目光还是沉沉的，"文哪里？"

"左耳后边，靠近左边颈侧的地方吧。"江乘月有点苦恼地说，"我的气质好像太安静了，不适合摇滚乐，长得也不摇滚，我想文个身能不能让我看起来野一点。"

路许同情地看了他一眼，觉得江乘月大概在异想天开，但江乘月显然很信任他，说什么都会听。

"有图案推荐吗？你说什么我就文什么。"江乘月问，"想要那种，小且张扬，清秀但是炫酷，这样出去往那儿一站，别人都知道我是玩摇滚的。"

平常设计师听到这种要求，可能会先捶死甲方。但路许没生气，也没取笑，只是目光沉了沉："蒲公英吧。"

12. 扣下了

"蒲公英？"江乘月有印象，路许的肩膀上就有一小片蒲公英文身。

那是一只在风中摇曳的蒲公英，飘出了七八朵带着小伞的种子。路许当时说，是为了挡肩膀上的疤痕。

"嗯。"路许点头，"因为是耳后颈侧，那么小的一片地方，你可以只文一朵飘出去的小蒲公英。"

"它可以清秀但炫酷吗？"江乘月怀疑地问，他想要那种酷酷的效果。

"这个，不确定。"路许没骗他，说完瞧见江乘月有一点点沮丧的眼神，话锋一转，"但我有之前的设计图，你直接拿去文，可以省钱。"

"就这个了！"一听能省钱，江乘月就没有要求了。

路许无意中掌握了拿捏他的办法，抬起来的嘴角就没放下去过，但还没忘记叮嘱两句："别乱找工作室文，不干净，回头我帮你问地方。"

今天那场由于意外没能去成的音乐会，在路许的心里突然失了分量，世界级钢琴家指尖流淌的音乐，黑白钢琴琴键的规律音符，在他这里变得平淡无味。他觉得夜市仿佛没有他想象得那么糟糕，鼎沸的人声、摩肩接踵的汗味、杂乱无序的虫鸣都消失了。各个摊位上的灯光像是流萤，一盏盏亮着，遥遥呼应着天宇的星辰，他似乎第一次能这么静下心来，去观察这个人间。

"对了路哥，忘了问了，文身疼吗？"江乘月忽然想到这个问题，他自认为挺能忍痛的，可他的眼睛不听话，平时稍稍有点磕磕碰碰，人还没来得及喊疼，眼眶就先发酸。

"疼啊，怎么不疼？"路许看他，"疼就喊两声，再不济哭两声，这又不丢人。"

闻言，江乘月顿了顿，严肃地摇了头："那不行，我不会哭，算了吧。"

因为江乘月好像怕疼，关于文身的讨论就到此为止。路许轻声笑了笑，让话题和夜市的流光一起被风带走了。

江乘月和路许开始往回走时，夜市的灯已经灭了几盏。

回到老宅，路许临时收了王雪发来的设计稿，给自己煮了杯黑咖啡，打开电脑准备修改。江乘月披着睡衣，从卫生间里出来，路过一楼的设计台，刚好看见路许那块混乱的电脑桌面。路许平时按颜色的深浅收纳东西，不管是衣服还是书，都被他整理得很有艺术感，但 CorelDraw[1] 的文件都长一个样，路许就懒得细分，直接和工作日程、大秀记录等文件混在一起。

"路哥，你桌面好乱。"江乘月闻着黑咖啡的苦味走过来，"我给你理理。"

"你可以？"路许不信，但还是让开位置，"我怕你理完我就什么都找不着了。"

"当然。"江乘月半点没谦虚，"填志愿前自学了一点点计算机，以后修电脑都可以找我。"

江乘月是个实打实的理科生，他一边翻书，一边用 C 语言写了个简单程序，导入路许的电脑，对图像按主色调进行分类。路许站在他身后看他操作，忽然想起傍晚王雪提了一嘴，说梦镀乐队也不是完全没人帮，不知道是谁出手，让奚杰的黑粉和对家同时把盗歌的热度推了起来。路许现在猜到是谁干的了。

"好了。"江乘月只是整理，路许桌面上的那些文件他一个都没点开看。他知道设计师的原稿珍贵，便绝对不会乱碰。

路许的电脑桌面变得干净整洁。

"你还帮谁修过电脑？"路许问。

江乘月说："没谁，你是第一个，我还没完全学会，我刚才特别担心给你整理崩了，别人的我还不敢碰。"

路许的电脑上存了价值千万的设计稿，但他丝毫没在意，只觉得江乘月对自己特殊的点又多了一个。只是有一点，他不太满意，江乘月就算是整理，也把眼睛管理得规规矩矩，像是一点都没好奇他的工作领域。江乘月就一点都不想了解他的工作吗？

"重装系统、加装内存条，这些我都会。"江乘月捧着自己的课本，"到时候开学，我就靠修电脑发家致富。"

"你就这么喜欢钱吗？"路许哭笑不得地说，"我给你打个一两百万，你就专门给我修电脑吧。"

江乘月一脸莫名其妙："你一天要坏几个电脑？"

"去睡吧。"他屈起食指，在江乘月的额头上轻轻地弹了一下，"我要加班了。"

江乘月穿着自己那身小了一号的睡衣，裤子短短的，露出脚踝，闻言应了声。

1　一款设计软件。

梦镀手头有个小音乐节邀请，时间在一周后。江乘月从门口扛了梦镀新做的乐队旗帜想带去二楼，由于旗杆太长，江乘月横着走，不小心连人带旗子卡在楼梯口，几乎是同一刻就听见路许毫不掩饰的一声嘲笑。

"不许笑！"江乘月气红了耳尖，扛着旗子走了。说着要加班，怎么还盯着他。

路许的电脑上有一个新的压缩包，是那天给江乘月拍平面的摄影师许可发来的成图，问路许和陈安迪有没有哪个地方需要修改。学人精没什么主见，发了三个鼓掌的表情包，转头来问路许的意见。路许抿了口黑咖啡，在台灯温和明亮的灯光里，点开那套图。学人精是个商人，他把这套图给了手头销量最大的一本时尚杂志，电子杂志的发售时间是两周后，他们有足够的时间来打磨这套图。

路许兼任服装造型设计这么久，外界的称赞和掌声他听听了事，美誉和诟病都入不了他的耳朵，各种精修华丽的图片见多了，早就心平气和了，可江乘月这套图拍得太惊艳了。人是他满意的，造型是他亲手做的，连摄影师都是 Nancy Deer 长期合作的，许可让他挑毛病，他只能挑那棵树，或是那些藤蔓的毛病。

比如，树不够直，还有，藤蔓是他亲手缠的，他现在觉得难看。江乘月的手腕上，还被划出了好几道痕。

路许回了五个鼓掌的表情包，比学人精多两个。

最后一张图里，江乘月站在焦黑的树下，向他的方向遥遥地回望，脸颊上是未干的泪滴。那天江乘月拒绝哭，眼泪是妆效师特地弄出来的。

Kyle："最后一张，角度不好，我这边扣下了。"

13. 俗的是他

眼泪那张图是许可在这套图里最喜欢的一张，然而文件在路许的手中游了一圈后，这张图被扣了。但这毕竟是老板的决定，许可不会问太多，因为单是其他图片就足够撑起那期时尚杂志的版面了。江乘月有平面拍摄的经验，但没有参加过这么正式的拍摄，他眼睛里的好奇与青涩，和路许想要的灵感效果契合度很高。那身被路许亲手改过的衣服和特别设计的战损妆面，给江乘月看向镜头的目光添了点意味不明的欲望感，眼尾下方的伤妆效果，把自由与禁锢的矛盾发挥到极致，让人不由自主地遐想。许可不得不承认，路许的造型监制很强，难怪自打路许回国以后，国内好几个明星的团队都想给他递合同。

与此同时，姓陈的学人精在自己的工作室里，挑灯夜战，手抄了满满一本的心得。

路许其实没想那么多，这套图意境的灵感来自诗句，而妆面的灵感来自那天他不小心抹在江乘月眼尾下方的那道玫红色唇釉。他擅长打破原有的风格，于是这次出手就想打破江乘月身上那种脱俗的本真气质。参与拍摄的人赞不绝口，路许却对自己有些生气。对他来说，这张图其实有点失败，他没能完全打破。

脱俗还是江乘月的，俗却成了他的。

路许私吞了这张图，坐在黑咖啡的苦味里，在绘图板上多画了几条灵感。他的设计常年被批"端着架子""装""故意讨 U 国皇室欢心"，他在这方面的才华本就领先同行，品牌多的是人夸，这些评价他没在意过，也不打算改变自己一贯的设计思路，但江乘月今晚带他在人群中走了一遭，的确让他有了不一样的想法。奢侈品靠价格同普通消费者拉开壁垒，Nancy Deer 作为奢侈服装品牌，在品牌运营上会有同样的思路。只不过，现在的路许在想，他真正想做的奢侈品牌服装应该是让消费者发自内心喜欢，但可望而不可即，并非单纯地采用大品牌套路用价格和配货去"PUA"[1]消费者。

不得不说，虽然审美水平为负，但江乘月的确送了他一个惊喜。

路许摇着头笑了下，把软尺折了几道，搭在塑料模特的肩膀上，怕太晚睡会影响江乘月，于是直接上楼了。

江乘月在听学姐付悠然发来的语音。

"学弟，"付悠然说，"我建议你们改改队旗，这个 logo 相对于旗面来说太小了，而且过于秀气，没有摇滚乐队的感觉，你们在音乐节现场没有优势。"

乐队队旗的 logo，是江乘月自己胡乱画的。浅橘色的漆面上画了几只黄色的小蝴蝶和红色小花瓣。

"这年头，乐队旗都开始'内卷'了。"江乘月坐在地上，无奈地叹了口气。

路许在楼梯口就听见付悠然的那句语音，这么晚了不睡，还和女生聊天？他在门边站了两秒，随后就听见了江乘月的说话声，皱了皱眉，推门走进去。

"我的旗丑吗，路哥？"听见路许进来，江乘月回头问。

"丑。"路许毫不留情地说，"像是你乱放辣椒面的番茄炒蛋，我幼儿园时就不涂这种简笔画了。"

"……"江乘月大受打击，哭丧着脸，把宝贝了一晚上的乐队旗给扔到了一边。说丑就算了，路许还凶他，沮丧翻倍了。

路许原形毕露地刺了两句，装模作样地捧着书看了 15 分 29 秒，才发现手里的《百年孤独》一页没翻。他转头想和江乘月搭话，却发现江乘月不知道什么时候睡着了。江乘月喜欢蜷着身体睡，像一只没什么安全感的小动物，路许知道他在写编曲的晚上会吃褪黑素，因为那些鼓点和音符会让他兴奋得睡不着。江乘月大概是累了，卷着被子，呼吸声均匀，嘴巴微微张开一条小缝。

早晨，路许下楼的时候，江乘月正在翻箱倒柜。

1　全称"Pick-up Artist"，原意是指"搭讪艺术家"，后来泛指很会吸引异性、让异性着迷的人和其相关行为。

"啊啊啊啊，我的幸运耳钉找不到了。"江乘月急着出门，那耳钉是他在 C 市时，从一个玩塔罗牌的姐姐手里买的，说是戴着能有好运。

"非得戴？"路许掀了下眼皮。

"好看啊。"江乘月说，"男生戴耳钉很有气质的。"

其实只有好看的男生戴耳钉才很有气质。路许没和他争论。

路许从工作室的墙上拉开一只小抽屉，从里面单拿了只银白色的小鹿耳钉，右耳戴的，用拇指和食指捏着，在江乘月的眼前晃了一下："借你一个？"

"这个好可爱！只有一只吗？"江乘月接过来，"可以借吗？"

"戴吧。"路许说。

这是 Nancy Deer 下一季打算做的小饰品，还没上新。银色小鹿的鹿茸是立体的，看起来好像是单右边设计。江乘月没多想，直接把小鹿戴在右耳上，扛着他那面"加了辣椒面的番茄炒蛋"队旗出门了。

路许听着院门关上的声音，嘴角弯了弯，摊开手心，手心里有一只银白色的小翅膀耳钉——江乘月刚才没找到的那一个。

14. 音乐节

邀请梦镀演出的是果汁音乐节，本市刚刚成立的、一个很小的音乐节品牌，不管是场地还是设备，都比不上国内的大音乐节品牌，但对新生的梦镀乐队来说，是很难得的机会了。音乐节的时间是八月的最后一个周末。这还是吉他手李穗的朋友，看在李穗的面子上，特地去要来的演出机会。

为此，江乘月高兴了好几天，他们的乐迷少且分散，连带动现场氛围的旗子，都是他自己瞎折腾的。主唱孙沐阳家里做了许多年的布料生意，为此他还特地回家顺了匹布，胡乱裁剪了几下，准备自制文化衫。李穗也是，在自己那个跳伞俱乐部门口，贴了两张梦镀即将有演出的传单，想让来往的顾客看看自己的乐队。

他们每个人都在用自己的方式高兴着，直到今天，果汁音乐节的宣传海报出来了，上面并没有梦镀乐队的名字。江乘月来来回回地看了好几遍，字里行间都找了，真的没有。

"哦哦，没有取消你们的演出资格呢。咱们海报的版面是有限的，太多字挤在一起就不好看了，所以我们让美工只放了几个乐迷期待度比较高的乐队，别介意哈，请你们理解。"果汁音乐节的联系人说，"你们的演出顺序是第二个，红羚乐队开场之后就是你们，还是很不错的，期待你们的演出。"

音乐节联系人在电话里的语气温和，解释得有理有据，让人挑不出毛病，但表达的意思很明白：你们的人气不够，乐迷并不期待，只能算暖场，不足以让音乐节品牌在海报上写下梦镀的名字。

道理大家都懂，但失望是无可避免的。出场却没有名字，这其实说不上公平。

"实话实说，我们现在除了《仲夏不尽》，没有太多能拿得出手的作品。"江乘月说，"没有作品，怎么都不会被认可。"

说来好笑，梦镀乐队目前人气最高的一条搜索，竟然是先前被奚杰的粉丝骂出来的。摇滚乐迷是不认这么点人气。乐队是有野心的，可世界是现实的，没有人气和热度，不仅分文不赚，连去过一场音乐节都留不下他们的名字。

开场乐队"红羚"是国内一支很老的摇滚乐队，是果汁音乐节特地花了 27 万元邀请来的，同最后压轴的几支乐队一起，构成本次果汁音乐节的亮点。梦镀的演出顺序接在"红羚"的后边，那时候观众刚嗨完一场，正处于疲惫的休整状态，基本不会注意接下来的无名小乐队。除非，他们能以货真价实的作品打动乐迷，可这对梦镀来说，不是容易的事情。

"总比没演出机会好。"江乘月挥了挥手，想打散大家的沮丧氛围，"大群里还有人酸我们呢。"他其实不在意别人的看法，他初高中时就在街头玩鼓，偶尔去酒吧门口打碟，每一场正式的演出对他来说都是来之不易的机会。

本市的大小乐队很多，但也不是每支乐队都能有在音乐节上演出的机会，音乐节的海报上虽然没写梦镀，但同圈子的消息走得快，群里还讨论了几句。

> 猫又："梦镀还是很厉害，这么短的时间签了唱片公司，还拿到了音乐节的演出资格。"
>
> 驰风·主唱："别吹了，果汁音乐节的海报上都没写他们，其实就是去做个陪衬，人家都不拿梦镀当回事，说不定还是倒给钱拿的演出资格。像他们这种我见得可太多了，乐迷听完就忘了，我看还是别去丢脸了。"
>
> 驰风·主唱："江乘月也就靠脸吸引人吧。"

路许的工作很多，但忙不忙全都随他心意，比如今晚，他就坐在工作台前，在黑咖啡的苦味里，看王助理传过来的、刚刚设计完成的本年度 Nancy Deer 秋冬秀的新装发表会型录与邀请卡。手机上收到了一条新消息，来自陈安迪。

> Andy Chen："Kyle，看一眼我的新设计稿，只是参考，没抄你的想法。"
> Andy Chen：（图片）
> Kyle："哦。"

学人精虽然审美在线，但在路许看来，着实没什么设计天赋，其实更适合经商，以前他懒得管，现在偶尔心情好了会提点两句。于是，他挑了设计稿上的三十几处错误，返给了陈安迪。

陈安迪沉寂了十分钟，换了个话题。

　　Andy Chen："你和江一起住啊？"
　　Kyle："Ja."
　　Andy Chen："我觉得他很有潜力，我可以出钱捧他。"
　　Kyle："他不喜欢。我不同意。"

　　江乘月对乐队的喜欢，路许是看在眼里的，所以他直接回绝了陈安迪。娱乐圈的那套，江乘月半点兴趣都没有。

　　就这会儿，他在调整"雨中萤火"这条裙子的布料设计，江乘月就坐在门口的台阶上吹口琴，琴声从门缝里透进来，像是还带了院子里的青草香，路许的工作效率都快了许多。大概是照顾他的感受，江乘月还特地去学了几支德国民谣，拿口琴吹着玩。

　　路许推开门，又踢了踢江乘月："还不睡？"

　　江乘月的口琴声停了："想多练练，玩乐队嘛，技多不压身，万一音乐节能用上呢。"

　　"你了解陈安迪吗？"路许忽然问。

　　"不太了解？"江乘月不知道他怎么忽然说这个，"我只知道陈老师是在国外读的书，和路哥你一个学校？ Andy 是他的英文名吗？"

　　"嗯，一般都喊陈安迪。"路许说，"他本名是陈发财。"

　　江乘月："……"这名字还挺特殊。

　　路许弯了弯嘴角。

　　"看看，下午随手画的。"路许手上的一张纸飘在江乘月的膝盖上。

　　黑色的旗面上有烫金色的图案，两支羽箭斜插在石头上，溅出无数破碎的竹叶。江乘月仔细去看，才发现，羽箭不仅是羽箭，还是架子鼓的鼓棒，而碎石的表面上有琴键的纹路，周围绷了四道琴弦，破碎的竹叶就凛冽在其间，整个图案的上方是两个大字：梦镀。

　　凭江乘月的审美水平，也知道这图绝了。这比他自己画的那张，不知道高明到哪里去了。

　　路许画这图其实不到一小时，他向来随心所欲，想画就画了，这种设计在他这儿根本不算什么，举手之劳。但此时看见江乘月眼睛里的惊叹，他还是颇有些得意。他被夸过的设计稿多的是，此刻却因为这张随手绘制的图，找到了最初从事设计行业的那种欣喜。恰逢起了点夜风，路许得意过头，被风迷了眼睛，抬手捂了一下。

　　"我看看。疼吗，可能是沙子。"江乘月看路许捂着眼睛，他害怕眼泪，但还是踮脚站了过去，"路哥你千万、一定、绝对别流眼泪啊，我给你吹一下。"

　　"这有什么？"路许原本只是眯了眼睛，眨两下就过去了，没放在心上。

　　一阵暖风自作主张地拂过蓝汪汪的湖面，这沙子，大概被吹进湖底了。

15.冷遇

八月的最后一个周末，江乘月起床时，床边放着一套他没有见过的衣服。这几天的天气其实还行，但他晾在院子里的衣服不知道为什么一直没干，结果导致音乐节当天，他竟然找不到一件干了的衣服，只好去问路许借。路设计师最不缺的就是衣服，端着架子听江乘月好言好语地央求了几句，这才打开自家品牌的网站开始挑，最后还是选择了 Nancy Deer 副线品牌的衣服，觉得更适合江乘月的风格。

这是一件黑白相间的短袖衬衫，纽扣不对称，江乘月拿到手的时候有些不知所措，对着镜子披上时觉得自己像一只倒过来的熊猫。

"别直接穿，需要内搭。"路许抱臂站在卧室门边看他，伸手甩过来一件白T恤，让他搭在衬衫里，不对称的纽扣瞬间有了点可爱的气质，又甜又酷。

这衬衫远看简单，近看其实很有心机，袖口、后腰和领口的位置，都有特别裁剪的黑色细缎带，有风或是穿衣服的人在运动时，缎带起落，又能给人帅气的感觉。江乘月按路许的要求，又搭了一件深蓝色的短裤。

"怎样可以显高？"江乘月问。

"你又不矮。"路许嗤笑了声，随后从脑海中拎出了一段他说江乘月矮的记忆，转换话题的口吻波澜不惊，"扣扣子的方式、下摆的调整以及……"

路许修长的手指在江乘月的衬衫下摆上拎了一下，指尖擦过衣料，把短裤上的绑带换了一种系法："饰品的调整，都会在视觉上影响身高。"

"可是你说过我矮。"江乘月记得这件事。

"1米79不矮了，你总不能事事都和我比。"路许有些戏谑地说。

"我和你比什么了？"江乘月低着头看自己的脚尖，偶尔抬头偷瞄镜子里的自己，被路许说得耳尖有点发红。

"行了，你玩鼓野成那样，就别做太复杂的穿搭了，回头噼里啪啦地掉一地。"路许在江乘月的后腰上拍了一巴掌，"看看镜子。"

江乘月的右耳上还戴着那只银白色的小鹿，鹿角上有一片极小的羽毛，小鹿的眼睛是一颗碎钻。路许盯着他打量了两秒，觉得这一身缺了个亮点。

"戴这个吧。"路许领着江乘月去楼下工作室，从墙上某个小抽屉里拿了只红色皮革手镯。

他以前做穿搭时不喜欢这些皮革质地的饰物，但用在江乘月身上似乎格外合适，皮革的招摇和冷酷感，恰好能中和江乘月身上的温和气质，从而打造出让人眼前一亮的效果。江乘月知道路许借他的东西都不便宜，每次都加倍爱护，路许给他把皮革镯子扣好，他连碰都不会乱碰，小心地护着。

"我出门啦。"江乘月扛着新做的旗往院子外边冲，"路哥，晚上见。"

路许冷淡地摆了摆手，示意自己听到了。听闻江乘月的脚步声逐渐远去，路许推开门，眯着眼睛感受了晨光。随后，他拿起院子里平时江乘月浇花用的按压水壶，帮江乘月浇了浇院子里的葱苗和小白菜。

这是最近几天路许的生活日常。

须臾间，他目光闪烁，手一扬，晶莹的小水珠雾蒙蒙地散在半空中，阳光穿过时折射出一段彩虹。花盆是半湿的，江乘月晾在院子里的衣服全湿了。

果汁音乐节的场地在森林公园，一整片露天的草坪。八月末沿海地区刮了台风，连着宁城今日也起了大风，草叶翻卷着，但音乐节的热情不减。

江乘月跟着梦镀其他成员，一早就来了后台准备。

果汁主办方邀请的乐队不少，一部分是演出价 20 万元起步的知名乐队，另一部分就是像梦镀他们这种，本市稍微有点话题热度的小乐队。人气的高低在乐队之间或许还没计较得那么明显，但在果汁音乐节的后台体现得泾渭分明。果汁音乐节的负责人祝果给邀请来的每个知名乐队都准备了帐篷，帐篷上印了乐队的标志，还很走心地用颜色做了区分，帐篷里还搬了好几打矿泉水。

梦镀什么也没有，江乘月他们到的时候，只能把自己的设备都放在地上。不远处的红羚乐队瞧见他们扛着的队旗，笑了几声，说是没见过自己给自己扛旗的乐队。音乐节主办方那边喊着这些小乐队去签到，江乘月只好把军鼓和镲片先放在草地上，把乐队队旗插在一边，转身和孟哲他们跑去签到。

"你们也是来玩的吗？"旁边一支小乐队"栗子悄悄话"的鼓手瞧见江乘月手里拿着的鼓棒，"也来当陪衬？"

江乘月手里的鼓棒转了转，刚想友好地弯弯嘴角，弯到一半，想起来路许给他强调过很多次，不用对每个人都未语先笑，于是他又把嘴巴给压回一条扁平的线。

"栗子悄悄话"的鼓手是个热心人，看他要笑没笑的表情，以为他因为果汁音乐节委屈，连忙说："没事啦，能露个脸就是好机会，玩乐队的谁不想能有几个乐迷跟自己有共鸣啊，等下只要上了，就肯定有人会喜欢，多少涨几个乐迷。"

"我的鼓玩得还行。"对方看江乘月年纪小，又懂礼貌，多说了几句，"我们可以交个朋友，你要是哪里玩不好，我可以教你。"

"好的，谢谢你。"江乘月礼貌地说。

"不过，"栗子鼓手耸耸肩，"果汁音乐节不是纯乐迷做起来的，它背后是资本在运营，它的团队是娱乐圈退下来的，就很……你懂的。"

江乘月其实不太懂娱乐圈的那一套，不过他能明白这位说的话，果汁音乐节看人下菜碟，在场的小乐队都敢怒不敢言。江乘月不在意这个，没有帐篷，他们往草地上一坐就能开始准备。至于水，他自己带了一杯，没必要去薅音乐节的羊毛。

不过，等签完到，他在草地上找到梦镀那面黑色的乐队旗时，被吓得不轻。一杯开了盖的奶茶被人放在他的军鼓上，在风中摇摇欲坠，眼看着就要倒了。江乘月的反应速度是快的，在奶茶翻倒前，他冲了过去，把奶茶杯子放在草地上。鼓是很娇贵的东西，一杯翻倒的纯净水，对鼓腔来说，都会带来极大的损毁，更何况这还是杯奶茶。

每只鼓的音色都有些微不同，乐队一般都会自己带设备。江乘月这只军鼓价格高达五位数，他当初为了买这个，到处打工还克扣自己的饮食，买来的那天抱着鼓，瓜兮兮[1]地乐了一个下午。

"哎哎哎！你干什么！"音乐节负责人祝果身边那个涂着红指甲的助理走了过来，尖锐着嗓子，"你给我放地上，我还怎么喝啊！我好不容易找个平整的台子放着。"

"这不是台子。"江乘月平静地说。

"有什么区别吗？"红指甲的脾气很大，"就放一会儿，未免太斤斤计较了吧。"

江乘月不想和不懂的人解释鼓面上为什么不能放东西，他低头拾起奶茶杯，走了十来步，放在垃圾桶盖上，礼貌地问："你看这台子够不够平？"

红指甲都要气炸了："哎！你这孩子怎么这样呢，你是哪个乐队的啊！"

"嚷嚷什么？"李穗听见动静，一路走过来，把江乘月往自己身后一推，"什么事？"

他是退伍兵，长得人高马大的，肩膀上的肌肉也时常绷着，一般人见他总有些害怕。

"一看就是火不起来的命。"红指甲的助理斜了江乘月一眼，转身走了。

果汁音乐节对小乐队的怠慢不仅体现在这一件事上。很快，在工作人员开始调试LED屏时，江乘月他们又发现了问题。一般乐队在演出时，身后的LED屏幕上会出现乐队的logo、歌曲名和简单动画，果汁音乐节给大乐队做的动画非常精致炫酷，轮到梦镀和栗子悄悄话这样的小乐队，背景就变得单调又无趣。纯白的底图上，用宋体打了两个大字：梦镀。

"信我。"音乐节的工作人员说，"这样简单明确，一看就能知道你们乐队的名字，我们讨论了好几个方案，最后还是觉得这种最一目了然，更能凸显乐队的核心主题。"

江乘月觉得这话最好还是拿去骗鬼，跟他们说没用。背景图是肉眼可见的敷衍与不上心，果汁大概是想节省经费，只打算糊弄一下这些没什么名气的小乐队。工作人员觉得，反正梦镀也没有几个乐迷，闹不起来，他们有恃无恐。

"不好意思，我们需要换一张背景图。"江乘月说。

一听到要换，负责LED的工作人员立马变了脸："这还有一个小时演出就开始了，谁有时间给你们换新背景？"

"我自己来吧。"江乘月说，"我手头有现成的。"

路许前阵子刚好把设计稿的电子版发给了他，虽然没有动态图，但江乘月觉得，

1　方言，傻乎乎。

······ 印象失真 ······

单这一幅背景，就足够震撼了。路哥的设计图，江乘月是信得过的。

"你那么多事，你自己来。"果汁音乐节的人很烦躁。

江乘月"嗯"了声，低头去握鼠标，手腕上的红色皮革手镯和桌子摩擦了一下，江乘月怕弄坏，摘下来放在一边的桌子上。

梦镀队旗上的 logo，被江乘月替换到主办方的电脑上，覆盖了先前那张白底黑字敷衍了事的图。

距离演出还有半小时，江乘月打开军鼓包，擦拭鼓棒，没想到音乐节负责人祝果那边又找上了他们。祝果那个助理站在她身边，冲着江乘月指指点点，偶尔还蹦出来几个难听的字眼。

"是这样，'红羚'人气太高了，待会儿肯定有 encore，这样整体时间就不够了，你们是第二个上，乐迷知晓度小，这样吧，咱们把演出的时间，缩减到 10 分钟。"祝果拉着脸说，"就这么定了，10 分钟已经够多了啊。"

"10 分钟怎么够？"孟哲问。

"我看差不多了。"祝果说，"我直说了，请你们就是看在朋友的面子上，知道你们玩乐队的都追求个性，但我还是想说一句，看明白自己的身份之前，谈个性未免太幼稚了点。"

说完她又看向江乘月："人情世故都不懂，是走不了多远的。"

梦镀的设备，全部是自带。"红羚"乐队演完，他们要先换上自己的设备，等到黑色幕布再次拉开，音乐响起，他们的演出才算是正式开始。时间缩减，这就意味着，梦镀呈现一首歌的时间要减半。糟糕的出场顺序、临时替换的 LED 背景，以及半首歌的时间……

"这也太看不起人了。"杜勋暴躁地说，"要不别演了，看见负责人那张脸我就生气，这也太敷衍了。"

孟哲也有些犹豫了。

"不。"江乘月说，"准备了那么久，我要试试。"

至少，他必须对得起路许亲自给他设计的那面旗。

16. 很特别，江乘月

Nancy Deer 下午有场订货会，路许没到场，安排了王雪主持，自己则是去了宋均的 Live House。

"哟，今天不用请，主动来？"宋均很惊讶。

"嗯，明后天要回趟德国，有一场秀，需要我到场。"路许说，"不得不回去。"

临近秋冬大秀，各大品牌的设计师都在忙，路许也一样，这段时间他需要在世界各地飞来飞去。他早就习惯了这样的生活，习惯了不在一个地方停留太久，但今年好像不太一样，有什么东西牵着他，把他和这片土地紧密地牵在一起。他向来追逐自由，但现在不讨厌这种感觉，甚至希望被拉扯着。他像是一只漂泊了许久的鹰，忽然有了落点，舍不得身上那点野性，但更舍不得落点的那点暖意。

"放不下谁呢这是？"宋均打趣他，"需要我帮忙照顾？怕人欺负？"

路许皱了皱眉，蓝眼睛闪烁着光："你能看出来？"

宋均嗤笑："这不废话吗，设计和艺术我不如你，但这方面，我从酒吧开到Live House，见过的人那么多，这都不懂，不白活了？"

路许没理会他的嘲笑，转头品了宋均的酒："难喝。"

江乘月的音乐节大约已经开始了，他很期待，江乘月的成长。

"一开始是谁跟我说，江乘月土？"宋均笑着问，"怎么，改想法了？我真就好奇了，你这么骄傲的人，还能否认自己吗，脸疼吗，Kyle？"

"不然呢？"路许斜了他一眼。

在最开始，看不上江乘月的，的确是他。可是现在，能给他无限的灵感与热情的，也是江乘月。

"你不懂。"路许摇头，"他并不亲近我。"

"你问都没问，就定论了？？"宋均笑了，"不像是路设计师的风格啊。"

"路设计师是什么风格？"路许掀了掀眼皮，"你知道？"

他在路念和他那个德国爹身上没见过这些，所以轮到自己，也手足无措。但他是路许，路许不可能承认自己手足无措。

"我认识的路许，是当初那个一时兴起就从蓝血品牌辞职的小设计师，那会儿你没少被骂吧？"宋均说。

他认识路许的时间早，看着路许一路风风雨雨地过来，刚辞职的那几年，被诟病无数，有人说他是心里没数的小设计师，有人说他耐不住性子成不了大器，还有人说他太浮躁，设计不出好的作品，可这些，最后都销声匿迹了。Nancy Deer取得了巨大成功，而且，品牌的成功是旁人不可复制的，是路许成就了Nancy Deer这个品牌。

"江乘月是什么想法，害怕还是欣赏，问问不就得了？莽一点，你这种性格的人，至于这么小心吗？"宋均说，"我看那小孩什么都乐意听你的，这有什么啊。"

路许只觉得，嘴里这酒味道辛辣，没注意到这和他刚来宁城时宿醉的罪魁祸首是同一个牌子。他像是找回了自己开始着手创立Nancy Deer的那几年，手头什么也没有，唯独全身上下都是一腔热血，孤勇。路许一个电话叫来司机，冲着果汁音乐节的现场就去了。

红羚乐队的开场演出，果然如音乐节负责人所料，拉起了开场的氛围。这支乐队有参加过综艺的网红乐手，自带综艺粉，再加上原本就有的人气基础。键盘和吉他声

　　　⋯⋯ 印象失真 ⋯⋯

起，不远万里赶来的粉丝，随着震撼的音乐摇晃着身体，乐队的应援旗摇满了全场，不断有人从前排被挤到后排，也有人揽着两边人的肩膀，跟着音乐律动。红羚的演出，拉满了音乐节的效果，甚至在乐迷反复喊着 encore 的情况下，十分"宠粉"地多唱了两首歌。但音乐节的时间是固定的，红羚多唱，后面乐队的演出时间就要缩短。

路许赶到音乐节现场的时候，刚好看见红羚乐队的演出结束，他不喜欢人群，所以远远站着，看黑色的幕布拉上，下一支乐队开始准备。梦镀就是第二个。刚刚嗨完了一场的乐迷有些疲惫，在原地站着，说话声逐渐变大。

"下一个是谁？没听说过啊。"

"哈哈哈，我就是为了我家红羚来的，后边的随便看看就好了。"

"快点过去吧，我花钱来音乐节不是为了看这段好吧，塞了点什么奇奇怪怪的东西，看着心累啊。"

"我只想看我喜欢的乐队，呜呜呜，这是什么啊，为什么要给他们上场，海报上都没有他们，我凭什么要花时间看这个，我不想看，能下去吗？"

路许听着他们讨论，有些不悦。他很少跟别人争辩，因为觉得没有必要，还自降身份，可是到了这里，他竟然前所未有地有了一种想冲上去撸袖子理论的冲动。他忍住了这种冲动，攥紧了自己右手腕上的黑色皮革手镯。这是配套的一对手镯，质地一般，但设计感很好，品牌溢价也严重，路许看着喜欢，就买了两只，江乘月拿走了较小的那一只。

幕布终于拉开，已经准备好的梦镀乐队，出现在众人的眼前。没有欢呼，没有期待，草地上一片安静。

路许站在草地的远处，学着刚刚搜索查看的摇滚礼，开玩笑般冲江乘月的方向比了个手势。像是有所呼应，江乘月高举右手，腕上的红色手镯亮眼鲜明。遥遥地，路许的手腕上，像是过电般地卷起了一股热流。他不知道江乘月有没有看到自己，但遥遥呼应的那一刻，他听见了自己神经跳动的声音，一声声的，被即将到来的音乐牵动着。

江乘月预感到会冷场，他的手腕一扣，鼓棒击打在鼓面上。缓慢的节奏一下一下，用力地敲击在现场观众的心上。并非只有快节奏才能产生律动，清晰的鼓声逐渐安抚了观众的疲惫，生出了点异样的共鸣。俏皮又有些滑稽的音乐声响起，推出了一段有些讽刺意味的节奏，键盘和吉他未动，只有江乘月的架子鼓在伴奏。

很独特，也非常少见。

有人伸长了脖子，去找这是什么乐器发出的声音。

酷哥的手里有一只电音蝌蚪，古怪的乐器，张着嘴巴，吸引了全场观众的注意。

"什么东西？好奇怪的声音。"有人问。

"电音……蝌蚪？"旁边人说，"哈哈哈哈，我很少见到有人把这个放到乐队演出里来，亏他们想得到，而且竟然一点都不违和。"

"小乐队倒是很会抓人的注意力，姑且听听看吧。"

这段正式演奏前的炫技是由江乘月来完成的，短短十几秒的时间，他打了一段高难度的拍子，手臂高高扬起又落下，衣带随着动作上下翻飞，深亚麻色的碎发垂在他额前，被汗水打湿了一些，半遮着他琥珀色的眼睛，他嘴角微微弯着，狠踩了一段底鼓，节奏从慢到快，扣人心弦。

江乘月抬手，压了下麦："各位，给半分钟，认识一下。"

"梦镀……孙沐阳。"孙沐阳冷漠地说。

孟哲和李穗接连报了自己的名字，李穗食指和中指并拢，抵在额角，对着台下比了个手势，他眉眼英俊，眉宇之间有种成熟感，一双桃花眼往台下嚣张地扫去时，台下有人很配合地吼出了声。与此同时，没等观众反应，江乘月脚下一挑，一面黑底烫金的乐队旗落在了他的手中，他向前一掷，孟哲抬手接住，递给了主唱孙沐阳，旗面展开的猎猎声与风声同时响起，江乘月接上了鼓。

"Wow！酷！"这段开场很有特色和风格，音乐未全起，乐队的气场却先一步盛气凌人，有观众来了兴致，捧了场。

键盘琴声打破了电音蝌蚪的滑稽音色，梦镀在音乐节上的演出，正式拉开了序幕。

LED屏幕上的背景骤然打开，路许在那一瞬间看见了自己画的那张设计图，有乐迷在台下展开了梦镀的乐队旗，亮眼独特的logo，张扬得让人无法忽视。他的嘴角弯了弯。

梦镀这次的歌，是一首纯英文歌词的摇滚，是他们全新的原创作品，结合了Reggae[1]音乐风格。这首歌延续了梦镀在《仲夏不尽》的创作中形成的风格，但又多了点大胆的尝试。酷哥孙沐阳把麦从话筒架上摘了下来，全然沉入自己的状态里，在舞台上走动。他平日里说话一个两个地往外蹦字，唱歌却毫不含糊，英文歌词吐字清晰，每一个音都踩得很准，极具特色的低音声线引得全场一阵惊呼尖叫。

孙沐阳右手用力一甩，像是极力将过去的自己抛弃，随着节奏，身体俯仰，左手把麦抬高，以一种近乎睥睨的目光昂然瞥向台下的观众，右手食指慢慢地抬高，指向观众人群之中。

孟哲手中的贝斯琴弦飞快扫过几下，音乐转入高潮。台上灯光随着音乐变动，蓝与紫的色调交错变换，急速勾勒出代表炽热的红，灯光炫目，交织的光幕中，可见乐队嚣张的身影。

梦镀的logo在LED屏幕上清晰可见，像一道狂妄而蛮不讲理的符号，于横冲直撞的乐声中，在众人的视野里抓出了深痕。

江乘月略一抬头，用嗵鼓铺出了一段紧密的节奏，丝毫不留喘息的空间，鼓点宛若暴风骤雨，敲击在整片场地之上。与之共鸣的心，似是种子坠入尘埃，又萌生狂野

---

1 雷鬼，一种节奏强劲的流行音乐。

与嚣张，把藤蔓蜿蜒卷向八月末的长空天宇。他右手扬起，鼓声像是挣脱了束缚，冲破桎梏，奔向自由，越发明晰，观众感受到他传递的情绪，跟着他发出的信号，嘶吼出声，全场跟着合唱。

诋毁、谩骂、轻视，在绝对的音乐实力和感染力面前，逐渐变得苍白无力。

"还不错！"路许前面的乐迷说，"他们的现场太稳了。"

"好厉害！这歌有点能蹦啊！"

"本来以为是个过场乐队，没想到是个炸场的！"

江乘月和李穗击掌，右脚踩下一阵密集的底鼓声。八月末的风很大，江乘月黑白色衣服上的黑色飘带，随着他玩鼓的动作起落，像是拦了风，摇晃进入场上的摇滚乐里。

路许远远地看着，心里忽然涌起满足的感觉，他的穿搭设计，终于在这一瞬间得到了圆满，他的心思和布置全都实现了。他喜欢设计工作，喜欢看模特穿上他设计的衣服，打破原有的风格，赢得掌声。可这份设计到江乘月身上，则是多了一份心意。江乘月并不靠衣服和打扮去赢得赞美，鼓声一起，他本身就足够让人着迷了。路许为江乘月感到高兴。

路许刚才听乐迷说，梦镀只是小乐队，主办方还给了小鞋，只给他们10分钟的演出时间。他心里不平，想着怎么安慰江乘月，怎么不动声色地出手帮忙，没想到江乘月永远能给他惊喜。

"再来一首！"台下的乐迷再喊，"好乐队还能不能多留一会儿了！"

他的小鼓手太耀眼了，他明明装点过这轮明月，此刻却只想做漫天的乌云，吞掉月色的所有阴晴圆缺。路许忽然意识到，江乘月在成长，江乘月从一开始就不是需要活在庇护下的孩子。从小独立长大的孩子能有多坚强，路许能懂，但他发现自己对江乘月还是知之甚少。因为路念的拜托，他总是想着帮江乘月解决问题，甚至形成了惯性思维，可江乘月，在他不知道的时候，已经从不为人知到逐渐崭露锋芒了。他终于能把两个人摆在对等的位置上，去正视自己的想法了。江乘月对他来说，的确是特别的。

江乘月其实早就看见路许了。在幕布掀起的那一刻。他以为路许不会来，可是远远地看见那个熟悉的身影时，他还是觉得激动，甚至摇旗时还特地指向路许的方向。

乐迷在喊 encore，嫌演出的时间短，甚至有人把矛头指向主办方，这些都和江乘月没什么关系了，他迅速收起自己的军鼓，拒绝了观众"跳水"的呼声，往台下走。

江乘月不介意"跳水"，甚至很喜欢玩闹，可这衣服是路许的，路许爱干净，他不能弄脏。他刚想去收拾包，有人压了一下他的肩膀，有些沉，他抬头时，刚好看见了路许的蓝眼睛。

路许的周围，有淡淡的酒味儿。

"路哥，你喝酒了？"江乘月问，"你没自己开车来吧？"

"嗯。"路许应了声，蓝眼睛深深的，看向江乘月，"我……"

路许确信自己没有醉，可看到江乘月的那一刻，他忽然不那么确定了。江乘月伸手扶了一下他。

风吹过森林公园，周围是只有盛夏才有的青草香。草叶漫卷向天空，这场风过后，盛夏大概也快结束了。

"路哥，你……"

江乘月话音未落，耳边传来了两个人的争吵声。江乘月转过脸，看了过去。准确来说，是酷哥那个朋友在吵，酷哥在蹦字儿回应。

"我能怎么办，那时候我爸去世，家里接连出事，没有一个人帮我，你也不在，我妈不要我，你也丢下我，我连个说话的人都没有……"酷哥的朋友说，"我就离开了半个月，回来之后乐队没了，你也不见了，孙沐阳，你们可真行，早就玩不下去了是不是，我就成了乐队解散的借口。你现在怎么又跟人组乐队了，孙沐阳，你可真行啊。"

江乘月怔怔地看着他们，不知道被触动了什么，眼眶一酸，突然眼尾有些刺痛。恰逢狂风卷着尘埃，迷了他的眼睛，眼睛疼得厉害，他伸手去揉，揉出了眼泪。他赶紧拾起了地上的鼓包，揉了下眼睛，不想被路许看到自己难受的样子。

路许能感觉到他在害怕，却不知道他在惊恐什么。

"乘月？"路许去掰江乘月捂着眼睛的双手，动作甚至有些强势，生硬地把人往自己的方向带。

"别……"江乘月低着头小声说。

他平时脾气那么好，像是说什么都能同意，现在却倔着，僵硬着肩膀避开路许的动作。江乘月小时候爱哭，一哭就会过敏，眼睛和脸颊上都是一块块红晕。同一条街的孩子原本和他玩得不错，某次他不小心划了手，因为疼，哭得满脸都是泪。一起玩的孩子笑话他难看，欺负他，拎着他的衣领把他往外推，说不和丑东西一起玩。

5岁那年也是，他哭得满脸通红，曲婧刚安慰了几句，就接到国外打来的电话，深深地看了他一眼，转身飞去国外，很少再回来。这么几次之后，江乘月要么不哭，要么眼泪过敏的时候，会不由自主地先跑开，找个安静的地方自己待着。因为好像他一变丑，所有爱他的、陪着他的人，都会离他而去。

路许不知道江乘月是怎么了，他低下头，借着那点酒意，想要看看江乘月，然而，江乘月惊惶地推开他，转身跑了，仿佛一只受惊的可怜小鹿，像是对他的靠近避之不及，留下路许在原地，看着人离开的方向站成雕塑。和先前在面料展会上那次遇见一样，江乘月还是很抗拒他的接近。明明他只是想告诉江乘月，江乘月是他热情与灵感的来源，是他灵感摇摆不定之际，自缥缈江面凌空飞渡的清冽月光。

17. 请问你是"乖月"吗

音乐节的时间原本就靠近傍晚，路许给宋均打电话时，森林公园的路灯已经零零星星地亮了起来，树叶上镀着斑驳的灯光，昏黄得像一个不真实的梦境。路许在原地站了一会儿，收到了江乘月发来的消息。

> 竹笋："Hello, Kyle."

还知道发消息，路许刚沉下去的心，往上提了提。他没回复，直接给江乘月打了电话。上次江乘月说，把他设成了特别联系人，不会不接他的电话，因为他不是坏消息。路许没来得及多想，拨号音只响了一声，江乘月就接了电话。在路许的记忆中，这大概是江乘月接电话最积极的一次。大部分时候，江乘月就算听到电话，也只是怔怔地看着桌上的手机，等着系统自带的铃声唱完，这才回对方一条消息，礼貌地询问有什么事。路许亲眼见过很多次了，这是除却设计作品外，他第一次感受到被特殊对待的得意。

路许直接问："在哪？"

"路哥，"江乘月说话时带着点鼻音，"我还有点事，你先回去吧，我晚点再回。

路许刚刚起了点苗头的得意又被摁回摇篮里。

"都这么晚了你还打算去哪里？跟你那几个朋友出去混？"路许说，"我明天很早就要出门，你太晚回来会打扰我。"

除了刚认识的那几天，路许很少在和江乘月相处的过程中出现有攻击性的情绪。电话挂了没多久，路许回到停车场附近，刚要上车离开，看见了几张熟悉的脸，是江乘月乐队里的贝斯和吉他。孟哲有点怕他，只是远远地跟他点了点头。

"江乘月没和你们一起？"路许问。

"嗯？"孟哲一脸莫名，"没有啊，散场后我看他直接来找你了啊。"

路许对司机点了下头，示意离开，他面朝着远方沉沉的暮霭，蓝眼睛里看不出情绪。路许的手机振了振，江乘月给他发了个哈士奇揾眼睛满地打滚的表情包。路许讨厌狗，但他绷着的脸还是放松了，冷笑了一声，开始想回去以后怎么教训江乘月。

江乘月抱着自己的宝贝鼓，揣着鼓棒，穿着路许给他搭的那身衣服，急吼吼地去医院挂了个急诊。衣服是路许的，在候诊区等候时，他在凳子上垫了十几张纸巾，生怕给弄脏了。医生竟然还是个熟面孔，他刚来这边时挂过这医生的号，巧的是，这医生也认识他。

"你看看你，都说了尽量别哭嘛。"医生拿酒精棉碰了碰江乘月眼睛周围发红的地方，"疼？"

"还行，可以忽略。"江乘月说。他本身是很情绪化的人，却要被迫收敛着，哭都不能哭，偏偏他又经常被一些很细微的话刺激到。

"不疼不痒就不用管，没得事，不管它，等个一两天就好了。"医生摆摆手说。

"一两天……"江乘月犹豫了，"那我吃点药能二倍速吗？"

"什么玩意儿？"医生没听懂，"这是你说了算的吗？体质问题，过敏了就耐心等着！又不难看，你这孩子，还在乎这个吗？"

江乘月抱着鼓，被医生赶了出来，他站在急诊室门边，不知道该去哪里。台风刮了一整个晚上，但没有下雨，江乘月在乐队租的地下室里凑合了一觉，早晨眼睛上的红肿消了些。

昨天的果汁音乐节得罪的不止他们这一支乐队，梦镀什么也没说，可不代表其他小乐队能耐得住性子，有人把果汁音乐节怠慢乐队的全过程都给放到乐迷群里。摇滚乐迷对主办方的这种行为厌恶至极，人虽然不多，但主办方没少挨骂。在这种情形下，拿到死亡出场顺序，演出时间还被缩减到极致的梦镀乐队，再次得到了关注。江乘月打开手机看的时候，梦镀那个小视频账号的粉丝已经从几千变成了一万，都是在现场看了音乐节或是看了录像的活跃乐迷。

"小鼓手加油啊，以后会有更好的演出机会的，你们这场节目的编排太惊艳了。"

"他们的实力很强，几分钟就能炸场，乐队就是这样，不讲那些虚的，有没有实力看现场的感染力就好了。"

"关注江乘月有一段时间了，感觉他好像经常穿 Nancy Deer 家的衣服？"

"我发现江乘月很有品位啊，昨天音乐节演出时的那身衣服，太契合歌和场景了，小鹿耳钉也好看，刚刚搜了一下，是 Nancy Deer 昨天刚刚上新的季节限定款耳钉，想 get 同款，但是！太难买了啊，优先大客户！呜呜呜，不知道还能不能买到了。"

昨天才推出？季节限定款？但是江乘月好几天前就拿到这只耳钉了，路许递给他的时候，就好像这是再平凡不过的一样东西。这样看来，他似乎还是第一个拥有的？

江乘月早早地从地下室出来，坐第一班公交回了路家老宅，推开门，迈步走进去。院子里静悄悄的，玻璃秋千上沾了风尘，还有几片被风刮落的叶子。这院子是路许去年特地找人设计的，江乘月对审美一窍不通，但他担心这几片叶子打破了院子的美感，所以一片片捡走了。房子里面，好像和平时不太一样，就好像缺了点什么。

玄关的地毯上没有放鞋，路许从非洲买回来的红木架子上没有挂钥匙，工作台上的绘板关着，代替路许笔记本电脑的是一卷软尺，一摞设计稿少了差不多一大半，旁边七个塑料模特却排得整整齐齐。

路许好像不在家？江乘月隐约想起来，路许昨天说过，今天要出差，很早就会出门。二楼卧室里的床铺得整整齐齐，一切好像都恢复到路许还没搬过来的那副场景了。因为工作性质，路许经常出差，有时飞巴塞罗那，有时飞香港，但出差前总会和江乘月提前说一声要去哪里具体去多久，这次大概是因为走得匆忙，一句都没提。

竹笋："Hello, Kyle."

他又发了个哈士奇捂眼睛打滚的表情包，路许没回。江乘月小声地叹了口气，站在镜子前，想看看眼睛好点没，过去了两分钟才发现自己仅仅在发愣。

乐队租来的地下室到底只是排练用的，空间小，也不透气，江乘月没睡好，这会儿到家半闭着眼睛倒头就睡。醒来的时候，房间里还是只有他一个人，阳台上阳光清透温暖，台风天过去，少了盛夏的燥热，多了一丝丝秋天的凉意。平时这个时候，如果路许在的话，就会抱臂站在门边，一边盯他换衣服，一边说他搭配丑。

江乘月起床时，打开抽屉想找笔记本，在抽屉的角落里发现自己丢失的小翅膀耳钉。他去院子里浇自己那几盆苗，花盆里的葱长势不错，没再基因突变成韭菜，他再抬头，发现晾着的衣服一晚上过去差不多干了。路许不在家，天气晴朗，连老宅的环境好像都变好了。

耳钉找到了，衣服也干了。可是他为什么，不那么高兴呢？

路许一早就到了机场，飞法兰克福的航班延误，他在候机区等了两个小时，江乘月一晚上都没回去，路许气得想给他套垃圾袋。五点多的时候，他想打电话质问，却找不到什么合适的理由，又怕自己突如其来的坏脾气吓到江乘月。正想着，此时正在德国的一位同行给他打电话，问他什么时候能到，约他回去后去莱茵河谷的葡萄酒庄聊聊对今年时尚趋势的想法。

路许在国内的手机是王雪特地买的，给他申请了国内的电话卡。同行打的是路许回国前的手机号，路许接了电话，熟练地用德语和对方开始闲聊，没注意到另一只手机屏幕上江乘月发来的消息。

"路先生，"VIP候机室的工作人员走过来，"您的飞机即将起飞，请您登机。"

路许应了一声，一边接电话，一边推着行李箱登机。

音乐节一过，八月也要结束了。江乘月的学校开学早，这意味着他最近就要做开学的准备了。江乘月今天没出门，借了路许的工作台，填了几份开学需要的表格，辅导员还发了新生宿舍分配，江乘月刚想点开看，放在软尺旁的手机响了。是特殊铃声，他自己录的一段口琴。他唱歌时找不到调，用口琴吹出来却很标准自然。

这是路许的电话，他甚至没看来电人备注，想也没想就接了电话，声音里带着些不自知的雀跃："路哥？"

"您好。"对面是个温柔的女声。

江乘月抓着软尺的手紧了紧，在路许的软尺上捏出了一小道褶痕。随后，他听见对方说："我们是××航空的工作人员，请问您是'乘月'吗？"

江乘月："我……"乘月？是我吧？

"这位乘客的手机和外套丢在 VIP 候机室，通话记录里只有您一个人有备注，常用联系人列表里只有您一个人，而且最近的一条通话记录也是给您的。"对方说。

"我们猜想您是他很重要的人，就先联系您了。"

18. 思维差异

重要的人吗？江乘月不认为自己重要，但他还是第一时间去了趟机场，拿了路许落下的手机和外套。

"请问您和失主是什么关系？"机场的工作人员问，"还需要登记一下您的联系方式。"

什么关系……江乘月一时间没想到合适的答案。之前填大学资料时，他填过一个紧急联系人，随手勾选了父子关系，后来差点被路许骂了一顿，所以这次他谨慎地想了想，说："室友。"

对方愣了愣："哦……好。"

于是江乘月顺利抱走了路许的外套和手机。

飞往法兰克福的飞机已经起飞，他联系不上路许。外套上有男士香水后调的香味，江乘月先前不喜欢男士香水，他觉得矫揉造作，但路许衣服上的味道很好闻，像是和路许的气质浑然天成，闻到类似的味道，就会想起来路许每次从他身旁经过时，若有若无的淡香。

因为担心路许可能错过什么重要的消息，江乘月还坐公交车去了一趟 Nancy Deer 的分公司，找了路许的助理王雪。王助理听闻老板要回德国几天，正在忙里偷闲，没想到江乘月送来了路许的外套和手机，王雪如临大敌，总觉得路老板人出差了，魂儿却还在这里盯她干活。

"路老师没有存号码的习惯。"王雪说，"而且一般都是别人找他，我也会帮他记录各种号码。没关系，你带回去吧，毕竟你们一起住，他回来的时候肯定还要找你拿，除了你，别的重要电话会打到我这里来。"

分公司的大工作室灯光明亮，周围的衣架上挂着 Nancy Deer 品牌的各种衣物，经由鹿家定制的衣服上，有一种特殊的香味。

江乘月以前只觉得好奇，今天却有一种路许就在周围的熟悉感。

"有事可以来找我。"王雪给了他一份路许近期的行程表，上边可以看到，路许要在德国待上一周。

"他今天出门的时候看起来很生气吗？"江乘月想了想，问，"或者心情不太好？"

因为要顾着乐队，这个夏天他经常夜不归宿，第二天早晨，路许有时候会说他几句，可今天没批评，江乘月反而不习惯了。

"为什么这么说？"王雪奇怪地问，"今天早晨是司机直接送路老师去机场的，我还没见过他。"毕竟她只负责路许在国内的工作，国外工作的接洽，路许有别的助理来完成。

江乘月失望地"哦"了一声，礼貌地给王助理道了谢，把路许的衣服和手机收拾得整整齐齐，骑共享单车回家。

一周的时间不算长，不够江乘月写一段编曲，也不够江乘月把一首新歌练熟，甚至不够他的那盆口粮长出新的绿苗，但把同样的时间刻度比对到路许身上，江乘月又隐约觉得一周的时间很长了，长到他坐在桌前，不知道该怎么挥霍这看似漫长的时间。

学生手册和新学期课表已经发到他的手上，江乘月刚翻了两页，他妈妈隔着时差给他发了消息。

> 曲婧："小白露，一周后就要开学了？收收心好好读书呀，年底我回国，有什么想要的可以告诉妈妈。"

江乘月是白露当天生的，曲婧把白露给他当了小名，但是叫得不多。

> 竹笋："已经开始预习了！你好好休息，我很好，不用担心我。"

大一开学的第一个月要军训，辅导员让每个学院的优秀新生准备一段自我介绍的PPT，不需要太多，几页就足够了。江乘月没有这么做自我介绍的经验，他找了个看着挺规整的PPT模板，按照自己的语速和演讲的时间精准计算后，套了几句自我介绍的常见句子，算是交差。

按他的语速，刚好三分钟讲完，半秒不差。他做这份演示文稿的时间很快，快到他不知道该怎么支配剩下的时间，他想了想，问王雪要了路许的邮箱，把这份自我介绍的PPT发给了路许，想看看路许能给他什么意见。邮件递送成功的提示声响起，江乘月托腮在电脑前等了半个小时，没有回信。

先前江乘月无数次觉得，这老宅虽然位置好环境好，但面积实在是太小了，两个人住非常拥挤，他不自量力地幻想过路许搬走，也期待过自己开学，可这种拥挤的感觉不知道什么时候已经消失了，很少有人陪着他这么长的时间。

明明路许才刚离开，他就开始不适应了。

奢侈品牌 Nancy Deer 诞生于德国，成长于纽约，在国外发展得比国内更成熟，在欧洲很多国家都有专柜。路许刚下飞机，就有公司的人来接，没做停留，直接把他送到莱茵河畔的葡萄酒庄。

先前联系他的德国设计师等待已久，开了一瓶陈年好酒，拉着他聊下半年的时尚趋势。这曾经是路许很喜欢的一个话题，预测时尚趋势，对他来说是一种能力的挑战，不过现在，对面的人喋喋不休，路许却少见地在走神。杯中的葡萄酒晶莹剔透，酒香浓郁，路许闻了下，从香味里判断出产地，对方确实有招待他的诚意。路许抿了一口品尝，美酒入口，品鉴的过程中，在脑海里回想起的却是江乘月带他走的那条街坊小巷，还有江乘月塞给他的那两杯廉价的气泡酒。

"Kyle，"同行恭维说，"你还真是我见过的最特别的设计师，找个灵感，还回国去了，你找到了吗？"

"嗯，是。找到了吧。"路许意味不明，半点没谦虚，心不在焉，总觉得这跨国飞机飞得太快，他还有半个魂儿落在宁城国际机场。

江乘月早就该醒了吧，怎么连个消息都不发。昨晚也是，莫名其妙跑开了，还一整晚不回家，他还没来得及发作，江乘月倒是直接玩消失！

路许把酒庄的葡萄酒当白开水喝，把品鉴那套完全抛在脑后。

"Kyle？"对面的人出声唤回他的注意，"这么看来，你确实有点不同的想法了？我很期待你在来年春夏大秀上的作品。"

路许回了魂，扯了几句自己对设计的见解，理论和实操夹杂着讲，偶尔还能夹带上几句拉丁文。对方听得兴致勃勃，舍不得放他离开，又请他去打高尔夫。路许跟着去了。

这片高尔夫球场的顾客很少，来的都是社会上层的精英人士，路许是这里的高级会员，一进去，就有穿着得体的人过来和他打招呼。路许以前很喜欢打高尔夫球，这是一种高效率的社交方式，他喜欢一边玩，一边大谈自己的设计原理，他说得复杂，但不会缺人来听。今天的他却格外沉默，别人问一句，他答一句，和平时的风格相差很大。

江乘月到底怎么回事，连个电话都不打。他回了趟国，像是在凡尘中走了一遭，如今忙不迭地回到了原先的生活环境里，体验到的不是安乐和久违的舒适，而是突如其来的不适应。

"Kyle，你心情很不好？"同行终于忍不住了。

路许"哼"了一声："还行吧。"

他性子直，心情不好的时候就把无聊和索然无味都摆在脸上，冷冷的，提不起什么精神。

同行想继续请教，又不好多打扰他，吞吞吐吐的，没敢提太多问题。

电话铃声响了，路许在第一时间回头，接了电话，是王雪打来的。

"路老师？"王雪说，"差点忘了，江乘月今天过来找过您，您的外套和手机都丢在国内机场了，他们联系了江乘月。"

路许一摸口袋，表情一僵，随后笑了。不是江乘月不给他打电话，是他把手机落在机场了，江乘月甚至还特地去了机场，帮他领回丢失的东西，机场联系江乘月的时候，也不知道是怎么说的。

路许压了半天的嘴角翘了点，心情好了许多："知道了，我去联系他。"

他放下电话，心情大好，挽着同行的胳膊，往草地的方向走，一改刚才冷漠无聊的模样，答了对方刚刚问的问题："你不用指望设计讨好每一位顾客，这是个误区，没必要奢求每一个人理解你。重要的是，要让他们觉得，你的设计能彰显他们的身份，拉开他们和普通人的距离……"

同行半小时前问的问题，此时突然得了答案，感觉路许已经升级到喜怒无常的大设计师境界。

江乘月无所事事地坐在门前的台阶上，背靠着门，学一支新的口琴曲子。电脑咕咚一声，显示来了新的邮件——来自 Kyle 的回信。江乘月扔开口琴，一下子坐直了身子，脑袋磕在木门上，也没顾得上揉。

乘月：

　　我随便改了改，自我介绍而已，没有必要太认真。微笑

Kyle

江乘月点开返回的文件，文字内容上只把"不知乘月几人归"改成了"从今若许闲乘月"，除此之外，什么也没动。

但是，路许改了他的字体和排版，不对称的给对称了，没对齐的给对齐了，甚至给致谢页的小火柴人画了个裙子，以及……重绘了整个 PPT 的背景图和素材。

19. 理由是你

江乘月坐在门前的台阶上，人甚至有点恍惚。

原本这就是一份普普通通的开学自我介绍 PPT，被他路哥这么一改，仿佛变成了什么珍贵的艺术品，已经完全看不出原先的模板痕迹。这是世界上独一无二的自我介绍。

江乘月对着院子，拍了一方黄昏，用邮件发给路许。2 分 15 秒后，电脑下方再度出现新邮件提醒，路许回了一张天空的图片，拍了一小块哥特式建筑的尖顶。隔着将近 6 个小时的时差，两张风格截然不同的天空图片陈列在江乘月抱着的笔记本电脑上。

他那张图随意自然，举着手机就拍了，甚至都没对上焦，路许拍照却是很讲究构图的，江乘月不明白原理，但就是觉得比他那张好看。

跨国邮件牵起的一线联系，无故消弭了他的一丁点无趣心情，他收了图，怕打扰路许工作，不再递送邮件。

远在法兰克福的路许从下午到晚上，无数次点开自己的邮箱，没发现新的消息，这导致他第二天去秀场时一直板着脸，带着生人勿近的高冷气场，那几个想采访他的西方时尚媒体记者，半天不敢上前。

这一周里，江乘月和梦镀的其他几个人去晴雨表唱片公司录了歌，对方给他们提供的录歌场地设备齐全，环境舒适，工作人员技术在线，半点没有敷衍的意思。梦镀乐队大小演出去了好几场，也有了一定程度的经验，录歌的过程很顺畅，没出什么岔子。

第一张专辑收录了梦镀这个夏天在 Live House 和音乐节上演出的所有原创歌曲，还特别录制了每个人的 solo 部分，除了江乘月，每个人都有一段弹唱。

晴雨表公司是认真做歌的，录完后没多久，就开始给他们设计专辑封面，用上了路许先前画过的梦镀标志。

江乘月拿到专辑设计方案的时候，第一时间给唱片公司打了电话："那个 logo，不可以直接用，我要先问一问。"

乐队演出会用是一回事，但放在用来盈利的乐队专辑上，江乘月认为这有必要问问路许的意见。

路设计师太忙，江乘月觉得路许未必能从每日收到的那么多份工作邮件里挑出他的，所以他绕了一圈问了路念，拿到了路许的国外手机号，输入国际接入码和国家代码后，他顺利拨通了路许的电话。

"Hallo？[1]"越洋电话另一端是路许熟悉的声音，后边还接了句江乘月听不懂的德语，听起来接电话的人情绪不怎么高涨。

那天音乐节过后，江乘月还是第一次听到路许的声音。

"Hallo，Kyle。"江乘月小声地问候，试着用先前从路许那里学来的整脚德语说，"Guten……morgen！[2]"

电话的另一端沉默了两秒，很自然地笑了声，切换成中文："江乘月？"

江乘月点了点头，点完想起来路许看不见他的表情，又说了句："是我。"

在和江乘月一起住的这段时间，路许的中文已经很熟练了，偶尔甚至还能跟他学几句方言拿出来乱用，但他忽然觉得，路许去德国的这几天，中文好像又生疏了。这句"江乘月"就喊得他不太顺心。

---

1 德语，你好。

2 德语，早上好。

但是，跨国电话每一秒都在扣钱，江乘月顾不上想别的，赶紧加快了语速，把要问的话一口气全说了："路哥你之前给我画的乐队 logo 太好看了晴雨表唱片公司那边做我们的专辑想直接把 logo 印到背面我觉得不合适想直接问问你的意见。"

他的语速太快了，路许压根就没听明白："……什么？"

"小乘月？"电话里短暂的停顿后，路许的声音带上戏谑的意思，"你是特地打电话来，让我练中文听力的吗？"

江乘月："……"

光顾着考虑话费，他倒是忘了，路许的中文水平，听不得这么快的语速。没有办法，他只好断句后，再半句半句地给路许把事情讲明白。

"我还当是什么事呢，就那种水平的图我一下午能画五六个。"路许满不在乎地说，"直接用，这种事情不用拿来问我……不对，你多问问我，也行。"

"嗯嗯，好！"江乘月说，"那我就先挂啦。"

他伸手要去按挂断，电话那端路许的声音突然降了个调子："这么急匆匆的？是忙着去排练还是忙着去见谁，你就这么不想跟我通电话？"

江乘月愣了愣，原本要挂电话的手停住了。

"没不想和你说话，路哥。"他好脾气地承认，"就是手机刚刚提醒话费余额不足二十元了，这样跟你说话好费钱啊，你早点回来，我们当面慢慢说。"

路许哼了声，语气有所缓和，但还是强硬地说："那再聊个五块钱的。"

江乘月咬咬牙："行。"

正在面料商那里盯面料的王雪助理收到路老板来自德国的指示，让她给江乘月充一千块的话费。王雪作为奢侈品牌首席设计师的助理，执行能力一流，颅内还没把路许骂完，手已经先一步把话费给充到位了。

江乘月挂了电话，给晴雨表唱片公司的人说明了 logo 的来源，一番商议下来，对方同意抽出江乘月专辑收入的 10% 给路许，作为使用 logo 的补偿。

唱片公司的大老板认识路许，观摩了合同拉锯的过程后哭笑不得："他画了你就用呗，他根本就不会在乎这么点钱。"

"还是要给的。"江乘月认真地说，"意义不一样。"

话音刚落，他的手机来了条短信，显示有陌生用户给他充值了 1000 元话费。

江乘月："……"

果汁音乐节过后，梦镀成了这座城市小有名气的乐队，周边城市好几家 Live House 都给他们发出了邀请，江乘月作为鼓手也备受关注。

"梦镀的小鼓手，一开始我以为只能看脸，没想到是实力派。"

"哈哈哈，是的，我是栗子悄悄话的鼓手，之前在音乐节上见过他一次，当时看他年纪小，热心想指点他两下，后来他们炸场时我才意识到，人家的鼓是王者级别的啊，脸疼。"

"对，他很稳，那节奏感一看就是天赋型的，将来绝对会是神级鼓手，我哥工作室录过他们的唱片，说他本人玩鼓的时候很有气场。"

这几次演出下来，江乘月的实力总算是在本地得到了承认，诸如驰风乐队等，总算不继续在群里诋毁他只有一张好看的脸了。除此之外，他还收到了好几个本地乐队的邀请，说是缺鼓手，或者鼓手水平不行，希望他能够去助演。江乘月没几天就要开学了，考虑到刚开学那段时间会很忙，他拒绝了这些邀请，把仅有的精力都放在自己乐队的身上。

江乘月申请过一个个人的短视频账号，但他没怎么用过，只放过一两条 solo 的视频，孟哲今天提醒他账号粉丝过万，他才想起来自己还有这个账号。大概是有些人觉得，他在音乐节和以往演出中的服装穿搭很特别，还特地去找了他所有的穿搭，于是，一张 ins 上大火的图片，就这么映入了众人的眼帘。

图片来源为 Nancy Deer 的设计师 Kyle，因为好奇去收集图片的乐迷和粉丝抽了几口凉气。

"我没看错吧，设计师 Kyle？我喜欢的小鼓手原来和 Nancy Deer 的设计师认识吗？"

"我就说江乘月怎么总是穿鹿家的衣服嘛，这应该不仅仅是认识，关系应该还挺好。"

江乘月不知道有人在讨论他，他原本是开着电脑跑程序的，结果路许给他发了邮件，要求他打跨国电话，理由是要把那 1000 块话费花掉。

江乘月开着免提，一边看着书敲代码，一边给路许说这两天发生的事情："快开学了太忙了，两天没给我的小白菜浇水，蔫了一大片，好心疼哦。"

他叭叭完近况，才想起来这个语速，以路许的中文水平，大概只能听个七七八八。电话另一端一声不吭，似乎在不满他的喋喋不休，也不知道人还在不在电话边了。

江乘月顿了顿，一走神，敲错了一行代码。他心虚地瞄了一眼躺在工作台上的手机，放慢了说话的速度："路——哥——我要记个笔记，借我个便宜的笔，不要贵的。

"右边第三个抽屉。"路许的声音传来。

原来路许在听啊，江乘月的嘴角弯了弯，低头去找笔，却又听见路许说："我这边的工作还没结束，还得滞留几天。"

江乘月的手指在抽屉上停了两秒，这才接上了路许的话："……你忙你的喽，不用跟我汇报。"

他回到桌前，坐正了身子，点了运行。刚刚的出错他忘了修改，电脑跑出了一屏幕的乱码，他手忙脚乱地修改，回过神时，才想起来路许好久没出声了，手机早就没电关机了，也不知道路许最后听到了什么地方。

学校的日程安排得紧，新生入学的第二天就要开始军训，江乘月报到完，就赶紧回老宅搬了点东西去宿舍，想中午不回家的时候能在宿舍午睡或是看会儿书。新生开学典礼上还发生了一个小插曲，江乘月按照辅导员的要求，用三分钟的时间，以路许给他改过的那份PPT为背景，简单介绍了自己，当晚十五个美术学院的学长七拐八拐地问人要他的微信，把他吓得不轻，一问才知道有十二个都是冲着PPT的设计来的，求知若渴。

路许看了场秀，买了几件衣服，提前三天回了国。飞机降落在国内机场的时间是早晨，司机来接他，仅用了一个多小时，路许就又站在老宅的院子里。明明只离开一周多，路许却觉得，院门前的狗尾巴草长了一大截，玻璃秋千下开着的花好像也换了一种姿态。

门是锁着的，江乘月不在家，不会又出去玩鼓了吧？

路许一脚踏进门，顿时觉得这房子好像空旷了不少。岛台上放着的辣椒面少了一罐，书柜上江乘月的那一边被搬空了，窗台上的七个熊猫玩偶少了两个，二楼衣柜里那一排花里胡哨的廉价丑衣服，少了大概三分之一。明明少的都是些不值钱的东西，路许却觉得好像丢失了什么价值连城的珍宝。他忽然想起有个雨夜，江乘月把钥匙丢在他那里，又联系不上他，困极了只好睡在院子里的秋千上。

那时候江乘月是怎么说的来着？让他别再丢下自己，等开学了就一定搬走，不会再给他添麻烦。

路许的目光飘到台历上，果汁音乐节后，他出去了一段时间，算到今天，江乘月已经开学三天了。

江乘月这是……已经搬走了吗？

那天他招呼都不打，直接去了德国，其实是存了不高兴要晾着江乘月的意思，但刚到机场，他就后悔了。这才刚开学，江乘月就急急忙忙地搬出去住了，江乘月是多不愿意和他相处？

夏末的天气还有些炎热，路许不在的时候，江乘月从来都不会主动开空调，都是拿着一把小折扇，扑棱扑棱地自个儿扇风，路许每次回来的第一件事情就是抱怨他两句，再把屋内的空调打开。今天路许不想开空调了，他觉得这老房子大概是岁数大了，屋子里呼呼的，刮的都是秋风。

路许心情不好从来不自己憋着，当场就给王助理打了个电话。

"我在河西买的房子，装好了？"路许问，"路家老宅实在是太难住了，院子里蚊虫多，房屋构造也差，这么点面积当初设计的时候是给人住的吗？每次回家前还得走个500多米的上坡，有这时间我为什么不画张设计图？"

"是是是，好好好。"王助理说，"那边早就收拾好了，定期有人过去打扫。"

路许刚来这座城市的第二天就买了个240平方米左右的小别墅，一直放着，没有过去住的意思，直到今天才又提了起来。

路许的行李箱都没开，从桌上找到出差前放在这里的图，低头时目光扫过桌角盘着的软尺，在旁边看见了自己叠得整整齐齐的外套和上面放着的手机。

手机是人脸识别的，在他拿起的瞬间，屏幕就亮了，他出去了那么多天，电量竟然还是100%，江乘月竟然还记得每天帮他充电。

路许扶着行李箱拉杆的手松了松，忽然没那么想走了，然而，门边的鞋架上，江乘月的熊猫拖鞋也不见了，又再次提醒了他，江乘月开学了，已经搬走了，他的手又搭回行李箱上。可是，很少有人会打他国内这个手机号，但屏幕亮起的时候，路许看到几十条来自"竹笋"的消息。

路许一愣，想起来他跟江乘月说过，想汇报行程的话，可以都发到他这里来。他说过，他会帮江乘月牵着这条代表社会联系的风筝线，让江乘月能上云端见见风和候鸟，也总能平安落地。

（1天前）

竹笋："啊啊啊啊，路哥你帮我改的PPT，帮我招来了好多美院的朋友啊，他们夸了好久，想要原件，我一个都没给。"

（3天前）

竹笋："路哥，我在去新学校的路上，室外温度38℃，快被烤干了。"

（5天前）

竹笋："刚刚出门拿了个四六级教辅的快递，他们说送不上来。"

……

江乘月也不管他会不会看到这些消息，就这样陆陆续续给他发了几十条。他从这些只言片语中，拼拼凑凑，攒出江乘月这些天生活的全貌。那些江乘月生活中的小碎片，原本应该随时间被忘记，但江乘月选择一片片交到他的手里。

江乘月信任他，可江乘月还是要搬走。

路许把脸板了回去。恰逢此时，门上传来了钥匙开门的声音，可门没锁，一推就开，江乘月急匆匆的，险些摔在门口的地毯上。

两个人都愣了。

路许："你要搬走？"

江乘月："路哥你还要走？"

江乘月一眼瞧见路许手上推着的行李箱，兴奋被浇灭了一半，他是从学校操场骑共享单车蹬回来的，头发都被汗水打湿了，身上还套着没来得及换下的军训服，听见路许的问题，愣了两秒。

"我开学了……辅导员说军训期间最好都住在学校。"江乘月低着头。

路许的手按在行李箱上，把皮质的拉杆把手抓出痕迹。

"可是……"江乘月欲言又止，比起刚刚认识的新室友，他更想和路许一起住。他不知道这种亲近的感受来源于哪里，可是听王雪说到路许回国的时候，他连手上的东西都来不及放下，就从学校赶回家。他不是很想搬走，可是，路许的工作那么忙，他继续赖在这里，多不要脸啊。

"可是什么？"路许先问了他，"学校里玩鼓不方便，还是床睡不习惯？"

江乘月没说话，路许看起来好像真的没那么想赶他走，甚至给了他两个留下来很好的理由，但他不想借着这两个原因留下来，他莫名觉得，他如果说了，他自己会率先不高兴，就好像他会失去点什么一样。

"路哥，你介意再和我住一阵子吗？"江乘月想了想，说，"我还挺乐意跟你一起住的。"

不想搬走的理由是你。

"我当是什么事呢。"路许突然松了一口气，他抬手把自己的行李箱推到一边，嘲笑他几句，"想住就住了，我再怎么过分，总不会还指着门口赶你走。"

"好耶。"江乘月笑弯了眼睛，"我就放了课本和几件衣服到宿舍。"

"你总共也没几件衣服。"路许笑他。

江乘月去洗澡换衣服，路许悠闲地坐在一楼沙发上，接到王助理的电话。

"那边房子什么都好了，现在就能入住，路老师，我现在让司机过去接您搬过去？"王雪问。

"不用，放着吧。"路许说，"我就问问。"

20. 给你洗衣服

卫生间里传来了哗哗的水声，还有江乘月压得很小的唱歌声音，路许只能听出来是英文，但 get 不到江乘月的调。

路许站在塑料模特旁边，指尖绕着软尺，一个个抚过尺面上的红色刻度，觉得他们路家祖上留下来的这栋老房子，仔细看看，还挺赏心悦目。老式的楼梯，古旧的壁灯，窗外的爬山虎，这里面积是小了点，但好歹也属于游客来这座城市旅游时，想从外面拍照打卡的建筑。这种有年代感和故事感的房子，最适合灵感诞生。

傻子才搬走。

江乘月在学校晒了大半天的太阳，衣服和头发都汗湿了。这么热的天气军训，江乘月整个人都没精打采的，感觉自己像一只被耗干电量的玩偶，嘶哑着唱不出一首完整的歌，刚才路许没要求他搬走，这让他仿佛在一瞬间被充满了电，满格了，还能再唱五十首。

他把水流开得很小，温度调低，在淋浴下边站了好久，驱散了身上的暑气和汗味，推门出去的时候，发现路许还保持着他进去前的动作，手上弯着一卷软尺慢慢地盘。

"路哥？"江乘月一边擦头发一边往外走，"你最近还会出差吗？"怕头发上的水珠弄湿了路许堆在桌上的设计稿，他站得离工作台很远。

"哪有那么多事要做？"路许扫了眼他离自己的距离，"设计师也是人，我要先休息几天，再忙国内的工作。"

"我晚点要去洗个衣服。"江乘月拎着洗衣液说，"路哥，你有衣服要我帮你洗吗？"他问完感觉自己说了句废话，路许的衣服件件价格昂贵，很多衣服，江乘月只见路许穿过一次，剩下的则是有人拿出去洗。

"我有。"路许的嘴角勾起点弧度，打开衣柜，看也没看是什么，就随手拎了几件干净衣服塞到江乘月怀里。

江乘月怔了一秒，连忙说："好的。"

他把路许塞过来的几件衣服放进竹篮，压在自己那几件衣服的上边。

淡淡的皂香伴随着江乘月的动作，飘到路许这边。明明从来没有用过男士香水，可江乘月身上总是有好闻的气味。路许绷紧的双手渐渐放松了，尺子软软地躺在他手心里。

"啊，对了，我最近大概只有晚上才能回来。"江乘月说，"开学了就顾不上别的，有晚自习的话，还得再晚一些，如果太晚了我就不打扰路哥你，我在宿舍睡。"

开学了就顾不上别的，听见这句话的路许，又把手里的软尺给绷紧了。

但是，江乘月又说："路哥你应该没见过国内军训吧，回头我拍几张照片给你看，很壮观，也很有意思，让你有点参与感。食堂的川菜好吃，明天我给你带。"

路许修长的手指一个个捻过软尺上的红色刻度，在心里自暴自弃地叹了口气。

一句话让人如坠深渊，一句话又让人飘向云端。从那个雨夜开始，路许就时常觉得，江乘月就像个萤火虫小精灵，一明一灭，有时施予光，有时又藏着亮。有的萤火虫可以被关进瓶子里，但有的不行。

江乘月收完了要洗的衣服，发现家里的洗衣液不多了。他看了两眼旁边的肥皂，捏了捏路许衣服的面料质地，最终还是决定出门再买一袋。便利店离老宅这边有些距离，江乘月换了鞋就出门了，没走两步，手机给他自动推送了一条浏览器新闻。

国内女星过分追求红毯艳压，Nancy Deer 的设计师是否拥有真才实学？

这年头，大数据推送效率惊人，江乘月昨天给路许发消息时刚提过某牌子的电脑，

····· 印象失真 ·····

今天购物软件就反复给他推送同款。他这两个月和 Nancy Deer 首席设计师抬头不见低头见，现在才给他推这种新闻，倒也算是很良心了。

这条新闻里面提到了路许，出于好奇，他点开去看，眼睛里的笑意一点点消失了。记者请了个所谓的时尚专家，姓白，对近期国内女性的红毯造型进行了点评，特别点名批评了路许出手的那两套。

白专家说，Nancy Deer 的设计缺少灵气，设计师把不合群当设计理念，不能理解 Nancy Deer 近期在国内的热度，希望大家能多看看 Nancy Deer 以外的优秀品牌，末尾附带了他家品牌的购买链接。

江乘月都气笑了。

Nancy Deer 品牌知名度高，最近刚推出的品牌 logo 耳钉很难买，不少人都在排队。这位姓白的设计师，是有多酸？此外，这位姓白的设计师特别指出，路设计师小时候放火烧房子，把自己亲爸送进监狱，这种行为不端的设计师，做不出什么有灵气的作品。

江乘月深吸了一口气，随便提了袋买一送一的洗衣液，气呼呼回了家。

"气成这样？你是不是不想洗衣服？"路许问他。

"不！是！"江乘月一字一顿地说。

他打开电脑，全网检索这条新闻，发现这段黑 Nancy Deer 的通稿，被投递的面积还不小，点赞转发的有很多僵尸账号，这些账号都有同一家经纪公司旗下艺人动态的点赞转发记录。江乘月心里有了隐隐的猜测，果然，是流量明星奚杰所在的那家经纪公司。

路许站在楼梯口，感觉手腕上还留着江乘月跑过去时带起来的风。人他没抓住，风他倒是挽了几缕。

王助理和陈安迪同时给他发消息。

> 王助理："路老师，有人骂你哦，姓白，三流设计师。"
>
> Kyle："随便骂。骂我就能比我赚得多了吗？国内没什么人骂我还真是不习惯，骂得还不够多，我都没刷到。"

他又查看了学人精的消息。

> Andy Chen："哇，天助我也。"
>
> Andy Chen："Kyle，今晚 8 点，咱们那期时尚电子杂志发售哦。"
>
> Kyle："？"

陈安迪那边给路许传了几张照片，是几个微博上的自媒体号，像约好了一般，发了几张江乘月的照片。

专业的人都能看出来，这照片是特殊处理过的，把自然光压到很低，同时用笔刷乱压人物的五官，是常见的 P 丑照的手法。江乘月和娱乐圈没有半点关系，很少有人见过他，看到这图的人只会信图。

　　"前阵子小火的梦镀乐队，鼓手不过如此，颜值吹太过了吧？据说穿的
都是 Nancy Deer 的衣服，路设计师的眼光不怎么样。"
　　"不是说他们乐队有两个帅哥吗，就这？"

路许手中的软尺差点被他扯成两半，他能看出来，对方不可能这么大费周章地去欺负一个小乐队的鼓手，这一波针对的是他，却应在江乘月的身上。

那边陈安迪打来电话，还在喋喋不休。

"好事啊！咱们内定的晚上 8 点要发售电子杂志，他们刚好挑今晚黑你，先让他们骂个够，两小时后咱们那套图一出，哈哈！现在骂得多厉害，到时候杂志卖得就会有多好。"

学人精的商业思维，在这种时候从来不会缺席。

"调整为现在发售。"路许沉着声。他不能容许江乘月被网友这样谩骂，多一分钟也不行。

"啊？"学人精说了一半被打断了，"为什么？你又不怕被骂，没到黄金发布时间耶。"

"我想什么时候发就什么时候发，你有意见？"路许问。

陈安迪不敢有意见。

十分钟后，国内时尚圈销量始终保持在前五水平的时尚杂志 Cocia 突然发售了一期新的时尚杂志。

Cocia 的门槛很高，一般只邀请有一定人气粉丝、能带动一定购买力的明星，很少邀请素人，这次却突然放出一套娱乐圈查无此人的平面写真。

照片上的少年站在被烈火燃烧殆尽的森林中，被藤蔓禁锢在最后一棵树上，手腕和胳膊上还带着枝条划出的伤痕。焦黑的土地与少年白皙的肤色形成鲜明对比，毁灭与新生、单纯与欲望的矛盾感，展现得淋漓尽致。明明最后一张图片上一朵完整的花也没有，图片下的配文却是"花在开了"，想象空间展开到极致。

　　"好看，买一套。"
　　"Cocia 的水平这次是越级提升啊，陈发财脑壳开花了？"
　　"跪求平面模特的资料！"
　　"我的天哪，我看了一下摄制组，差点吓死，这应该是平面拍摄的一线

团队了吧……摄影师许可，我记得他拿过很多国际上的奖项，妆效师也是叫得上名字的，还有监制竟然是……路许，买爆！"

Cocia 新一期的时尚杂志推出一小时，线上销售量接近 9 万，这是业内很多自带流量的明星都很难打出来的成绩，但这套图做到了。业内很多人对这套图给予很高的评价，有人说路许又挑战了全新的风格，有人夸陈安迪这次选图的眼光终于不那么俗套了，还有人说平面模特的选择太好了，路许也会教，这才能够有最后惊人的效果。

江乘月不知道自己因为一套图成了话题。他侵入老宅的家庭网络，禁止屋子里的电子设备接收任何诋毁路许的消息，确定路许看不到之后，这才抱着竹篮去楼下洗衣服了。

21. 我不对劲

时尚杂志一出，又有人把矛头转向江乘月拍照时穿的那套衣服。

"看封面图，这是 Nancy Deer 家的衣服？乱改大品牌的衣服，是时尚圈的大忌吧。"

"啧啧啧，这不好吧，梦镀的小鼓手为了拍一套图，把大品牌的衣服烧成这样，太做作了。"

这点争议刚起，就被特地买了时尚杂志的网友们批评。

"奚杰粉丝别掐，看到你主页点赞奚杰了，就别拿你们饭圈那套来欺负小鼓手了好吧。白嫖[1] 看张封面就出来阴阳怪气大可不必，电子杂志内页，造型监制是 Nancy Deer 的设计师本人，这是 Kyle 自己动手改的衣服，配文也说了，他亲手烧的，说这样更符合灵感。"

江乘月洗完衣服，才发现他假期中拍摄的那套平面照片，已经在 *Cocia* 时尚杂志上发售了。他以前没有参与这么正式的平面拍摄，但路许的认真和努力他看在眼里的。江乘月没想过自己从这次兼职中能获利多少，听见杂志发售时，他的第一想法竟然是今晚因为那个白设计师带节奏，那么多人都在骂路许，他不能给路许丢脸。

"想看你就过来。"工作室里坐着的路许觉察了他的目光，头也没回，"别站在门

---

1 网络流行词，引申泛指免费索取他人资源的行为。

边偷瞄，自己的照片都不敢看？"

这套图当时拍了不少，但最终登上杂志的仅有 12 张，江乘月站在路许的身后，看路许修长的手指搭在翻页键上，一张张切换图片给他看。他记得拍照时，路许为了拍摄效果，想让他哭，他拒绝了，路许没勉强，而是让妆效师给他在脸颊上做出了眼泪滚落的效果。这张图不见了，没有出现在最终发售的杂志里。

江乘月心想，果然，只要和眼泪沾边，他就会变丑，路许大概是很不喜欢那张照片。

"他们有接着骂你吗？"江乘月问。

"骂我？你看见了？"路许放下手中的咖啡杯，"江乘月，我倒是想问问你，从刚才开始我助理就截图说我被骂了，但我电脑上没搜到任何信息，你是不是又悄悄对家里的电脑和网络做了什么？"

江乘月心虚地看天花板。

路许整整一周悬着的心情终于彻头彻尾落到实处，设计师这一行得能扛骂，不管是他，还是陈安迪这样的人，都是一路被骂过来的，路许辞职创立 Nancy Deer 的前两年，被质疑，被谩骂，他不在乎诋毁，但不代表他同样不在意江乘月的关心。

老宅这边每天会有人送鲜花过来，路许在的时候，会精心设计插花，不在的时候，江乘月会把送来的玫瑰叶子掰干净，根部剪个斜口，光秃秃地往花瓶里塞，说是这样能把花养得更久。路许无数次借插花生事欺负江乘月，这会儿却感觉这插得寒碜的玫瑰好看得不行，比如这角度，他越看越觉得赏心悦目。下一秒，伸手抚摸玫瑰花瓣的路许把花苞给整个掰了下来。

路许在 ins 上放了两张图，是时尚杂志上没有的——山火未来前的树林，江乘月穿着完好的衣服，躺在藤蔓上，藤蔓温柔地环绕在他的手腕上，江乘月闭着眼睛，睡得恬静，眼尾对应先前伤痕妆的位置上，放着一小朵水滴大小的红色花瓣。

这两张图是江乘月后来抽空去棚内补拍的，和时尚杂志 Cocia 上的那套刚好形成对比，不少国内外的网友都在路许的 ins 下留了言。

"太好看了，全套买下！"

"Kyle 真的很有才华，真不用听某些三流设计师的言论。"

"找不到江乘月的社交账号，想问问路老师，江乘月后面还会跟你合作拍类似的照片吗？"

"哇！我宣布，我爱死江乘月了！！！"

路许把手头揪下来的玫瑰花苞给搓成了玫瑰碎，一动不动地盯着这条留言。

"怎么了？"江乘月循着路许的目光看过去，瞧见了路许 21 寸台式电脑屏幕上的那行字。

"哦，没事。"江乘月很淡定，"最近大家都这样，见到好看的就说爱死了，信我，他们过几天就会去爱下一个。"

开学后的第一个周末，江乘月不用军训，准备骑车去晴雨表唱片公司补录一段增加的 solo。

老宅门前的地面上有一片人工培育的观赏青苔，大约占了 3 平方米的面积，青青翠翠的，沾着水珠，上面还有几朵红蓝色的小野花。这天江乘月起晚了，步子走得急，出门时一脚踩在了某园林大师精心设计的观赏青苔上，摔得晕头转向，把野花压成了鲜花饼就算了，还半天没爬起来。

路许原本是跟在江乘月后边出门的，听见动静，急忙推开门，低头瞧见地上坐着的江乘月。

"对不起啊……"江乘月连忙说，"路哥，我好像把你的青苔给压坏了。"那一排青苔江乘月早就看不惯了，可他从来就没想过要把路许的青苔给毁了。

"滑倒了？"路许抓着他的胳膊把他拉起来，"摔哪里了？"

江乘月想了想："屁股吧？"

他被路许拎着胳膊，一瘸一拐地回了卧室，身上还带着天价青苔的青草味。路许拿了衣服让他换，他脱了那身青草味的衣服才发现，自己的后腰上青了一大块，还破了块皮，抽屉里有治跌打损伤的药油，他撩着衣摆，对着镜子，艰难地扭着脖子，颤悠悠地给自己擦药。

路许背倚着门，没走，看了他半天，最后开口："我来吧。"

"哦，好。"江乘月把药和棉签递给路许，"好像开始疼了。"

路许："……"

门前那块刚好是个下坡，占地 3 平方米的观赏青苔都被江乘月这一跤给铲没了，能不疼吗？

当初请人设计门口那块布景的时候，他觉得设计师的想法绝妙，丛生的青苔和野花带着浑然天成的岁月感，和老宅的环境融为一体，但现在看着江乘月背后那一大片瘀青，他只想痛骂那乱用青苔的老头。

"我这一跤摔没了多少钱啊。"江乘月哭丧着脸。

"你还是心疼你自己吧。"路许用棉花蘸了药油，蓝色眼睛睨了他一眼。

"我给你把那湿乎乎的草种回去？"江乘月想着弥补的方法。

"湿乎乎的草……"江乘月疼得龇牙咧嘴，路许不想在这个时间给他解释什么叫观赏园景，"别了，我下午让人过来把它们给铲了。"

"摔成这样，你还去录音棚吗？"许久，路许问他。

江乘月咬咬牙："去。"

秀气的院门口变得凌乱不堪，路许看也没看一眼，只扫了一眼身边扶着腰的江乘月。

路许怕了："我背你下去，车停在下面了。"

"啊？"江乘月没有料到，"你行吗？"

路许差点火冒三丈："在欧洲的时候没少去攀岩，背个你还是没问题的。"

江乘月不是这个意思，在他的印象中，路许从来不向人低头，背人这种事，跟路设计师不搭。他小心地扶着路许的肩背，生怕弄脏了路许的衣服。路许双手背到身后，托着他，让他别乱动，路许背着他，绕开门口稀巴烂的青苔，慢慢往坡下走。

这段路不算长，路许走得很慢。

除了记忆已经残缺不全的童年，江乘月从来没和人拥抱过或者被人背过，他渴望肢体上的亲密接触，但又极其抗拒，他和周围所有人都保持着不远不近的适当距离，他像是一只被雨淋伤了羽翼的小鸟，畏惧人间，给自己筑就了一座水泥堡垒，路许是第一个能撬开他的堡垒、摸摸他羽翼的人。

卷 三　季风

1. 被很多人喜欢

晴雨表唱片公司迎来了一位稀客。路许坐在公司大老板的办公室里，倚着棕色皮质座椅，百无聊赖地翻着公司的员工手册。

"是什么风把您给吹来了？"唱片公司的老板问。

"风，把我吹来了？"路许瞪着眼睛问，"什么意思？"

正在低头试听音乐的江乘月意识到从小在国外长大的路许，大概没有办法理解这句话，于是他抬头解释道："路哥，这算是中文俗语，意思是，你为什么突然来这里？"

"哦。"路许又学到了一句新中文。

"去录吧。"路许抬抬手说，"我在这里等你。"

"哦，行。"江乘月背上自己黑色的鼓包，腰间挂着鼓棒，走过长廊的转角，跟着公司的人下楼。

"说起来，我的确有事要找你。"这家唱片公司的老板原本就认识路许，先前也是因为路许引荐了梦镀，公司才发现了这支有才华的乐队。

"嗯？"路许放下手中的画报。

唱片公司老板推过来一份合同："你看看，梦镀专辑的合同，他们乐队的 logo 是你画的？刚刚那位小朋友执意要把收入的一部分分给你，我算了算，真没有多少钱，到手或许不够你买瓶酒，你确定你要吗？"

"我要啊。"路许说。不管怎么说，这是江乘月关心他的证明，他照单全收。

唱片公司的老板奇怪地看了他一眼，没懂，心说有钱的人大概真的都很小气："你还没来过我这边，要去看看录制吗？"

路许说："当然。"

录音棚大约有 30 平方米，进门左边是收音室，右边是录音室，江乘月坐在录音室的银蓝色架子鼓前，周围被透明的鼓盾围着。路许站在收音室内，刚好能看见录制的全过程。录音棚里在放梦镀的一首新歌，江乘月的鼓声恰到好处地融合进去。

路许看了半晌，觉得有些异样，忽然笑了。

平日里江乘月一沾上架子鼓，人就会有点野，有时候衣服领口的扣子因为击鼓的动作敞开一两颗，露出一段细白的锁骨，下颌线上的汗水一路滑落在锁骨间，慢慢地

印象失真

浸湿衣领。今天的江乘月就比较安静，甚至有点斯文，击鼓和踩底鼓的动作都收着，克制又礼貌，说白了，就是放不开。

路许只看一眼就想明白了原因，江乘月大概是摔得不轻，屁股疼。

正在录音的江乘月似乎有所察觉，抬头斜了他一眼，那双平时看起来有些幼稚天真的杏眼里，温和中又添了许多玩鼓时的野。路许很喜欢看他这时候的样子，觉得真实，不需要任何的雕饰，一举一动都像是一幅令人印象深刻的画，他用手机构图，给江乘月拍了张特写。

江乘月手里的动作停了下来，好像在看他。江乘月的目光越过他，停在他背后的调音师身上："状态不是很好，刚刚走神打错了一个音，我重新来吧。"

路许眼里的笑意淡了些。

重新调整状态的江乘月恢复了玩鼓时的神采。路许很久以前听人说过，音乐玩得好的人都是有力量的，具体表现在，只要他们拿起乐器，站在那里，就能由衷地去影响其他的生命。

路许从前不懂摇滚，也不懂架子鼓。但他觉得自己逐渐看懂了，他仿佛被浸润在起伏的海浪中，浪花推着他，让他上上下下地感受到律动。

先前在网上诋毁江乘月的那群人依旧闹得厉害，*Cocia* 的那套图没能堵住他们的嘴，路许几小时没看，这一小部分人又骂出的新的路数，说江乘月这套平面杂志图过度修图。

> "这修图修的，妈都不认得了吧，也不必吹得太过，这叫吊打娱乐圈的颜值？随便来个人高 P[1] 都是这个效果。"

> "*Cocia* 小破时尚杂志，难怪陈安迪做设计这么多年也没出什么成绩，这种靠修图出来的效果也能上封面了？"

> "对啊，不懂为什么这么多人买，都是电脑整容级别修图修出来的，真的不好看。"

莫名其妙给江乘月 P 丑照的是这群人，最后说江乘月高 P 的也是这群人，先前遗留的奚杰粉丝占一半，剩下的都是见不得人好的键盘侠。

放在以前，江乘月没什么乐迷，无人问津，可果汁音乐节过后，因为音乐喜欢江乘月的人不在少数，这些人只想听歌，最见不得这些莫名其妙的黑套路。有乐迷晒了自己在音乐节和 Live House 拍的照片，特地截出江乘月，有的还放了视频。

1　网络用语，过度修图。

"只是听歌，他鼓玩得好。不过我得说一句，*Cocia* 真的没 P 图，咱们音乐节现场拍的照片，还有动图，就是很好看的。"

"不要这样，他是 drummer，平面模特只是兼职，专注搞钱罢了，没抢过谁的饭碗。"

不得不说，乐迷拍照，有乐迷自己的一套，更多聚焦在一首歌的情绪爆发处，路许看过江乘月在 Live House 和音乐节的演出，也亲自动手给江乘月拍过照片，可他现在突然意识到——江乘月，现在被很多人喜欢着，就连别人拍的照片，都比他自己收藏的那些更活泼、更有价值。他存了几张甚至没对上焦的照片，每个角度、每个表情的江乘月，他都想留下。

那群人却还在 *Cocia* 的官博下闹，说就算不是高 P，江乘月也脸僵。可江乘月是 drummer，只要是看过现场的人，都知道玩鼓的江乘月有多活泼，敢闹也敢笑，流言蜚语不攻自破。路许几乎想象不出来，江乘月有什么不敢的事情。

"路哥！"江乘月在录音室里冲他招手，"我录完了。"

路许刷动态的手腕停顿，把手机背到身后，看着他无忧无虑的样子，在心里叹了口气："回家。"

江乘月出门前换了身衣服，他那件衬衫是高中时买的，短了一些，缝过两次，刚才因为摔跤，衣摆上还破了个大口子，沾了青草味，不大能穿。他来录音前把衬衫搭在家里的垃圾桶边，打算扔掉，录完这段 solo，江乘月又后悔了。

什么家庭啊，衣服说扔就扔吗？

江乘月回到老宅，推开门，第一个动作就是扒垃圾桶，可是衬衫已经不见了。被上门打扫房子的人给扔掉了吗？江乘月把脸垮成了苦瓜，不争气地心疼了几分钟，接了乐队朋友的电话。

"来来来，明晚一定来！"江乘月兴奋地说完，抱着电脑去楼下台阶上写作业了。

卧室里，路许默不作声看着他离开，蓝眼睛冷冰冰的，毫无波澜。桌子上有一个纸袋子，里面是江乘月那件找不到的衬衫，路许手一扬，纸袋子落进抽屉里。

2. 偷偷摸摸的，藏什么呢

江乘月登上时尚杂志 *Cocia* 的那套照片，被国内视为路许兼任造型监制工作期间的代表作品之一，业内评价很高。欧美设计师做国内的造型通常无法脱离自己的审美环境，做出来的造型设计效果常常无法取悦国内的观众，但路许不一样，他虽然在德国长大，但路念那种含蓄和温柔的教导多多少少地影响到他，他监制的造型，时常能看到对刻板印象的挑战，也能看到大胆肆意背后藏着的温柔。

路许最近的工作日程安排得很满，周末早晨大约6点，江乘月就被路许起床的声音给闹醒了，他侧躺在床上，把眼睛睁开一条小缝，看着路许站在镜子前，手里拎了件白底蓝色印花的上衣，江乘月小小地打了个哈欠，又沉沉地睡了一场，再次醒来时路许已经不在家里了。

江乘月今天有一场排练。有一个节目策划找上他们，想邀请他们在一个节目中做开场演出，江乘月同意了。这段时间，梦镀都在为这个开场演出做准备。

江乘月站在几小时前路许站过的地方，绞尽脑汁，用他贫瘠的审美在想今天穿什么出门合适。突然，他脑袋上的小灯泡亮了一下，钻进衣柜里，找了件蓝色的上衣。他懒得费劲思考穿搭，路许穿什么颜色，他就穿什么颜色，没有记错的话，路许今天出门的时候，就穿了件蓝色的，他在这方面很信任路许，跟着路许穿，总不会错的。

江乘月拼命回忆路许平日里的穿衣风格，试着找相似的，往自己身上叠，他盯着柜子里的衣服有点发愁，他还是第一次觉得，自己的衣服少得可怜。

"哟。"乐队排练的地方，孟哲一见到他，眼前一亮，"今天这身是你房东给你搭配的吗？"

"啊？"江乘月被他问得恍惚了一瞬，他只是自作主张又拙劣地模仿了路许的风格，原来看起来，很不一样吗？

"你就该这么穿！"孟哲把他从上到下打量了一番，羡慕地说，"平价衣服搭出高级质感，原来真的可以，当然前提是脸好看。"

江乘月练完了鼓，骑车去Nancy Deer分公司等路许下班，却被告知路许不在。

"你在他办公室等吧，路老师应该快要回来了。"路许的助理王雪说，"最近有个电视剧，是时尚题材的，导演很认真，请了路老师去做造型顾问。"

"嗯，好。"江乘月规规矩矩地坐在路许的椅子上。

路许的办公桌很大，中间的桌面抽开是一块设计板，左边摆放着按颜色分类的布料，右边是软尺和各种草稿图，抽屉开着，斜斜地放着一摞照片。江乘月很好奇照片是什么，可他从来不乱动别人的东西。路许不在，他就拿着手机玩库乐队，电量符号闪了一下，提示手机电量即将归零。

江乘月低头连了个充电器，肩膀不小心碰到了抽屉上搭着的那一摞照片，照片翻倒在地上，有一张隐隐露出来一角，似乎是人像，人脸被其他照片挡着，照片上露出来的那条伞兵裤江乘月总觉得有些眼熟，他刚伸手想拾起来，有一只手挡在他的额头前，托着他的脑袋，把他推回原处。

"别乱动。"路许斥责一声，低头迅速拾起所有的照片。

江乘月听话地坐着，没有去捡地上的照片，脚尖却在地上轻轻点了两下，有些不安。

路许不是一个人回来的，办公室的门口还站着一个化了淡妆的女人，正在和王雪说着什么。

"路老师，"门口的女人礼貌地叩了叩门，目光不可避免地从江乘月的身上飘过，"我们家的艺人，后面还需要路老师多加提点。"

"嗯，有什么事，直接联系我的助理。"路许说。

"那路老师，"经纪人又问，"我们家艺人可以加您一个微信吗？"

"嗯，加我助理就好，她那里有我的工作号。"路许说。

江乘月没说话，只听见她说，要路许提点，还要加路许的微信。

路许没回头，眼睛一直盯着江乘月，阴阳怪气地"啧"了声："今天挺会穿，去哪里了，见谁了？"穿这么好看，给谁看，审美不是一直都不在线吗？

江乘月听路许提衣服，这才想起来去看路许的穿搭。路许没有穿早上那件白底蓝色印花的衣服。他费尽心思去模仿，结果一无所获。自作主张的联系好像被单方面地切断了，江乘月垂着头，想把失落的情绪按回心底。

恰好此时，路许趁着他低头，把一直攥在手里的那摞照片，悄悄塞进口袋。

3.换成我

"路哥，我们回家？"江乘月问。

"等我一下，我还有点工作。"路许的两根手指始终搭在口袋的边缘，像是摁着什么不可见天日的珍宝。

江乘月点点头，示意路许去工作，不用管他。路许很喜欢他表现出的乖顺，嘴角弯了弯，朝门外走去，那位经纪人还在和王雪攀谈着什么，路许只是擦肩而过，江乘月慢慢地放松脊背，舒服地靠在办公室的椅子上。

门前的王雪也走了，路许工作室的周围静悄悄的。

路许刚刚来的时候，穿的是黑色的衣服，江乘月拉开书包拉链，从背包里抽出一件乐队先前定做的黑色 polo 衫，去工作室附带的试衣间里，给自己换上。做完这个，他心情愉悦地坐在椅子上，左右晃了两圈，耳机里是一首节奏轻快的摇滚乐。这样一来，等下他和路许一块儿回去的时候，穿的都是黑色的衣服，一看就非常整齐。

这种轻松得意的心情，在看见路许回来的一瞬间回落了下去——转眼的工夫，路许换回了早晨出门时的那件衣服，白底蓝色印花。

江乘月把自己的嘴角给压了下去，想偷偷和路哥穿颜色一致的衣服，怎么就这么难！还有，路许今天去给电视剧做时尚顾问，还特地换了一身衣服吗？还是刚才衣服的口袋里藏了什么见不得人的照片，才要特地去换一身？

他这边板着脸，路许那边好像也不怎么高兴。

"怎么把衣服换了？"路许站着拿蓝眼睛睨他。

"一路从乐队那边跑过来，出了汗，不舒服，刚才想到包里还有一件 polo 衫，就换了。"江乘月低着头，不太想和路许说话。

路许今天也不主动找他说话，而是率先往地下车库走，司机早已等候在那里，准备送路许和他回家。

"不直接回。"路许报了个文创街的名字，"把我们送去这里。"

江乘月睁大眼睛，拿询问的眼神问路许。他听过这个文创街区，据说是最近才开放的，街区上有个面料展览馆，知道的时候他猜路许应该会很感兴趣。但江乘月现在不太高兴，他不想去。

"路哥，我作业没写完。"江乘月说。

路许懒洋洋地"哦"了声，从车座边拎了个电脑，拍在江乘月的腿上："在这里写。"

江乘月许久没见过他这副盛气凌人的架势，乍一看还有点想念，这一走神，就错过反驳路许的最佳时机。他把路许的电脑平放在腿上，心不在焉敲了几行字，回过神时才发现自己打出的那一行乱码中有一个名字，他被这简简单单的两个字吓得往后一倚，连忙删了自己打下的那串无意义字符。江乘月估计以路许的性子，说不定都感觉不到他情绪低落。这样也好，没谁来猜测他这晴转多云的心情。

路许看起来心情也不是很好，似乎有心事。正想着，路许那边又接了个电话，电话那边是挺温柔的女声，说的还是德语，路许熟练地把语言切换成德语，和那边对话。

江乘月不懂德语，只能凭借这段时间短暂的相处，听到几个熟悉的单词，路许在问对方最近心情怎么样。江乘月瞥了一眼路许的鞋尖，想踩一脚，他拿出手机，给孟哲发消息。

　　竹笋："我最近好像有点道德败坏。"

　　孟哲：（猫猫挠头 .jpg）

　　孟哲："何出此言。"

　　竹笋："我想踩我房东一脚，没有缘由。"

　　孟哲："哦，正常，想踩他两脚的人大概有点多，你可能还需要排着队，领个号码牌。"

"说是要写作业，电脑上一个字都没有，还玩手机。"路许那边挂了电话，伸手没轻没重地推了一下江乘月的脑袋，"这么不想陪我出门？"

"你那么大的一个人，又不会丢。"江乘月脱口而出。

"我那么大的？"路许没懂这句话的意思，"我的身材匀称，体脂率……"

江乘月揉了揉太阳穴，给他科普中文语义："年龄大！'大'还有数值高的意思。"

"年龄大……"路许更不高兴了。

司机听他俩拌嘴，嘴角抽了两下，继续开车。

"你今天到底哪里和我过不去了？"路许有些头疼地问。

江乘月平时不这样的，今天好像被按了什么开关，平时收敛着的刺全都竖了起来，挨个扎在路许身上。

江乘月不说话。

一只手搭在江乘月的头上，前后摸了摸他的头发："刚才路念给我来了电话，问我你是不是开学了，让我继续看着你。"

江乘月："……"

原来刚才电话里的，是路念阿姨啊。

江乘月发现自己最近的很多情绪都来得莫名其妙，根源仿佛都在路许，似乎路许一句话就能让他心花怒放，一句话又会让他失落沮丧。他像是被一根透明的线拉扯着，从云端慢慢飘回人间，他不再是了无牵挂了。

车子很快到目的地。江乘月先前拉着路许逛夜市逛小巷的时候，从来就没有想过，有一天路许也会拖着他来一条陌生的街，但他很快就发现，不是这样的。

"这条街的设计者，是我在国内的朋友。"路许说，"去年我还在德国的时候，Nancy Deer 投资了这条文创街的建设，Nancy Deer 在这座城市的第二家专柜，将落在这里。"

江乘月有所耳闻，本市好几家大型商业街都找 Nancy Deer 谈过，希望自己的商场或者街区能有一家人气高涨的 Nancy Deer，但路许通通拒绝了。他现在才知道，这条文创街道，是由国内几个大设计师共同投资的，街区也是以时尚潮流作为主题，还专门提供了街拍场地。

这里刚刚开放营业，就有很多人过来打卡拍照，取景的人很多。路许要带江乘月去的那家面料博物馆就坐落在街区的正中央。

江乘月跟着路许进去，没过五分钟就觉得眼皮打架，趁着路许低头在看一块光泽型面料，他蹑手蹑脚地溜了出去。

广场上有一支民谣乐队在唱歌，吉他扫弦的声音规律而温和，江乘月坐在花坛边听了两句，正想过去打招呼，发现身边有个摊位。

"算算有缘人，小哥哥想试试吗？"摆摊的小姑娘说。

智商税，江乘月在心里冷笑了一声。

"多少钱？"江乘月问。

"30 元一次，抽个锦囊，看看你生命中的贵人姓什么。"摆摊的小姑娘回答。

江乘月懂了，这就是花 30 元买个姓氏挂件，抽盲盒罢了，果然智商税。

"15 块，我要一个。"江乘月面无表情地说，"卖不卖？你这成本顶多两块。"

路许在面料博物馆内，转身发现丢了人，抬头透过博物馆透明的窗户，瞧见站在外边摊位前的人，他走出去时，江乘月刚好从对面小姑娘的手里接过了一个锦囊挂件。

恰好此时，路演的民谣乐队叫了江乘月的名字。

"啊，我待会儿来看，你先给我保管一下。"江乘月把锦囊往卖东西的小姑娘手里一塞，先去乐队那边，和熟人打招呼。

卖东西的小姑娘望着江乘月的方向愣了愣，然后一双崭新的短靴映入她的眼帘，蓝色眼睛，混血儿的面容，淡漠的神情让她半天没反应过来。

还没来得及打招呼，她就听见面前站着的混血帅哥问："这是什么？"

"测……测个有缘人。"她小声说，总觉得这种骗小孩子的把戏，在这双蓝眼睛的面前，什么也藏不住，"就……抽个锦囊，上面有姓氏，很有意思的，万一有惊喜呢。"

她话音刚落，对面的帅哥就自作主张地抽走她手中的蓝色锦囊，打开，用两根修长的手指，拎出了里面的姓氏小木牌。

"许？"路许的声音冷冰冰的。

小姑娘一哆嗦："哎，这是随机的……哦不，这是刚刚那位客人买的……"

"你这里，有'路'吗？"路许说完，指了指地上的一堆木牌。

"啊？有……"卖东西的小姑娘不知道他为什么这么问，但还是低着头，从地上捡起了一张刻着"路"字的小木牌。

"嗯。"路许从钱夹里抽出几张英镑，"你这些，我全要了，钱你自己去换。"

小姑娘僵在原地。全买吗？本来以为是个油盐不进的高冷帅哥，没想到出手这么大方，买这种东西就是图个有趣，买这么多，是想开出自己喜欢的姓氏吗？

接着，路许指了指江乘月买的那个，嘴角弯着，眼睛里却看不出是什么情绪："你把'路'换进去。"

4. 抄作业

在文创街广场上路演的是"栗子悄悄话"乐队，之前在果汁音乐节上，江乘月曾经和他们乐队的鼓手有过一面之缘，当时还聊了几句。

"江乘月！怎么在这里还能见到你。"那个鼓手叫他，"来试试民谣吗？好多乐队都想借用你，来我们这边玩一下？"

江乘月在来这座城市以前，就是民谣乐队"柚子冰雪"的鼓手，组了梦镀后，乐队创作的歌曲全是摇滚，他都好久没沾过民谣了。路许好像还在看博物馆里的那些面料，品鉴面料时认真严肃的神情像是旁若无人，肯定早就把他忘得干干净净。

这么喜欢布料，怎么不和布过下半辈子？江乘月想。

"我试试？"江乘月一把接住隔空飞过来的鼓棒，试了试手感，坐了过去。

路许站在卖小锦囊的摊位边，远远看着江乘月在鼓凳上坐下，毫不怯场地接上民谣乐队的节奏，看上去已经把刚刚买过的小锦囊忘在了脑后，不会再来拿了，这是典型的小孩子心性。路许觉得自己应该高兴，但他兴奋不足惆怅有余，所以他深吸了一口九月空气里的桂花香，垂眸掩去眼睛里密布的乌云。

这么喜欢架子鼓，和鼓过下半辈子吧！路许心想。

路许转身，回了文创街上的面料博物馆。

栗子悄悄话唱了首自己乐队的歌，又应江乘月的要求，唱了已经散队的"柚子冰雪"的歌。

> 宽窄巷子未醒的梦里，是稻城的晨曦。
> 白色衣角翻飞过情思。
> 五线谱记着猜测的是非题，
> 选是选非，猜不透你的小心思。
> ……

路过有懂民谣的，能驻足品评一二，有的不懂，则向他们投来好奇的目光。

"你们柚子的歌，写得真好，可惜散队了。"栗子悄悄话的鼓手羡慕地说，"你们那时还是一群高中生，歌词里却有故事。"

"不过乐队都这样。"他又说，"那么多不同境遇的人凑在一起，能留下一两场惊艳的演出已经算是万幸，最终能坚持下去的乐队寥寥无几。"

江乘月很清楚这一点。因为自己玩音乐，江乘月见过太多散队的乐队了，有的因为学业，有的因为家庭，还有的仅仅因为内部成员的矛盾。这些乐队都像是花，年年岁岁，开了又谢，旁人只知道每隔一段时间有新歌可听，有新人可看，只有他还记得那些乐队的名字。

"也不用难过。"栗子悄悄话的鼓手说，"不只是乐队，除却最终能走到一起的人，谁和谁不是聚了又散呢？"

江乘月从观看乐队路演的人群中晃悠出来，踱步走到卖东西的小姑娘身边，伸手："给我吧。"

小姑娘欲言又止，最终还是把手里系了璎珞的小锦囊递给江乘月。

"谢谢。"江乘月冲她笑了笑，转身去面料博物馆的门口等路许。

很多民谣乐队的歌里总是带着点青涩的惆怅，江乘月以前不懂，今天听栗子悄悄话的鼓手说了两句，有点不明原因的低落。他心不在焉地捏着手里的小玩具，揉到一个硬邦邦的东西，他想起刚刚那小姑娘说过，这里面放着所谓有缘人的姓氏。江乘月在心里狠狠地唾弃了一把自己，他是昏了头了，才会斥巨资买这种中看不中用、傻子才会信的东西。

江乘月闲闲地从袋子里拎出一个小木牌，用拇指和食指捏着，风一吹，小木牌转了半圈，露出上面做工粗糙的刻字——路。

江乘月的手一松，两寸大小的浅棕色小木牌落在他的腿上。他的指尖抚摸过木牌粗糙的表面，一时间竟然觉得心里有一片浆果花园，一群梅花鹿排着队，挨个闯进他的院子，把浆果给拱得乱七八糟，殷红甜腻的果汁落满了鹿角。

有点东西，不是智商税，是他唐突了，或者说，在这种游戏里，人总是倾向于相信自己心仪的结果。

熟悉的脚步声还有说话声从背后传来，江乘月手腕一翻，把刻着"路"字的小木牌紧紧地捏在手心，藏了所有的痕迹，没让路许看见。

路许出来走了一圈，再回博物馆，什么都没看进去，再上乘的布料都入不了他的眼，脑海中只有江乘月今天忽然换上的那件黑色 polo 衫。那时他觉得碍眼，现在转念一想，那衣服上的 logo，还是他亲自画的，他的心情又奇迹般地平静下来。

路许从博物馆里走出来，第一眼看见的就是斜坐在门口椅子上百无聊赖的江乘月，再往远处去看，刚刚那个卖东西的小姑娘已经不在那里了。既不愿意进去陪他看展览，好像也忘记去拿买的东西。

江乘月叫了声"路哥"，但路许没理他，只是牢牢地盯着他书包上挂着的熊猫玩偶，目光看起来像是想拧掉他那个熊猫玩具的头。

"我们回家吗？"江乘月捏紧了口袋里的那个"路"字问。

"走吧。"路许说。

"路哥，"江乘月坐在车上翻自己的书包，"你最近看见我的水杯了吗？"

路许没搭话，只是斜斜地扫了他一眼。

江乘月前几天军训时带了一个水杯去学校，被他不小心摔裂了，当时打算扔掉，回老宅时放在垃圾桶边，后来就再也没见到过了。算了，路设计师十指不沾阳春水，不可能会关注他这些琐事，怎么可能知道他的杯子在哪里，问了也是白问。

果然，路许压根就没理他，刷 Nancy Deer 公司近日高定订单的手就没停下来过。每到这种时候，江乘月就觉得自己和路许的世界之间，大概有一道透明的高墙，他看得见路许的一举一动，却闯入不了路许的生活。

"这个给你。"路许抛了个水杯过去，"之前去德国的时候，有个画家送的，你先用这个吧。"

水杯落在江乘月的腿上，两人之间那道看不见的高墙，仿佛就这么轻而易举地被击碎了。江乘月修剪得整整齐齐的指甲在口袋里的小木牌上掐出一个月牙形的痕迹，他伸手抱着路许丢过来的水杯，把脑袋枕到车窗边，在路许看不见的地方，偷偷地笑。

Nancy Deer 的官网近期需要国内外同步上新一批季节限定款，总策划案是纽约那边的时装精品店做的，王雪拿过来修改审核时，把中间那几页模特拍摄的成品图策划特别抽出来给路许确认。

"模特除了两个新人外，其他都还是我们一直合作的那批。"王雪见路许的目光一直停在摄影的策划案上，又解释，"摄影还是我们 Nancy Deer 的首席摄影师许可，以及几位外国的老师来完成。"

"许可。"路许重复一遍这个名字。

王雪:"嗯?"跟许摄影师合作这么久,您难道第一次知道他叫这个名字?

路许手中的笔在摄影团队那一行下虚虚地画了一道:"给他换成英文名写吧,这样看起来整齐。"

"哦,行。"王助理走了,觉得路大设计师还挺严谨。

路许改了策划案上的"小小不足",安心地坐在办公室的椅子上,端起蓝色杯子,尝了口黑咖啡。

江乘月这两日一边军训,一边忙学业,大量的时间都在校园里,路许每天工作到很晚,才能听见院子里轻轻的开门声。

D大校园的大学生活动中心里,江乘月放下了手里的蓝色咖啡杯,黑咖啡的苦味淡淡的,带着醇香,江乘月最近很喜欢这种味道。他刚军训完,换了自己的衣服,坐在学校玩乐队的社团活动室里,听对面戴着眼镜的学长打基础节奏。

学长是美院的,姓许,戴了副度数挺高的眼镜。

"要教你吗?"那学长看他经常来,每次都目不转睛地在看,友好地询问,"这个很简单。"

"他可不用你教,他在 Live House 和音乐节都有过正式演出,自己的专辑在筹备之中。"付悠然学姐推门进来,"这是我先前跟你说的小学弟,江乘月,梦镀的drummer,我过来拿点东西,就要去国外读书了,以后学弟可以多过来玩。"

"我只是玩得早。"江乘月说。

Drummer 骨子里都是傲的,谁也不服谁,但这不影响他们之间交流玩鼓的技巧。

"这段我自己加了花,算是另一种风格。"江乘月接过鼓棒,做了个演示,"我觉得会更有感染力,在律动上也更能打动人。"

"学弟你真的不错。"学长推了下眼镜说,"鼓玩得好,衣品也不错。"

在一旁整理自己东西的学姐付悠然转头看了眼江乘月,只是笑了笑,什么也没说。

江乘月在听见这话的瞬间,却顿在原地。

衣品好⋯⋯吗?

从来就没有人说过他衣品好,倒是经常有人说他乱穿衣服,瞎搭配,浪费了一张好看的脸,尤其是路许,说得最多。只是他最近发现,穿衣服就像是写数学公式,基于个人的审美,把不同的项目加在一起,从而得到一个最终的分数,这个分数可以概括为衣品,或者审美的认可度。

江乘月并不知道该如何拿到高分,也从来没想要过别人的认可,他最近只是,悄悄地抄了很多路许的搭配公式,像一个偷偷抄作业的学生,原本只想及格就好,结果却不小心拿了出乎意料的高分。

路许也终于发现了问题。

自打大学开学，江乘月的穿搭忽然就变得高级了，不管是颜色还是款式的搭配都很合他心意，再也不是之前那个土土的丑孩子了。他先前最不能忍的就是江乘月每天毫无章法，毫无审美可言的穿搭，恨不得把江乘月扒了衣服，一件件地教。可现在，江乘月无师自通，他却高兴不起来了。

这种不高兴的情绪，像一根引线，被路许剪得越来越短，直到这天，路许让司机开车去校门口等江乘月，在马路对面，看见好几个大一学生把江乘月簇拥在中间，不知道在和江乘月说些什么。大学里到底有什么，让江乘月连穿衣品位突然都变了。

江乘月在白色长衬衫外搭了件质地柔软的黑色马甲外套，伞兵裤的裤脚收在短靴里，加起来不过200块的衣服，被江乘月穿出大牌的气质。路许忽然恨上"众星捧月"这个词。

于是，一朵小火星终于落在了引线上。

梦镀先前接了个节目的开场演出，明天就要上场，江乘月在准备要穿的衣服。但是他翻了翻脑子里的"作业"，没找到这种场合能抄的，便求助路许。

"简单，这种事情我来就好。"路许站起来，熟练地拉开江乘月那半边衣柜，"给你搭个能惊艳全场的。"

"合适就行，不用太麻烦。"江乘月说，"不需要太夸张。"

"穿。"路许仅用半分钟就挑好衣服。

一件高饱和度的蓝色上衣，加一条高饱和度的绿色裤子，还有个红色帽子。江乘月不太情愿地后退一步。

5. 我真好骗啊

江乘月退到门边，隔着两米的距离，盯着路许手上那几件自己的衣服，不知为什么，他隐约从路许身上感受到一点期待。大约两个月前，路许拎着一条"垃圾袋"让他换的时候，眼睛里还只有恶意和嘲讽，现在竟然有所改变了，但这对江乘月来说区别不大，他依旧不想穿。

"很契合你平时的风格。"路许强调了"平时"这个词，甚至有些遗憾地看了他一眼，"真的不换吗？"

江乘月这次很坚定地摇了摇头："不穿。"他只是想离路许日常的穿搭风格更近一些，并不想穿得跟个山鸡似的到处招摇。

江乘月偷偷冲路许翻了个白眼，转身自己去翻衣柜了。

路设计师自打开始职业生涯以来，第一次抱着点不好明说的私心乱搭衣服，结果被审美等级负数的江乘月直接拒绝，讨了个没趣，他站在衣柜前，看江乘月端详着衣柜里的衣服，一件件地拿出来在身上比画，心里有点不是滋味。

之前不还好好的，最近是怎么回事。

路许在脑海中梳理江乘月的社交圈，这才发现，除了梦镀乐队里那几个和他仅有数面之缘的乐手，他对江乘月的社交圈知之甚少，这让路许首次对自己有些不满。

江乘月扒完衣柜，没找到满意的衣服，正冲着角落里的一个抽屉伸手，想看看自己有没有衣服忘在下边的抽屉里，路许出声打断他的动作："算了，刚才逗你的，过来吧，我给你看看。"

江乘月半信半疑，转眼把翻抽屉的事情抛在脑后，小跑着跟着路许下楼了。

"想不想试试酷一点的风格？"路许一边看衣服一边问他。

江乘月不在乎酷不酷，他只是想要路许的风格。

路许终于开始认真起来："试试黑白灰的三色搭配，喜欢吗？"

"可以啊。"江乘月点了点头。

这次两人总算一拍即合，江乘月穿上一件品牌副线的黑色套头卫衣，搭配灰色休闲风西裤和一双白色跑鞋，这条灰色西裤在视觉上把他的双腿拉得很长，除了路许说的酷一点的风格，还增加了应对正式节目的端正，的确是江乘月从来没有尝试过的风格。但路许不太满意，这一身除了上衣，裤子和跑鞋都是其他品牌的，上衣是副线品牌，上面还没有 Nancy Deer 的大 logo。路许从一旁拽开一只抽屉，拎出一条 Nancy Deer 的品牌 logo 字母项链，银白色的链子上，点缀着精心设计的品牌名，简单又直接，Nancy Deer 的这一款一直都卖得很好。

江乘月看着镜子里的自己，终于满意地笑了。还好，他路哥的审美水平始终在线，没被他给带到马里亚纳海沟。

节目的录制是在第二天，江乘月特地跟学校请了假，背着鼓，和乐队的朋友们早早地坐上节目策划那边来接的车。他们是开场节目，也是第一批要录制的，地方电视台的工作很正规，他们一到后台，就给他们安排造型。

"鼓手的衣品很好啊。"电视台自备的造型师说，"你就穿这身上吧，我就不给你改了，妆面也采用淡妆就好，不要破坏了本身的好看。"

江乘月也很喜欢自己今天的这身搭配，所以造型师夸他时，他很自然地笑笑。

"瞧给孩子高兴的。"孟哲站在一旁取笑他，"是他房东给搭的。"

"你房东这么厉害？"造型师笑着说，"不会是专业人士吧。"

"他是。"江乘月点头，"NancyDeer 的首席设计师，Kyle。"

造型师手里的两颗扣子啪嗒落在地上，再仔细端详了江乘月的脸："我就说你怎么看着有点眼熟，江乘月是不是？我在时尚杂志 Cocia 上见过你和路设计师合作的作品，让人眼前一亮。"

江乘月没料到 Cocia 那套图的知名度能有这么高，但听人夸路许的作品，他就觉得高兴，哪怕他就是作品本身，他也没在意别人对自己的评价，他更想看别人对路许的认可和称赞。

节目策划一开始邀请梦镀，是看中梦镀在本市的人气，所以最开始的策划上，要求梦镀唱的是短视频平台上的流行歌，因为这些流行歌的受众最广。梦镀第一时间就拒绝了，提出唱自己原创歌曲的请求，好在这次的节目方很好说话，认可了梦镀的请求。

节目开始录制前，后台的休息间里已经有不少艺人，三三两两地在说话。江乘月把鼓棒放在膝盖上，横着手机和路许联机打麻将。

"路哥，报一下牌。"江乘月把有线耳机的话筒贴近唇边，小声地说。

"3万、4万、看不懂、一个圆……南希？"路许不太确定的声音断断续续地从耳机另一端传来。

江乘月："……"

教路哥打麻将是一件很有意思的事情，因为不知道什么时候，路许就会报出点奇奇怪怪的东西。

"你好。"有人站在江乘月的身边，"请问你是明星吗，可以找你要个签名吗？"

"我不是。"江乘月笑着拒绝，继续和路许连麦玩麻将。

路许却突然不会出牌了。

"你还不如穿昨天那个蓝上衣和绿裤子。"路许冷冷地说。

曾经的赌王江乘月玩麻将的时候脾气最大，想也不想就回了一句："你什么意思？你是不是见不得我好看？"

路许没吭声，挂了电话。

电话的另一端没了声音，江乘月才意识到，他好像是冲着路许发火了。他明明是脾气很温和的人，不管遇到什么，都能把理性摆在第一位。可是和路许有关的事情，他总是没办法冷静，会因为一个微不足道的动作高兴，也会因为一些小事生气发火。

梦镀每个人对乐队的原创歌曲早就熟记在心，先前也排练过不下二十次，真正到录制的时候，是一次通过的。江乘月搬着鼓和镲片往台下走，一抬头，在不远处的灯光下，看见倚墙站着的路许。灯光把路许的影子拉得很长，路许低着头，盯着手机屏幕琢磨着什么，旁边有个导演，正和他说话，像是默契般，路许抬起头，把头转向他来的方向。

"小白露？"路许试探着问。

今天是白露，江乘月的农历生日，江乘月没想到，路许竟然会知道，还会特地过来接他。江乘月好久没从除妈妈之外的别人口中听见这个小名，猝不及防，慢慢地红了脸，瞪了瞪路许："不许叫这个。"

录完节目时间已经很晚了，路许给他买了块樱桃蛋糕。江乘月从小就小气，每次过生日，顶多给自己买个带馅的包子，从来没买过生日蛋糕，除了很多年前父母陪自己过生日的记忆，路许是第一个送他生日蛋糕的人。蛋糕的盒子漂亮极了，江乘月还没来得及拍照，路许已经随手扯了丝带，揉成一团丢到一边，从纸盒子里抽出蛋糕。

"你是不是还没吃晚饭？"路许把蛋糕推过去，"试试。"

蛋糕上有一颗小樱桃，车开得很慢，江乘月从樱桃开始，尝到了蛋糕的奶油味。

"我真好骗啊，"他在想，"只要一小块樱桃蛋糕，就能把之前生气的事忘得一干二净。"

6. 你交朋友的眼光不怎么样

"唱个生日歌来听听。"路许使唤他。

江乘月唱了个走音版本的。

"我们小白露，"等他唱完，路许又说话了，"过了今天就是大人了啊。"

"我早就20岁了。"江乘月强调。

他喜欢把年龄往大了说，免得总有人说他年纪小。

"有区别吗？"路许笑了声，"不都是小孩？"

白露已过，可这座城市的暑气还没有完全散去。

自从开学后，江乘月每天都会早起做早餐，心情好的时候还会给路许备一份。

"路哥，"江乘月绞尽脑汁，想着怎么才能把闲聊的话题包装得漂亮通俗一些，却忘了措辞，"你岁数不小了吧，路念阿姨有没有让你找女朋友呀？"

江乘月的声音平静，倒牛奶的动作却有点迟缓，他把厨房的电器都调到低档，像是生怕错过路许的回答。

路许坐在岛台边看时尚电子杂志，闻言只是掀了掀眼皮："那么关心我，怎么不先管好你自己？"

怎么说话的，二十六七岁就叫岁数不小了，路许想把江乘月拎起来揍。

"那你当我没话找话吧。"江乘月动作一顿，放下牛奶杯子。

听出来这话里不高兴的意思，路许笑了笑："路念她不会管，只要不太离谱，她都不至于从德国飞过来教训我。"

江乘月看起来听得不太认真，一边点头，一边用平底锅煎蛋。

"那路哥，"江乘月又不经意地问，"你喜欢什么类型的啊？"

路许正在翻时尚杂志的手停顿了顿："喜欢眼睛漂亮的。"

"啊？真实存在的吗？"江乘月又问，"我们周围……有这样的吗？最近见过？"

"有。"路许看了他一眼，"见过。"

江乘月把牛奶倒出杯子，洒在台子上。

"等等，这话该我问你吧。"路许说，"大学才开学，天天往社团跑，一天能换两三套衣服，大部分时间都在盯着镜子发呆，这是穿给谁看？你喜欢什么样的，说来我

印象失真

给你参考参考。"

"啊？我……我比较欣赏……"江乘月没想到这话题还能回到自己身上，"我也觉得眼睛漂亮的比较好看。"

"你这算是什么？这是回答吗？你们大学70%的人都戴眼镜，有哪个眼睛漂亮了？"路许嗤笑，"回答个问题你还抄作业敷衍我，你不真诚。"

江乘月没敷衍，可路许一口咬定他复制了自己的答案。一场早餐前的友好交流崩得一干二净："就是有，你管我！我喜欢什么样的跟你有关系吗？"

"半大的小孩，懂什么是喜欢吗？"路许嘴角堆着点讥讽的笑意。

江乘月被路许嘲讽几句，气红脸，伸手抓了一把辣椒面丢在路许的牛奶杯里。路许看着杂志，没注意杯子里的东西，尝了一口才觉得味道不对，伸手就要去拦江乘月。

江乘月从地上抓起书包，跑了，他再也不想理路许了，可他……还是忍不住去看与路许有关的东西。

在学校的乐队社团里，就有人发现了这一点。

"江学弟好像对奢侈品牌很有研究？"姓许的学长叫许曾，美院服装设计专业。

"还好。"江乘月趴在桌上，没精打采地说。

也不是看奢侈品牌，他只是在看一则与时尚相关的娱乐新闻，报道的是那个以时尚设计为主题的电视剧，有人晒出拍摄现场的路透照片，照片里刚好出现路许和一位女演员。仅仅一张不太清楚的照片，江乘月还是从中认出路许，不知道是不是拍摄角度的问题，两个人看起来站得很近，片场的其他工作人员都离得有些远。

路许这阵子，好像忙的都是这个。

竹笋："你早晨说的原来是这个类型的吗？你的眼光不怎么样。"

Kyle："？"

竹笋撤回一条消息。

竹笋："发错了！"

"怎么了，路老师？"王雪开口打断高定顾客的高谈阔论。

"继续。"路许做了个邀请的动作，让找上门的高定顾客继续说想法。

最近的江乘月，脾气好像不是很好，动不动就闹脾气，让别人的心情跟着大起大落。

一朵新鲜的玫瑰，每天带着圆滚滚的晨露，出现在窗外，观赏的人看得摸不得，只敢偶尔碰碰玫瑰的叶子，享受玫瑰为自己摇曳的短暂时间。可最近，玫瑰叶子上长了刺，却让人更喜欢了。

路许算了算，江乘月应该还在青春期。这是彻底把他当家长，开始玩叛逆那套了吗？

到了公司的下班点，路许照例让司机开车去江乘月的学校接人，却在宿舍区扑空。

"江乘月，不在吗？"路许去江乘月的宿舍没找到人。

他没见过这种上床下桌的宿舍间，觉得好奇，盯着江乘月的位置多看了一会儿，江乘月搬了不少东西到宿舍里来，路许瞧见好几本看着眼熟的书，桌子上还有个木质的小鸟雕刻摆件，不像是江乘月会买的东西。

这是谁送江乘月的礼物吗？

"啊，他好像是去社团了，和音乐学院的学姐一起，应该快回来了。"江乘月的室友没见过路许，以为他是外国人，全程用英语回答了问题。

"谢谢。"路许出门时，刚好在宿舍外看见正在和一个女生说话的江乘月。这女生路许在 Live House 见过好几次，他记得好像叫付悠然，和江乘月挺熟。

"乘月学弟，就此别过啦，祝乐队和学业都顺利。"付悠然和江乘月道别，调皮地眨了下眼睛。

"谢谢。"江乘月说。

付悠然刚离开，江乘月身后就传来一个凉飕飕的声音：

"小乘月，你早晨说的是这种吗？"路许低头在他耳边说，"你的眼光可真是不怎么样。"

7. 不想和你吵架

"那也比路哥你的好。"江乘月想到之前看到的照片，原本笑着的嘴角慢慢放了下去。还国际知名设计师，不也就这样吗？他今天来学校还特意模仿路许的穿衣风格，可是路许脑海中的搭配方案太多了，他真的追不上，就好像他在一望无际的原野上奔跑着，妄想抓住飞向天空的蒲公英，可就算跳起来，抓到的也只是披着阳光的虚影。风一吹，蒲公英就散了。

不过，路许能来学校接他，这是值得高兴的事。

两个人的相貌各有各的出众，路许还是蓝眼睛的混血儿长相，他们站在大学宿舍门前，来往的人就纷纷把目光投向两人这边。

原本还酝酿着想挤对江乘月两句的路许忽然就不耐烦了："忙完了就赶紧走，别站在这里浪费时间。"

恰好，司机也说："路老师，王助理让我提醒您，别忘了去公司看新买的那批扣子。"

"嗯，知道了。"路许拉开车门，让江乘月先坐进去。

江乘月听见司机的话，迟疑一瞬，坐进车里："路哥……"

"说。"路许板着脸。

"你是有工作，所以……顺路来接我的吗？"江乘月试探着问。

路许还在气头上，想也没想，反问："不然呢？"

江乘月缓慢地"哦"了一声，把脑袋垂下去，戴上耳机，横着手机打麻将，一句话都不想和路许说。

过了一会儿，路许说话了："不许赌钱。"

"我没有赌。"江乘月认真地说，"我只是无聊，在玩游戏，打麻将很有意思。"

"无聊"这个词，似乎刺了路许一下，他揉捏着江乘月书包上熊猫挂件的手一紧，把江乘月修补回去的熊猫头又给拧掉了。

"是吗？"路许冷冷地说，"你妈妈让我管你，她不让你打麻将，我也不许。"

江乘月莫名其妙地被数落了一通，委屈地退了游戏。路许对他好像又不太好了，总是没来由地想找他的麻烦。路许是不是，想赶他走了？那他还是……不要再多搭理路许了。

路许要去公司拿一份方案，江乘月就在楼下的车上等，他透过车窗，看着路许挺拔的背影穿过人群。路许比街道上的大多数人都要高，基因里的混血血统让他的身高比大多数人高出不少，长相也很有不同，江乘月每次和他走在一起，都觉得周围人的目光都在路许的身上。但其实，路许好像并不喜欢自己基因里的那一部分，路许没怎么提过，但江乘月能隐约感觉到。

车门被人从外边拉开，一个冰凉的东西贴在他的脖子上，江乘月打了个哆嗦："你干什么啊？"

路许笑笑，把一个冰激凌放在他的手心里："今天的员工福利，吃吗？"

"白露都要过了，Nancy Deer 还发这种福利，是闲得慌吗？"江乘月接过路许手上的冰激凌，草莓果酱是刚刚淋上的，很新鲜，冰激凌冒着冷气，上面还撒了一层坚果碎。

江乘月很少买蛋糕、冰激凌这些零食，他把自己在吃穿住用上的欲望降得极低，吃饭只追求吃饱，就算手头有闲钱，也只会拿去玩乐队，不会买零食。现在也是，即便 Cocia 那套图给的酬劳撑起他未来大半年的零花钱，他也只是给自己换了个军鼓，添了个好点的口琴。但他不买零食，不代表他不喜欢。路许发现这一点后，似乎打开了新世界的大门。路许嘴巴毒，有时候说几句难听话，江乘月看起来不高兴，路许就会拿零食哄。

冰激凌太甜了，江乘月想，刚刚做了减法的心情好像被充了值，又开心了。

他们今天一个工作，一个上学，白天都不在老宅，房间被人打扫收拾过，东西摆放得整整齐齐，连院子里的草地都被修剪整齐了。玻璃秋千安静地立着，上边停了片落叶。

到了这个季节，已经没有萤火虫了。

"对了路哥。"江乘月捧着冰激凌，边吃边说，"你能不能……和过来打扫房间的人说一声，我的衣服看起来是挺旧，但都还能穿。"

江乘月这段时间，有时候会粗心大意，把衣服丢在凳子上和床上，再想起来的时候，衣服就再也找不到了。

"我还……不想搬走，能不能别扔我的衣服……"江乘月说。

路许拉开抽屉的动作停了好几秒："你不想走，就没谁能赶你走，你下次还要穿的衣服不要乱放。"

"好！"江乘月点头。

路许好像……也没有要赶走他的意思。可是，要是路许把那个眼睛漂亮的人带回来，他就会变成多余的那一个，大概就只能去住宿舍了。见都见不到的话，两个人就会逐渐疏远。

"对了，"路许开口了，"刚好你提了，我也多说一句。"

路许的神情有些严肃，看起来是有什么重要的事情要说，江乘月也紧张地放下了手里的书包，站得比罚站还端正。

"这房子你住可以，不许带旁人回来，知道吗？"路许说，"我只能接受你，所以，不可以带你朋友回来玩，哪个都不行。"

"我不会的。"江乘月认真地说，"路哥你放心。"

他提起地上的书包，正要上楼，听见路许说："站住。"

"这些给你。"路许从桌子上搬了个没有封口的纸盒，递给江乘月，"拿去。"

纸盒沉甸甸的，路许却觉得不重，那么轻松随便地扔过来，但江乘月险些没接住，他往纸箱里看，发现满满的全是衣服。

"看你最近换来换去的，衣柜里的衣服不够穿了吧？"路许说，"这些是 Nancy Deer 下架的往年款，是有瑕疵的，扔了可惜，你拿去穿，别再乱搭配了。"

"哦……好。"江乘月艰难地抱着箱子，摇摇晃晃地往楼上走。

他的脚步被压得有些沉重，心却是轻飘飘的。之前谈话带来的芥蒂消散许多。他先前从没在意过什么人，不知道那是什么样的感觉。他喜欢和数字打交道，别人眼里复杂的数学题和公式，在他这里都能轻而易举得到答案，但现在，江乘月卡在简单的加减法上，躲不掉，也绕不开。

梦镀乐队的人气，在本市越来越高，在新乐队中排名靠前，梦镀的第二场正式的 Live House 演出正在筹备之中，地点是星彩 Live House，时间放在国庆节假期。

和梦镀的第一次 Live House 演出不同，他们这一次的演出是有唱片公司支持的，公司参与场地的选择和线上售票环节。江乘月他们的第一次演出，票价仅售 20 元，还断断续续地卖不出去。这一次，梦镀演出门票的定价是 220 元，在售票系统上线没多久，就卖完了，很多乐迷都没能买到票。

"你们真的……平时都不说话，营造出冷门乐队的假象，售票的时候全

······ 印象失真 ······

都活过来了，我就洗了个澡！"

"哎，上次 20 块，听了梦镀的现场，简直不要太快乐，这次一听有新的演出，就赶紧定了闹钟抢票，我太期待他们了，每次都有惊喜。"

"上次 20 块买到的血赚，挺感慨的，一个不被本地乐坛看好的乐队，眼看着逐渐成长起来了。"

路许仅仅是洗了个澡，出来时电脑上售票界面的余票数字，已经变成零。原本打算买个二十来张的路许盯着电脑屏幕，半天没反应过来，他又一次意识到，江乘月的成长速度，比他想象得还要快。

路许立刻给星彩 Live House 的老板、他的朋友宋均打了电话："给我留个位置。"

"梦镀？卡座啊？"宋均在电话那头笑了声，"也就你了，看个乐队演出，还要卡座。"

路许是不可能去一楼和那群乐迷一起拥挤着听歌的，但这不代表他不想去。

"对了，"宋均说，"你和那个小朋友，怎么样了？"

"就那样呗，还能怎么样。"路许说，"他最近不太安分，太招人了。"

"你不希望他招人喜欢？"宋均问，"你们设计师，不都希望自己稀罕的东西能让很多人欣赏到吗？江乘月那样的，不可能没人喜欢。"

路许沉默了。虽然他不想承认，但宋均说得没错，江乘月的确很讨人喜欢。好几次了，他远远地看着江乘月，站在乐迷身边，或者站在社团的朋友身边，江乘月长得好性格也好，似乎永远都不缺人陪着，好像只有他会对江乘月挑三拣四，而且，江乘月也好像没他想的那么需要他。

梦镀是一支很有想法的乐队，他们以摇滚为主要创作风格，力求在音乐里玩些与众不同的新东西。比如今天，江乘月就借了个唢呐在研究。他低头想写几句对新 live 的想法，刚好看见了路许放在桌上的一份设计方案。他低头扫了一眼，突然想起来，王助理前几天和他随口提过，路许嫌储备的扣子不好看，想从市面上找几种新颖的扣子，但公司的人搜了很久，没有找到路许满意的。

江乘月刚好那天听乐队社团的学长、美院服装设计专业的许曾说过，最近邻市有个复古集市，集市上会有很多稀奇古怪的扣子，还有零零碎碎的稀奇玩意儿，这是 D 大美院设计专业采购东西时经常去的地方。

竹笋："王雪姐姐，你们平时采购会去 X 市吗？"

Nancy Deer 王雪："哎？我们有固定的国内外供应商，定期会送货来。但 Kyle 有时候会自己出去找点稀奇东西。怎么了？"

竹笋："没事，我就问问。谢谢王雪姐姐。"

路许第二天有场国内的秀，就在本市，他原本想带江乘月去看，可是一大早，江乘月就跑得没影了。他拿起自己在国内会用的那只手机，扫了一眼屏幕，看见干净的手机桌面，江乘月今天没有汇报行程。路许把手机放回桌面上，浅蓝色的眼睛目光微冷，他想晾江乘月一天，但是没多久，他还是编辑了一条消息发出去。

> Kyle："去哪里了？"
> 竹笋："出去玩。"

这语气，看着还挺欢快，路许皱了眉。

> Kyle："为什么不告诉我？"
> 竹笋："今天不是很想。"

路许盯着厨房桌子上江乘月留下来的辣椒面，莫名其妙就有些火大，他好像习惯了江乘月每天乖乖跟他汇报行程，习惯了江乘月像一只乖巧的小鸟，飞行的轨迹不会越过他的屋檐，永远活动在他的眼皮子底下。

可江乘月不是南希，南希再也不会飞了，江乘月却不一定。

江乘月蹭了美院的大巴车，去了X市宁乡的复古集市。这段路在修，摇摇晃晃的，江乘月前一天为了新歌，研究唢呐到大半夜，睡眠不足，车身摇晃，他就有些晕车。身边的许曾学长给他说了些什么，他都听不太清楚，下车的时候，嘴巴和脸都有些苍白了。

"江学弟要不要去车上休息？"美院的学生见他状态不好，赶紧说，"这集市每年都有，没什么好逛的，喜欢的话可以明年再来。"

明年，那可就太晚了。

江乘月还记得有些设计师对路许的评价，他们说路许站得太高了，很多有价值的设计点，路许都不屑一顾。江乘月不懂设计，他只是想给路许找几个不太一样的扣子，Nancy Deer公司里没有的那种。

复古集市上的新鲜东西确实很多，但卖扣子的摊位很少，江乘月走了很久，才发现一两个摊位，其中一个的纽扣看起来很幼稚，印的是复古的卡通图案，另一个很新奇，都是江乘月没见过的形状，他觉得路许大概会多看几眼。

"多少钱？"江乘月问，"我可以多买几个吗？"

这集市虽然远，可扣子卖得不便宜，要30多块钱一个，江乘月自认为没什么审美，于是买了好几个不同的，问摊主一一要了扣子的来源与订货的联系方式，这才小心地收好往回走。回去的路上堵车，原本3小时的车程开了6小时，他本以为自己在华灯初上时就能返回市区，可跟着大巴车回到学校门口的时候，已经是晚上9点了。

"江学弟，你回宿舍吗？"许曾见他晕车不舒服，不太放心。

"不回宿舍。"江乘月摇头，"我回家。"

他这才想起来，路许最近好像经常不打招呼就来学校接他，路许今天……来了吗？

许曾好像又说了点什么，江乘月在走神，没有听清，他四下看了看，没看见熟悉的车牌号，有些失望。

许曾问："你可以吗？要不要我送你去校医院？"

"不用。"江乘月刚拒绝完，抬头看见正朝着自己走过来的路许，他一下子就高兴起来，晕车的那点难受似乎都忘在脑后，"谢谢许曾学长，家里有人来接，我先走了。"说完他朝着路许的方向跑了两步。

路许却没像平时那样冲他点头，蓝眼睛里冷冷的，像是浸着秋天的凉。

"去哪里了？"路许问他。

"和社团的朋友出去玩了。"江乘月捏了捏口袋里的扣子，想给路许一个惊喜，"路哥，我……"

路许却打断了他的话："江乘月，你出门不知道打招呼的吗？"

路许今天是真的不高兴，尤其听到和江乘月一起下车那学生还姓许，莫名就戳中他的燃点。

江乘月的动作停了，愣在原地。印象中，路许经常欺负他，所以他能分得清，路许冲他发火，是在拿他逗乐，还是真的不高兴，可是，他觉得今天自己没做错什么啊。

"一大早就出门，去哪里也不说一声，电话也不接，这都快晚上九点了才回来。"路许冷漠地说，"是不是上了大学了，我就管不到你了？"

江乘月想说，不是这样的，他只是去了个挺远的地方，想给路许找几颗挺好看的扣子。可他刚要开口，却闻到路许身上有一道陌生的香水味，晕车一整天还被误解的委屈超过了理智。

"我9点回来又不算晚，因为担心影响你工作，我从来不晚归，太晚了我都不回家。"江乘月说，"你凭什么管我，你又不真的是我家长，你凭什么骂我？"

路许压了一天的火气也上来了："你最近怎么回事，说你几句就跟我顶嘴，成天都和些什么人待在一起，我管不动你了是吧？"

江乘月不喜欢吵架，可面前的人是路许，他没有办法控制好自己的情绪，他把口袋里一直攥着的几颗扣子拍在路许的手上，转身跑了。

路许错愕地站在原地，手心里折叠得整整齐齐的纸袋子舒展开，露出几颗他没见过的漂亮扣子，其中一只是金属质感的六边形，中间镶嵌着浅蓝色的碎玻璃，材质简单，看着却很雅致。

学校有个湖，晚上这个时间，湖边是没有人的，一阵细微的动静，惊飞长凳上的小麻雀。江乘月坐在凳子上，一动不动，眼泪模糊了视线，看着湖面上倒映的月光更是氤氲一片。

他不能哭，会很丑，如果被路许看见了，肯定也会讨厌他。可是，路许刚才那样凶他，他是什么样子的，关路许什么事？他偏要哭！

手机一直在响，是特别联系人的特定铃声，一个接一个。

铃声响到第 12 次，江乘月只看了一眼，感觉自己好像哭得更厉害了。

8. 眼泪过敏

来电铃声换成了短信提示音。

> Kyle："为什么不接电话？"
> Kyle："路哥使唤不动你了？"

湖面上波光粼粼地倒映着月影，风一吹，碎影依偎着波澜，堆叠到江乘月的脚边。他的眼尾密密麻麻地刺痛，江乘月愣了两秒，清醒了，接着就是追悔莫及。眼睛和脸颊都像有针刺，伴随着让他难耐的灼热感，轻轻用手触碰还能感觉到滚烫，不知道会红成什么样子，好像比之前的几次过敏都要厉害。这下好了，大概有好几天，他都不能出门了，可是明天晚上，梦镀在星彩 Live House 有演出，他这个样子，不太好办。

路许的第 13 个电话打来了。

"嗯。"江乘月的声音闷闷的，听着像是信号不好，"房东好。"

电话那边沉默了两秒，低低地笑了一声："生气了？路哥都不喊了。"

"没。"江乘月不生气，他就是觉得委屈，这点委屈发泄了一通，再被风这么一吹，散得差不多了。他自以为对路许说话的语气已经平和下来，却不知道隔着通信工具，自己的声音听起来像是漠不关心："没什么好生气的。"

"骗谁呢？"路许说，"就你那点脾气，我看不出来？"

"路哥。"江乘月乖乖地喊了声。

路许也不跟他计较，尽可能地把声音压得柔和。

"扣子挺漂亮，是我没收集过的款。"路许说，"你为这个跑了一整天？晕车了吗？"

"没。"江乘月硬生生地说，"你喜欢就好。"

两个人都很礼貌，几乎是小心翼翼地在试探着，一点都看不出半小时前在校门口互相指责的架势。江乘月能感觉到路许在迁就他，他早就不生气了，但是这迁就到底是出自同情还是长辈对小辈的忍让，他确实不太能分得清。明明才刚下定决心要和路许冷战几天，好歹坚持得更久一点？

"你们学校有 6 个食堂，18 个宿舍区，11 栋教学楼。"路许又说，"还有两个卖馒头的铺子。"

"嗯？"江乘月自己都还没认清楚学校的路，路许为什么比他知道的还多？

"路哥找不到你，一路走过来的，你在哪呢？"路许像是闲聊一般问。

"我……"江乘月差点就说自己在湖边了，还好没被蛊惑到，在最后一刻改了口，"我今晚不回家，我睡宿舍。"

十秒的沉默后，路许的声音又冷了几分："行，那你睡宿舍吧。"

江乘月其实也没那么想回宿舍，他坐在湖边的长凳上，写了个 Live House 演出的节目编排，发到群里给朋友看，其间有个陌生的电话号码打来，他只看了一眼就滑开了，继续和乐队的朋友说话。

竹笋："最后一首歌，在副歌部分，可以加上我们事先练习过的唢呐，我猜会有炸场的效果。"

孙沐阳："孟哲上。"

孟哲："？"

李穗："明天江乘月可以适时加即兴，你的即兴是我们演出的亮点之一。"

江乘月又多留了一小会儿，去掉了舞台编排中原有的几个炫技，让鼓的加花与音乐情绪更加匹配，会去星彩 Live House 看他们的，大部分都是真正的乐迷，真诚的音乐才能打动乐迷。

微信提示声响了，路许给他推送了一篇以大学校园为背景的鬼故事。江乘月因为好奇，点了进去，才看了几行字，就觉得周围的秋风变成了阴风，树叶的沙沙声也让人瘆得慌。他在心里拿方言骂了路许两句，打开路许的资料卡，手指停在拉黑按钮上片刻，到底没按下去。

江乘月站起身，朝着不远处的宿舍区走去。临近晚上 12 点，校园里的行人很少，江乘月一路走回宿舍，只偶然看见几对小情侣，他刚看见宿舍大门，一辆车突然停在他背后，随后就是车门被拉开的声音，一双手按在他肩膀上，一路向下，扣在他腰带上，把他向后一带，拉上车。

车在 D 大宿舍门口扬长而去。

江乘月摔在柔软的车坐垫上，比起蒙，心里更多闪现的是"离谱"二字。

"你怎么还没走？"江乘月惊惶得连声音都变了调。

路许刚才抓他的动作不轻，整个劫持过程比铲竹笋还轻松。他挣扎着坐起来，后腰上的一小块皮肤生疼。不知道是不是他小人之心，他就是觉得路许刚才拎他的动作带了点类似于报复的私心。

"你说呢？"路许撩了撩眼皮看他，"家里小孩都离家出走了，我放着不管？"

江乘月不拿正脸对着他："谁是你家里小孩了？"

路许不和他争这个，而是说："大概半小时前吧，我接了个自称是'辅导员'的人的电话，问我为什么联系不上我'儿子'。"

江乘月慌了："我……"

"我说别急，我'儿子'我自己还没联系上呢。"路许恶劣地笑了一声，"是不是啊，'儿子'？"

江乘月被他气得不轻，转过头来瞪他。

路许顺势把他抓过来，箍在自己身边，笑笑说："我跟你开玩笑的，别生气……"

像是注意到什么，路许抓着江乘月胳膊的手松开了些，改为贴了贴江乘月的眼尾："眼睛周围怎么红成这样，谁打你了？"

江乘月一怔，挣脱路许的手，想坐得离路许远一些。只要是沾着眼泪，他就会变得难看。路许看过那么多场秀，去过那么多的美术馆，几乎饱览了世界上所有和美相关的事物，这个时候的他，路许应该会讨厌。他像是一只雏鸟，刚刚窥见世界的广阔，出于畏惧，把脑袋缩回蛋壳里，想和外界划清界限，路许却伸手把蛋壳给敲了。

"说话，"路许的语气里有点不耐烦，"谁欺负你了？"

"去医院。"路许转头对司机说。

车刚掉转方向，路许的手机上来了个电话。路许不爱存联系人名字，江乘月记数字却很有天赋，每次路许有来电，他看上一眼，就能说出来电人的名字，这次则不是，这是个他完全陌生的号码。

路许接起电话，另一端是个挺深沉的男声，听起来年龄介于40岁到50岁，说的是德语，路许回答的也是德语，江乘月听不懂。他没听过路许这么冷漠地跟人说话，路许接电话的语气一直都是懒懒的，带着点像是谁也看不起的漫不经心，江乘月只能偶尔从路许的口中听到几个稍微熟悉点的德语词汇，包括"管好你自己"和"走开"。

"Stören sie mich nicht！[1]"路许说完就挂了电话。

江乘月好奇地看了眼路许，猜不到电话那边是谁。

"眼睛疼吗？"路许问他。

"不疼。"江乘月把头转了回去。

路许看上去似乎是想说些什么，但江乘月等了好久，直到看见了远处医院的灯光，路许都没再开口。江乘月几乎是垂头丧气地把脑袋又低了回去。一个冰凉的东西，被人扣在他的脸上。

江乘月："嗯？"

路许递过来的，是一副墨镜。

"跟你这身很搭。"路许冲医院的方向偏了偏头，"下车吧，没人觉得你难看。"

"哦……"江乘月说。

---

1 德语，别来烦我。

好像不是所有人都会像他童年时的那几个朋友那般，路许这人，坏起来的时候，发鬼故事逼他回宿舍，在宿舍门口劫持他，可路许没嘲笑他眼尾上的红痕。

路许把江乘月押去医院的急诊大厅，他个子高，有1米9，寒着脸的时候，蓝色眼睛像是结了冰的湖泊，急诊值夜班的小护士一抬头被他吓了一跳，立刻站起来，帮忙看江乘月的情况。

"谁打你了吗？"路许又一次问。

江乘月的眼尾红了一片，周围还有蹭开的红，漂亮又可怜。

"请问，你是他家长吗？"护士问。

两个人几乎同时开口。

江乘月："是。"

路许："不是。"

半秒后。

江乘月："哎哟，不是。"

"看着也不像。"小护士嘀咕了一声，带着江乘月去看医生。

路许一言不发地跟在江乘月身后。

"你这个是……皮肤过敏啊，可能要打针。"医生仅看了一眼就说，"过敏原自己清楚吗？今天都接触了什么？"

"不用打针。"江乘月连忙说，"它自己能好，不用花这个钱。"

路许按着他肩膀的手使了点力，江乘月闭嘴了。

"你今天出去是不是乱吃东西了？"路许斜了他一眼，"以后不准乱跑。"

"我没。"江乘月低头，有点不情愿地开了口，"过敏原是……眼泪。"

路许把玩着江乘月书包挂件的手又是一紧，把熊猫玩具彻底拧坏了。他面上不露分毫，只是略微挑眉，一字一顿地说："你……眼泪过敏？！"

那之前几次——江乘月在他面前跑开，不搭理他，原来不是因为讨厌，而是因为……眼泪过敏不想被人看见？！

9. 没人能说你不好看

"不严重，但我刚才问了，他对所有人的眼泪都过敏，别让他接触过敏原。"医生对路许说，"让他以后注意，及时远离过敏原。"

"这是遇到什么事了啊，哭成这样？"医生也没细问，叮嘱了几句让路许注意，就去忙其他事了。

留下路许坐在长凳上，回想医生刚才的话，捂着脸，深吸了一口气。他竟然，发脾气把江乘月给气哭了。

Kyle 可真不是个东西。

即便江乘月强烈反对，强调了多次没必要，最终还是被路许和医生镇压着打了一针。对他来说，眼泪过敏已经是家常便饭了，过几天自然会好，知道他眼泪过敏的人都不当回事，路许的紧张程度超出他的想象。

"路哥，"打完针的江乘月唤了一声，"回家吗？"

"过来我看看。"路许招手。

戴着墨镜酷酷的小鼓手站到路许旁边，犹豫着伸手摘墨镜。

江乘月的眼泪过敏一般情况下确实不严重，除了轻微的刺痛和痒，更多的表现是红，被眼泪沾到的地方，都像是碎开了一朵朵水红色的花瓣，弄得他眼睛周围一片浅浅的红色。路许还是第一次看见他这个样子。

"什么时候的事情？"路许问。

"嗯？"江乘月想了一下，才意识到路许在说他的眼泪过敏，"5 岁以后吧，找不到原因，有人说是天生的，有人说是心因性的，反正就是好不了，我都习惯了，不哭就好了，别人哭的时候也要躲一下。"

说完，江乘月又补充了一句："我也没那么喜欢哭，只不过这几次……刚好都被路哥你撞上了。"

"为什么哭的时候要跑开？"路许又问。

"你不觉得我难看吗？"江乘月问。

毕竟在他的记忆里，儿时的那些小伙伴，看见他哭，就会狠狠地嘲笑他一通。

路许没回答他，只是"啧"了一声。

江乘月转过头，看车窗外向后流逝的街景，一只手伸过来，冰凉的表带磕在了他的颈后，路许按着他的脑袋，从包里拿出了一只小镜子贴到他眼前："你难看？你再仔细看看。"

江乘月被他桎梏着动弹不得，只好被迫去看镜子里的自己，眼睛红得像兔子，唱戏的兔子。

路许放开他，抬手在他脑袋上敲一下："Cocia 那套图，我和陈安迪看重的是你的商业价值，我就搞不懂了，你有做平面模特的潜质，怎么会觉得自己难看呢？难不成以为杂志卖那么多靠的都是你的人格魅力吗？"

"不……不是吗？"江乘月问。

"你真是我'儿子'，我就打死你。"路许没好气地说，"你自信一点，除了我，没人能说你不好看。"

"还有，"路许又说，"下次要哭在家里哭。"

梦镀在星彩 Live House 的演出票在开票当日就卖空，演出当天更是人气爆棚，很多乐迷从外地来看他们演出。江乘月前一天打了针，眼睛周围的红晕下去了一半，他戴了路许的咖啡色墨镜，路许就顺势给他搭了一身赛博朋克风的黑色机车风衣裤，潮牌和科技感结合，同时配了黑色面罩与黑色皮质半指手套，与江乘月平日里的甜野风格完全不同。

"喜欢？"路许看他站在镜子前半天没动。

"喜欢！"江乘月是认识路许后才知道，仅仅是衣服的调整，能让一个人的气质发生如此大的变化。

"嗯。"路许招手，"过来我给你调整一下。"

江乘月蹬着脚下的黑银色短靴挪了两步，短靴上的银色挂饰叮叮当当地随着他的脚步在路许的裤脚上擦了过去。江乘月拎上自己的新军鼓出门，刚走出院门，路许又来事了。

"给你换个朋克风的项链。"路许从口袋里拿出一条早已准备好的项链，"这个好看。"

院门前没有凳子，江乘月只好低着头，被路许按着，把头低在路许的肩膀边，感觉到项链在他的锁骨上滑过。

"乘月，金属不过敏吧？"路许问。

江乘月摇头。今天的路许，对他好像态度很好。

"Kyle。"有个彬彬有礼的声音打断了他们。

江乘月抬头，面前站了个陌生的外国男人，浅色头发，蓝眼睛，和路许有点像。

"你和你妈妈都不接电话，我就想着，回老宅看看。"男人张口，说的却是流利的中文，他的目光扫过江乘月和压在江乘月肩膀上路许的手，意有所指，"看来这栋房子，现在有了新住户啊？"

"这和你没关系。"路许也拿中文回答，"我工作很忙，就不叙旧了。"

"不急，我会在这边旅居一阵子。"男人说，"我们有的是时间见面。"

感觉到对方的目光一直停留在自己身上，江乘月原本想低头，想到路许昨晚的话，于是抬起头瞪了回去，路许接过他手里的军鼓，和他一起往长坡下走。

"那是？"江乘月问。

"我爸。"路许的语气很淡，像是在说什么无关紧要的事情。

江乘月感觉到他不愿意说，就没多问。

星彩 Live House 今晚人挤人，很多乐迷早早地就来了。他们穿着简单且方便行动的衣服，一来就牢牢地抓住前排的栏杆。天色渐晚，组团来的乐迷展开两面梦镀的乐队大旗，深色的旗面上，烫金色的乐队标志在彩色光束下的展开，摇出了满场的热烈。

一身朋克风打扮的江乘月拎着鼓棒上台时，整个 Live House 都是乐迷兴奋的呐喊声。

正式演出进行到尾声时，舞台出了一点点小状况。演奏到倒数第二首歌的时候，李穗的吉他弦崩了一根，乐迷或许不能立即听出，但江乘月一下子就听了出来。孟哲站在舞台中央，贝斯的声音忽然抬高。

这一首歌，恰好是梦镀的第一支原创歌曲《仲夏不尽》。

"卡弦还是弦断了？"卡座区，经验丰富的宋均立刻发现了问题。

《仲夏不尽》停在歌曲中段，刚好要进高潮那段歌词，乐迷的情绪已经铺垫稳当，就差进入高潮，整个乐队的节奏不能乱。留给整个乐队反应的时间只有几秒。江乘月和孟哲对视了一眼，临场接了段即兴。

Drummer 的即兴能力很重要，关键时刻能凭空打开现场的氛围，杜勋遥遥地冲江乘月点头，即兴接了段旋律，江乘月跟着旋律调整四肢的律动，单手抬起落在军鼓上，接上这段即兴，完美地托住乐迷的情绪。

乐迷不知道《仲夏不尽》怎么在这里换成鼓手即兴，但现场的情绪未落，很快，乐队在即兴中调整状态，江乘月的一阵嗵鼓鼓声后，《仲夏不尽》的后半段顺利接上。

路许看不懂他们的即兴，却从宋均的只言片语中感受到现场隐含的紧张。

"才三个多月，"宋均感慨道，"小朋友成长了好多。"

"嗯。"路许看着楼下舞台，不知道在盘算什么。

现场氛围感染的不仅是乐迷，还有乐手，江乘月好久没"跳水"了，被乐队几个朋友往台下推，被乐迷举着游了一圈后，又送回台上。

演出落幕后，江乘月去卡座区找路许，整个人还处于刚打完鼓的兴奋状态。

"路哥？"江乘月问。

"交给你了。"宋均推给他一个醉酒的路许。

"啊？"江乘月傻眼了，"这是怎么了？"

"可能你的演出，比较下酒？"宋均坏笑着，看江乘月艰难地搀扶着路许往外走，"刚好你们一起住，你带他回去吧。"

"可真能作。"直到两人消失在门口，宋均才啐了一口，"帮你一下，总觉得在欺负小孩。"

路许的司机早就等在门口，见两人来，少见地没帮忙，只是看着江乘月艰难地把路许往车上推。路许身上有一股很淡的酒味，江乘月不懂酒，但觉得好闻。

江乘月想起来，和路许初见的那一天，路许也是宿醉。

"路哥，"到家后，江乘月推开卫生间的门，"要洗澡吗？"

路许睁开的蓝眼睛里半是迷茫半是清醒，没回答，而是顺着浴缸的方向倒了过去，江乘月躲闪不及，被他带着翻倒在浴缸里，两个人都摔在了水里。江乘月手足无措地扑在路许身上，喝了两口水，又被路许抓着衣领拎了起来。路许的蓝眼睛蒙着雾气，像是起了雾的冬湖。

"你自己洗，能行吗？"江乘月问他。

"嗯。"路许"哼"了声，赶他出去。

10. 我可真是太变态了

"路哥，"江乘月怔怔地看着他，问，"你为什么要喝那么多酒呢？你心情不好？"

"嗯……"路许哼了声算是回答，"心情不好。"

江乘月突然想起来，白天他们两个人出门时，在老宅门口遇到的那个外国男人。路许说，那个男人是他亲爸。那个人的言行看起来都很有礼貌，怎么都不像是会家暴妻儿的样子。但路许心情不好，或许是和那个人有关系的。

江乘月不知道路许明天还记不记得这些事，他去冰箱里拿了一罐牛奶，走过去拍了拍他路哥的脑袋，然后掰开路许的手指，塞到路许的手里。他拿走路许湿透了的衬衫，不小心弄了一身橘黄色的泡沫。

"这衣服不能碰水。"路许看他动作，插了一句，"拿去丢了吧。"

"哦……"江乘月走到门边，把衣服丢进烘干机。

低头看了看身上的橘黄色泡沫，江乘月想了想，那是他上个星期朋友圈集赞拿回来的泡澡球，自己还没来得及玩，就被路许用掉了。

烘干机里，路许那件衬衫已经干了，衣服上还带着点薰衣草味，是路许最近新换的香水的后调。这衣服上的花纹是手绘的，沾了水八成是坏掉了，所以路许刚才看也没看，就让他拿去扔掉。江乘月没舍得扔，抱着衬衫去了楼上，想收起来。

江乘月藏完衣服，觉得后腰有个地方生疼，他站在镜子前，努力往身后看，才发现后腰上不知道被什么划了一道小口子，可能是他在星彩 Live House 玩"跳水"的时候，不小心被衣服的配饰划到的。

"怎么弄的？"已经洗完澡的路许站在他背后，把他吓了一跳。

"'跳水'弄伤的。"江乘月老老实实地说了。

"以后别跳了。"路许说，"哪天没人接着，给你摔地上。"

"怎么会？"他不服气地说，"虽然来看我演出的人少，但不至于给我摔地上吧。"

"那么多双手抓着你，你不觉得脏？"路许反问他。

"跟你说不明白。"江乘月气呼呼地上楼了。

第二天一大早，江乘月收拾了好几件衣服，把他的宝贝镲片们装好，还提上了自己的电脑。他做这些时，路许就靠在一楼岛台边，屈起一条长腿，看着他收，脸色铁青，像是没怎么睡好。

"又离家出走？"路许压着声音问。

"不是离家出走。"江乘月说。

"我昨晚是打你了还是骂你了？你说出来。"路许又问。

"你别管了。"江乘月说。

"我又不能管了？"路许问，"你确定要走？"

"嗯。"江乘月心不在焉地点头。

"给我个理由。"路许说。

"没有……理由。"

江乘月突然想起一件事，离开这个房子前，有个东西，他必须要带走！他昨天悄悄藏了路许那件不要的衬衫，一定不能让路许发现。

江乘月艰难地拎着行李箱，去了二楼。他打开衣柜，看看门外，没有人，路许也没有跟上来，于是低头，从那堆衣服的最下边，手疾眼快地扯出那件白衬衫。

薰衣草味扑面而来。

衣柜当初是两个人分的，以挂在中间的熊猫玩具为界，江乘月第一次干这种事，动作太快，不小心带开旁边的抽屉。这种抽屉被轻轻一拉就会自动弹开，于是，他看见一个熟悉的衣角。

江乘月拉开了路许的抽屉，他愣在原地。他丢了好久的衬衫、水杯、帽子，全在这里，被人整整齐齐地放着。

路许反手关了门，背靠着门，低头看他，与他的目光在半空中相遇。

"别走，好吗？"路许说，"是我不好，别再跟我生气了。"

11.你礼貌吗

看到那些丢失的东西的第一瞬间，江乘月的感受是错愕，随之而来的，是生气，还有藏在生气背后的一点点苦尽甘来。这些情绪像是化学试剂，被挨个倒进试管，等着他摇一摇，看能炸出点什么新奇的东西。

"你……"江乘月开口，觉得自己的声音有些酸涩。

江乘月迟疑着想离开，路许却堵了他的路。他有些迷茫地往后退了两步，后背抵在冰冷的柜子上，微红的眼睛看向路许，似乎是带着困惑，又好像是有什么东西让他难以置信。路许向他走了几步，在他身边停下来，犹豫着抬手，他瑟缩了一下。路许看他的目光瞬间温和了许多，把手搭在他的脑袋上，来回摸了摸，揉乱了他的头发。

"别搬走。"路许说，"江乘月，你别走。"

江乘月一阵恍惚，他一度以为，路许看不惯他，讨厌他，巴不得让他早些从这个老房子里卷铺盖滚蛋，可是眼前的路许的的确确在挽留他。

"你留下来，我们好好相处，好不好？"路许的目光挣扎了几次，最终说。

听到路许带着一丝哀求的口吻，江乘月一直紧绷着的心，瞬间放松下来，他轻轻地舒了一口气，积攒了多日的疑虑和不确定，在这一刻终于有了答案。

"那你……以后别对我那么凶了。"他试着提了要求，"有什么事，我们可以好好商量。"

"行，我也没对谁好过。"路许说，"我尽量。"

"接电话。"江乘月提醒路许，"路哥，你的手机响了4次了。"

电话再次响起，路许扫了眼号码，接了电话，听了两秒，表情有些古怪地开了免提，把手机递给了江乘月："找你的。"

"？"江乘月看了眼号码，他问了声好，"路念阿姨。"

"Hello，小白露。"路念温柔的声音从听筒传来，"你妈妈没打通你的电话，只好来找我了。"

江乘月看了看路许，害他完全没听到电话的罪魁祸首神色如常，把玩着自己的十字星袖扣。

"那我给妈妈回电话。"江乘月说。

"不用。"路念说，"现在她应该去忙了，她有事叮嘱你，我转达也一样。"

"嗯嗯，好，我听着。"江乘月说。

"你妈妈说，你大一了，和高中不一样了，但学习还是不能丢。"路念转述，"她让你把心思主要还是放在学习上，乐队可以玩，但是要有度。我让她别担心，路许看着你呢。"

"哦……好。"江乘月迟疑着答应。

路念："路许在听吗？"

路许："哼。"

路念："照顾好你乘月弟弟，听到了没有？"

"听到了。"路许敷衍地说完，挂了电话。

屋子里安静了。

"还离家出走吗？"路许冲门的方向抬了抬下巴。

"……不走了。"江乘月摇摇头。

"嗯。"路许说，"那收拾一下吧，今天是不是还有课，我送你去学校。"

江乘月懒懒地应了一声，坐在地上没起来。他刚要打开行李箱，却听路许说："行李箱别动。"

江乘月不解，转过头去看路许。

"老宅最近要修缮，过两天，带你换个地方住。"路许说。

"好的。"江乘月听话地把行李箱推到一边，没有再动。

他的课本在书架上，夹在路许那堆时尚刊物中间，书都被路许动过，放得有些高，他搬了个凳子，踩着去拿书，不小心碰到书旁边的一摞照片。

照片像是遇了一阵风，哗啦啦地在客厅里飞得到处都是——全是他的照片。

趴在路许办公桌上看书的，坐在老宅门口台阶上睡着的，坐在高凳上等路许给他搭衣服的，跪在玻璃秋千上抓萤火虫的，还有之前平面拍摄的那套图中，有眼泪妆效的那张图。

他以为那张图被撤了，没想到还能再见到。

"路许……"江乘月的声音都颤了，"你……"

路许只是掀了下眼皮，坦然地笑了笑，有恃无恐，他捡起了脚边的一张照片："我觉得拍得很好，很能启发灵感，所以留了一两张，我以为你够不着的。"

12. 照片

路许弯腰拾起脚边的一张照片，那是江乘月上周躺在沙发上午睡时被他拍下来的，当时是为了试构图，房间里的灯把江乘月原本就白的皮肤衬得更干净了。军训偷跑回来睡午觉的江乘月穿着迷彩衬衫，脸颊枕着沙发，嘴巴无意识地微微张开着，只有上半身躺了沙发，腰间的衣服因为翻身的动作被掀开了一角，他的双腿搭在沙发边沿，脚上还穿着鞋子。

路许拿着 Nancy Deer 御用摄影师倒腾来的胶片机路过时，刚好拍下这一张照片。

"你……"江乘月拿着手里的照片，有些不知所措。他认真地想了想，从踩着的凳子上下来，捡了几张地上的照片。单看一张不觉得有什么，可是这么一张张捡下来，似乎越拍越过分。有的照片上，他专注地盯着手头的编曲，根本不知道路许是什么时候按的快门。

地上的照片，拼拼凑凑，是他的大半个假期，有的拍的是他在舞台上肆意玩鼓，有的则是在院子里的玻璃秋千上小憩。明明他以为，他只是路许这个夏天的过客。

"你拍照……还挺好看的。"他垂着头说。

路许手里动作一顿，笑了笑："留下来的，都是我对构图和意境比较满意的。"

江乘月似懂非懂地点头，捏着照片的指腹有些发热。路许一张张捡起剩下的照片，像是把江乘月的生活碎片，又替他细心地收藏了起来。

江乘月原本准备搬去宿舍住两天，但现在路许不让他离开，还主动送他去学校，他就理所当然地坐上路许的车，礼貌地和司机打招呼。

"上身有点单调，"路许看着他说，"给你加个好看的胸针。"

江乘月坐着任他摆弄，很多时候，他会产生一种错觉，觉得路许对待他像是在对待那些作品，只要他不说话不捣乱，路许就会像打造艺术品那样雕琢他，把他变成自己想要的模样。江乘月先前就不反感他这样对待自己，现在两人彻底和好后更是如此，他骨子里是个挺懒的人，有人乐意帮自己做决定，不是坏事。

车在 D 大校门前停下，路许和他一起下了车。

江乘月问："……嗯？"

路许答："送你去教室。"

路许今天出门前临时换了一身慵懒简单的日系学院风，白色长袖衬衣的外边，加了一件薄薄的米色外套，下边是卡其色的日系休闲裤。这个人甚至戴了一副金边的眼镜，秋天的雨刚好落下来，路许下车时，在他的头顶撑开了一把透明的长柄伞。

路许平时出入各种时尚领域，自身的穿搭以冷色调为主，很少会出现这种学院风的暖色，这让他看上去像是学校里刚过二十岁的学长，蓝眼睛里透着早秋的暖。

江乘月觉得这一身有点东西，但东西不单纯，他有一种路哥其实是来走秀的错觉。他好不容易从路许那里学了点审美，开始把思考过后的衣服往身上套，可路许往他身边一站，他总觉得有点刺眼。

从他们进校门开始，来往经过的女生都把目光定在他身边的路许身上，甚至还有几个男生在看。

"路哥，信不信，等一下就有人来要你的联系方式。"江乘月笃定地说。

话音刚落，两人的前方不远处，出现了一个披着长卷发的女生，高挑漂亮，朝着他们的方向走过来。

江乘月有些幸灾乐祸："你穿这么好看，是来等人要微信的吗？"

"你……你好。"女生在他俩面前停下来，看向江乘月，"学弟，你真好看，请问可以认识一下吗？"

江乘月："？"

"对不起。"江乘月礼貌地拒绝学姐，抬头发现路许的眼睛里闪过一点兴致不高的意思。

"你每天就这样？"路许问。

"昨天没有。"江乘月如实说。

"不穿好看点，怎么站你旁边？"路许磨了磨牙，说，"都陪你来学校了，总要贴合一下你同龄人的风格。"

同龄人的风格江乘月不知道，反正没有路许这样穿的，但路哥是真的好看。

身材好就可以为所欲为，他羡慕地想。

江乘月利用上课时间，看了几家文身工作室，一一发消息问了，都说文蒲公英不疼。他截图给路许看了，路许说让他别信这些，还说回头带他去看看别的。

下午第一节课结束，江乘月在学校门口见到一个不速之客，路许那个血缘意义上的亲爸爸。

"您好，"对方已经认出自己，江乘月很有礼貌地打招呼，"您来 D 大有事吗？"

对方上上下下地把他打量一遍："你是曲婧的孩子？ Kyle 跟你的关系还不错，真少见，Kyle 很在意你，我能看出来。"

江乘月有些意外，他不知道对方为什么会突然找上他说这些。

"您有事吗？"江乘月又问。

对方笑了一声，中文很流利："到底他还是我儿子，这么点心思我还是能看得出来的。"他忽然压低声音，"你最好，离他远点。"

江乘月忍不住问："为什么？"如果他没记错的话，这位由于家暴，和路念阿姨已经离婚好久了，为什么还会插手路许的事情呢？

"你知道吗，虽然没有绝对依据，但暴力倾向多多少少是会遗传的。"对方神秘地说，"或许在你眼中他对你彬彬有礼，但你如果做得稍有不合他的心意，他就会原形毕露。他以为自己带他妈妈换了个城市住，就能逃掉我给的血脉吗？"

"可是……"江乘月打断对方的话，"你可能有点误解，他从来就没对我礼貌过。"

车喇叭声在他们背后响起，江乘月回头看见熟悉的车牌号，就抱着课本上了车。

"刚刚那个人……"司机问，"是路老师的亲生父亲吗？"

江乘月点头："是。"

"下次见到他，您可以直接离开。"司机说，"路老师叮嘱了，不让你和他接触，为此，还特地让你跟他一起搬去新房子那边。"

"我知道的。"江乘月说。

路许今天的工作还没结束，司机问了他的意见，把江乘月送去工作室。江乘月进了房间，才发现路许换了一身冷色的衣服，正低头盯着塑料模特上的一条浅蓝色裙子。

"好漂亮……"江乘月夸了一句。

"版式，印花，走线，哪里漂亮？"路许问他。

"颜色漂亮……"江乘月这段时间，喜欢蓝色。

"别的呢，你觉得怎么样？"路许指着裙子。

"好看啊。"江乘月夸奖，他逐渐能欣赏到路许的设计了。

"那给你试试？"路许又对他露出了那种恶劣的笑。

路许每次这样时，江乘月都不太能分得清，他是觉得自己好玩，还是觉得欺负自己好玩。

"过来。"路许手里的笔冲着江乘月勾了勾。

桌上堆叠着的是各式各样的设计稿，周围还有三匹材质不同的布料，江乘月心里有事，有点不安地走过去："路哥？"

路许说了个德文名字，江乘月猜，那应该是那个中年男人、路许他亲爸的名字。

"你今天看见他了？他和你说什么了吗？"路许的眼睛暗了暗。

"说你可能会凶我，还可能会打我，会对身边的人抱有恶意。"江乘月说，"你会吗？"

"我会。"路许顺着他的话说，"怕不怕？"

江乘月白了他一眼："你又不是没凶过，你是什么样的，我还不清楚吗？不需要他这个外人来提醒。"

13. 老树开花

其实，他俩刚一起住的时候，江乘月就发现了，不管是说话还是做事，路许的攻击性都很强，这一点很明显。对很多人来说，跟路许相处可能是一件很有压力的事情，但江乘月能隐约感觉到，路许对待他时，很多到了嘴边和手边的攻击，会转化成一种漫不经心的戏谑。

两人说着话，路许的助理王雪敲门走进来，推着个活动衣架，上边挂了两三件套着防尘罩的衣服。

"路老师，这是我们副线的新款，刚完成成衣裁剪，纽约那边送过来的，给您看一下。"

"我给您放这里？"王雪问。

"放这里就好，我明天看。"路许随手整理桌上的设计稿，拿了一份文件给王雪，"这个给技术部。"

"然后你就下班吧。"路许看了看自己的腕表说，"你不是还要和男朋友约会？"

王雪瞧了他一眼，心情复杂地走了。

"怎么了？"王雪的男朋友见她表情古怪地走过来，连忙问，"路老师今天心情不好？"

"特别好。"王雪说，"比老树开花还高兴。"

路许在带江乘月回新家的路上，接了个路念打来的电话。

"Enrich 是不是去找你了？"路念问，"他是不是又问你要钱？"

路许轻描淡写地"嗯"了一声，简单说了这边的情况，略去很多细节。

路念问："你早就买房子了，为什么不带江乘月去那边住？你说你是不是故意留江乘月在那边欺负着玩啊？"

"我喜欢老宅，行吗？"路许问。

"你小时候去玩的时候也没见你有多喜欢。"路念说，"还行，我听着你中文还进步了不少。"

路许这次和他妈妈打电话没用德语，江乘月听了全程。

"没事的路阿姨。"江乘月说，"当初借住老宅是因为我刚考上大学，独自离开家，妈妈不放心，现在我完全可以出去住了，可以不麻烦路哥了。"

他刚说完，旁边的路许轻轻踢了他一脚，轻声说："别啊，不是答应不走吗"

江乘月："……"

"搬到新房子的话，单独给江乘月弄个大房间，听到了没有？你又不常住国内，他占不了你多少地方。"路念又对路许说，"收一收你的性子，对你乘月弟弟好一点，我和他妈妈是很好的朋友。他在学校或者生活中遇到什么事情的话，你得帮忙盯着。"

"他学那专业我又不懂，啊，行，我盯着。"路许转头看了眼江乘月，说。

"我下个月也回国。"路念不放心，又数落两句，这才挂了电话。

"他找你要钱吗？"江乘月问，"你……亲爸。"

"嗯，以前给点钱就打发了，没把他放眼里，这次没给。"路许说，"不想给了。

"为什么？"江乘月又问。

路许："家里有个精打细算的小孩，不得先学着点啊？"

江乘月先前只是听王雪姐姐说过，路许在这边买的新房子很气派，但实际看到，他发现他对"气派"这个词大概是有误解的。

这是一栋两层的湖景别墅，附带了院子和游泳池。江乘月站在游泳池边了好久的呆，直到路许远远地叫他。路念嘱咐，让路许给江乘月准备大点的房间，路许照做了，托人把江乘月的那点东西都给搬了过来。

"这里可以？"路许打开房间门问，"一楼可以单独布置个隔音房间，给你玩鼓，你在家就能练。"

"可以的。"江乘月没有住过这么大的房子，不知道为什么，感觉心跟着房子一起空荡荡的。

他的卧室隔壁，是路许的大工作室，隔着工作室，才是路许的房间。晚上，江乘月洗漱完，站在卧室门边，把手搭在门把手上，没有推。

路许在工作室里，也迟迟没有回房间。平时这个时间，他早就回卧室休息了，但今天，他好像没什么休息的想法，他改了很多遍款式图，都没有满意的效果，他略有些烦躁地把桌上的一张画稿撕碎，毫不留情地扔进旁边的垃圾桶里，同时被扔进去的，还有一支被折断的铅笔。

突然搬来这里，两个人都有了自己的房间，但他好像有一点……戒不掉老宅的"拥挤"。

工作室的门被人敲了敲。

"直接进，不用敲门。"路许的脚尖动了动，把垃圾桶踢到桌子底下看不见的地方。

"路哥，"江乘月拎着枕头站在门边，"明天是周六，我……一个人还挺怕的，你这房子空空的，周末可不可以睡你房间。"

路许的手抚过桌上的一沓设计稿，嘴角勾了勾："平时呢？"

"平时就算了吧……"江乘月说，"我怕你搞设计，动静大，影响我学习。"

江乘月半天没等到反应，低头："不行就算了，我回房间了。"

他刚走了两步，就被路许从身后拉住了："走错方向了。"

14. 依赖

"路哥，你还工作吗？"江乘月问。

刚刚他站在路许的工作室门前，闻到熟悉的黑咖啡味道，现在路许脱离了工作环境，推着他往前走，他又嗅到淡淡的薰衣草味。

"今天状态不好，"路许关了房间门，"早点休息吧。"

"状态不好？"江乘月只听见了这句，"因为……搬家吗？"

"是，但又不是。"路许催促，"你别管了，先去睡吧，我等一会儿就来。"

江乘月一个人睡的时候会吃褪黑素软糖助眠，但和路许住的这两个多月，他很少再吃这种东西。他从很小的时候，就独自一个人睡了，偶尔做噩梦，偶尔难眠，他以为自己早就适应了，却没想到跟着路许住一阵子后，他竟然对路许产生了一点依赖性。

大一的选修课提交今晚截止，江乘月访问了校内选课系统，给自己挑选修课。根据学校的要求，他们一共要修人文、艺术等4个类别的选修课。选修课全凭学生的个人兴趣，那些好拿分的选修课早在前几天就被学生一抢而空。江乘月不在乎学分好不好拿，他只想选自己感兴趣的课程。他勾选人工智能后，在现代美学创意和语言上犹豫了。

"选课？"洗漱完的路许说，"选德语。"

"嗯？为什么？"江乘月在德语课的后边点了选课按钮。

路许的眼睛里有光闪烁了一下："学习的时间多。你能随时找我练口语和听力，任何时候都行。"

"嗯，好的。"江乘月提交了自己的选课方案。他教路许中文，路许教他德语，这听起来很公平。

"那现代美学创意还选吗？"他问。

"江乘月，"路许的声音从他的背后传来，"你要是想了解我的工作，可以直接问我，没必要拐弯去学学院派的那一套，学院派的理论和实际操作，是有一些差距的。"

"谁要了解你了。"江乘月背对着路许，"我是自己感兴趣。"

"行。"路许拖着声音说，"周末你是不是有S市Live House的演出？正好月底去S市看秀，我顺便带你去看。"

"我……可以去吗？"江乘月问。

"有什么不可以的？"路许反问，"跟我去吧，我想让你看看。"

梦镀的下一场live，定在月末的S市。提到"梦镀"的名字，本市的资深摇滚音乐爱好者多少能说出他们的代表作品，在小半年的时间里，他们积累了数量可观的乐迷，也开始尝试去接外地的邀请。

江乘月咬着一支圆珠笔的笔帽，坐在唱片公司给他们提供的排练室里，绞尽脑汁地想歌词。

"改完了，这个行吗？"他把填好的最新一版给主唱兼作曲的孙沐阳看。

"不……不行。"酷哥压着嘴角，板着脸。

"为什么？"江乘月问，"这是第5版了。"

"过……过于甜。"孙沐阳说，"不酷……差点……意思。"

"……那你自己写去。"乐队为写歌和作曲吵架都是家常便饭，江乘月现在就很想把旁边的一盘瓜子全扣孙沐阳的头上。

"你……你……"酷哥吵架不占优势。

"你什么你？你自己去写。"江乘月说。

"别气……"孙沐阳终于说完了，脸还红了点，"慢点……写。"

"拿来我看看，听你俩说话怎么那么费劲儿。"正在给吉他调音的李穗过来，"……夜向黎明邀吻，秋天的雨等云，好像是有点甜了？"

"啊……我的错。"江乘月气馁地把脸埋进臂弯里，趴在桌子上。

窗边在试贝斯的孟哲同情地笑了笑，不戳穿。

"遇上什么好事了？"李穗问，"上了大学之后，一直心情不错？"

"没有的事。"江乘月摇头，"各位哥别笑话我了，我现在立刻去重写。"

这歌词，也没那么甜吧？不过的确不太酷，不合适。他正想着怎么找找写词的状态，一个意料之外的人给他发了消息——路许在国内的设计助理王雪。

王雪姐姐给他推了一条视频，来自ins。视频里的男人是江乘月见过两次的那位，Enrich，路许的生父，他说的是德语，但视频的下边有英文字幕。视频的大概意思是诋毁路念和路许，说路许小时候放火烧家不顾后果，还说路许可能跟他一样有暴力倾向，谁也别嫌弃谁。

> Nancy Deer 王雪："路老师先前跟你提过这个人吗？"
>
> 竹笋："嗯嗯，同样的话我听过一遍。这个对 Nancy Deer 和路许有影响吗？"
>
> Nancy Deer 王雪："影响小，根据评估，与 Enrich 共情，骂得最厉害的那群人，不具有品牌产品的购买力。但可能对来年进军亚洲市场的春夏大秀会有点影响，不过以路老师和我们团队的实力可以应付。"
>
> Nancy Deer 王雪："主要是你，路老师有些担心。"
>
> 竹笋："好的，我知道了。"

江乘月的笔尖在写歌词的本子上画了一排圆圈。他见过路许为一份设计稿反复修改半个月的样子，也从旁人的只言片语中得知路许的品牌走到今天有多么不容易。他不能理解一些人，会为了口舌之快，就轻易诋毁别人的努力。

路许设在新房子里的工作室比江乘月在其他地方见过的都要大。江乘月昨晚推门时，就被各种大大小小的人台吓了一跳，今天从唱片公司那边回来时，更是站在门外看了许久。

　　十多分钟后，路许抬头发现了他，冲他抬了下手指。江乘月练了鼓，头发还是湿的，他怕弄脏路许房间里的东西，站在门口没敢直接进去。

　　"没事，你进来。"路许说，"怎么还这样，这么怕弄脏我的东西？"

　　江乘月把可能沾了灰的外套、鼓棒还有手上的钥匙扣都放在工作室门边的台子上，这才脱了鞋光脚走进去，踩在地面上。地上有不少路许裁剪下来的布料，踩上去软软的。

　　路许今天没在绘图，而是站在台边，在做立体裁剪。台上已经用纯棉材质的白坯布初步做了雏形，江乘月走过去的时候，路许一手拿剪刀，一手正从针插上拿立裁针，固定已经压好的布片，再用画粉清晰地画上标记线。江乘月先前听王雪说过，高级时装的定制通常都会用到立体裁剪。

　　老宅的设计工作室功能不全，江乘月只见过路许绘图和制版，没见过他在台上处理立体裁剪，他能看出来这是一条女款的长裙，左肩露着，裙摆前后不对称，后面曳地，白坯布被路许三下两下固定出他看不懂的花样，斜斜地在胸口的位置叠得很好看。

　　"月末演出打算穿什么？"路许忽然问他。

　　"随便穿？"江乘月想了想，说，"或者穿你之前给我的那堆 NancyDeer 的衣服。"

　　路许："别穿了。"

　　江乘月："什么？"

　　"别穿那些。"路许指着旁边的凳子让他坐过来，"我动手给你做吧。"

　　"可是……"江乘月动用了自己的经济头脑，"Nancy Deer 的成衣好像更值钱啊。"柜子里那么多，不穿是不是有点浪费？

　　"笨。"路许说了一个字，又让他站好，"站好给我当个人体模特吧。"

　　江乘月进来的时候脱了外套，现在上身只穿了一件普通的黑色印花 T 恤，是他好久前从老家那边买的，59 块 9。

　　路许在放白坯布的柜子里挑了挑，拿了一匹布来："把你衣服脱了。"

　　已经是早秋，脱了衣服的江乘月瑟缩了一下，肩上立马被路许披了一块白坯布，用夹子做了固定。路许手里的剪刀，沿着他的脊柱，一路垂直往下，最终停在他膝盖往上的地方，打了标记线，裁剪去多余的布料，江乘月一动不动，连呼吸都放缓了，感觉到冰凉的剪刀贴着他的后背一路裁剪过去。

15. 替他做决定

　　"有偏爱的颜色吗？"路许问他。

江乘月抬头刚好看见路许的眼睛，想也没想："蓝色。"

"具体点。"路许掰着手里的放码尺问，"什么样的蓝色？"

"蓝，但是又不那么蓝，有时候像天空，有时候又不像。"江乘月对颜色的敏感程度一般，实在是不知道该如何表述。

"你要是我顾客，你可能真的会被我打。"路许伸手把他深亚麻色的头发揉得乱七八糟，头顶还翘起一两根头发，这才拿了色卡过来让他选色。

江乘月在色卡上指了个喜欢的蓝色。

"喜欢这种？"路许把色卡贴在他脸颊边仔细看，"本来看着就小，这么浅的蓝色一衬，更幼稚了。"

手掌大小的色卡在他右边的脸颊上轻轻甩两下，江乘月的目光在路许身上走一圈，斜斜地看向地板。

"蓝黑底色加烫银压花吧，搭配手工钉链条，契合你们乐队的风格。"路许自作主张地做了决定，"行？"

"嗯。"江乘月算是看透了。

路许小事不管，大事会问他的意见，但最后做决定的时候，还是倾向于自作主张。江乘月对穿衣服本来就没什么太高的要求，路许帮他想好，他还省了挑衣服的时间。

但他有一点点不高兴，路许大他好几岁，阅历比他丰富，似乎在所有的事情上都游刃有余。江乘月再次找酷哥倾诉。

竹笋："Hello，酷哥。"

孙沐阳回消息和说话一样，挺慢。

孙沐阳：（语音 9s）
竹笋："你打字！"

平时聊天也是这样，孙沐阳真的很爱和他们发语音，虽然他们都不乐意点开听。两分钟过去了。

孙沐阳："哦。"
竹笋："如果你朋友总是自作主张，你怎么办？"
孙沐阳："这朋友可以不要了。"
竹笋："这不行。"
孙沐阳："那你就叛逆一回。"

······ 印象失真 ······

好主意。

路许拿着色卡去挑衣服面料，临走前还习惯性地说了句"坐好别动"。但江乘月毕竟不是路许的人体模型，路许才走出去三分钟，江乘月就从凳子上跳下来，潜入隔壁存放服装面料的房间。他光着脚，悄悄从背后靠近路许，想伸手捂路许的眼睛。

"别捣乱。"路许似乎料到他靠近，腾出来一只手，作势要打他。

"哎……疼！"江乘月要躲，一脚踩在地上放着的一卷布料上，斜斜地往地上滑，跌倒的时候还拉一下路许，路许被他这么一拉，手里一盒 Nancy Deer 的小鹿扣子噼里啪啦摔一地。

江乘月站起身，没顾得上把地上的扣子收拾干净，就从架子上扯了一匹布，说："要这个颜色。"

"你确定吗？"路许看着被拉到眼前的布料，面带嘲笑，"这是半透欧根纱。"

江乘月手里刚捡起的小鹿扣子又噼里啪啦地摔了一地。恰逢此时，路许的手机铃声响了，在偌大的房间里显得有些多余。

"Hallo？"路许接电话的声音有些哑，沉着声，他认真的时候，江乘月也有点怵他。

这是跨国电话，江乘月听到电话那端有个他不熟悉的男声。

"Gut，bis dann.[1]"层层升温的空气因为这个漫长的电话而逐渐回归常态。

江乘月在这个过程中从轻轻喘气到平复了呼吸："怎么了？有什么事吗？"

"没事，要去趟纽约。"路许手在他的头发上轻轻拍了一下，"应该很快就回来，大约两周，照顾好你自己。"路许说完，就打电话找助理帮忙收拾行李，订了去纽约的机票。

"帮我看着他。"临走前，路许对助理王雪说。

"OK。"王雪叫来司机，送路许去机场。

因为工作，路许经常出差，上一次路许飞德国待了一周多的时间，当时江乘月在忙开学和乐队，落差还不是特别明显，这次则有了明显的不同。他和路许之间，突然就隔了时差。但路许每次找他的时间，好像都不会太早和太晚。

> 竹笋："你注意休息哦。"
> Kyle："嗯。"
> Kyle："跟你说说话的时间还是有的。"

学校社团招新，摇滚社在帐篷外架了鼓，许学长特地请江乘月帮忙。江乘月出门时着急，只随便穿了件浅蓝色的帽衫，衣服上印着一只红眼睛的兔子，耷拉着耳朵。他乖乖地坐在鼓凳上时，像是那种典型的好学生和乖孩子。

1　德语，好吧，到时候见。

社团借来了音箱，在放一首 Nightwish 的歌。江乘月冲周围看热闹的同学翘了一下嘴角，抓起鼓棒时，气场微变，现场突然加入的架子鼓声音，吸引更多的人驻足。学校里有江乘月的乐迷，认出他，站在不远处给他拍视频。

路许的视频通话也是这个时候打过来的，江乘月的手机放在身后的桌子上，完全没有听见。路许忙了大半天，想在睡前听听江乘月的声音，视频电话打了 2 次，都无人接听。

"乘月弟弟，你电话。"摇滚社的学姐冲江乘月喊。

江乘月玩嗨了，随口说了一句："嗯嗯，我现在没空。"学姐的手指从接听键上不小心滑过，又点了挂断。遥远的纽约，路许只听到了那句"我现在没空"。

江乘月野到夜幕降临，这才揉揉有些酸疼的手腕，和几个乐迷道别。

"你们的节奏镲最好换一个……"话还没说完，江乘月拿起手机看见，屏幕上显示的那 21 个未接来电。

21 个电话，再加 2 个未接听和 1 个已接听的视频通话，全部来自路许。江乘月倒吸一口凉气，手机再次响起。江乘月接了最新的一个电话。

"路许，我……"

"你不知道回电话的吗？"隔着半个地球，路许的声音听着有点冷，"不是说特殊联系人，就一定会接电话吗？"

"下午在玩鼓。"江乘月解释，"而且……路许，你一开始给我打的是视频电话。

江乘月很努力地解释了，但路许还是压着声音，教训了他几句。不知道是他的错觉，还是隔着距离的缘故，每次路许去国外，中文就会变得生涩，说话给人的感觉没有平时温柔，虽然平日里"温柔"这个词跟路许也没有半毛钱的关系。

"那你呢？"江乘月突然也有些生气，"让我必须接你电话，事事跟你报备，你出门跟我报备了吗？"

路许话说到一半被堵了回去，半天没说出后文。

"你接了个电话就去纽约，说走就走，问你是什么原因你也不说，我知道你工作忙，但你工作的内容我不能知道吗？"江乘月说。

"纽约？哦，是 Nancy Deer 外部股东的股权发生了一点纠纷。"路许意外地说，"你没问我……"

"我没问你就不说吗？"江乘月反问，"还有那天也是，你凭什么不让我穿浅蓝色？"

"我……乖月，"路许轻声说，"是我不好。"

江乘月把电话给挂了，没听见这句。

江乘月的坏心情不过夜，只是被逼急了反咬两口，压根没把这事放在心上，也没真觉得路许有什么不对，睡了一觉就把和路许吵架的事情忘得干干净净了。

但是第二天，他就收到了路许的一串消息。

Kyle："正在买三明治。"

Kyle："正在坐车。"

Kyle："正在痛骂区域助理。"

Kyle："骂完了。"

Kyle："正在手撕股东。"

Kyle："撕完了。"

Kyle："以上是今日行程，给小乖月汇报完毕。"

16. 想把最好的给你

江乘月几乎想象不出来，路设计师是怎么一边冷着脸对付股东，一边给他打下这几行字的。骄傲如路许，竟然也会放下架子来哄他？他还以为，路许会一直仗着年龄上的"领先"欺负他。

同样的消息在他的手机屏幕上滚动播放了两三天，内容也越发地注重细节。

江乘月忍不住了，他算好时间，给路许打了个视频电话。

路许坐在一间很大的办公室里，落地窗外是让江乘月感到陌生的繁华城市，路许好像正在工作，脖子上绕着软尺，指间拿着三根立裁针，跟他通电话时，还在玩着手上的针。

"生完气了？"路许问，"挺好，再生气我只好飞回去道歉了。"

"没生气。"江乘月说，"我那叫……沟通。"他说着，自己先心虚了，低着头去看桌面。江乘月很会压抑自己的情绪，把自己压成不谙世事、与世无争的模样，骨子里的傲都是内敛的，没几个人能发现。但最近，他的叛逆和小情绪，在路许面前藏都藏不住。

人总是把自己坏的一面给最亲近的人，可他明明想给路许最好的。

许久，他听见路许在视频通话的另一端笑了，路许的声音很有磁性，像是冰融于湖水时，在湖面上掠过的冷风，有成年男人的成熟感。

"低头干什么？今天没骂你，我没说不能沟通。"路许说，"是这样，Nancy Deer 当初创立的时候，我个人手头资金不足，品牌还有两个注资人，一个是我在 Parsons 设计学院的同学 Nalson，他主要负责供应链管理、跟单，还有制作方面的检查，持股15%；还有一个注资人则是外行，纯粹的投资商人，持股21%。"

可能是因为中文词汇量不够，路许说这段话时，用的是英文，江乘月懵懂地听了几句，才明白过来，路许是在跟他认真解释这次突然去纽约出差的原因。他昨天被教训急了说的气话，路许竟然真的放在心上。

"前阵子，路念她前夫给我惹了点麻烦，外部股东听了点风声，再加上纽约这边的区域助理犯蠢弄错了一个极为重要的订单，导致后续出现了连锁事件，外部股东想转出手头的股份。"路许把玩着手中的立裁针，"我这么说，能听懂？"

"能。"江乘月点头。

"OK，那我继续说。"路许说，"外部股东年纪大了，不看好 Nancy Deer，觉得品牌风险大，但外面想收购这点股份的人不少，Nalson 那天给我打电话，告诉我蓝血品牌背后的一家集团，找了点门路，想收购这 21% 的股份。"

说到这里，江乘月已经能明白了，路许的设计风格别具一格，个人风格极为明显，不可能把品牌的知情权、决策权等让渡给业内的外部股东，而路许现在的能力完全能够自己收购这点股份。

"我不可能让别人左右我的设计。"路许说。

江乘月突然意识到自己好像提了个不讲理的要求，离谱的是，路许没觉得他有问题，还把 Nancy Deer 近日的商业问题揉碎了讲给他听。

路许："我这么说，听明白了？"

"嗯。"江乘月说，"路哥，你跟我说这些的时候，会不会觉得我幼稚啊？"他虚岁才 20 岁，不管是年龄还是阅历，都输了路许一大截。

"不会。"路许说，"我讲得很有条理，而且我们乘月那么聪明，不可能听不懂。

江乘月听着复杂的商业问题，猝不及防地被路许夸了一句，耳朵悄悄红了。他碰了碰手机屏幕，想调调光，不让路许看见自己的窘态，手指不知道碰到什么，屏幕里的自己多了两只兔耳朵，一只竖着，一只耷拉着，脸颊上还有两朵手绘的红晕。江乘月慌张地摇了摇头，没能把兔耳朵甩开。

通话那边的路许说了句他听不懂的德语，江乘月不用问，也知道不是什么好词。

"我……反思了。"路许说，"昨天的事，我不对，向你道歉。"

江乘月这次是彻彻底底愣了。

"怎么？"路许敏锐地捕捉到他那一瞬间的停顿，"觉得'反思'和'道歉'这两个词不可能出现在我身上？"

"我……不是那个意思。"

很快路许的语气又切回轻蔑："大你那几岁，不是白长的，乘月弟弟。"

被理解、被宽容的感觉很奇妙，江乘月习惯于从喜欢的音乐里找平衡，但在生活中真真切切地被理解和偏袒还是第一次。他是没什么安全感的人，可他并不觉得路许之前对待他的方式有什么不妥。

"虽然不想承认，但 Enrich 的确是我的生父。"路许说，"如果我有哪个地方让你觉得不舒服了，直接告诉我，知道吗？"

"我只是不想看你太忙。"江乘月说，"你和他不一样的。我没有……不舒服。"

路设计师是个很有意思的人，他不高兴的时候，周围人都得看他的脸色，但他偶尔脾气好的时候，三言两语就能把人哄开心。而对江乘月而言，隔着视频通话跟路许聊天是一种很神奇的体验。他们一个在宁城，一个在纽约，隔着近 12 个小时的时差，拥有不同的生活背景与职业，聊起来却有说不完的话题。

"啊对了，路许，"江乘月记起来一件事，"陈……安迪老师联系我，说他手下的另一本时尚杂志想跟我约平面图，主题是国风古装。"

"他是出息了，"路许嗤笑，"敢越过我联系你。"

路许的设计风格脱胎于欧美学院派，在实际操作中摒弃了很多学院派固化的理念、内容，但整体风格与国风古装沾不上半点关系。这点路许很有自知之明，对于自己不擅长的风格，从不勉强，也就是说，要拍这套图的话，路设计师没有监制造型的权利。

"你不喜欢，我就不接了。"江乘月说，"这个风格好像并不适合我。"

"不急，陈安迪的钱不赚白不赚。"路许说，"等我下周回来给你试一下，如果好看，我带你去拍。"

路许挂了电话，去敲打陈安迪了。

这一周，路许人虽然不在，但对江乘月的生活，仍然安排得妥妥当当。路许安排了司机接送江乘月，还让王雪找人盯江乘月的饮食，强行去改江乘月那种一天两三顿馒头的饮食方式。还有，江乘月每天傍晚从学校回来，都能在家门口的信箱上发现一束系着丝带沾着水珠的黄玫瑰，他把花修剪成一样长短，留着斜切口，找了个看上去没什么特色的花瓶插好，摆在路许的工作台上。

路许那边，他刚睁开眼睛，正要起床，就收到一张江乘月发来的照片，是非常有江乘月风格的插花，挺丑，透着呆板和整齐。就是被江乘月拿来插花的那个瓶子，路许看着有点眼熟，好像是他两个月前，在香港邦瀚斯拍卖行花 134 万元拍下的一只后现代艺术花瓶。

"很好看。"路许没提花瓶，给江乘月发了条微信，"插花进步了。"

没过多久，江乘月主动给路许发了个视频通话请求。

"早呀。"江乘月问，"路许，之前的问题，你解决完了吗？那个谁，路念阿姨的前夫，还在打扰你吗？"他沿用了路许对那位的称呼方法。

"股权差不多都收回来了，在走流程，需要解决一下区域助理犯的蠢，以及那位给我添的麻烦。"路许说，"以后，没人会干涉我的设计。"

视频传来的画面里有陌生的建筑，似乎还有陌生的人声，镜头一闪而过，穿着正装的高挑女孩子从镜头里经过，于是江乘月又问："路许，你在哪里呀？"

"Nancy Deer 的总部，在纽约曼哈顿设置的时装精品店，刚刚经过的是 SA，我过来看一下店里的布置和工作。"路许倾斜手机镜头，让江乘月多看了点周围的环境。

江乘月听出来，路许旁边是有别人的，好像是路许那个叫 Nalson 的同学。那人说的是英文，江乘月完全能听明白，他听见那人夸他可爱，还一直问路许他是谁。

"住我家那个，挺厉害的小鼓手。"路许轻描淡写地说。

17. Ich vermisse dich

"现在还不是⋯⋯"江乘月来不及阻止。

然而 Nalson 听不懂也听不见他说话，一个劲儿地和路许夸他，忙着应和 Nalson 的路许，不着痕迹地忽略掉他这句话。

Nancy Deer 在纽约曼哈顿的精品店比江乘月在宁城见过的还要华丽漂亮，店面落地在商场的入口附近，占用了上下两层空间，身着正装的 SA 忙着接待顾客，路许时不时地摆弄着手机镜头，让江乘月看店里的布置。

路许的指尖叩了一下蓝牙耳机："看看？看中了什么就告诉我，我给你捎回去。"

"把你自己好好捎回来就行。"江乘月说。

路许又跟他聊了几句，这才挂断了电话。

奢侈品牌 Nancy Deer 的股权变更，并没有路许描述的那般风平浪静。江乘月前一阵子跟着路许认识了几本时尚电子杂志，从这些电子杂志发的动态里窥见了 Nancy Deer 这段时间的惊涛骇浪。

在 Nancy Deer 这场股权争夺中，路许以雷霆手段及时应对了舆论风波，联合 Nalson，用过硬的品牌质量与 T 台效果服众，完整地保留了自己的核心设计风格。路念前夫给路许带来的麻烦，似乎暂时告一段落。

路念阿姨近期想回国，抽空找了江乘月聊天。江乘月回拨电话时，刚好坐在路许的工作台旁，指尖还拨弄着新鲜的玫瑰花。

"一直没找到机会问你。"路念说，"你路许哥哥没打你骂你吧？"

"没有的。"江乘月摇头，"路哥⋯⋯对我很好。"

"那就好。"路念开心地说，"Kyle 虽然是我带大的，但他的脾气很不好，有时候会莫名其妙地发火。"

"不会的。"江乘月说，"他发火都是有理由的。"只要仔细想一想，他能慢慢推出路许每次发火的原因，不是没理由的。

路念被他逗笑了："Kyle 是不是威胁你了，这么乖地维护他？"

威胁没有，江乘月只是有点偏心。

路念的心情不错，和江乘月说了点从前的事情："我前夫，Enrich，是搞艺术的。"

"他喜欢画画，小有名气，当年我和你妈妈同在援非医疗队，在 A 国边陲的一个小镇上遇到了他，他在那里采风。"路念说，"后来，你妈妈留在那里工作，我去德国结婚。刚结婚的那段时间，我过得很幸福，他们都说和艺术家结婚是件很浪漫的事情。"

江乘月安静地听着她说，偶尔会"嗯"一声表示自己在听。

"但好景不长，Kyle 出生以后，他的绘画灵感突然开始枯竭，脾气逐渐就变坏了，画不出来，就会冲我和 Kyle 发火，我记得有一次 Kyle 从院子里回来，伸手想抱他的腿，被他推下台阶，从那以后，Kyle 再也没亲近过他。"

"Enrich 进监狱的事情路许跟你说过吗？"路念问。

"提过的。"江乘月说。

"他被关了将近两年，在监狱里被弄断了一根手指，出来后就画不出什么了。"路阿姨的声音温和而平静，"他觉得是路许毁了他。"

路念说，Enrich 认识不少画画的朋友，最近还托人给路许使了不小的绊子。江乘月抓着玫瑰花枝的手突然收紧，还未修剪的玫瑰花刺扎破了他的指尖，沁出了小小的血珠。

"挺头疼的。"路念也不常和别人说这些事，大概是觉得江乘月是个很好的听众，这才多说了些，"你知道的，艺术家都比较固执。"

"路哥……他还好。"江乘月说。

"他也不太行。"路阿姨笑了几声，"他当初要学设计，我第一个反对，谁不希望自己的儿子优秀……我只是害怕，他走他爸爸的老路。"

"路许不会。"江乘月肯定地说。他有点想见路许了，可纽约实在是太远了，机票也太贵了，他只能通过声音和画面的传输，等路许的消息。由于从路阿姨那里听了点路许小时候的事情，江乘月这两天对路许随时随地都可能弹过来的跨国视频通话一点抵抗力都没有。

"干什么呢？"路许问，"坐得那么端正。"

江乘月小心地把手机架在课桌上，把耳机藏好，悄悄给路许打字。

竹笋："我在上课呢。"

"把你的项链摘了，难看。"路许说。

江乘月点点头，举起手，把脖子上那条出门时随手搭配的项链取了下来。

路许满意了，抬起来的眉毛放了下去："宁城时间 18 点 30 分，这个时间上课？"

竹笋："选修课。"

这还是上次，路许让他选的语言类选修课——德语。

江乘月已经上过一次课了，这是第二节，还在讲入门的内容，他对数字很敏感，但相对地，在语言文字上的直觉就差了点，老师在前排讲课，他低头慌张地记笔记，生怕错过哪个要点。

路许看出他的紧张，耳机里传来一声低笑。江乘月被他笑得想瞪人，又找不好方向，只能气愤地在笔记本上画了个圆。

"江乘月。"老师点了名。

"啊……到!"江乘月站起来。

"刚刚讲到的'苹果'怎么说?"老师问。

江乘月刚刚没听课,全班都把目光投了过来。

"Apfel.[1]"单边的蓝牙耳机里传来了路许的声音。

江乘月定了定神,模仿从耳机里听到的那个发音。

"不错,请坐。"老师示意他坐下。

江乘月很少遇到这种被提问时手足无措的情况,所以他把矛头对上了路许。

竹笋:"不和你说话了,你影响我学习。"

"不影响啊,你老师的发音还没我地道。"路许无所事事地说。

课堂上,老师还在讲入门知识,被学生问了几个常见的表达问题,正拎出来讲解:
"'我思念你'要怎么说?"

正要挂电话的江乘月耳边传来了"路复读机"地道、优雅、有磁性的声音:"Ich
vermisse dich。"

梦镀的演出和路许要看的那场秀都在月末那几天,且刚好都在S市,但演出在时
装周之后。路许在时装周当天回国,不休息直接赶往场地,江乘月先一步到S市,刚
好就在秀场旁边公园的长凳上坐着等他。

过来时装周看秀的人很多,公园旁的停车场外,停着好几辆房车和保姆车,来往
的人身穿的衣服都很有设计感,还有不少摄影师在附近取景。

江乘月很意外在这里遇到一个眼熟的人,路念的前夫Enrich。Enrich和几个背着画
板的人站在一起,江乘月原本想低下头,然而这位先一步看见了他,径直朝着他走了
过来。

"Hi,小朋友。"看起来彬彬有礼的Enrich跟他打了个招呼。

"你好。"江乘月有些疏离地说。

"在等Kyle?"对方问。

不知道为什么,Kyle这个名字,从Enrich嘴里说出来的时候,江乘月没来由地有
点生气。

"嗯。"他的态度不冷不热。

但是Enrich没有走,甚至在他身边坐下来,江乘月感觉自己每个细胞都在抗拒,
但他忍着没发作。

1　德语,苹果。

“你还和 Kyle 住在一起？”对方问。

“和你没有关系。”

“怎么没关系了？”对方笑着说，“他的性格、他的艺术天赋，都来自我，他却毁了我。”对方脸上的笑意凉凉的，没浸到心底。

“他的艺术天赋来源于他自己。”江乘月反驳，“你没有教过他，他的性格也和你不一样。”

江乘月的反驳不知道哪里惹恼了 Enrich，对方忽然变脸，骂了几句他听不懂的话，这让江乘月意识到面前这个人有多么喜怒无常。他站起来想离开，对方却一把抓住了他的胳膊：“还没有说完，我让你走了吗？”

Enrich 抬起来的手径直扇向江乘月的脸颊，事情发生得很突然，江乘月躲闪不及，下意识闭上了眼睛。想象中的疼痛没有落下来，Enrich 反而痛哼了一声，被人一脚踹倒在地上，江乘月跟着后退一步。

“路许？是你……吗？”他闻到了熟悉的薰衣草后调。

“放任你不管，是没把你放在眼里，你敢动他试试。”路许的蓝眼睛里闪过寒芒，“我能烧你的房子一次，就能烧第二次，你觉得是我毁了你的人生，我真毁了给你看看？”

说完路许抬手又要揍人，他像是一只被触了逆鳞的兽类，想要把入侵者撕碎。

有镜头聚焦了过来，却被江乘月拦下来。周围都是摄影师和相机，密切关注他们这边的一举一动，透着某些人的不怀好意。

“别……路哥。”江乘月攥着路许的衣角，“我没事，你别生气。”

他踮起脚，声音很轻很轻，试图抚平路许的怒火。

18. 你可以尽管幼稚

路许觉得自己像是身处车水马龙的城市，噪声连绵不绝，忍不住想捂住耳朵，忍不住想发火，江乘月的声音就像是一片被风扬起来的花瓣，飘到城市上空的云层里，自上而下，城市归于静止，人声和车马声散了，路许的心情，奇迹般地归于宁静。

他漠视周围的摄像机，给 Enrich 的眼神像是在俯瞰微不足道的蝼蚁。

“你想激怒我，让我坐实 Nancy Deer 首席设计师有暴力倾向的传闻，你想让我的名声跟你一样烂，是不是？”路许说，“但我和你不一样。”

“别让他进场。”路许对秀场的安保说。

“哦，对了。”路许像是想起了什么一般，在对方的面前驻足，“Nancy Deer 在外人手中的股份，我全都收回来了，新闻应该还没来得及完全报道，你看，就算你借助了外部力量，你也什么都得不到。”

“我毁不毁你，你都是废物。”路许说，“把灵感建立在暴力上，你活该画不出东西。”

江乘月仍然攥着路许的衣角，他看向面前这个中年男人——命运优待了 Enrich，给了他一张好看的脸，还有画画的天赋，但他到底配不上自己拥有的东西。

"走了。"路许按着江乘月的肩膀，推着他往主会场后台走。

"路老师，"时装周的工作人员接待他们，"这边是单独给您的 VIP 休息室，您刚下飞机，可以先休息，可以入座的时候，我来叫您。"

路许点了头，推着江乘月进门。

主会场的休息室专门供过来看展的设计师、时尚杂志主编以及明星使用，大约有30 平方米，摆放了真皮沙发和茶几，茶几上放着今日走秀品牌的折页，还有附近酒店送过来的下午茶。

江乘月坐在沙发上，路许给他倒了一杯黑咖啡，还往瓷碟子里给他夹了马卡龙与拿破仑蛋糕。

"来吃点东西。"路许手里的小勺子敲了敲咖啡杯。

江乘月对蛋糕毫无兴趣。

"太甜了。"江乘月吃了第一口，再也不肯张嘴巴了，"不吃不吃，你自己吃。"甜得他想嗑两口辣椒酱续命。

路许尝了一口，把小勺子放回瓷盘上，不再要他吃这些。

"乘月，你是不是吃不惯这边的东西？"路许问他。

"吃不惯。"江乘月说。他本来就不喜欢甜食，这里的菜比宁城的还爱放糖，想起自己还要在这座城市待上两天，整个人都愁眉苦脸。

"我让助理去给你买点别的。"路许拿起手机，编了一条信息。

两个人都没再说话，其间路许抿了一口杯子里的黑咖啡。

"路哥，"良久，江乘月说，"你永远都不会成为 Enrich 那样的人。"

"为什么会这么觉得？"路许挑眉，问，"你怎么知道，我是不是只会现在对你好，我以后会不会变成他那样的人？"

毕竟路许知道，自己的性格里，有易怒和专断的一面，他有时候很厌弃这样的自己。

"你不会。"江乘月摇头，柔软的头发擦过路许，"我虽然有时候反应好像比别人慢半拍，但我看人很准的。你虽然总是……凶我，还跟我吵架，把我气哭过也气笑过，但你尊重我。"

路许听着前半句，还没什么特别感触，听到后边，内心深处的某个地方，瞬间柔软了下来。

"嗯。"路许应了一声。

VIP 休息室的门被人从外边敲了两下。

"进。"路许说。

"Kyle，我就知道你在这里！"陈安迪急吼吼地从门外闯进来，"你每次来的休息室都是这个，老周那边问你要不要过去看看几件衣服？"

"哎哟，你'儿子'也在呢？"陈安迪酸溜溜地说，"……你可真行，我说我想把他的模特经纪约签下来，你怎么说的来着，你是他的监护人，不允许。"

陈安迪像是被按了个什么开关，嘴巴不停："而且上次还说他穿衣服土，白瞎一张好看的脸……"

江乘月："……"

路许推着陈安迪一起去了走廊，把门"咔嗒"一声给带上了。

路许去见他那位住在香港的朋友周设计师，江乘月一个人在房间里坐了一会儿，觉得有些闷，想去外面透透气。他穿过 VIP 休息室外的长走廊，站到二楼的露台边。这里撑了好几把大遮阳伞，伞下边有供人休息的座椅，江乘月坐在伞下，找了个挺无聊的数字游戏开始玩。

露台边是秀场的入口，不少过来看秀的设计师和明星都会经过这里。

"来看秀吗？"一个摄影师模样的人在江乘月旁边停下，指了指自己手里的相机，"我是 XX 时尚杂志的摄影师，可以给你拍两张吗？"

江乘月摇摇头婉拒了，他今天过来这边，只随手搭了两件 Nancy Deer 的衣服，他觉得自己穿不出衣服的好看，不想给路许丢脸。

露台上，有个来看秀的明星穿着一身缀了不少装饰物的紫色西装，还有明星的团队站在露台边的宣传大海报前摆拍。

"这边一共有 1443 个座位，分 ABC 三个区，时尚杂志主编、创意总监、邀请来的设计师，以及一些珠宝品牌都在 A 区前排。"江乘月听见那个明星的经纪人说。

"那我呢？"小明星说。

"艺人在 B 区前排，在设计师后面一点。"经纪人有意无意地扫了眼旁边坐着的江乘月，"我们级别够，和一般人都是分开的。"

"怎么跑到这里来了？"路许出现在露台边，冲江乘月招手，"过来，等下开始了。"

有人和路许打招呼，路许仅仅是疏离地点了点头。

"你不是嫌我土？"江乘月站起来。

路许推门的手顿了顿，也没否认："一开始是这样觉得的。"

"那现在呢？"江乘月走过去。

刚刚在露台上拍照的明星和那位经纪人也跟在他们的身后，经纪人似乎认出了路许，想过来打招呼，但路许始终没往那边看，而是专注地逗江乘月。

"现在？"路许嗤笑了声，像是听见了什么天大的笑话，"你是要我说自己设计的衣服很丑吗，我后边还说过你什么吗？"

江乘月："……"

"你不难看。"路许若无其事地说，"这身 Nancy Deer 的衣服就搭得挺好，刚刚是不是有人想问你拍照来着？"

"这边。"秀场内，路许把江乘月往 A 区带，"你算路设计师的家属，跟我一起坐 A 区前排。"

刚才的露台上的小明星远远地在 B 区落了座。

"家属？"江乘月问，"你和他们说，我是你的家人吗？"

"嗯。"路许漫不经心地和侧坐远处一个金发设计师打了招呼，顺便应了他的问题。

19. 他不是什么好东西

江乘月好奇地看着周围，路许耐心地给他讲起这里时装周秀场的分布。

"一共 1443 个座位，有明确的分区……"

"我知道！"江乘月说，"A 区是你们这些大设计师，B 区是来看秀的明星。"

"刚刚谁跟你说过话吗？"路许看了他一眼。

"没有和其他人说话。"江乘月冲着 B 区小明星的方向偏了偏头，"我偷偷听来的。"

秀场观众席的灯光渐渐暗了些，T 台上亮起冷色的光，这让江乘月忽然产生了路许今天说话很温和的错觉。

"A 区就是我们这里，那边的是珠宝商 Huria，你后边坐着的是陈安迪手头另一本时尚杂志 Lono 的创意总监。"路许说，"A 区每年大家的位置基本都是固定的，而 B 区……"

路许意有所指地看了后排一眼："B 区每年来的人都不一样。"

他们这些扎根在时尚前沿的人，和年年更新换代的流量明星，原本就不是一路人。

"陪小朋友说话呢？"一个穿着黑西装留着胡子的男人在路许左边坐下，主动给江乘月打招呼，"我是 Kyle 的朋友，Wade，姓周，来自香港的设计师，直接叫周韦德也行。"

"周叔叔好。"江乘月很有礼貌。

周设计师刚喝了一口的水差点喷出来，顾虑镜头，矜持地吞了回去："我就比 Kyle 大两岁。"

路许伸手在江乘月脑袋上揉了一把，话里有不屑于藏的愉悦："不然呢，还想让我家江乘月叫你哥吗？要点脸。"

"我怎么就看不惯你这副嘚瑟的嘴脸呢？"周韦德怒了，转头又对江乘月说，"你的五官比例生得真好，就是圈里常说的那种拍照无死角的脸，骨相也漂亮。"周韦德说着，叹了一句，"难怪 Kyle 这种挑剔的人，也能喜欢你。"

周韦德刚刚一眼就看出江乘月全身上下穿的都是路许设计的衣服，连用来装饰搭配的项链上，都有 Nancy Deer 的大 logo。他从来没见过向来目中无人，眼睛往脑袋顶上长的路许，还能这么看重一个人。

于是他说："小朋友长得那么漂亮，不多换换穿衣服的风格吗？我家品牌的也可以看看，上身效果不比 Kyle 的风格差。"

"请你滚。"路许礼貌地说。

对江乘月来说，在认识路许以前，时尚这一行跟他没有半点关系，他不了解也不关注，从来没觉得在穿衣打扮上还能有什么学问，但现在，他跟着路许坐在秀场的前排，看 T 台上的模特们身着各色的衣服展示，又觉得身边交叠着双手、偶尔和周设计师交流两句的路许看起来仿佛在发光。

"看秀啊。"路许说了他一句，"看我干什么？"

"我觉得我好矮啊。"江乘月忽然说。

T 台上迎面走过来的模特一个比一个高挑，撑起了各种 Oversize 的衣服，在聚光灯下，吸引了全场的目光。

"还好。"路许说，"1 米 79 不矮。"

"一开始好像也是你先说我矮的，路哥你脸疼吗？"江乘月问。

"不矮。"路许脸不疼。

江乘月假装没听见。

"你上哪里捡回来的小朋友？"周韦德羡慕地说，"太可爱了。"

江乘月原本以为看秀是一件很无聊的事，但好像没有，各式各样的衣服吸引了他的目光，而耳边路许时不时贴着他耳朵说的点评更有意思。

"仿了 ××× 的款，垃圾。"

"这个裤子有点想法，等下可以给你买。"

"呵，这种设计就是浪费布料。"

周设计师忍无可忍地说："这件是陈安迪的，他改了五十多遍，花了三个月，你嘴下留点德。"

江乘月看不懂这些衣服，但路许没看轻他，路许会贴在他耳边对他说，哪个地方是加分点，哪个地方又落于俗套。在江乘月不知道的时候，路许给他买了好多衣服，订购单送过来的时候，江乘月都傻眼了。

"我穿不完啊。"江乘月心疼得想哭，"要不要退掉，这得多少钱啊？"路许却回头跟一个珠宝品牌的设计总监聊上了。

"你别心疼他的钱，他不缺钱。"周韦德看着他俩的相处方式，越发觉得有趣，"他不是什么好东西。"

时装周第一场秀散场，会馆里里外外都是人，几乎每个角落里都有明星或模特提着昂贵的包包拍照。江乘月来的时候穿了一身 Nancy Deer 的衣服，提的却是平时最常用的书包，他跟着路许，同这些人擦肩而过时，还有不少人转过头去看他们两个。

参加时装周的某个小品牌，没什么走秀的经验，合作的模特也生涩得很，设计师助理吆喝着模特，慌慌张张地往外走，不小心撞到江乘月，手中一次性杯子里的热水泼到江乘月的手背上，起了一小片红。撞人的女生才刚入这一行没多久，不过时装周邀请来的几个大设计师她还是认识的，她知道路许，也听说过他的高调和坏脾气。

眼看着路设计师拧了点眉头，脸色冷得像冰，像是要发作的样子，她吓得快哭了，红了眼圈，连忙给江乘月道歉："对不起，对不起，我不是故意的，顾客的订单出了点问题，我太着急了。"

"我没事。"江乘月攥着路许的袖口往路许的身后躲，这是他遇见眼泪时的常见反应。

路许原本酝酿了一半的火气，被他这几个有点讨好意味的小动作抵消得干干净净。江乘月对不小心撞人的助理姐姐眨了眨眼睛，示意她快走，对方感激地冲他点点头，带着模特匆匆忙忙地离开了。

路许甩了江乘月一个眼色，摆开他的手，往前走了几米远，发现江乘月没跟上来，这才低骂了一句，转过头来推着江乘月往 VIP 休息室的方向走。

"别随便冲外人眨眼睛。"路上，路许忽然说。

"我那只是做个表情，传达点……言外之意。"江乘月解释。

"那也不可以。"路许专断地说。

"好吧。"江乘月妥协。

他们把这条漫长的走廊走完时，路许又问："刚刚为什么拦着我，怕我冲她发火吗？你怎么这么好心，一次都没见过面的人，你就护着？"

"我没！"江乘月据理力争，"我那明明是……不想你控制不住脾气。"

路许愣了一瞬，忽然懂了，他自嘲地笑了一声，为的是自己从秀刚开始就有苗头的怒意。他像是一口干涸了许多年的枯井，守着一方枯枝和多年未灭的烈火，偶有一日，他头顶飘过一片小小的积雨云，落下久违的甘霖。

"对啦，路哥，"江乘月说，"我明天有演出，就不过来找你了。"

"我去找你。"路许说。

这是梦镀乐队第一次在宁城以外地区的演出，现场的效果将在一定程度上影响梦镀在其他地区的知名度。

"但是……"江乘月又说，"这家 Live House 很小，而且还没有卡座，路哥你受不了那种氛围的。"在江乘月的印象里，路哥和 Live House 的环境始终格格不入。

"那怎么办呢？刚刚看秀的时候我跟你讲了那么多知识，来实践一下？"路许推开门，靠在沙发上，随手松开了两颗纽扣，"要不你过来亲自帮我，换一身契合你演出风格的衣服？江小设计师？"

20. 不骗你

江乘月就知道，路许没那么好心。刚刚坐在 T 台下的时候，路许给他讲那些时尚、审美的专业知识时，或许就盘算好了在这里欺负他。每次都这样，一到路许面前，他就手忙脚乱。

他近距离看着路许的眼睛，忽然说："你长得不太像路念阿姨。"

路许"嗯"了声："是，我长得更像她前夫。"

江乘月抓着路许肩膀上衣料的五指收紧了一些。路许收敛了笑意，拨开了他的手，自己把衬衫的领口拉开了一些，露出自己后背上那些经年的伤痕。

"疼吗……当时？"江乘月一下子就心疼了。

"疼，怎么不疼。"路许的眼睛里闪过漠然的光，"你见过那种碎了一半的伏特加酒瓶吗，他就这么劈头盖脸地砸下来，碎玻璃刺穿皮肤，扎进去，再划开……"

江乘月听得把自己的舌尖咬得生疼。

"还有一次，在庭院里。"路许的声音没什么波澜，像是在说一件同自己无关的事情，"那时我 5 岁，他从外面采风回来，我抱着他的腿，想叫他一声，他抬脚把我踢到台阶下，我摔断两根肋骨，在医院躺了两周。"

江乘月很少听路许讲这些过去的事情，他忽然觉得别人眼中高高在上的路设计师其实没那么可怕，这些经历，路许大概也不屑于同别人说。江乘月不觉得路许烦人了，他觉得路许也有点可怜。他失落地抬头，发现路许倚着沙发，好整以暇地看着他，脸上半点都没有刚才讲心酸成长史时的悲凉感。

又被骗了，我是废物。江乘月想。

路许哼出一声挺愉悦的笑。

手机振动了一声，是辅导员催促江乘月收课程作业。江乘月刚开学时被辅导员安排担任学习委员一职，但大学里收作业，真的不是一件好差事。江乘月的一些同学，每次都不主动交作业，需要他反复提醒。江乘月除了学校的课业，还有乐队的事情要忙，收作业的事情他应接不暇。

"这种情况就不用等。"路许听他唉声叹气，问了情况后说，"学生时代或许还会讲情面，但到了职场，谁还会搭理这种情况。"

江乘月面露难色："但都是同学，我不太好直接……"

"你把他当同学，他不一定当你是。"路许说，"对别人太好，别人会觉得有些事情是你应该做的。你可以直接告诉他，这给你添了麻烦，或者，直接跟你的辅导员说，你不想担任这个职务。你没必要要求自己每个方面都做到最好，你也不可能让所有人都喜欢你，该拒绝的时候就拒绝，不要让一些琐事干扰了你正常的生活节奏。"

"好……"江乘月点头，给不交作业的同学发了个过时不候的 deadline。

消息发完，江乘月忽然反应过来，他刚刚好像，被路哥教做人了。但确实，跳出学生思维，困扰了他大半个月的问题，仿佛不值一提。

梦镀的这场演出在周日晚上，面对的大多是 S 市本地的乐迷，这些乐迷基本只在短视频或音频中接触过这支乐队，没看过他们的 live。江乘月和孟哲在做演出准备时，还委托签约的唱片公司带过来一部分专辑，用作演出结束后的签售。

乐队里其他几人各有工作，除了江乘月，都是演出当天才赶到 S 市。

由于节假日出门，江乘月来的时候，只买到了站票，怕旅途中损坏了鼓，他没背自己的鼓，本次演出借用了 Live House 的设备。

"你这身浅蓝色衣服真不错。"上台前，李穗说，"这边的架子鼓外观是浅蓝色的，刚好能搭上，你是故意这么穿的？"

"不是。"江乘月摇头，这是路许昨天给他带过来的。

之前他为了点破事和路许吵架时，还捎带了这件衣服的颜色问题，没想到路许把这件事放在了心上，抛弃了原有的设计方案，直接由着他，把衣服做成了浅蓝色。说到路许，演出都要开始了，江乘月还没看见路许的身影。路许那么忙，说要来看，大概也只是逗他的，怎么可能会这个时间赶过来。

台上带着梦镀 logo 的黑色幕布落下，已经准备完毕的乐队成员出现在众人的面前。鼓手的位置靠后，是一场演出中最容易被忽略的部分，江乘月也不在意，没特地走到前面，只是远远地举着鼓棒冲着乐迷挥了挥手。

台下却有乐迷喊了他的名字。

"江乘月是？"有本地不了解梦镀的观众问。

"梦镀的鼓手，鼓声特别稳，节奏也好。"

"他们的鼓手看起来好斯文啊，很有学生气，总觉得年纪太小了，能玩起来吗？"

"他能。"旁边插过来一个声音。

乐迷转过头，看见自己身边不知道什么时候多了个个子很高的人，这人穿了件浅蓝色的连帽衫，白色运动长裤垂坠质感的布料让他的双腿看起来很长，这人转过头时，混血儿的长相和蓝眼睛着实让正在吹梦镀鼓手颜值的乐迷惊了一下："太好了，我们江乘月都有外国乐迷了。"

Live House 里的人多，环境味道说不上好，路许远远地站着，被身边的人撞了一下，没过多久，又被踩了一脚，可他全然没有在意，一双眼睛始终只是盯着台上架子鼓后坐着的江乘月。这种他曾经觉得喧闹到扰民的音乐，现在竟然能使他心神平静，生父的刁难不重要，Nancy Deer 广受外界关注的股权争夺与新一季销售成绩也不重要。周围的喧哗和攒动的人头都成了背景，由他到江乘月的两点一线，成了他的全世界。他忽然有很多想画的画，一度枯竭的灵感之源又有了新生，服装设计的知识和规则从他的脑海中一闪而过，对来年春夏大秀原本只有框架的构想羽翼逐渐丰满。

江乘月敲完了一场，往台下扔了两根鼓棒。他仔仔细细地搜寻了台下的每一个角落，依旧没看到路许的身影。路许果然只是嘴上逗逗他，其实根本就不会来。这里的乐迷也很热情，嚷嚷着让他"跳水"，乐队的朋友也在起哄。

江乘月是答应过路许不会再跳了，但是路许没来，所以应该……可以跳？反正路许也看不到，找不上他的麻烦。他走到台边，顺势往台下一倒，跳得心安理得。

演出结束后，是乐队的专辑签售，专辑是晴雨表唱片公司先前制作的，里面收录了梦镀的歌曲和部分个人 solo。不过大部分乐迷都只是来现场听歌，不会购买专辑，除非是真爱，买了专辑之后，会给乐队成员提合影、拥抱等要求。

江乘月坐在 Live House 提供的专辑签售区，一边卖专辑，一边算钱。来找他的人很多，大多数都是要求合影。

白色的运动裤没入江乘月的视野，他撩了下眼皮往上看，是一身浅蓝色的连帽衫，这种打扮，像是附近学校里的大学生，江乘月低着头，扒拉出一份专辑，认真写下了自己的名字，递出去："谢谢你的支持，需要合影吗？"

熟悉的声音落在他耳边："不合影，提点别的要求，行吗？"

卷 四　候鸟

1. 试试吗

"路许？"江乘月被这话噎了两秒，讪讪地说，"你来了啊。"

路许今天竟然换了一身很有学生气的打扮，他的身高和身材都优越，即便是运动装也能穿出超模的气势，江乘月前一天在秀场看了那么多男模，但他觉得没有哪个能赶上路许的气质。

不过他没来得及欣赏，就先心虚了，路许上次才说过，不让他"跳水"，他刚才……跳了。嗯，还跳了两次，玩得比平时还疯。

"问你话呢，江乘月。"路许说，"你听不懂我说中文了？"

"听得懂，你别买了。"江乘月按着专辑边沿的手没放，想抽回来，但路许也没给，"你想听哪个，我回家给你唱现场版，行吗？"

"怎么就不买了？"路许挑眉看他，"我愿意给你花钱，不行？"

江乘月知道这个人是故意的，但他有错在先，路许抓着他的把柄，肯定不会放。他突然发现，面前打扮得像个大学生的路许，衣着好像也没他想象的那么整齐。浅蓝色连帽衫被人蹭得到处都是褶皱，白色运动裤上沾了烟灰，运动鞋上还有刚刚 live 时被人踩着的脚印，和平时的路许截然不同。

江乘月动摇了，他有些口渴，拿了桌上的一瓶矿泉水开始拧瓶盖："那路哥你说，我尽量满足。"

"尽量？"路许掀了下眼皮。

"我们回去再说。"江乘月声音渐小，吹了吹因为拧瓶盖泛红的手心。他刚连着打了好几首歌，现在胳膊和手都使不上什么力气。

路许取过江乘月手里的矿泉水瓶，打开递了过去："那我们今天回去？"

这次，江乘月又犹豫了。倒也不是不想回家，只是他半小时前，刚刚接受了一支本地老乐队的邀请，要帮忙在一档综艺节目中，临时担任他们的鼓手。

"待多久？"听他说完的路许神色淡淡的，看不出任何要发火的意思。

但江乘月还是有些担心他会不高兴，这种心情像是悬吊在窗户上的小风铃，不知道风什么时候会来，也不知道铃声够不够悦耳。

"两天……"江乘月说。

……印象失真……

"意思是，周三回家？"

"嗯。"

路许没说行不行，只是问了另一个问题："我记得你周二晚上有选修课，德语？"

"我……"江乘月有一种被长辈拎着耳朵教训的错觉，他内心忐忑，声音也越来越小，"我要翘课啦。"

"……别怕我。"路许揉揉他的头发，"我只是问问，不会打你屁股。"

其实，江乘月渐渐地能感受到，路许一直在调整跟他之间的相处方式，试图减少他们两人之间因为年龄带来的隔阂。

"那你去帮我上？"江乘月得寸进尺般地试探了一下。

"想都不要想。"路许的目光顿时变得危险起来，"周二录完我让人开车接你，回来了我再一起收拾你。"

邀请江乘月协助演出的是一支叫"无绛"的老牌乐队，这支乐队成立了十多年，一直不温不火，鼓手来来回回换了好几个，都不尽如人意，老乐队眼看着处在解散的边缘，签约的唱片公司给他们找了个以乐队为讨论话题的综艺节目。

这节目每期邀请一支老乐队，打打感情牌，再唱上几首歌，在当地的乐迷中算是小有人气。邀请江乘月是无绛的签约公司所做的决定，江乘月年纪轻，人气高，因为长得好看，还拍过知名时尚杂志*Cocia*的平面图，在他们本地圈子里的标签是网红鼓手。

唱片公司想借用江乘月在年轻乐迷里的人气，救一救快要解散的无绛乐队。而江乘月也有自己的考量，梦镀要想把乐队的名声打出去，光有在 Live House 的演出是不够的，在非自己主场的地方，他们需要更多的舞台，也需要当地乐迷的认可。

路许有工作，没法在这边久留，他把助理王雪留下来，跟着江乘月去录制现场。王雪刚从时装周秀场杀回来，左手拎了一只黑色铂金包，右手提着先前路许要求买回来的四川小吃。

"走吧，我开车。"王雪说。

乐队节目录制的指定地点在另一个城区，王雪的车是从宁城开过来的，车后边摆了一排毛绒玩具，其中有两只抱在一起的小猫玩偶，很温馨。

"是不是感觉跟我的风格不太符合？"王雪问他，"是我男朋友放在那里的。"

"没有，很可爱。"江乘月乖乖地坐着，没有乱碰别人的东西，"王雪姐姐，送我来这边，是不是打扰你工作了？"

"那必然是没有啊。"王雪往高速路上打了个方向盘，"路老师刚从总部回来，忙得脚不沾地，没让我跟着他，对我来说，就是放假。"

江乘月陷入了沉思，周围人都知道路许最近很忙，但路许好像，还是尽可能地腾出时间来陪他。

"你放心去玩吧。"王雪说，"我也刚好休息一天。"

这个地方节目的录制地点，是一处不大的户外舞台，为了确保 live 的氛围，现场竟然是真的有乐迷的，江乘月坐着王雪的车，从观众区附近经过时，觉得在场的乐迷都很陌生。这是真正的老乐迷，这些人听着八九十年代的摇滚乐成长，对音乐的审美很刁钻，没什么技术含量，纯靠编曲制造记忆点的流行乐都入不了他们的耳朵。

对于无绛乐队借用新生乐队人气鼓手这件事，来看现场的老乐迷并不满意。

"无绛什么时候要靠十八九岁的小崽子带人气了？无绛一年不如一年，找来的鼓手要么技术烂要么无脑，照这样下去，他们快解散了吧？"

"那什么公司做的决定吧，时代不一样了，现在有点流量就能玩音乐了，那电视上的一个个小明星，鼓棒都不会拿，就敢声称自己玩乐队。"

"这小鼓手也是，待在自己的舒适圈里不好吗，非得来砸无绛乐队的场。"

老乐队唱了十几年，没什么亮眼的成绩，只收获了一班稳定的歌迷。除了签约公司的固定薪资，几乎没有其他收入，出来商演也是自己扛设备，没有任何经纪公司的人陪同。接待江乘月的是无绛乐队刚过 40 岁的主唱兼贝斯，叫胡敬忠，个子不高，穿着件咖色的外套和灰扑扑的牛仔裤，头发乱蓬蓬的，有点不修边幅，眼睛里还有红血丝。

这支乐队成员的年龄，几乎都在 30 岁以上，岁月在他们的眉心和眼角都留下了时间流逝的痕迹。江乘月很难形容在看见他们时，是一种什么样的感受。他看见了生活对人的打磨，也看见了所谓"梦想不死"的未灭之火。

胡敬忠的年龄大了他一轮还多，衣服上有股廉价的烟草味，人却很和善："刚刚过来的时候，是不是听了点不入耳的话？"

"还好。"江乘月摇头。他听惯了，凡是要把作品展示给人看的，都承担过骂名，他不至于这么脆弱。

"你别紧张。"胡敬忠说，"等下演出尽力就好，我们原本就是要解散的，节目效果不好，怪不得你。"

无绛乐队是真的缺鼓手，原本只想找个过得去的，帮他们走完这一场 live，没想到经纪公司那边联系了一个年纪很轻的小朋友。不是胡敬忠不相信江乘月，玩了十几年，他知道圈子里不乏年轻有为的鼓手，但摇滚时代终究已经没落，能玩得出彩的年轻鼓手太少了。

一个即将解散的乐队，又怎么会挑借来的鼓手好与不好呢？

毕竟是上节目，导演要求所有入镜的乐手都要带妆，无绛是玩了十几年也没出圈的小乐队，对这些资本圈子里那些弯弯绕绕的人情世故不是很懂，没人给化妆师造型师塞红包，化妆师把脸板得死死的，连着他们借来的鼓手江乘月一起不给好脸色。

江乘月坐在化妆室的镜子前，正回着路许的消息，化妆师忽然走过来，一把夺过了他手里的手机，举着一件老气的长风衣说："去把你身上的衣服换掉。"

无绛乐队都是老实人，主唱胡敬忠自己刚才被甩了一通白眼就算了，到底还是看不过公司请来帮忙的小朋友被欺负，刚要开口劝阻，门边传来一个女声："上你们这种节目，难道不是想穿什么就穿什么吗，你没资格要求他换衣服。"

江乘月坐着没动，王雪把刚买的一杯黑咖啡放在了他面前："不知道你爱喝什么，我就按路老师的口味给你买了。"

"谢谢，这个挺好的。"江乘月说。

王雪穿的还是 Nancy Deer 的短款礼服裙，她把手里的包放在那化妆师面前的梳妆台上，人往凳子上一坐，问化妆师："听不懂？"

"你是什么人？凭什么管我的工作？"化妆师问。

王雪莞尔，递出一张名片："Nancy Deer 区域助理，C 省电视台特邀造型师，Nancy Deer 旗下三家时尚杂志创意总监，王雪。我去过的节目后台比你多，别在我面前玩那一套。"

化妆师接过名片，愣住了，她是听说过这两天时装周，Nancy Deer 的核心团队来看展了，却没想过在自己这种小地盘还能见到时尚界王雪这种级别的人。

但王雪显然和路许不同，她说话很会前倨后恭那一套，她冲着江乘月的方向抬了抬下巴："那孩子身上的衣服是路设计师亲手做的，我们路设计师打了招呼，让我盯着，他今天必须一直穿着。给个面子，别为难我，行吗？"

化妆师点点头，转身赶紧离开了。

江乘月坐在镜子前，觉得自己的脸颊和耳尖都热热的，无绛的主唱举着手，想给王雪鼓掌，但大约又觉得自己没立场，手僵在半空，抬也不是，不抬也不是。

江乘月尝了一口黑咖啡，用手机搜索了"无绛"这个乐队名。一张十多年前的照片映入他的眼帘，那是无绛乐队刚刚成立时留下的合影，照片的画质很差，但江乘月能看到，那时无绛乐队的成员，二十出头，照片上的几人似乎刚完成了一场演出，头顶是灯光，背后是乐迷，他们的眼睛里满是希望，还没有现实刻下来的痕迹。只不过十多年的岁月匆匆而过，当初的青年老了许多，乐队一路飘摇，也终于要到了走不下去的时候，要说不遗憾，那不可能。

"你们……要解散，是因为缺钱吗？"江乘月问。

"钱是一方面吧。"主唱胡敬忠说，"我们跟十几年前不一样了，人人都有了家庭，该收收心了，而且，乐坛也不比当年，我们老了，该退出了。"

黑咖啡的苦味很浓。

江乘月比谁都能懂，当现实铺天盖地地压下来时，梦想不堪一击。所以他没劝，只是说："那不论如何，这场全力以赴吧。"

无绛是存在了十多年的乐队，live 上要唱的都是自己的歌，胡敬忠问江乘月要不要在后台试听一下录音，江乘月却说自己已经听过了。

"高中的时候，在小酒馆兼职打碟，听过你们的几首歌。"江乘月如实说。

胡敬忠有点意外地看了他一眼："那你玩鼓的时间，还真的挺早。"

"还行。"江乘月说，"对了，我不是学院派，我的鼓里，可能会有比较多自己的想法，我更注重推情绪，希望你们不要介意。"

晚上九点，路许在宁城分公司的办公室里，收到王雪给他发来的一段录制现场的视频。这个 live 现场规模很小，台下的乐迷只有一百来人。路许其实不太能明白，像江乘月这样已经初步具有人气的鼓手，为什么还要去帮这样快要解散的乐队演出，但他也没阻止。

和之前在 S 市 Live House 的那场演出不同，这次江乘月的出场是没有欢呼和掌声的，台下的乐迷不认识他，唯独知道的只有他身上网红鼓手的标签。

歌是无绛的老歌，这乐队唱了十几年，闭着眼睛都能按对和弦，江乘月这次用了双踩，凭借着敲击的力度把军鼓玩出不同的音色。他的即兴鼓早就很顺手了，即便如此，在参加这场演出前，他还是跟着这首歌的旋律，把鼓排演了很多遍，在这首歌原有鼓谱的基础上，加入自己的一些想法以及有他本人特色的加花。

鼓声像是群起的白鸽，翅膀拍打过灰尘掩盖的废墟，震飞四起的尘埃，似有钟声鸣响，光线穿透细小的浮尘，痛苦、绝望，一度甚嚣尘上又归于沉寂的废墟中，终于又有了生气。隔着遥遥十多年的时间，当年无绛乐队第一次唱此曲时的热闹画面，一张张从老乐迷的心中滑过。

死灰复燃，枯木重生。

尘埃中有了光影，沉寂中有了足以从平庸岁月中唤醒意气的鼓声。

胡敬忠的眼神渐渐地变了，他有些诧异地回头，隔着透明的鼓盾，看了眼坐在鼓凳上的江乘月。鼓是乐队的灵魂，从第一任鼓手离队之后，他们已经很久没听过这么干净的鼓点声了。江乘月的手腕很稳，手肘没有任何多余的动作，每一次敲击都踩在点上，情绪也跟着音乐推了上去。胡敬忠这才真正意识到，签约公司没有糊弄他们，给他们借来的这个年龄很小的鼓手，真的是来救场的，论玩鼓，他们乐队前面用过的几个鼓手，都比不上江乘月。

江乘月演奏时的视听效果，几乎都拉满了。他的鼓声非常清晰，不浑浊，现场收音做得好的话，后期几乎不需要修音。都是玩了十几年的音乐人，胡敬忠能感受到的，同乐队的人也能感受到，他手里的拨片拨出了平时没有的力度，贝斯声闯入鼓声里。

乐迷或许不懂架子鼓，但他们能听出来共鸣与激情。

这首歌胡敬忠唱了很多年，唱没了热情，也没了力气。很多年前，他们在学校的操场上唱这首歌，听歌的都是和他们一般大的学生，大家热情洋溢，跟着鼓声起跳，跟着歌声合唱。而如今，这群人各自散进人海，青涩的棱角被打磨得圆滑，眼睛里没有了当年的光彩，混迹无数工作场合，平庸地碌碌度日，养着家和孩子，无暇回顾当年在操场上跟着一首歌躁动的心情。

胡敬忠一直以为，是听众变了，他们那一代人老了，心沉寂了，听不得摇滚了。

可是今天，在听见江乘月鼓声的刹那，他忽然回忆起当年自己唱这首歌时的心情——那种无所畏惧的情怀和不计后果的勇气。

已经好久没有过了啊。

胡敬忠像是忽然振作起来了一般，找到几分自己年轻时玩摇滚的劲儿。这首原创歌陪着他们十多年了，在最初的激情退却后，几乎再没像今天这样，让他热血沸腾。

现场仅有的一百多个乐迷纷纷举起手，致以摇滚金属礼，一曲即将走到尽头，江乘月双手抛出鼓棒，鼓棒在空中转了三四圈，被江乘月原位接回，一阵重音边击推起情绪后，进入歌曲收尾。无绛的乐迷哭了，台上的胡敬忠也哭了，无绛乐队的现场已经很多年没有活过了，逐渐收尾的键盘音里，胡敬忠举起手中的贝斯，重重地砸在舞台上。

琴弦崩裂，乐声才止，一支乐队关于音乐的诠释戛然而止，又仿佛从弦断之处生出了无数的白鸽，飞往万户千家。

江乘月轻轻喘着气，汗水打湿了他的头发，他没时间擦汗，瞧见王雪举着手机拍自己，抓着鼓棒，冲镜头的方向，弯了弯嘴角。

江乘月回到他和路许的住处时，刚好是周二晚上 10 点，他刷卡进了门，逛完了一楼的走廊，才发现路许好像不在家。洗漱完的他觉得有些饿，从冰箱里找到了吐司面包，觉得没什么味道，踮脚去够最上层柜子里的辣椒酱，一只手从他的背后伸过来，拿着辣椒酱的瓶子，放到更高的柜子顶上，这下他彻底够不着了。

"路许？"江乘月有点生气地转过头。

"嗯。"路许站着，没有帮他把东西拿下来的意思，"玩好了？还知道回来？"

路许不高兴，江乘月想，可是他明明都报备过了。

"你也刚洗完澡吗？"江乘月问。

路许穿的是睡衣，身上也有刚洗完澡的干净味道。

"嗯，刚回来。"路许说，"去了趟 D 大，1009 教室，戴了帽子和口罩，帮一个翘课的学生上了堂德语课，刚好赶上随堂测验，答了十来个类似于'苹果有几个'这种弱智问题。"

江乘月："……"

路许明明说过不去的啊，还说这是无理要求。

从路许上次急急忙忙飞往纽约起，他俩这才算是又回到同一个屋檐下，江乘月怔怔地看着路许头发上的水珠，沿着脸颊一路滑过，他有些渴，拿了桌上的牛奶想喝。

刚好此时，路许的手机铃声响了，来电人是路念。

路许接了："Hallo……今晚 11 点半到机场？嗯，我去接。"

2. 路念

江乘月对路念阿姨的印象，仅限于自己的妈妈曲婧，以及先前那几次视频通话。他只知道这个挺温柔的阿姨是曲婧当年援非医疗队的同事，除此之外，对路念的了解算不上多。路念看起来还很年轻，也很漂亮，她的面部轮廓很深，和寻常国人的相貌有细微的差别。

"我外公，是俄国人。"路念主动解释了，又看向江乘月，"还不睡吗？"

江乘月本来想跟着路许去机场接人，但路许不让，所以他只好坐在沙发上等两人回来。他俩刚刚胡闹了一通，现在见到路许的妈妈，江乘月有些说不出的尴尬。但路念和路许的性格似乎是反着来的，路念阿姨很善解人意地问："是不是路许每天熬夜，打扰你了？"

"没有。"江乘月摇摇头。

"我工作很忙，不至于打扰他。"路许抱臂站着，倚着沙发，指了指自己的房间，"明天是不是还要上课，你先去睡。"

江乘月点点头，在路许的房间门前驻足一秒，继续向前走，路过了中间那间大设计工作室，推开了自己那个房间的门。站在沙发边同路念说话的路许目光沉了沉，看着他的身影消失在房间门前。

"Enrich最近还来找过你的麻烦吗？"路念问儿子，"我试着找他谈过一次，但他很固执，我总觉得现在的他已经听不进旁人的意见了，他这两年做生意，亏了点钱，所以才像疯狗似的咬着你不放。"

"前几天在时装周见过。"路许略去了江乘月差点因为他被人欺负的事，只是说，"我的住处和工作地点，安保工作都做得很好，他也不想有什么把柄落在我手上。"

江乘月推门的那一刻，他觉得有点冷清，房间里没什么人气，桌子上摆着几张从笔记本上撕下来的纸，是路许给他记的德语课笔记。路设计师的德文写得非常漂亮，汉语中却还夹带着一两个拼音，江乘月看了半晌，觉得自己落下的这一堂课，大概是需要请路许亲自来补课了。

路念的客房，在路许房间的对面，路许和路念聊了几句，转身当着路念的面，进了自己的房间。一阵晚风吹开了房间里的落地窗帘，路许顿时觉得，这房间今晚好像有些过于冷清了。

江乘月坐在床上，许久没有关灯。放在床头的手机屏幕亮了亮，他收到了一条来自Kyle的信息。

Kyle："睡着了吗？"

竹笋："睡着了，别吵我。"

Kyle："骗人。

江乘月翘了一下嘴角，在感觉到自己的表情变化时，他抿了下嘴巴，把自己的笑意压了回去，江乘月知道，屏幕那端的人肯定在房间里低低地笑。

一层的走廊上，路许推开了房间门，刚走了两步，遇见了从厨房倒水回来的路念。

路念："你做什么？"

路许想说，自己也去倒水，可是方向不对，他只好推开了工作室的门，改口："临时有了点想法，我加班。"

路念奇怪地看了他一眼，欲言又止："那你早些休息。"

于是，没过多久，江乘月又收到了路许发来的消息。

Kyle："你把阳台的落地窗户打开。"

江乘月照做了，他的房间和路许的工作室相连，从这里刚好能看见路许工作室的灯光，灯光暖暖的，连着他的房间都有了温度。

Kyle："睡吧。"

江乘月闭上眼睛，在床上躺好，数了几百只小鹿，睡着了。

路念回国，是为了处理 Enrich 给路许添的麻烦，第二天江乘月起床时，路念已经出门了。他打开冰箱门找面包片，在柜子的最底层，发现了自己昨天没够着的辣椒酱。他路哥也不是所有时候都"狗"。

"一早就去上课？"路许拿着瓶牛奶，瓶子往他脸颊上贴了贴。

"嗯。"他今天满课，一整天都得待在学校里。

路许点点头："去吧。"

中午的休息时间，江乘月回了趟宿舍，在宿舍里意外看到自己前几天助演的视频。视频是当地电视台的节目放出来的，无绛乐队的那一场演出，被称为这支乐队十多年以来的经典再现，乐队的经典原创歌曲加上年轻元素的参与，共同造就了这场演出最终的现场效果，乐迷对这一场的评价很高。

"这不是无绛乐队吗？我爸爸还收藏了他们的专辑，好些年了，不过这几年没听见他们的消息啊。"

"他们第一任鼓手有实力，但人品不太行，第二个脾气不好，再往后就是水平不够，没有遇到过好的鼓手，鼓太重要了，这次这个就带起来了。谁助演的啊，鼓手坐得太靠后了，看不清！"

"视频给信息了啊，江乘月，所属乐队是梦镀。这个名字好耳熟啊，想起来了，是之前那个网红鼓手。"

"好像挺多人不认可梦镀的，觉得他们年轻，歌曲有商业元素，但是……他们鼓手的实力确实到位了，好多人玩了十几年的鼓，都不如他。"

江乘月在看到评价的瞬间，才松了一口气，如网友所说的那样，梦镀太年轻了，他们的歌有人喜欢，但也太小众。一支乐队，只有创作和演出的实力被认可，才能走得更远，而不是因为别的什么。地方台的节目在他们圈子里小火了一把，而不少老乐迷也喊着让无绛不要解散，先前很多诋毁梦镀无实力、靠营销的声音，至此开始消散。

路许今天不在 Nancy Deer 的分公司，而是在市区精品店，他今天兴致不高，店里的经理和 SA 都小心谨慎，生怕在什么地方惹到这位大设计师。

江乘月被司机送过来时，路许正在和一位高定客户说自己的设计理念，见江乘月进来，原本不冷不热的态度升了温，把原本 3 分钟就能讲完的设计理念扩展到 10 分钟，还时不时拿余光去看旁边的江乘月，客户不明所以，但受宠若惊，又下了一笔价格不菲的订单。

江乘月坐在一旁的玻璃桌边玩数字游戏，路许在他对面坐下来时，他也没抬头，于是路设计师的情绪又摔回地面上。

江乘月的指尖刚拨了两个数字块，感觉到迫近的低气压："你干什么啊？"

"复述一下，我刚刚说的设计理念。"路许说。

江乘月斜了路许一眼："幼稚。"

店里的销售经理和 SA 连大气都不敢出。

"一点都不关心我。"路许站起来，伸手压着江乘月的肩膀，"走吧，带你去看点有意思的。"

路许把江乘月带回了分公司，让江乘月待在自己的办公室里，先接了个电话。

"你找人把 Enrich 驱逐出境？"电话那边是路念的声音。

"嗯，所以你根本没必要来，不用和他谈，赶走才是最好的办法。我说了，再找我麻烦，我不会放过他。"路许淡淡地说。

路念沉默了几秒，又说："Kyle，你对江乘月的日常生活是不是干涉得太多了？"

"嗯，从哪里看出来的？"路许问。

"不好说，就觉得你和之前好像不太一样了，算是我的直觉。"路念有些不安地说。

是路念似乎察觉到了什么，还是 Enrich 跟她说了什么？

"我总不会给他添麻烦。"路许说。

印象失真

3. 不许"出卖色相"

江乘月在时装周时近距离接触过一次T台，没想到在短时间内还能接触第二次。

"这是模拟灯光设计，模拟了来年春夏大秀的现场，还没有细化，先给你看看。"路许把他推上了T台。

室内很黑，只有江乘月脚下的T台才有微微的荧光，他松开抓着路许衣服的手，试着往前走了两步，他的落脚处，有白色的灯光如涟漪漫开，点点萤火，绕着他的脚踝飞旋，升入空中，消失不见，场内的灯光慢慢亮起，把他笼罩在其中。

"除了我和灯光设计师，你是第一个看到完整展示的。"路许说。

"是发生什么事了吗？"江乘月觉得他好像心情不佳，站着没离开，T台灯光效果制造出的萤火虫光，跟着路许的脚步，飘到半空中，又消失在距离他指尖只差一点的位置。

"没什么。"路许的情绪波动仿佛只有刚才那个瞬间，很快就恢复正常，"好瘦啊你，吃饭规律点。"

"哦。"江乘月刚刚冒泡的一点怜悯消失殆尽，甩开了路许的手。

江乘月不算很瘦，因为看过节目的网友很多都有夸他的身材好，但路许这个人，总是喜欢挑三拣四。他试着在T台上走了几步，想模仿那些男模的步伐，又觉得自己身高不够。

"你觉得还有什么欠缺的地方吗？"设有T台的大厅很空旷，路许说话时，还有点回音。

"你问我？"江乘月指着自己，他不认为自己的审美水平有资格点评这个。

"是我的想法，请了灯光设计来做，在大秀上呈现时，不会像现在这么安静，T台下会有来自世界各地的时尚界工作者，还有被邀请来的顾客。"路许朝台下一指，一个位置虚虚地亮起光，"留给你，12月的时候，记得来看。"

"你一直说的春夏大秀，在12月？"江乘月以为他说错了。

"对，今年算晚的了，一般是要提前一个季度，方便顾客看完秀后，订下一季度的新衣服。"路许解释。

"不会忘的。"江乘月收下这份提前了一个多月的邀请，"我不会乱跑，路哥你让我去哪儿，我就去哪儿。"

路许从下午开始，一直有点飘的心这才安定下来。路许的手心有些痒，江乘月的指尖从他的手心里挠过去，拿走他手里那只很小的灯光控制器。江乘月举着控制器朝向另一个方向，另一只椅子亮了起来，拆穿了路许的小心机："这个算法，还挺简单。"

路许也没生气，由着他玩。

"出去玩吗，乘月？"路许问。

"嗯?"正在踩萤火虫灯的江乘月睁大了眼睛。

仔细想一想,他和路许好像的确还没有一起出去玩过。

江乘月还是觉得自己被骗了,要不是路许主动提出来,他都忘了这件事。

"我们去哪里?"江乘月问。

"你来定吧。"路许说,"去你喜欢的地方,哪里都行,这次不会丢下你。"

江乘月知道他大概是指他俩刚认识时,路许临时有工作把他扔路边的那件事,他早就不在意了,路许却还记得。

整个晚上,江乘月都在研究,和路许能去什么地方。路许这次让江乘月做决定,是给了江乘月把自己拉进他的世界的机会。可是江乘月周围,给他提供建议的人,只有酷哥孙沐阳。

竹笋:"你和你朋友出去玩的时候,会做些什么?"

竹笋:"不可以发语音。"

十多分钟后,孙沐阳回了消息。

孙沐阳:"找个拳馆,干一架。"

江乘月:"……"

他不是很想睡,恰好孙沐阳给他发了份曲谱,他想找口琴试一段,才记起来自己把琴放在岛台上了。客厅的灯竟然还亮着,路念阿姨还没有睡,见他过来,示意他过去坐:"还不睡吗? 明天不上课?"

江乘月把口琴藏到了身后。

"没关系。"路念说话时,完全没有路许身上那种攻击性,"我知道你玩乐队,我不和你妈妈说。"

江乘月松了口气。

"我要有你这么乖的儿子……"路念说到一半,不知道想起了什么,没再说下去。

江乘月注意到,她的行李箱就在脚边。

"您又要走?"他问。

"许多年不回国,约了几个老朋友,想去周围看看有什么变化。"路念说,"明早就出发。"

"还不睡,你明天不出门了?"路许出现在客厅门口,指关节叩了叩墙面,冲房间的方向抬了抬下巴,"去睡。"

江乘月"哦"了一声,乖乖往回走,路过路许身边时,被没收了口琴。客厅里,路念脸上的笑容渐渐地淡了,看着路许的目光里,也有些严肃。

····· 印象失真 ·····

"Kyle，"她说，"江乘月是客人，你不能那么对他。"

"我怎么对他了？"路许似笑非笑，"我是打他了，还是怎么他了？ Enrich 跟你说什么了？"

路念看见他这副样子，就气不打一处来："你自己心里清楚。"她原本只当是她那个前夫气急败坏的胡话。

"江乘月才 19 岁。"她说。

"20，谢谢。"路许纠正。

"你 27 岁。"路念又说。

"26，谢谢。"路许纠正。

客厅里陷入了诡异的沉默，路念气笑了，叫了他的大名："路许，我不管你的中文是不是好到能区分虚岁和周岁的概念了，我在很严肃地给你提这个问题，你别拿你那套价值观强加在江乘月的身上，对他好一点，别过多地干涉他，我记得你们之前是不是经常吵架吗？"

"不吵了。"路许沉声说，"早就不吵了。"

"你听我把话说完！就按你说的，你比他大了 7 岁，他才刚刚上大学，甚至还没想好自己以后要成为什么样的人。"路念说，"而且你，出于我的私心，我一度以为……"

"7 岁而已，我又不是年纪大得要当他爸。"路许说，"我像他这个年龄的时候，什么都懂了。"

路念不想和他争，摆了摆手，示意路许快走。

口琴被没收，江乘月只好专心想第二天要和路许出去玩的地点，但人间烟火和路设计师实在是不搭，他想了很久，也没想到合适的地方。由于思考得太晚，第二天早晨没能起得来，他醒来洗漱的时候，路念阿姨已经走了，桌上留了好几种巧克力和糖，是路阿姨特地给他买的礼物。

"路许……"他问，"路阿姨对你来说，是个什么样的人啊？"

路许想了想，说："你看见她左侧额头上那道疤了吗？"

江乘月点头，他大概能猜到来源。

"我恨过她软弱，但 Enrich 打我的那一次，她把他推下了楼梯。"路许说这些往事的时候，脸上始终都没有太多的表情。

路许昨天说好让江乘月安排，完全没有食言，连司机都没喊，就被心情雀跃的江乘月一路拉去了地铁站。路设计师站在地铁入口的售票机前，板着脸，研究地铁票的购买方式。路线很复杂，地铁的站名，也一个比一个奇怪。

"快点啊，还买不买？"后边排队的人急了，一看见路许的脸和身高，顿时虚了，"哎，外国友人啊。"

"我来我来。"江乘月实在是看不下去现代设计师"驯服"地铁售票机的漫长过程，推开路许，往售票口里投币，拿着机器吐出来的圆形地铁币。他原本想直接递给路许，忽然记起来路许那时有时无的洁癖，他收回手，把自己的地铁卡拍在路许的手心里。路许被售票机器弄得有些烦闷的心情渐渐平静下来，攥着江乘月那张小小的卡片，跟着他过地铁闸机。

路许盯着拥挤的人群，拧了拧眉毛。

"要不……我们打车？"江乘月有点后悔了，这来来往往的，总有人盯着路许看，还有人想拿手机拍照。

"不。"路许吐出一个字，把手搭在江乘月的颈后，安慰般地抚了两下。

江乘月几乎带路许坐穿了一条地铁线，到了城市的另一端。这是很少有人来的一片湖，湖水干净，岸上停了很多白鸽，听经营这里的人说，这个湖岸，在十多年前更受欢迎。放在三个月以前，路许绝对想不到，他有一天会跟着江乘月在景区的路边摊讨价还价，还靠在湖边锈迹斑斑的栏杆上喂鸽子。

"30元一包玉米……你哥哥多大岁数啊？"卖玉米粒的姐姐问。

多大岁数这个说法，忽然就戳中了路许某个生气点。

"20。"路许说。

正在仰头喝水的江乘月呛了一小口，捂着嘴巴咳嗽，来不及吞咽的水把衣领都浸湿了一小块，路许很自然地伸手，用手背抹了一下江乘月的嘴巴。

卖玉米粒的姐姐愣住了。

"不像吗？"路许问。

"不是不是。"对方连忙摆手，不是不像，只是过来问她买东西的这两个人，未免太好看了点。

路许低头扫了眼江乘月，见他不再咳嗽，又说："你看我是不是很像外国友人，我们来一趟这边不容易，要不30块两包？"

卖玉米粒的姐姐红着脸，回过神的时候，三包玉米粒都已经给出去了。

江乘月坐在湖边广场的台阶上，又想笑又生气："你出卖色相讨价还价。"

鸽子飞过来，轻轻啄走路许手上的玉米粒。

"我出卖色相？"路许挥手拨走一只贴过来的鸽子，"你没看见这一路上，那么多人都在看你吗？"

"那你装什么20岁。"江乘月小声说。

鸽子仿佛是畏惧路许，全部围到了江乘月身边，还有一只落在江乘月的头顶。江乘月垂眸喂鸽子的画面太安静，路许到底是没有挥手去驱赶。

"这边怎么样？"江乘月坐过来一些。

"还行。"路许客观地说，"怎么想起来这里？"

这湖在二十年前大概是美的，现在周围，已经零零星星地建起了不少现代建筑。

"这里是我爸妈认识的地方。"江乘月的左脚尖上落了只鸽子，"我没你想得那么好，我之前在很长一段时间里，不太能理解我爸妈。"

不理解他们为什么相爱，也不理解他们为什么双双要去那么危险的地方工作，也不理解爸爸出事后，曲婧十几年如一日地守在爸爸牺牲的那片土地上。他一度觉得自己是父母爱情的牺牲品，他没有同任何人说过。他是所有人眼里乖巧懂事的江乘月。

"现在呢？"路许看着他。

"现在能明白了。"江乘月说。

不管是他爸妈还是无绛这样的老乐队，还是他熟识的梦镀的小伙伴，每个人的生命里，大约都能找到自己努力诠释的意义。

"我是不是……更懂事了。"江乘月说。

路许轻蔑又无奈地嘲了他一声，扬手拍了江乘月一巴掌："没让你懂事，你可以不懂事。"

4. 与自己和解

江乘月刚住过来的时候，连大学都还没上，那时他还经常欺负江乘月，看人不顺眼。可是现在，江乘月的穿搭是他来做，乐队 logo 由他设计，不知不觉中，他的一些偏好，已经侵入江乘月的日常生活中。

鸽子吃饱了玉米粒，追着啄江乘月的衣领，再度被路许赶开。

"你跟鸽子生什么气？"湖风把江乘月的额发吹得微动。

"翅膀都扑你脸上了。"路许伸手在江乘月脸上拍了拍，又掸落了鸽子留在江乘月肩膀上的羽毛。

江乘月敷衍地点点头。路许像是他遗落的月光，弥补了他缺少的那一部分，他一直知道这个湖岸，但从未来过，今天愿意同路许来，算是他和过去自己的和解。

手机屏幕上跳出了一条群消息，来自德语选修课的班级群，上次随堂考试的成绩出来了，不计入选修课总成绩，只作为学生的基础水平参考，江乘月在自己的名字后边，看见了分数：90 分。

他还被老师在群里点名了，问他为什么要把试卷上的卡通画都给重画了一遍。如果没记错的话，这份德语基础随堂测，应该是那天赶去学校给他上课的路许答的，竟然没拿满分。

"您是假的德国人吗？"江乘月笑他。

"……"路许见不得他嘲笑自己，伸手捏他的下颌，"不许笑了。你去写汉语试题，不一定有我拿分高。"

湖面上有游船经过，船上坐着的人远远地朝他们的方向看，似乎对他俩很好奇。

江乘月喂饱了鸽子，自己开始饿了。路许原本想的是带江乘月去吃市中心的一家德国菜，然而，途经一家火锅店时，江乘月落后他好几步。路许仰头看了看这家店画了几百个辣椒的广告牌，闻着空气里飘来的火锅红油汤味儿，冷若冰霜地转头要走。不吃辣，是路设计师的原则。然而，路许瞥见江乘月依依不舍的脚步，脚步一滞，转身进了火锅店，把原则问题忘得一干二净。

路许要了包间，示意服务员把菜单递给江乘月，看着江乘月拿着铅笔在菜单某个位置勾了一道。

"是什么？"路许的指关节叩了叩桌面。

"啊，这个是鸳鸯锅。"江乘月补充，"鸳鸯，是一种鸟，经常两只一起行动。"

这个说法，冲淡了路许心里对火锅的抗拒，多了一点对接下来要吃的东西的新鲜感。不过，路设计师对火锅的幻想，在看到实物的瞬间，碎掉了。江乘月点的鸳鸯锅，红汤占了 90% 的面积，只有中间的一小圈，是路许能吃的白汤锅。路许在扑扇而来的香味里，深吸了一口气，磨了磨牙，刚想发作，隔着雾气，瞧见对面江乘月清亮的眼睛。

江乘月坐得很端正，明明被食物的香味勾得胃里难受，却忍着没有动筷子，而是把目光投向对面坐着的路许，像是在征求同意。

路许对他的这种态度很受用，嘴上却说："吃你的，不需要先问我。"

"路哥，你可太好了！"江乘月很开心。

他吃东西的时候，路许的手机视频通话提示声响了好几次，被路许反复挂断。

"你接电话。"江乘月提醒。

"嗯。"路许没避着他，按了接听，"什么事？"

电话是路许那个香港设计师朋友周韦德打的："打算新签几个模特，我把资料发给你，给点意见？"

"发吧。"路许说。

他们这些设计师的眼光都是毒的，模特的身材与气质能不能撑起品牌服装的 T 台效果，都是设计师要考虑的内容。

路许的手机放在桌上，拍到背后墙上的海报，对方好奇地"啧"了声，问："你在哪里？"

路许拿了手机，连着动了镜头拍摄的方向："外面。"

江乘月没光顾着自己吃，偶尔还把煮好的青笋和土豆往路许的碗里扔，路许的视频通话转向他的时候，他刚好在咬一小朵西蓝花，嘴巴被辣得微红，睁大眼睛瞪了路许一眼，连忙冲通话那边自己见过的那位设计师打了招呼。

周设计师跟他打了招呼，又把炮火轰向了路许："我怎么觉得，你现在比之前更像人了呢？"

"注意你的措辞。"路许冷漠地说，"你这是人身攻击。"

江乘月的胃口很小，点的东西不多，服务员多送了红糖冰粉，他尝了一小口，就推给对面的路许。路许挡了他一下，抓着勺子尝了一口："甜的。"

回去的路上，江乘月还感觉自己像是踩在柔软的棉花上，路许按着他的肩膀，让他往哪里走，他就去哪里。路许身上男士香水的薰衣草后调已经很淡了，取而代之的是两个人刚刚在店里染上的火锅味，他好像是从天上，把这个人短暂地拉进了他的凡尘。

"早知道你这么好骗……"路许在他背后轻声说了句话，后半句没入两人背后的灯影，不见影踪。

回家后，路许去洗澡，江乘月则是借用了路许的电脑。他原本是想交份课程作业，但鬼使神差，打开了电脑的网页搜索，敲了个问题："二十六七岁的男人喜欢什么？"

答案五花八门，有人说车，还有人说房子，或者事业这种宽泛的概念。这些路许都不缺，江乘月想关了搜索，一行黄色的小字吸引了他的目光。

"您近期搜索过类似问题'男大学生喜欢什么''8岁年龄差如何进一步交流''青春期小孩怎么哄最合适'。"

江乘月："……"

路许从浴室出来，在客厅里来回走了几趟，江乘月都没动，看起来像是静止了，安静得像一幅画。

"想什么？"路许随手从插花里抽了朵沾着水珠的玫瑰，玫瑰花拍了拍江乘月的脸颊。

"在想，去文个小蒲公英。"江乘月说。

"不是怕疼吗？"路许揪了一片玫瑰花瓣，信手捻开玫瑰花瓣，拇指带着红色的玫瑰花汁朝江乘月抹去。

江乘月打掉路许的手："怕疼，但是想要。"

"会疼哭哦，然后过敏。"路许面无表情地恐吓他。

江乘月不以为然。

"想文哪里？"路许又问。

"嗯……"江乘月犹豫了，"我能不能文一个"比如耳后，或者锁骨往下的位置，都很好看。

路许没回应，只是牢牢地盯着他，看得江乘月心里有点发毛。半晌，路许冷静地说："我有个挺好的想法。"

5. 你会哭吗

因为这句话，江乘月又有了那种路许把他当作品对待的错觉，仿佛要经过精心设计，才能告诉他最终的答案。

路许的电脑屏幕上弹出一个文件传送框，是周设计师把一众男模的数据打包发送到路许的电脑上。路许披了一件睡衣，端了一杯瑰夏咖啡，点开资料，进入工作状态。江乘月挨着他，忽然对路许的职业有些好奇，想知道路许是怎么拣选模特的。路许转头看了江乘月一眼，又扫了眼屏幕上的照片，挑了下眉，有些不爽，但没赶人。

鼠标点开了第一份资料，一张金发男模的全身照映入江乘月眼帘。

"头发真漂亮。"江乘月羡慕地说，"小臂肌肉看起来也很紧实。"

"人体比例不行。"路许在另外打印的评分表上画了个叉。

"看不出来。"江乘月还沉浸在那头金发里，"你们设计师眼睛上长的都是 X 光机吗？"

路许"哼"了一声。

"路老师，我人体比例好吗？"江乘月又问。

"好。"路许如实说，"很匀称，各方面比例都很完美。"

正偷喝路许咖啡的江乘月呛了一下，路许很少夸人，多数时候都是呛人，跟他在一起的时候也很少夸奖他，乍一听路许拿专业术语这么说他，他还真有些不习惯。

路许叉掉了第一位金发模特的资料，点开了第二位，身边又传来一声小小的惊叹。

路许转过脸，微笑着。

第二位模特身材高大，皮肤黝黑，腰腹上的肌肉线条明显。

"眼睛、下颌线是微整过的。"路许手中的钢笔虚虚地在屏幕上划过去。

"他的腰看起来很有力量。"江乘月羡慕地说。

果然，能当男模能走 T 台的人，身材一个比一个好，不像他，只能做平面模特。

路许把钢笔的笔帽盖上，往桌上一丢，似笑非笑。

江乘月："嗯？"

"给你一个建议。"路许说，"能别在我面前夸别人身材好吗，是说我没眼光吗？"

"我不是那个意思。"江乘月只是单纯地羡慕，没上升到那个层面。

"你最好没有。"路许转头工作。

江乘月咬咬牙，悄悄瞪了路许一眼。

路许筛选的速度非常快，仿佛电脑上滚动出现的不是男模资料，而是流水线上的产品。江乘月忍不住拿路许对自己的态度和这些去做对比，得出的结论是，路许对自己还真不一样。

晚上的梦镀乐队群里很热闹，几个人忙完了工作，在闲聊。江乘月扫了一眼，看见孟哲在扯星座。

孟哲："@江乘月，你房东什么星座？帮你们算算。"

竹笋："他在工作。"

孟哲："直接网页搜鹿家设计师不就有了？人傻了？"

搜索页面上还真有路许的资料，甚至对路许的工作经历，都做了完善的整理。路许竟然和他一个星座，都是处女座。江乘月其实不太信这些的。

印象失真

"右眼眼宽比左眼小了一些，这个不行。"几分钟内，路许又筛掉了一个。

江乘月："……"

陈安迪如愿约到了江乘月的第二次合作，订了个餐厅，但跟着江乘月一起来的，还有路许。

"我上次让你给我看设计的时候，你说你很忙。"陈安迪皱眉，"为什么你今天有空？"

"想有就有了。"路许推着江乘月在凳子上坐下，"拍摄方案，看看？"

陈安迪极不情愿地把一份打印好的拍摄方案，递到路许的手里，低声拿方言骂了路许。

这次的拍摄主题是国风，服装来自国内品牌，结合了国风元素与现代风，选景是本地的一家马场。

路许对衣服没提什么意见，但他对选景有意见。

"他不会骑马。"路许说。

"这不是挺简单。"陈安迪说，"我可以找马术教练教他。"

路许卡的是场景，而不是妆造，陈安迪已经谢天谢地了。

"我来教吧。"路许思考后说，"最近刚好有空。"

"我还以为你会不同意呢。"趁着江乘月去洗手间，陈安迪说。

路许淡色的眼睛斜了他一眼："他喜欢的，我都不干涉。"

"你好像比之前像个人了。"陈安迪说。

江乘月在餐厅的洗手间外，遇到了两个有些眼熟的人，他回忆了一下，应该是驰风乐队的贝斯和鼓手。鼓手似乎认出了他，看他的目光有些复杂。这让江乘月想起，他刚来这座城市时，最开始的目标乐队是驰风，但对方现任鼓手的爸爸砸钱顶了他的位置。

"江乘月，"对方叫住了他，"你是不是觉得我挺可笑？"

梦镀有了自己的专场 live，也去了音乐节，江乘月甚至还上了地方台做助演，而驰风乐队，依旧在原地踏步。

"不觉得。"江乘月说。

有的东西，他羡慕不来，同样，他也不会拿自己既得的东西去嘲笑别人。驰风对他而言，早就不重要了，就像是在路上遇见一片落地的叶子，走过去，就不会再见了。

"去那么久？"路许在餐厅走廊尽头等他，"和谁说话呢？"

一个哭闹着的小男孩从一个包间里跑出来，冲撞向江乘月的方向，大约是想找个人撒泼打滚，江乘月本能地躲了一下，下一秒，路许拎着小男孩的衣服，把孩子抱到离江乘月远些的地方。

"对不起，打扰您了。"追过来的小男孩妈妈赶紧向路许道歉。

江乘月从背后看着路许脸上很淡的笑，觉得自己刚才的反应有点可笑。但路许只是把手放在他的脑袋上："不怕。"江乘月闭上眼睛，久违的安心，他好像是可以依赖路许的。

第二天，江乘月正在学校研究一段编程，收到王雪的消息，发现自己的日程里莫名其妙多了个马术课。

"路许给我报的吗？"江乘月问。

"还能有谁？"王雪哭笑不得，"路老师总是这样，先安排了，再通知。你要是不高兴，直接告诉他，我觉得他不会对你怎么样的。"

江乘月觉得也是，但他不讨厌路许的安排。

郊外的马场上，马术教练给他牵来一匹马，江乘月先前没这么近地见过马这种动物，他想近距离地看看，那马却高昂着头，理都不理他。他听见路许和教练用英文交流了几句，然后教练把马的缰绳交到路许的手里，转身离开。

"我可以骑吗？"江乘月问。

路许踩着马靴，抓着缰绳翻身上马，让江乘月借助马镫踩上去，扶着他的腰帮着他坐好。旁边的学员远远地看着他俩，捂着嘴巴偷笑。

"自己玩吧。"路许只是揽着他，从背后把缰绳递给他，"我在的话，它不会闹。"说完则是放心地让江乘月尝试，完全撒手不管。

"路许！我不会。"江乘月终于恼了，"你要么教我，要么放我下去。"

"试试呗。"路许按着他的手，抓好缰绳，教他怎么让马跑起来。路许的教法很随便，不一一细说，倾向于让江乘月自己尝试。

"胆子大一点，这有什么好怕的？"路许见他害怕，鼓励他说，"我小时候，Enrich也带我……"路许的声音停在了这里，没把后边的话说下去，蓝眼睛稍稍暗了点，沉默着。江乘月知道，路许又想到了以前的事情。他俩出身不同，境遇也各异，可是在有些事情上，却能共情。

江乘月抓着缰绳，试着让马跑起来，想让路许忘掉刚刚的话题。路许没他想得那么脆弱，见他鼓起勇气开始玩，又开始指指点点，这也不行，那也不好。

江乘月坐在马背上，在马儿安静下来的时候，以一个别扭的姿势回头："你别教我了，我自己摸索，你根本就没有耐心教我。"

被指责的路许好不心虚，安静了一分钟后，又开始挑他的问题。

因为第一次骑马的感觉实在很新奇，江乘月在马场多待了一会儿，路许也不阻止他，只是好整以暇地看着他，像是在等着看什么乐子。

江乘月换衣服的时候才觉得不对劲，大概是第一次骑马，方式不对的缘故，他的腿上被磨红了一大片，火辣辣地疼，他在更衣室里龇牙咧嘴地碰了碰，眼泪都要疼出来了。

路许大概是猜到了他会这样，心情颇好，脸上幸灾乐祸的笑都不屑于藏，江乘月给了他好几个白眼。

"明天还去吗？"离开马场的时候，路许问他。

"不去。"江乘月慢吞吞吐出两个字，"我是拍平面照片，又不是拍视频。"

6. 很好看

晚上，江乘月洗完澡，一瘸一拐地走过来，拧开台灯，坐在书桌前去写自己的课程作业，屁股挨上椅子时还小声抽了口气。还未散去的潮气让他头发比平时的颜色要深一些，他摘了肩膀上搭着的毛巾，打开了课本。身后传来点动静，江乘月借着手机屏幕的反光，瞧见路许正向房间外走去。路许的身材比例好过大部分男模，睡衣的带子随意松垮地搭在他的腰上，小腹线条结实又流畅，腹肌形状特别漂亮。江乘月羡慕地偷看了一眼，就慢慢地把视线沉在空气中的某个小点上，再拉回书本。

路许是出门接路念视频电话的。

"Kyle，你下午的照片……"路念不安地问，"你不是不用微信朋友圈吗？"

"但今天突然想用了。"路许不在意地说。

路许下午教江乘月骑马时，趁着江乘月不备，一手箍着江乘月，一手举了手机，拍了张两人一起的照片，发到朋友圈，还是仅路念可见。目前，江乘月还不知道这件事。

"我以为，我应该说得很明白了……"路念刚开口，就被路许给打断了。

"嗯，妈你都说得很明白了，不建议我把江乘月拉到我的生活里来。"路许说，"建议呢，我这边收到了，思考的结果就是，我不同意。他很乐意参与我的生活，陪我去看展，跟我去学马术，体验我做过的一切，我也乐意体验他的日常，去看看那些我以前不喜欢的东西，这有什么不好吗？"

路念在电话那端轻声叹了口气，似乎路许的反应也是在意料之中，没有引起她太大的反应，只是觉得棘手。路许的脾气她是知道的，路许决定的事情，很少有她能插手的余地，从路许坚持要学设计开始，她就无力干涉路许的选择。

"我只是希望你们都能好好的。"路念说，"不要因为生活节拍的错乱，产生不必要的矛盾，我也没想到，你们对彼此的影响，会那么大。"

路念有多重视曲婧这个朋友，就有多看重江乘月。她每年都给江乘月寄礼物，还让回国的路许帮忙照顾江乘月，但她不希望，路许过多地干涉江乘月的学习和生活，她有时候很害怕，路许的性格里会有 Enrich 的控制欲和强势的部分，怕江乘月受到伤害。

"我知道很难。"路许说，"曲阿姨那边，等我的春夏大秀结束后，我会努力求得她的谅解。不瞒你说，今年上半年，我一度觉得设计没什么意思，说是回国找找灵感，但多少有点厌烦和逃避的意思。Nancy Deer 不缺夸奖，但我就是觉得缺点什么。"

路念静静地听着。

"一开始我挺讨厌他的，也说过不少难听话，你知道的，我不喜欢跟人共享空间，我想把他赶走。"路许说，"但后来，我发现越靠近他，我越有无限的想法和灵感。"

"我会一直跟他待在一起。"路许的目光稍稍地柔和。

江乘月不知道什么时候，出现在客厅门边，手里端着一只咖啡杯。

"想听就过来吧。"路许头也不抬地说，"别站在那里偷听。"

被抓到的江乘月把咖啡杯放好，走过来，站在沙发后，屈着的手肘搭在沙发靠背上，离路许很近，举手投足间的亲近是无法伪装的。

"拿你俩没办法。"路念是胳膊肘往外拐的家长，说路许的时候总板着脸，但看到江乘月时，温柔地笑了，"小白露，你和阿姨好好说，Kyle有没有强迫你做不情愿的事情？"

江乘月先是一愣，随后立刻懂了路念的顾虑，赶紧摇摇头："路许不是这样的人。"他急着维护路许两句，掰着手指数着路许的优点，"他设计的衣服很好看，很有品位，审美在线，还能做造型监制。"

路念静静地听，在他绞尽脑汁实在是想不到了的时候，才继续说了下去。

"Kyle给你灌了什么迷魂汤？"路念说，"他大你那么多，不是他说什么，你就可以信什么，知道吗？"

"真贴心啊，您到底是谁的妈？"路许在旁边插了一句，"您儿子在外边很受欢迎，想约见一面得预约排队，没您想的那么不堪。"

原本有一点点紧张的氛围，彻底被路许搞崩了。江乘月准备了好几天的话，一句也没有派上用场，他只好说："我知道的，我有自己的判断能力。"

但有些时候，比如学骑马，他知道路许在说鬼话骗他玩，他还是自己踏进陷阱。因为路许闹归闹，不会伤害他。

"说实话，我不知道要怎么办。"路念阿姨又说，"我把你们都当自己的孩子，我希望你们都能好好的……"

"她应该是放心了，不会再干涉……"挂了视频通话后，路许说，"我算是了解她。"

年底将至，这座城市也即将入冬。早晨，江乘月被路许的闹钟吵醒，人还半闭着眼睛，就被路设计师叫起来，例行每日的穿搭工作。

路许给他做的秋季搭配集中在黑、白、灰三色，这是路许用得最顺手的一种造型方案，平常人穿深色系需要担心老成或者显龄的问题，但江乘月不需要。深灰色的薄毛衣让江乘月的皮肤看起来有种冷白的光泽感，外面套着的黑色宽袖外套刚好能中和他身上路许时常说的天真和幼稚，黑色垂坠质感的收脚裤搭上短靴，脖子上再加一条路许不知道从哪里弄来的金属熊猫项链，江乘月整个人的气质都被拔高了。

"路哥……"江乘月不太自在地动了动肩膀，"我就出门去找乐队的朋友。"

"我知道。"路许从衣帽架拿了顶帽子扣在他的头上，在他背后推了一下，把他推出门，"去吧。"

江乘月挎着书包，急匆匆地冲下独栋别墅门前的台阶，瞧见了一身睡衣骑着机车在等他的孙沐阳。

"酷哥，你就这么出门吗？"刚刚穿戴好的江乘月被他这一身吓到了。

"出……出门……急了。"孙沐阳说。

江乘月无话可说，上了孙沐阳机车的后座，戴好一只黑色的口罩，在秋风中，把自己捂得严严实实。

他们是去找孟哲的。孟哲已经有三天的时间没在乐队的群里说话了，不管他们是讨论演出还是编曲，孟哲都没有什么动静，江乘月发了消息，孟哲也没回。美食街上，孟哲家的店面开着，这个季节没有小龙虾，店面就做起了简餐，卖着早点，正逢上班时间，生意不算好，江乘月看了十来分钟，只有两三个上班族进了店。

酷哥社恐，只好让江乘月上前询问："叔叔你好，我们是孟哲在乐队里的朋友，能问问他最近去哪里了吗？"

"乐队？"孟爸爸听见这个词就想发火，想爆发的瞬间，一眼看见江乘月身后站着的孙沐阳，孙沐阳不甘示弱地回看他一眼，孟爸爸只得收敛怒气，"没让他出门，年纪老大不小了，不结婚生子就算了，成天就忙什么乐队，抱着他那琴。"

"不是叔叔说你们，谁没个年轻的时候，玩乐队能走多远，有几个乐队能玩上十几二十年，能靠这个吃饭？"孟爸爸没好气地说，"他说他厉害，可再厉害不也就是在酒吧唱唱歌，能有什么出路？"

江乘月无法反驳。梦镀发展再好，在大部分人眼里，也仅仅是小众乐队。玩音乐是时常入不敷出的，梦想与现实的碰撞，几乎是他们这条路上的每个人都会遇见的事，归于现实，归于平庸，汇入茫茫人海，不见得是坏事，甚至还更轻松。但江乘月不会甘心，他和路许，包括梦镀的每个人，都是不甘心、不知足的。

江乘月和酷哥对视一眼，跟孟爸爸告别离开，绕到了孟家的楼后边，刚想着怎么联系孟哲，二楼的窗户突然开了个小口，探出一个脑袋。孟哲背着个包，蹑手蹑脚地踩到二楼的露台上，正盘算着下一步怎么走，回头就和江乘月、酷哥大眼瞪小眼了。

"我的妈呀。"孟哲赶紧比画，示意两个人别说话，这才不怎么灵活地背着贝斯，抱着窗外的树干往地上滑。

"你爸知道你离家出走吗？"江乘月问。

"那必然是不知道啊！"孟哲赶紧催两个人跑路，"我把专辑和最近演出的钱都留窗台上了，过两天他气消了我再拎点礼物回来，走走走！"

江乘月也不问他太多，只是笑笑，酷哥也没什么话，气氛略有些沉闷。孟哲倒像是习惯了，打趣他："前天看了个时尚圈的小道消息，说你房东一次造型监制的价格就是二三十万起步。"

"……"江乘月并不知道，他只知道自从两人说开了以后，路许拿给他设计服装造型当乐趣，他出门上个课，都会被强行套一身搭配完整的衣服，美院的许学长经常问他穿搭，学校的群里还有人总结他到底有多少套衣服。

江乘月也不知道，路许手上的衣服仿佛是无穷无尽，不带重样的。他之前听路许偶然说过，像明星和一些知名模特，在公开场合穿过一次的衣服几乎不会穿第二次，不然很容易被人指指点点。江乘月不懂其中的规则，但路许喜欢玩，他就愿意陪着。

今天的乐队排练非常顺利，尤其是刚从家里溜出来的孟哲，状态出奇地好。傍晚，江乘月刚从唱片公司出去，就看见楼外停着一辆眼熟的玛莎拉蒂。签他们乐队的晴雨表是大唱片公司，同许多明星歌手也有合作，江乘月戴着帽子、口罩从楼里出来时，就有人把他当成明星，频频回头。

车窗降下，一只手冲他懒懒地招了下。

"怎么今天过来找我了？"江乘月有些惊喜。

"上来。"这几天，路许侵入他日常生活的次数，似乎比先前要多。

路许每次带他出门，都不喜欢说地点，江乘月也不问，直到车停下，路许带他进了一栋大约三百平方米的宅子。

江乘月："做什么？"

路许："你之前不是说想文个小蒲公英吗，我给你找了合适的人。"

江乘月第一次知道，文身工作室还能放在这么大的独栋小楼里。路许似乎已经和文身师打好了招呼，小蒲公英的样图就在电脑上。

"好漂亮。"江乘月停在屏幕前，"你画的？"

"嗯。"路许点头。

"商量好文哪里了吗？"文身师饶有兴趣地看着他们两个。

江乘月则是看路许。

"耳朵后边吧。"路许说，"还算低调，又很符合你想要的乐队气质。"

消毒用的棉球从耳后擦过，微微有些凉，江乘月瑟缩了一下，抓住路许的手腕。

"不会太疼，路许身上那一大片比较疼。"文身师笑他，"没有麻药哦，敷麻药会影响图案效果，路设计师的图，我还是想做到最好，忍忍哦。"

江乘月其实不在乎疼，他比较害怕的是眼泪。路许的图，已经简化了很多地方，但依旧能看出是一朵挺好看的蒲公英。和路哥一样的蒲公英文身，对两个人来说，都很有纪念意义。一朵这么小的蒲公英，江乘月还是被疼得红了眼睛。

"咬嘴唇干什么？"路许捏着干净的纸巾，等着给他擦眼泪，"哭了又不丢人。"

他抓着纸巾迫不及待的模样，让江乘月错误地认为，路许好像很期待这件事情。

江乘月咬了咬牙，说："我不。"

他其实无数次想过，他要是不会眼泪过敏就好了，这样他就可以无所顾忌地发泄自己的情绪，路许也不用总担心他会因为眼泪而过敏。

"好了。"文身师把一张保鲜膜贴在他的耳后,"记得暂时别碰水。等伤口愈合了,保证比 Kyle 的好看。"

"好看吗?"右耳后侧火辣辣地疼,江乘月想知道效果。

"挺秀气的,一点都不张扬。"文身师对这次的作品很满意,"Kyle 要是能经常给我画图就好了。"

"那你是想得美。"路许说。

晚风有些凉,消散了江乘月耳后的一点点疼,他想伸手去碰,被路许拦下了。

路许:"疼?"

江乘月:"……还好。"

"很好看。"路许低头看了一眼,很让人满意。

江乘月看不到,但他相信路许。他的眼尾红红的,有抹开的眼泪的痕迹。

"我们这算不算是有重要意义的独家约定?"他异想天开地问。

"独家约定?"路许的手指把玩着江乘月脖子上的金属项链,银色项链在他的手中叮当作响。江乘月想到,路许的中文词库里或许暂时还没有收纳这个词语,他正要解释,就听路许说:"虽然不懂字面意思,但猜测了一下,是'江乘月永远陪着路许'的意思,对不对?"

江乘月张了张嘴巴,没发出声音。

不要脸,他心想。

7. 候鸟

文身上覆着的保鲜膜三四个小时就能摘,江乘月索性去隔音室练习架子鼓,他坐在凳子上,随手放了支歌,搭了段基础节奏型和速度练习。

路许在布置这间架子鼓练习室时,找了专门设计,用隔音材料包裹了整个房间,对着门的墙上有一整面墙的电子屏,可以用来播放音频,除此之外,架子鼓用的鼓盾和收音设备应有尽有,江乘月仅在这个房间里,就能完成鼓部分的录制。

"在想什么,待了那么久?"隔音室的门被推开了,路许叩了叩房间门,"出来吃点东西。"

江乘月跟着他往客厅走,一边回想自己近几日玩打击乐时的状态:"这两天突然觉得,对于架子鼓,我不知道该怎么提升了。"

路许静静地听他说完,把桌子上的黑白格餐盘推过去:"什么时候有了这样的想法?"

路许渐渐接受他的饮食偏好,家里的点心不再是附近酒店的私房甜品,而是换成价廉物美的街头小吃。黑白格餐盘上搭着烤鸡翅和狼牙土豆,淋着新鲜的酱汁,旁边放一小块点缀着红色莓果的提拉米苏，挨着路许的黑咖啡。

"那次去给无绛乐队助演，从那个时候开始的。"江乘月说，"有时候我觉得这条路看得见尽头，有时候又看不见，最终能走到哪里，我也无法预料。"这种状态很玄乎，像是动摇，又好像不是，他甚至不知道该怎么去描述。

"嗯，我懂你的感受。"路许却听懂了，"你这不叫无法预料，你这是需要跳出去，你想进步，就去看看不同形式的音乐。以及，我直说了，你们梦镀从一开始选的路线就很商业化，不管是你有意的还是无意的，好像你们圈子里的很多人诟病商业化，但在我看来，商业化不是坏事，哪个现在活跃的老乐队背后不是有商业公司支撑的？"

江乘月一边咬土豆，一边把目光定在空气中的某个小点上，垂着睫毛沉思。路许看得比他更远，也更客观，这尤其让他今天下午以来心里的焦躁神奇地平复了，但他又不得不有些沮丧地承认，路许在某些事上比他成熟很多。

点心时间是短暂的，桌上的黑白格餐具需要收拾。前两天路许不小心弄坏了洗碗机，这会儿也没人上门帮忙，江乘月只好收了盘子去厨房手洗。路许瞥了一眼他耳后刚刚摘了保鲜膜的蒲公英文身，有点红，但已经隐约能显现出蒲公英漂亮的轮廓。

"放着，我来吧。"路许接过他手里的盘子。

江乘月跟着去厨房，眼睁睁地看着路许拧开水龙头。

"我来吧！"他抢过盘子，"路哥，你拿的那是植物油……不是洗洁精，你去坐着，我自己洗。"

厨房用品是他前些日子刚买的，自己做饭时经常用到。

路许毫无愧意地把植物油放回原处，将手里的水珠往他脸上一抹，推开他："我来。"

"去把电话接了。"路许说，"陌生号码，打了4次了。"

路许没存备注，但这号码江乘月见过，这是陈安迪的手机号。

"Kyle，你在干什么呢？"陈安迪问，"你很忙吗？"

"还行。"路许沾着泡沫的手捏着盘子，"洗个碗。"

陈安迪沉默了两秒，说："你觉得我会信？"

"随你啊。"路许在水流中伸展开五指，让水把手背上的泡沫冲干净，把盘子递给江乘月，"你检查。"

"说正事，我找江乘月，拍摄的衣服准备好了，已经让人送过去了，明天可以让江乘月试一下。"陈安迪说，"我又拓展了短视频这块的时尚商务，拍摄过程给一些小片段特写，这样能赚好多好多钱。"

"我知道了。"路许擦干手的第一件事就是把电话给挂了。

江乘月擦干净盘子，在柜子边的阴影中悄悄地弯了弯嘴角。他以为，试穿平面拍摄衣服这种小事，他自己去就好，但第二天路许还是跟着他。

"你没有别的工作吗？"江乘月一手搭在车窗上，转过头来问路许。

"你嫌我烦了？"路许问。

"那倒没有。"江乘月摇摇头，"我不想你因为我耽误任何工作。"

"不会。"路许说。

车开过这座城市的某个广场，有一只燕子停在城市的银白色地标上。

"这个季节，这里竟然还能看到燕子。"江乘月往车窗外看。

"候鸟迁徙，由北向南，这只是掉队了吧。"路许追着他的视线往窗外看了一眼。

"那希望它赶紧找到路。"

车很快从广场边擦过，江乘月转眼就看不见那只候鸟了。

陈安迪本人没来得及过来，衣服托人送到 Nancy Deer 旗下的拍摄工作室，江乘月来过一次，再来就少了许多好奇。这次平面拍摄要穿的衣服，出自国内某个小众品牌，红与黑的搭配非常大胆，国风的刺绣搭配现代感的银边，对江乘月和路许来说，都是全新的风格。可虽说是全新风格，这次的造型，也是路许从备选的 7 家品牌中筛选的，拍摄方案也经过了多次修改。

硕大的更衣室里，只有江乘月和路许两人，江乘月已经习惯了自己在换衣服时被路许盯着，他低头去系坠着流苏的腰带，整理了好半天，等他穿好，路许叫来了化妆师，说拍摄方案。

"这个造型需要接发，后边以高马尾的形式束起来，妆造体现利落的少年感……"

最开始的，江乘月还能听懂，后面的细节，他听着就有些犯困了，等到他再次抬起头时，路许已经把方案和化妆师说完了。

"无聊了？"路许问。

"还好。"江乘月拖着略长的下裳，"就是有些走神了。"

"路老师，下个月我直接飞总部找您？"化妆师多问了一句。

"嗯，可以。"路许说。

江乘月仰头看路许，面露不解，路许这是……又要走？不过话说回来，Nancy Deer 的春夏大秀在即，按理说，路许确实要回去做准备了，难怪路许最近总是千方百计抽出时间来陪他。

拍摄完回去的路上，他们坐的车又路过那个广场，下了一场雨，地标上的笨燕子已经不见了。

三日后，路许拖着一只很小的旅行箱回 Nancy Deer 的总部，江乘月把他送到机场。

"好好读书，不许翘课，想玩乐队的话，用课余时间去，晚上别在外面留太久。"路许回头说，"春夏大秀的时候，我等着你来。"

"我都多大了，这些我都知道的，我不会乱跑。"江乘月承诺。

先前路许去国外时，他们已经有过异地相处的经历了，虽然时间不长，但江乘月的经验丰富，他知道怎么算着时差给路许发消息，也知道怎么把自己日常的行程有趣地报给路许。临近大秀，路许那边似乎是忙得不可开交，每天一通的电话变成两天一通，偶尔聊天的时候还会说他发的照片构图不行。

"我争取了晴雨表唱片公司的乐队支持资金，与之前的专辑合约不同，这次是针对乐队整体发展的，有资金的话，孟哲你家里那边，或许就能说得过去了。"江乘月在和梦镀的朋友们说事的时候，一个跨国电话打了进来，号码是陌生的。

不过路许有时候会用精品店的电话给他打，也不奇怪。

"你房东都出国了怎么还看着你？"孟哲取笑。

"闭嘴闭嘴。"江乘月刚打完一通节奏急速的鼓，微红着脸，去按了接听，"喂，路哥。"

电话另一端一阵嘈杂，他脸颊上的红褪去了，呼吸也轻了很多，一个陌生的女声响起："你好，请问是……江乘月吗？曲婧护士的儿子？"

他抓着手机的手慢慢扣紧，指尖发凉，尽可能把声音调成一种平静的语调："对，我是。"他对接电话的恐惧，在这一瞬间到了顶峰。

"是这样，你别太紧张。"对方大约是听出了他声音的不自然，"今天我们附近发生了一起冲突，曲医生受了轻伤，当晚身体不适，突发急性阑尾炎，做了手术，我们把她转到附近的医院，因为需要休养，无法回国，想了想，还是要告知家属。"

"……我知道了。"江乘月骤然被拎起来的心回落了一些，他有点全身无力，抓不住手里的手机，沉默了一小会儿，消化了对方这几句话里的信息量，"请帮我申请，我过去照顾她。"

江乘月有护照，今年年初时想去看曲婧，还打过黄热病等疫苗，后来因为要准备大学开学，没有去成。现在倒是派上了用场。他平复心绪，回到家里，简单地收拾需要的衣服。他收藏过一只木雕小鸟的摆件，他曾经放在老宅的窗台，又带去了大学的宿舍，现在他把这份没送出去的礼物，放在路许的工作台上。

纽约曼哈顿，阳光透过纱帘，攀上窗台，路许睁开眼睛，看见手机上几个小时前江乘月发来的语音留言。

　　"路许，早！

　　因为一些突发情况，我要去一个挺远的地方，机票我发你截图了。但你放心，我没有翘课，没有不听你的话。

　　我唯一违背的，大概就是没有乖乖待在这座城市。

　　还记得我们那天见过的那只笨燕子吗？候鸟在固定的季节迁徙，由北往南，终有一日，翅膀携着南方的风，飞回最初的栖息地。

　　我是一个呆板的理科生，我不会说话……很多时候呆板笨拙，不懂他们说的圆滑，还好你同我相似……

　　请你也把我当作候鸟，只是我会飞得远一些。但我比那只燕子聪明，不会在半路上走失。候鸟总会飞回原来的地方。"

······ **印象失真** ······

8. 念念不忘

近 13 个小时的飞行后，江乘月所坐的客机在 A 国机场降落，他推着行李箱，一路跟着人群往外走，入耳是带着各地口音的英语，偶尔听见有人接电话时用德语打招呼，他站立回头，只看见一个头发暗淡的德国中年男人。

在给关机十多个小时的手机开机前，他内心忐忑，手却不怎么听指挥，急匆匆地按上了开机键。不知道是不是因为在机场，这里的信号很差，屏幕上方扇形的信号图标只有摇摇欲坠的一个点。

路许的消息是几个小时前发来的。

Kyle："飞吧，时间到了没回来，我就飞过去打断你的腿。"

大概是说完了又觉得这句话有点过分，路许又追加了一条。

Kyle："照顾好你自己，代我问曲阿姨好。"

旅途的不安和疲惫像缭绕在江乘月心上的烟，蓦地被这两条消息遣散了。走出机场，蓝天在他眼中像是拉了广角镜头般延伸，天空下零散地种着几棵他没见过的植物，树干光秃秃地耸向云端，顶着树梢上七零八落的几片叶子。临出发前，他以为这里会很热，但现在看来，跟七八月份的火炉城市差远了。

不远处有人举着接机牌，上面写着他的名字，江乘月推着自己黑色的行李箱快步走过去，跟来接他的人打了招呼。来人愣了一下，随即热情地道："曲婧的孩子都长这么大了，出落得这么好看，经常听她提起，总觉得还是个十一二岁的小孩。"

"她经常……提起我吗？"江乘月问。

接机的阿姨姓乔，是曲婧的同事，很爱说话："那是必然啊，动不动就是我们家江乘月怎么怎么的，我们在这边工作，经常顾不上家里孩子的学习成绩，就她搁这么老远还盯着。"

"她……还好吗？"江乘月问。

"人已经醒了。"对方说，"没和你说全，冲突发生的时候，一块爆炸的碎片沿着她颈侧擦过去，很险，但是只破了点皮，是后面身体出问题，做了手术，才给你打了电话。她听说你要来，还抱怨不该通知你。"

江乘月的指甲在手心里掐出了一道半月形的痕迹，沉了一路的心，稍稍地放松了一点。他跟着乔阿姨出机场，上了一辆车，倚着窗户，回头看了看窗外奇形怪状的那几棵树。

"是不是觉得这边比想象的要好些？"乔阿姨见他挪不开眼睛，问他。

"嗯，是不太一样。"江乘月有些不好意思地收回目光，这里真的没有他十几年来想象的那般荒芜。

"你刚刚走出来的机场，是我们国家当年援建的，是不是挺气派？"乔阿姨说，"不过我们还要往北走一些，那边要荒凉点。"

江乘月倚在车窗边，借着不稳定的信号，给路许发消息。那边路许也找了路念，问过这边的情况，同时腾出时间来照顾他的情绪。

竹笋：（照片）

竹笋："好奇怪的树。"

Kyle："嗯，我七八年前玩过一阵子摄影，去那边旅游时也拍到过差不多的，你看。"

Kyle：（照片）

Kyle："猴面包树。"

竹笋："你竟然认识？"

Kyle："刚刚问了 Nalson。"

江乘月还想回一句什么，但消息发出去，就被打了个鲜红的感叹号，信号断了。

"往北走的话，信号会变差。"乔阿姨说，"有时候打电话，需要找有信号覆盖的地方。"

江乘月点点头，暂时和路许失去了联系。

车子很快到了医院，病房很简陋，但基础设施还算齐全。江乘月把行李箱放在门口，推开有些斑驳的病房门。

他大概有两年没见过曲婧了。不管是那通电话，还是乔阿姨的说法，都是有所保留和缓冲的，受伤在前，阑尾手术在后，曲婧受的伤比他想象得要重，脖子上缠着的纱布还在渗血，说话时也有些强作镇定掩盖下的有气无力感。

"期中考试怎样了？学校那边是请假了吗？"熟悉的问题。

"请了……半个月的假。"他站在原地没动，呼吸有些急促，他其实想说，这么危险，为什么要留在这里，但他一路由南向北，见过那座宏伟的机场和异域的植物，他又张不开口，说那样的话了。他们之间，和寻常母子的关系有所不同，因为常年在海外，曲婧对待他的态度，总像是还在对待小时候的他。

"你那是什么表情呀？"曲婧打破房间里的沉闷氛围，"都长大了，还那么爱哭？"

江乘月赌气般地搬一把椅子在床头坐下："没哭。"

他只是有种劫后余生般的庆幸。很少有人能懂，他在接跨国陌生电话时的紧张和恐惧，他真的已经不想再失去了。

"等信号好的时候，给你路阿姨发条消息，说你已经顺利到达。"曲婧说，"她很担心。"

"嗯……好。"江乘月点了点头。

江乘月在这个偏僻的民用医院暂时住下来。其实曲婧并不需要他照顾，她的同事都是医生护士，曲婧催他回国读书，但他还是留了下来。医生说，那块碎片差一点就划开曲婧的脖子，他觉得后怕。

曲婧才刚过四十岁，身体康复得还算快，大约一周后，就能在病床上坐起来了。周围她的同事对江乘月赞不绝口，说他懂事，好几个还说要给他介绍女朋友，江乘月只是笑笑，不回答。

那天，江乘月拿毛巾往外走，被曲婧叫住了："你耳朵后面那是什么？"

江乘月想了两秒，意识到曲婧在问他耳后的刺青。

"是个……挺好看的蒲公英。"江乘月迟疑着说。

"'好看'和'蒲公英'我都知道，你好好的为什么会去文身啊？"曲婧不解，"你以前明明不喜欢这种东西的。"

江乘月不擅长撒谎，可顾虑到曲婧现在的状态，这段时间在宁城发生的事是万万不能说的。

"就……突然很喜欢，就去文了。"他说。

其实不对，是因为路许，原本普通的蒲公英在他眼里也变得有了积极的意义。

曲婧眸光一闪："没有特殊意义？"

"没有……"谎话，他心里有个声音说。

"还是大一学生，年纪轻轻的，不学好。"曲婧说了他一句，"没什么意义就抽空去洗掉，看着一点都不像乖学生。"

妈妈见了许久未见的儿子总会唠叨几句的，江乘月失魂落魄地应了一声。

医院所在地不是首都，也不是大城市，信号很差，江乘月来了这片以后，还没能和路许打过完整的电话。这一刻，他在异国他乡的土地上，近乎疯狂地想念宁城，想念路许。他想起到那天雨夜，路许只开了盏落地灯，坐在窗前的白色书桌边画设计稿，他走过去，尝了口路许的咖啡，被苦得直接蹦出好几句方言。

医院前台放了张好几天前的报纸，护士拿它垫东西，江乘月见过好几回。不过今天他路过时，朝着报纸的方向扫了一眼，看到了熟悉的品牌名"Nancy Deer"。

在这样的国度，能看见路许的品牌名可太稀罕了。江乘月的嘴角刚有弧度，就看见了标题下的内容："因不满 Nancy Deer 春夏大秀进军亚洲市场，某男子暴力打伤品牌精品店店员。"

江乘月看得直皱眉。这里的信号最近一直时断时续，无法维持通话，最近的基站出了问题，还没来得及维修，稍微近一些的，他问了乔阿姨，在 10 公里外。曲婧在午睡，江乘月给她倒了杯水放在床头，拿上手机，推门出去。

江乘月搭车去五公里外的村镇，下了车，又往基站的方向走，这一带的人要多上不少，他的肤色在这种地方很少见，频频有人回头看他。他有些不自在，再往前走，靠近基站，就多了不少东方面孔，他甚至还遇见了一个在拍短视频的老乡，那人摆了口锅，正在倒油。

"找信号来的？那边信号不错。"老乡指着前面说，"给家里人打电话？哎，我看你好像有点眼熟？"

江乘月点头："嗯。"

他终于在基站的信号覆盖面下拨通了路许的跨国电话，他甚至没顾得上他们之间那大约 7 小时的时差。

"乘月？"路许的声音先是带着温和的笑意，随后就变成一种指责，"你行啊，一周都没给我打电话，连消息都不发。Nalson 前天还问我是不是把你给吓跑了。"

"这里的基站坏了，没有信号，我走了五公里找信号，等下还要走回去。"江乘月听他声音没有异样，还在逗他，这才放心，"路许，你……没事吧。"

"没事。看见新闻了是吧，在解决了。"路许轻描淡写地说，"你妈妈还好吗？"

"嗯。"江乘月的呼吸很轻，小声说，"她在康复了。"

路许又问："我买张机票过去看你？"

"别来！"江乘月不同意，他不希望路许因为他耽误任何的工作。

"反应这么大，就这么不想见到我？"路许问。

"不是，你好好工作。"江乘月说，"把 Nancy Deer 的事情处理完。"

9. 你继续编

电话两端的人都陷入了沉默，跨国电话一分一秒地扣钱，江乘月扫了一眼手机屏幕上的通话时间，充分地明白了什么叫"沉默是金"。良久，在江乘月几乎以为信号再次断开的时候，路许似乎是笑了，放缓了词句，一字一句地说："进步了。"

"进步了"不太适合现在的语境，用"出息了"或许更合适，但江乘月不想提醒路许。

"不让我过去？"路许又问，"我还没来得及跟你妈妈打招呼。"

"嗯……路哥你别来，我听王雪姐姐说，这次春夏大秀你从年中就开始准备了，其间否掉的稿子不计其数，有的甚至已经做出了成衣，却在最后关头被否决掉了。"江乘月靠着基站边的栏杆，眉目认真，琥珀色的眼睛像盛了清泉，"我等着看路哥你上台谢幕呢？"

路许没接话，但江乘月知道，这个理由，路许完全能懂。

"我的春夏大秀必须是经典。"半晌，路许愉快的声音响起，江乘月觉得，他是在笑着的，至少眼睛里应该有笑意。

"行了。"路许说，"不逗你了，毕竟是异国他乡，谨慎点，注意安全。你不用急着跟你妈妈说那些事情，等这段时间过去，由我来说。"

"打跨国电话呢小兄弟？"江乘月刚挂断电话，刚刚那位老乡走过来跟他说话，"我上次见过一个人，和你一样，步行好几公里，就为了给亲人打一通电话。"

江乘月有些心不在焉："嗯……是的。"

"应该是很重要的人吧？"

"是，很重要朋友"

"哎……我还是觉得你眼熟。"老乡以江乘月为圆心，绕了半圈，"梦镀！"

江乘月："……嗯？"

因为距离带来的沮丧和思念消弭了一些，江乘月甚至有些惊讶地睁大了眼睛。

"江乘月？是不是！"老乡激动地当场来了两句他们的第一首原创歌《仲夏不尽》，"我那儿有非洲鼓啊，来一段？"

江乘月做梦也没想过，他飞了大半个地球，在这里还能见着他们梦镀乐队的乐迷。路许之前说，让他把视野打开，竟然应验在这里。

"下次吧……"江乘月抵不过乐迷的热情，加了微信，"我出来太久了，家人会担心。"

不知道每一次，曲婧给他打电话的时候，是不是也走了很远，而他因为不爱接电话的毛病，错过了很多回。

曲婧确实是担心了，江乘月走回去时，她正坐在一楼大厅里等他，旁边还推着移动输液架。

"回来了？"曲婧仿佛已经从乔阿姨那里知道他去了哪里。

"嗯，去附近的基站打了个电话。"江乘月说。

曲婧康复得不错，脸色已经好很多了，隔着半个大厅的距离，江乘月觉得她似乎也没有离开过很久。像是看出来他在想什么，曲婧神色淡淡地说："这边并不总是信号不好的，只是不巧，你来的这几天，基站还没来得及检修。"

江乘月"哦"了声，不知道该怎么接话，他觉得愧对曲婧，又觉得愧对路许，两种感觉的撕扯，让他有一种喘不上气的窒息感。

他的期中考试出了成绩，下午有信号的时候他刚收到，除了选修的德语，每门课的分数都在 95 分以上，所以他找了一个母子间绝对不会无聊的话题：成绩。

"考得不错。"曲婧的指尖停在江乘月手机屏幕上的一点，挑了挑眉，"不过，你为什么会选德语？"

江乘月内心咯噔一声，忽然后悔让曲婧看他的成绩单了，他那个 7 开头的德语分数，在他的成绩单上，确实显眼。

"德语……很有趣。"有趣个屁。

"也很好拿学分……"才怪！他几乎是忍痛夸奖了这门万恶的外语。

曲婧倚靠在床头，似笑非笑地看他，像是在说"你继续编"。

"刚刚走了那么远，是去给谁打电话了啊？"曲婧问。

江乘月吐出了两个字："路许。"他过来以后第一次在他妈妈面前提了路许的名字，"选德语是因为……想听懂路许说话。"

"你们的关系还挺不错？"曲婧说，"你先前非要提前去宁城，接着住在路家老宅，后来听说路许回国，我还一度很担心你们不能好好相处。"

"路哥很好的。"他说。

路许的春夏大秀在即，总公司还出了那么多事，江乘月很担心。

中午，江乘月下楼领了医护餐，擦干净碗筷，给曲婧放在床头，这才小心地关上门，去了外边。他心不在焉，站在门外想给曲婧削个芒果，不小心被刀划了手，指尖上的血滴答滴答地落在果皮上。旁边有个小孩伸手想去抓垃圾桶里的果皮吃，他连忙制止，把手里干净的芒果递给那孩子，孩子瞪着眼睛，犹犹豫豫地从他手上接过去，道了谢。他自嘲地笑笑，感觉自己的心情，像刚刚削下来的果皮，揣着甜，实则涩得厉害。

这边的医疗资源有限，每一间病房都住了人，怕曲婧看见自己心烦，江乘月塞了耳机坐在塑料凳子上听歌，直到曲婧睡着，他才去自己的陪护床休息。半夜时停了电，医院启用了备用电源，江乘月从睡梦中惊醒，出门问了情况，得知这里的常态，他蹑手蹑脚地查看了妈妈的情况，没有了睡意，披了件外套，去了外边。

这里所有景致的轮廓都是粗糙肆意的，夜空像是离地面很近，天顶最高的地方是深蓝色，遍布着闪烁的碎星。这边天亮似乎格外早，慢慢转向地平线的方向，由浅蓝过渡到一种很淡的暖橘色，银河就泼洒在其中，给树影留白。

江乘月扶着二楼平台的栏杆，额前的碎发被风吹得微动。他架着手机，拍了一小段星轨，想着回头发给路许。下午有信号时，他收了路许这几天给他发的消息，现在刚好可以一条一条地看。

最先映入眼帘的一条来自 10 小时前。

Kyle："知道你想回家，但你最好早点睡。"

江乘月："……"

竹笋："路哥，脸皮不要就给需要的人，比如我。"

消息前面有个图形转了转，最后变成红色的感叹号，还是发不出去，他又接着往上翻手机消息看。

Kyle:"睡不着,给你拍了个星空的延时摄影,我的拍摄手法是能拿奖的。"

这视频江乘月暂时没办法播放,但他仿佛看见路许在公司总部的窗台上架着摄像机。他来这边,是有点水土不服的,连带着胃口也变得差,有点食不下咽。天一亮,江乘月还是像先前那样照顾妈妈,细致到周围人都在夸他懂事,他只是笑着摇头。他并不懂事,明明在照顾伤患,却牵绊着路许那边的工作。明知道帮不上忙,却控制不住地要去多管闲事。曲婧偶尔会拿沉思的目光皱眉看着他,欲言又止,这时候江乘月会主动退出房间,把不确定的惶惑和迟疑留给自己。

曲婧在渐渐康复,两三天后,他又找了一个中午,走去基站那边给路许打电话。明明分别的时间不长,可是听见路许声音的瞬间,江乘月还是觉得鼻子一酸。

"我听你的声音,怎么像是不大高兴的样子?"路许奇怪地问。

"还好。"江乘月稳住声音,没流露出太多的情绪,"有点水土不服,吃不下东西。"

路许:"不会是背着我偷偷哭了吧?"

江乘月:"……没有,我又不是小孩子。"

10. 我运气真好

先前遇见的那个老乡就住在基站附近,这次见到他,眼睛一亮,说什么也要拉他去旁边自己开的小公司做客。江乘月这两天都有点魂不守舍,被人一拐带,就跟着去了另一条路。

"原来你妈妈是援非医疗队的啊。"老乡肃然起敬,"他们都是很厉害的人。"

同样的话,江乘月最近听很多人说过,他以为自己与童年已经和解,但确实站在异国的土地上时,才真正地理解他们。

"来一段?"这位同乡乐迷没有开玩笑,真的给江乘月搬了一套非洲鼓。

江乘月:"……"

江乘月之前怎么都想不到,他会在别的国家玩鼓,玩得还很顺手,甚至还和几个当地人交流上了。当地人对鼓点的节奏有天然的感知,这在一定程度上启发了他。没有规则、观众的束缚,他可以凭借自己对音乐的感知,自由打鼓,这是他以前在玩音乐时,从未体会过的。

江乘月在老乡家里多待了些时间,回去的时候怕曲婧担心自己,一路小跑,小腿酸疼,眼睛也被路边的沙子迷了好几回,他也没太在意。回到医院时衣服都被汗水浸透了。曲婧没躺在床上,正让护士给她换脖子上的纱布,江乘月进去时,刚好看见一道刚愈合的伤痕。

"没事，不麻烦，我差不多自己能换了。"曲婧正在说话。

"妈你别动，你让护士姐姐给你换。"江乘月连忙阻止。

护士笑着，和曲婧聊几句，退出病房。

江乘月把晚饭和水递给曲婧，自己则是坐在她床头，拣了些国内有趣的事情说给她听。

"孟哲，我们乐队的贝斯手，他爸爸不让他玩乐队，让他继承家里的小龙虾店，他从窗户跳下来，后来发现忘带手机充电线还翻回去一次。

"还有那次音乐节，主办方欺负我们，结果被乐迷骂得很惨……

"我刚到宁城的时候，总觉得他们都看不起我，就去 Live House 抢了鼓手的位置，完了还扔鼓棒，刚好扔到了路哥的头上……"

曲婧听他说，人也在笑。江乘月意识到自己提了路许，缩了缩脖子，做了个自己闭嘴的手势。

"差不多够了啊你。"曲婧白了他一眼，"蠢死你了。"

江乘月有些错愕。

"那天我看见报纸了，路许的公司是不是出了点麻烦？"曲婧笑他，"真放不下，你就回去看看，如果你觉得他对你而言很重要，那你就去参与他遇到的难关，就算是什么都做不了，也好过远在天边的念想。"

江乘月被噼里啪啦一通说，心里竟然安稳了一些。他太久没见曲婧，几乎忘了这人在很久以前就是这种干脆的性子。曲婧巴不得他快滚，就让人给他订第二天回国的机票，江乘月推着自己的黑色行李箱，站在病房门前，感觉像是回到刚来的那天，又觉得似乎已经过去了很久。

曲婧的脖子上绑着纱布，没办法回头，从窗边转过来看他。江乘月背靠着门，目光滑过已经斑驳的墙、灰白的地面和灰蒙蒙的窗，原以为已经整理好的情绪忽然决了堤，他扔开行李箱，冲过去给妈妈一个熊抱。

"滚哪！我脖子我脖子，你老妈的脖子在痛！"曲婧骂着，手却温柔地在他的脑袋上拍了拍。

"那你……要平安回来。"江乘月说。

来时的那条路，江乘月又从北向南地走了一遍，依旧是荒芜奇特的景色，可回去时的心情却有所不同了。他其实想多留下来照顾曲婧几天，也没指望曲婧在短期内能理解自己对路许的信赖，没想到他妈妈把他提前给赶走了。送他去国际机场的不是乔阿姨，而是那位热情的老乡，老乡要去机场接朋友，刚好主动捎他一程。距离 Nancy Deer 的春夏大秀开场，还有将近 25 个小时，时间似乎绰绰有余，他能赶上路许的春夏大秀。

"等着你们的新作品啊，我特别喜欢你们那个主唱，声音真好，想跟他交流一下唱功。"老乡自信地说，"急什么呢年轻人，我给你开快点，我这个车，越野没问题。"

江乘月谢过老乡，举着手机在车内找信号给路许发消息。

> 竹笋："路哥，我今天往回飞。"
>
> Kyle："给个降落时间，我让助理去机场接你。"

江乘月正要发机票截图，信号又只剩半格了，他被这时断时续的信号磨到没了脾气，只好指望着这位海外乐迷能把车开快些。然而没多久，老乡放在车上的卫星电话响了。

"前方道路突然事故，小兄弟，我们要绕路了。"大众的方向盘打满，拐上了另一条道路，"这边经常出状况，这路不好走，本来还有 1 小时能到，现在要 6 小时了。"

"……嗯，好。"江乘月的手心微湿，在黑色的手机屏上留了几道湿痕。

怎么突然就出事故，怎么刚好挑了他想见路许的时候？运气真坏，江乘月想。

6 小时的绕道车程让他昏昏欲睡，开车的老乡却像是习惯了，一路哼着同一首民谣，江乘月细听，竟然还是他先前所在的乐队"柚子冰雪"的歌。

这个乐迷的质量，未免太高了吧。

> 竹笋："路哥，我好像赶不上飞机了。"

下一趟直飞航班，在 12 小时以后，他是真的赶不上路许的春夏秀了。说不遗憾，是不可能的。老乡像是感觉到他的焦急，一脚把油门踩到底，黑色大众拐上一条无人的公路，朝着国际机场的方向飞驰。

信号终于又恢复了。

> Kyle："你人回来就好。我这人没什么仪式感，不需要你一定来现场看走秀，你要是喜欢，所有衣服我按你的尺码来一遍，回头你自己上 T 台走给我看。"

江乘月被他逗笑了，原本压着的嘴角微微上抬，不得不说，路许每次总能用稀奇古怪的方式调节他的心情。远远地，他终于看见了属于国际机场的恢宏建筑，也遥遥看见了停机坪上飞机白色的机翼。

"多出新歌啊，专辑不够听！"送他来的老乡冲他挥手，"坚持玩下去，有机会我去你们梦镀的现场！"

江乘月冲他挥挥手，看着他混入机场外的人群里。江乘月错过了航班，他要在这里等上六七个小时，才能乘坐下一趟航班回国，那时候，Nancy Deer 的春夏大秀估计已经结束了。

"下一趟航班班次报给我，我让人给你订票。"路许的电话打了过来，背景音有些嘈杂，似乎是已经在后台开始做准备工作了。

江乘月抬着头，看班次表："下一趟航班是……等等。"

候机大厅的电子屏幕上，有一趟航班的班次后面写着延误 6 小时。这趟的班次……和他手中机票上的一模一样，他现在刚好能赶上办登机手续的时间。

"我运气真好。"江乘月想，"因为路许，运气都变好了。"

11.我家小鼓手

人似乎总是这样，满心期待地想做成一件事时，总担心有些不确定的小气泡来打扰自己的美梦。江乘月只来得及和路许说航班刚好延误，就立刻挂了电话，推着行李箱，往办理登机手续的柜台方向跑。天气并不太好，但不再影响飞机起飞，机舱里各国的语言落在他江乘月耳边像是一支催眠曲，这小半个月的时间，他的睡眠都不算太好，他关机戴上眼罩，沉沉地睡过去。

飞机降落在 H 市国际机场，距离 Nancy Deer 的春夏大秀还有两个小时。

耳边终于是熟悉的中文，江乘月挤在机场的人群里往外走，王雪遥遥地看他，冲他挥手。

"抱歉，飞机延误了。"江乘月赶紧道歉，"让你等了我 6 个小时。"

"6 小时算什么，我有地方休息，我们快走吧。"王助理催促，"快开场了，我们大概会迟到一点，不过没关系。"

江乘月这才注意到王雪穿着白色西装外套和套裙，半长的直发披在肩上，脖子上挂着工作牌。他再看看自己，刚从偏远的国度回来，经过了十几个小时的旅途，记忆里远方的尘埃还很清晰。

"没关系。"王雪看出他心中所想，一边打着方向盘让车上了高速，一边对他说，"比起时尚更重要的是天然的气质，你这张脸摆在这里，他们才不会在意你穿的是什么。我们做这行的，各种衣服饰品见得多了，最能一眼看中的，反倒是浑然天成的那种。"

春夏大秀的开场时间是晚上，他们这会儿刚好赶上这座城市的下班高峰时间。江乘月经历了荒野飙车之后，又感受了一把市区堵车。车一辆挨着一辆，慢慢地往前挪动着。

"我们应该赶不上开场了。"王雪很冷静，把车载电视给他打开，"我把数据连上，想看的话，可以先看看直播。"

半个小时后，Nancy Deer 的春夏大秀，在这座城市开场了。江乘月在车载电视上看到了开场的直播。

开阔的秀场上，灯光慢慢地暗下来，一道道流光从观众的脚下升起，在天空中炸成烟花与光雨，顶级灯光设计师用各种光效将现场的氛围烘托得流光熠熠，灯光明灭，切入第一个开场表演。没过多久，这场主题秀就在网上引起巨大的关注和讨论，江乘月看见很多人在社交平台上晒了图。

"我可太期待了，据说鹿家今年的衣服挑战了很多新元素和色系，不再是鹿与南希常见的黑白灰搭配了，姐姐去了秀场，我等着她给我买衣服！"

"啊啊啊啊！！！开场秀邀请了我喜欢的歌手。"

"也是不容易，他们内部股权变更之后，不知道是品牌被黑还是怎么的，反对的声音太大了，从国外反对到国内，都不看好这场春夏秀。"

"看了直播，很不错，看出来路许在尝试新风格了，整体风格变得活泼了很多，男女装都是。"

"看到路老师本人了，之前听了点消息，还以为设计师是个脾气古怪的老头，没想到这么年轻帅气！不懂就问，路设计师旁边的座椅为什么是空着的，有什么特殊意义吗？"

"我也看到了！没听说。这是有谁迟到了吧，可真行，看秀迟到是对设计师和作品的不尊重，谁胆子这么大啊。"

"……"江乘月试探着问王雪："看秀迟到是不尊重设计师吗？"

"路老师说了，不希望你尊重他。"王雪回答。

江乘月到达秀场时，走秀已经开始好一会儿了。戴着工作牌的王雪领着江乘月进去时，很多人都把目光从T台投向了他，连直播和录像的机器都往他的角度偏了一下。江乘月在众目睽睽下，径直坐到路许旁边的位置上，他衣着普通，打扮和这满是时尚界人士的秀场看起来格格不入，但江乘月没太在意这些人打量的目光，在看见路许的那一刻，奔波了大半个地球的他，总算是安下心来。

像是终有一日，候鸟回到它的栖息地。

江乘月以为路许正专注地盯着台上模特展示的衣服，似乎没有感受到他的到来，但当他坐下来时，路许却往他的方向靠近了一些。

"来了？"路许问他。

"嗯，你专心看。"江乘月说。

"我自己的秀，都是我熟悉的衣服。"路许说，"你还教训起我来了？"

"那跟平时不一样。"江乘月说，"这对你和对我来说，都很有意义。"

他不搭理路许的小动作，而是把注意力集中在眼前的T台走秀上，他不懂设计，知道的只有路许先前逗他时教过他的知识碎片，但每一件衣服被展出时，台下观众的惊叹声，他都听到了。

秀款的服装大多设计华丽，全场展出 37 件成衣，其中有好几件衣服，是他亲眼看着路许一步步做完了立体裁剪，他记得路许手上因为剪刀和立裁针留下来的薄茧，也看过路许废弃的一张张画稿。

春夏大秀还没走完时，关于 Nancy Deer 品牌的夸奖已经刷满了国内外的社交平台，先前诋毁品牌实力、编排路许家世的言论不攻自破。

江乘月突然想起，路许以前说过，真正的大品牌不需要费尽心机地去打公关战，品牌实力才是真正的标签。所有人都以为是路许狂妄，但路许的的确确做到了。

到场的人都很有素质，模特走秀期间无人拍照，以免影响模特的走秀状态，直到场内的灯光突然亮起，闪光灯汇聚成一片光海，涌向路许的方向。

江乘月不解地看着路许。

"在这里等我一会儿。"路许淡然起身，揉了揉他的脑袋，这才转身走向 T 台，做最后的谢幕。

江乘月还是第一次这么近距离地看路许站在自己的主场致辞，他曾经以为，设计师就是做普通人看不懂的艺术，但他现在知道，不是这样的。路许摆摆手，拒绝了场地给他配备的中文翻译，站在台上，在各大时尚媒体的聚光灯里，向着台下鞠躬示意。

"这场真不错啊。"与江乘月隔了一个位置的周设计师说，"我起码能听他吹好几年。"

"不过他确实有吹的底气……发现了吗，我好久没骂他了。"陈安迪在速写本上画了好多图，"希望对我能有启发。"

"你别直接抄，"周韦德顿了顿，说，"间接抄也不行。"

"谢谢。"T 台上站着的路许光芒万丈，"做得不算太完美，但相对于去年，个人认为进步了不少。"

台下有人在笑。

路许的致辞一贯不喜欢说太多话，简单几句总结致谢后，他拍了两下手，灯光控制组"get"到他的意思，飞快操作。

江乘月所坐位置边，有莹白色的灯光亮了起来，他摊开手心，一串像是萤火的光，绕着他的手腕，飞了一圈。他们曾在流萤四起的夏夜相遇，路许如今把萤火的光系在他的手腕上。路许面向他的方向伸手，两朵萤火的光在半空中碰撞，秀场的天顶亮起星辰，光雨渐落，在一场价值几百万的顶级灯光秀中，Nancy Deer 的春夏大秀结束了。

江乘月怔怔的，还流连在刚刚萤火碰撞的瞬间，这是路许事先没有跟他沟通的，也是路许给他的惊喜。

大秀结束，作为设计师的路许被众多时尚杂志的记者包围，江乘月站在不远处，耐心地等路许一起去后台。有摄影师请江乘月拍照,他一一拒绝,还有好几道目光在看他。

"Nancy Deer 的股权变更,其中有 10% 的股份,目前公开的说法是股权代持,能说说这部分股份属于哪个投资人吗?"江乘月听见有记者问。

商务方面的东西他不太懂,所以他也没仔细听路许的答案。他的目光集中在不远处,从外场慢悠悠进来的一个人身上,除了搭建好的秀场,后台封闭,外场则是半开放的。

时隔一个多月,Enrich 有些憔悴,脸上还有伤,他沉着面色,一步步往路许的方向走来,江乘月没来由地有点慌。路许和记者们都注意到 Enrich,纷纷看了过去。

"我记得我请人送你回国了。"路许看着路念前夫说。

"不忙,Kyle。"Enrich 说,"我在时尚界还有几个朋友,听闻你有作品,怎么能不过来看看呢?"

"你没那么好心。"路许笃定地说,抬手招来了安保。

安保正在赶过来,江乘月站在路许的五米开外,感觉有些难过,这对父子之间,早就不存在和解的可能,路许幼年时从 Enrich 那里感受到的为数不多的温暖,早就消失殆尽。他怔怔地看着路许,突然发觉路许的脸色变了。

"你不可能比我好过。"Enrich 的袖口里闪过一抹刀光,朝着江乘月的方向捅了过去。

江乘月呆呆地站着,知道他俩要闹,但没意识到这个人竟然带了刀,还会把刀口转向自己。安保才刚刚到场,顷刻间,江乘月猛地闭上眼睛,伸手去挡,却没感觉到想象中的疼,路许比所有人都快了一步,攥住了水果刀的刀锋。

安保追上来,按住 Enrich,死死地压在地上。

"你去精神病院过后半辈子吧。"血从路许的掌心里流出来,路许皱了下眉,张开手,把刀扔在了 Enrich 的脸前,"你会在四四方方没有窗户的白房子里,度过你的余生。"

江乘月愣在原地,不敢动,刀锋切得很深,路许的血一直在往下流,让他产生了一种血会流尽的错觉。王雪用最快速度叫了医护过来,江乘月跟着路许,像丢了魂。

"没事,不怎么疼。"路许伸手想拍拍他的脸安慰他,手上却沾满血,不忍心弄脏了他雪白的脸,只好忍着疼,尴尬地笑了笑,把手悬在半空中。

"怎么可能不疼,你在干什么……你为什么要拦!"江乘月几乎语无伦次,顾不上衣领和脸上都蹭到血迹,蛮不讲理地去凶那个不顾自己安危的人,"设计师的手,怎么可以受伤!"

路许轻轻地拨着他的头发,把受伤的手递给医护帮忙止血:"玩架子鼓的手那么重要,才不可以受伤。"

"你怎么能这样,怎么可以这么……幼稚……"眼泪不再受控制,汹涌决堤,他攥着路许的衣袖，不敢放开。江乘月从幼年以后，还从来没这样哭过，他趴在路许的膝盖上，眼泪打湿了路许的衣服。他第一次把眼泪过敏这件事彻彻底底地遗忘了。

他不再畏惧眼泪了。

12. 照顾伤患，耐心一点

路许手上的刀痕深可见骨，江乘月一整晚都陪着路许做各种检查，听了医生的分析，悬着的心才落回肚子里。路许流了很多血，伤口看着吓人，但好在并没有伤及神经，并不是太严重。

"养养吧，近期就别碰水了，定期过来换药。"医生说，"记得多休息。"

路许举着包得严严实实的右手从病房里晃悠出来，低头看了眼坐在椅子上的江乘月，转头叫来了皮肤科医生给江乘月打针。江乘月的模样比他这个挨了一刀偷袭的人还可怜，眼睛是红的，脸颊也绯红，脖颈上、锁骨上甚至手背上，目之所及的皮肤都是眼泪过敏弄出来的红痕。

路许叹了口气，说："知道自己眼泪过敏还哭！"

江乘月刚打完针，一听见他的声音，眨了眨眼睛，又不受控制地落了眼泪。他十几年人生里，存在心底不见天日的眼泪，都在今晚有了出口。

"跟个小姑娘似的。"路许嘲了一句，见江乘月仍不开心，只能好言安慰。

那边，Enrich 被警方控制，很快会遭返自己的国家，在路念父母联系好的精神病院里度过余生。

春夏大秀结束，Nancy Deer 的整体销售额比去年增长了10%，品牌新款供不应求，往年很多款式也被卖到断货。路设计师实诚地给自己算了工伤，带着江乘月回家休息了。江乘月除了在学校上课和去乐队排练，其他时间都拿来照顾路许。但是有个问题——路许伤的明明是手，但表现得似乎和四肢全废了没什么两样，不管是什么事情，全都指名要求他来代劳。

"一定要现在画设计稿吗？"江乘月坐在路许的设计台前，执着笔，不太确定地看了路许一眼，"你不是休假了吗？医生让你最近不要工作了。"

他尽可能地放慢语速，防止路许又用"听不懂"来搪塞他。

"休假也不能忘了工作，这么大的品牌，没有我不行。"路许从来没这么敬业过，"我说创意，你来画。"

江乘月手中的笔尖颤抖了两下，在数字屏上吐出一条毛毛虫。

"先画个人体模型我看看。"路许提议。

江乘月绝望地看了看天花板，勾出一只潦草的火柴人，路许无情地嘲笑他，江乘月生无可恋。

晚饭时间，路许又来了。

"哟。"路许说，"手真疼啊，我觉得我自己吃饭有些困难。"

江乘月给他买的是香辣鸡腿堡，已经贴心地撕好包装纸了，真没觉得哪里有困难。

"你知道那种，骨头深处被刀锋硌到的疼吗，就好像……"路许看着他，幽幽地说。

江乘月无可奈何地坐过去，如某人所愿地喂给他吃。

"耐心点。"路许说，"你这是照顾伤患。"

江乘月在心里嘀嘀咕咕了好几句。

"对了，江乘月，过来签个名。"路许叫他，推出一份文件在他面前，"先看看。"

文件是全英文的，江乘月先签了名，再打算慢慢去看，不料听见路许在笑他："行啊你，商业文件也敢随便签，不怕我把你卖了？"

"你敢？"江乘月说。

"我不敢我不敢。"路许举着包得严严实实的手，做了个投降的姿势。

"所以，这是什么文件？"江乘月好奇，"拿来做什么？"他扫了一眼，看见了Nancy Deer 的品牌名。

"这个是，股权转让。"

江乘月："嗯？"

"Nancy Deer 是我创立的，我算是老板，Nalson 只是合伙人，这份文件我在纽约时就准备好了，转给你品牌 10% 的股份，在你大学毕业前，由我代持，但收入全部转你账上。"路许说。

"你送我这个干什么……"江乘月被这种送东西的方式砸得晕头转向。

"我看好你啊。"路许无辜地说，"路念质疑我，觉得我对你的事情干涉太多，只坏不好。我想了想，送别的太幼稚了，都是小孩子的把戏，我想让你前程似锦，玩你喜欢的音乐，没有后顾之忧。

"Nancy Deer 是我的初心，我把初心系上风筝线，递到你手里。

"你好好牵着，别丢了。"

13. 印象失真

江乘月在曲婧那边时，偶然见过当地的咖啡豆，他看不出好坏，只记得路许大部分时候都捧着咖啡杯，所以他买了小半个行李箱的咖啡豆，给路许带了回来。他搜索了网上的教程，把熟豆用家里的研磨机磨成粉，用温水冲泡，再倒上一点牛奶，挑了一套挺好看的餐具，把咖啡端到路许面前。

路许闻了闻咖啡味，拧紧了眉毛，看起来不太情愿："这是什么咖啡？"

江乘月说："我回来前从当地买的，刚现学现做的，是不是不好喝？"

"没有，放下吧，闻着很香。"路许捏着鼻子说。

江乘月不太确定地看了他一眼，放下咖啡杯走了。

不得不说，这半个多月的经历，对江乘月而言，实则算是一种成长。他偶然在他乡见了当地人玩改良后的非洲鼓，与他打的爵士鼓非常相像，但当地人没有经过任何的培训与乐队演出，对节奏和律动的把握，靠的全是与生俱来的感知，这给了他很大的启发。

他在隔音室里一待就是两个小时，走出来时还抱着笔记本电脑，屏幕上是用库乐队做了一大半的编曲。房子里静悄悄的，他路过路许的工作间，看见设计台边铃兰花形状的落地灯亮着，路许枕着没受伤的手睡着了。

江乘月光着脚踩上工作间里的地毯，走过去。他想，路许大约是累了，这段时间，他到处奔波，路许何尝不是一样，路许的身上，有整个 Nancy Deer 品牌的兴衰，背负的东西越多，责任和压力就越大。准备一场大秀，独立设计师需要付出长时间高负荷的努力，加上后面受伤，路许真的还没有好好休息过。

江乘月低头安静地看着路许朝着他的半张脸，混血儿的身份给了路许外貌上的优势，五官深邃，面部线条利落，他的指尖不自觉地贴上路许的睫毛，沿着路许的脸颊浅浅地戳了一下，路许的睫毛动了动，睁开眼睛，那双眼睛像是日界线经过的天空，黄昏与深夜的天幕交融，藏着蓝色的星光。

江乘月没想到路许其实睡得很浅，也没想到他在后退一步时，路许会突然扣住他，支使他干这干那。和前几天晚上一样，江乘月帮路许放好洗澡水，又被挑剔水温。

"你怎么那么多事？"江乘月不高兴地说。

路许丝毫没觉得自己有何问题，乐在其中，振振有词："不挑剔怎么当设计师？"

江乘月转身要走，被路许堵上出路，两个人都没有平时的架子，在浴缸边打打闹闹。半个晚上的胡闹让路许右手手心的伤口撕开了些，第二天中午，江乘月发现路许背对着他换药。路许缠绷带的手法很熟练，江乘月猜同样是医护出身的路念应该教过他。

路许觉察身后的动静，转头看他："喝热水吗？"

"给你说一个小常识。"江乘月有气无力地说，"别问热水，在哪里都别问，真的很直男。"

路许借着受伤，每天坐享其成，支使江乘月跑东跑西，非常自在。

江乘月在附近的店里买了一杯黑咖啡，刷脸进了路许的独栋别墅，路过客厅时，路许正坐在客厅的沙发上，一边翻看一本时尚杂志，一边熟练地画着草图。

"路许，我回来拿个课本。"江乘月打完招呼走过去，感觉不对，又走了回来。

路许的动作是：翻看杂志，用掉了一只左手，还画草图，那不得用右手啊！

江乘月转头几步冲回客厅，路许正拿着纱布往伤口愈合得差不多了的右手心里缠，两个人四只眼睛都眨了眨。

江乘月："……"

好不厚道。

"……你回来得不太是时候。"路许遗憾地说。

在家闲了好一段时间的路许，总算在被江乘月谴责了一通之后，纡尊降贵地去
Nancy Deer 的分公司晃悠了一圈。

而江乘月也正式进入大一学期的期末考试周，先前他去照顾曲婧时，落下一周的
课程，好在大一的课程不难，很多内容他高中时自学过，于他而言不是太大的问题，
唯一需要担心的，就是他那个万恶的语言类选修课。他只好向路许求助，但路许不是
个热心的老师，教他的时候，总喜欢附加别的条件。

"这个情态动词的用法……"路许边提条件边给他讲。

江乘月很快意识到，找路许来教并不是个好主意，路许说德语，并不代表路许会
教德语，路许只会看着他的课本来一句"这是什么智障对话"。路许从来不会让自己
吃亏，教他几句德语，就会从其他的地方赚回来，比如天天让他当新衣服的免费模特。

江乘月很少看时尚新闻，和路许住在一起之后，才多关注了一些。这天他路过美
术与设计学院，听见学院大楼里走出来的几个学姐在聊 Nancy Deer 的衣服，这才想起
来去网上看看外界对 Nancy Deer 的评价。

网上的图片合集几乎全是春夏大秀那天模特的服装实拍图，国外网友对这一季的衣
服评价很高，一些 VIP 客户已经晒了订购图。除此之外，江乘月还看见了一些别的内容。

> "鹿与南希春夏大秀那天，路设计师身边那个超好看的小哥哥，是梦镀
> 乐队的江乘月哎。"
>
> "是他啊!!! 关注好久了，我记得路许的微博是晒过他的照片的，他本
> 身好像兼职平面模特，*Cocia* 杂志第 39 期，造型监制就是路老师，他们好像
> 关系很好的样子，这么重要的春夏大秀，路许都邀请他。"
>
> "我觉得不止关系好吧……你去看春夏大秀的全程录像，最后那个萤火
> 虫光效，路许直接感谢的人就是江乘月，还有大秀之后，据说路许因为人为
> 原因伤了手，还在安慰江乘月!"

江乘月不在乎别人对他和路许的看法，但看见有人夸赞他们时，嘴角还是不自觉
地带上了笑。手机铃声响了，是他妈妈打来的电话。这次江乘月没有迟疑，按了接听。

"你也走了 5 公里找信号吗，曲医生？"他问。

"哈，不好意思，你从我这儿走的第二天，基站就修好了，通信恢复。"曲婧笑他，
"你当谁都跟你似的，来的时候刚好没信号，为了打电话走那么远。"

江乘月恼羞成怒，反驳道："那你不也是，因为我爸，留在那么远的……"他收了声音，一直以来，这个话题似乎都是他们母子之间刻意忽略的事情。曲婧那边也是沉默了一瞬，随即轻笑一声："你说得对。"

他们两人之间那道无形的冰墙，不知从什么时候开始，渐渐消融了。

"已经冬天了，我托人买了两条秋裤，一条给你，一条给路许，保暖舒适，还不起球。"曲婧说，"怎么跟人相处，这个不用我教你吧？"

"啊？秋裤？"江乘月问。

"说实话，你先前来我这边，还收不了心的时候，我是想管管你的，但我这些年……愧对你。"曲婧深吸了一口气，"所以我不管你，你和路许关系好，你们更有共同话题，以后让路许多盯着你吧，天地辽阔，去你想去的地方吧。"

曲婧说这话时，努力让声音平静，但江乘月还是听出来她的声音，有些哽咽。

"谢谢。"江乘月小声说，"老家的街又翻修好几回了，等你回来，我陪你逛。"

学校门口，停着一辆玛莎拉蒂，路许的司机在等他，江乘月倚着车窗，把自己调整加花过的一段编曲发给乐队的几个朋友看。

孟哲："可以啊江乘月，感觉你出了趟国之后进步飞速，这是找人请教了啊。"

竹笋："当地人的鼓玩得都很好，刻在 DNA 里的那种，我只是学了点皮毛。"

孙沐阳：（语音 3s）

Nancy Deer 分公司的楼下，各种国内外超模进进出出，他们衣着前卫，每一个单独拎出来，都是时尚界的翘楚。江乘月进门时，有位黑色长直发的模特与他一同走了进来，他低头发消息，跟乐队的朋友说话，旁边人就一直在打量他。女模特的鞋跟很高，因为走神，不小心崴了脚，差点摔在地上。

"小心。"江乘月扶了她一下，多亏这一下，女模特顺势抓住对方的袖口，才没摔倒在地上，连忙说："谢谢。"

"江乘月？"一个低沉有磁性的声音响起，"怎么了？"

女超模认出这是 Nancy Deer 的独立设计师，打了招呼。

"没事，你走路小心一点。"江乘月说完，冲路许的方向小跑了过去，空气里留着很淡的薰衣草味。

路许的办公室最近换了个风格，相对于之前黑、白、灰为主的设计，多了一点带有人情味的暖调配色，桌子上还有一盆江乘月斥 5 块钱巨资从花卉市场买回来的仙人球。江乘月刚把书包挂到衣帽架上，路许就招手让他过去。

"嗯？"江乘月原本是要去倒水，闻言走了过去，"怎么了？"

路许揽着他，把他提到桌子上坐好，扔给他平板电脑，上面是 Nancy Deer 的官网，

印象失真

切换网页，则是一些大品牌的官网。

"给你挑几件衣服。"路许摘了肩膀上的软尺。

"又量。"江乘月小声说，举着平板电脑，专心看这些品牌的衣服。很多大牌的衣服在他眼中都有一个共通点，那就是看官网的图丑绝人寰，但实际上身的效果要比官网的图好看很多。

路许收起软尺，江乘月想说秋裤的事情，但是不觉得路许会喜欢，所以到底没说。

"你最近不忙吗？"江乘月问路许。

"不忙，你也不是天天都让我陪着，我闲得慌。"路许把软尺搭在自己的脖子上，翻看他刚刚挑选的衣服，"我应该给你提过，除了准备大秀时，要盯整个服装制作过程，我其他时候的工作，时间地点都比较自由，这三年里，我每年四分之三的时间都在这边，纽约那边有 Nalson，等你大学毕业后，你喜欢什么地方，我就带你去什么地方，你看可还满意？"

江乘月从来没有考虑过这么多："我听你的。"

路许见他迷茫，也不嘲笑他不懂，只是伸手拍拍他的脑袋："总不能亏待你，Nancy Deer 的小股东。"

1 月初，学校里的学生都穿上厚重的羽绒服，江乘月披着 Nancy Deer 的冬季大衣，戴着顶黑色帽子，成了期末考场里最时尚的崽。但路许来接他的时候，穿得比他单薄多了。

"这边的冬天一点都不冷，这也才刚零下。"路许冷漠地说，"走吧，带你去拍平面图。"

冬天的马场温度很低，陈安迪裹得像个羽绒球，一边往手上哈气，一边调度现场的拍摄。

"我最近不打算做服装设计了。"陈安迪走过来说。

"嗯？"江乘月没明白他怎么突然说这个。

"Kyle 他们说得对，我确实没什么做设计的天赋，没创意没新意，只能拼命看别人设计的衣服找灵感。"

"那你……"

"我想了，我的时尚嗅觉很敏锐，所以我还是能吃这碗饭的，只不过是换个角度。"陈安迪说，"做杂志搞钱去了，不做服装设计天气都晴朗了，我还是更喜欢钱。"

陈安迪挠挠头，又说："哦，对了，送你个我设计的小手链玩。"

天气很冷，江乘月这套平面拍摄的衣服却很厚实，他坐在路许先前带他骑过的那匹马上，牵着缰绳，看向镜头，目光含笑。路许就站在镜头后的不远处，用手机录了一小段给路念发了过去。

> 路念："真好看。骂了你那么多回，说你浑，说你行事不守规矩，但你的眼光也是真的好。"

能不好吗，路许勾了下嘴角。路许突然觉得，自己二十多年来，做过的最骄傲的事情，竟然不是创立 Nancy Deer，也不是一人一相机地走过了诸多的风景，而是遇见了江乘月。

晴雨表唱片公司帮梦镀乐队争取到一次珍贵的演出机会，是本省电视台的一场冬季晚会，梦镀从拟邀请的本市十支乐队中脱颖而出，不管是人气还是作品，都在实力上超过了竞争对手，同时，公司还给他们拿到了去国外音乐节交流的机会。

冬季晚会是在电视上全程直播的，刚过中午，江乘月就被路许从公司抓了回来，找了化妆师，给他化舞台妆面。

"路哥，"江乘月被一群搞造型设计的围着，揪了揪路许的袖口，"我是鼓手，位置在乐队的最后面，虽然这次演出没有鼓盾，但是那么远，没有人看得见我的。"

"我看得到。"路许说。哪怕遥遥地隔着人海，只在远处望向舞台，也能从那阵打击乐里，窥见台上的甜美和热烈。

梦镀的这场演出效果很好，备受关注。这次演出，通过电视直播，被全国各地更多的人看见，这支由当代年轻人组成的摇滚乐队，吸引了很多乐迷。

"梦镀"这个名字，成为这一年最炽热的夏季限定。

"天哪，我以前不听摇滚的，现在爱上了。"

"梦镀的歌都好好听啊。"

"呜呜呜，现场效果真好啊，简直炸场，原来音乐这么有魅力。"

"咱们出去庆祝一下？"孟哲问，"我爸在电视上看见我了，他可高兴了，说我比他以为的有出息，以后不会再拦着我玩乐队了。"

"我……我要……跟朋友……玩。"孙沐阳说，"莫……莫得空。"

"忙了今天，我回家陪老婆孩子。"李穗背着吉他包，招招手。

"回家陪我的七只猫。"杜勋也撤了。

一阵沉默后，孟哲转向江乘月："Drummer，你呢？"

江乘月摊开手："对不起，路许在等我，我也要……出去玩。"

市中心的一个角落里，一栋经年的老宅隐于闹市。路许在老宅一楼翻找一份手稿，江乘月坐在院落的玻璃秋千上，吹着口琴。秋千摇晃，琴音潺潺，留于庭院上空，与银河星月交辉。路许单手拿着设计稿，站在壁灯下听了片刻，才踩着白色的鹅卵石小路，往玻璃秋千的方向走来。江乘月放下琴，小跑着，微微喘气地停在路许的面前。

冬天的庭院里没有萤火虫了，但他遇见路许，好过拥有不尽的仲夏。

⋯⋯ 印象失真 ⋯⋯

番外　仲夏不尽

番外一　浆果

寒假前，江乘月迎来他最后一门选修课的期末考试，德语。考试形式为开卷，可以带书，也能带电脑，江乘月缠着路许，给他整理了很多准备资料。路许被迫从教学角度整理了语言知识，写成笔记，给江乘月带上备用。

"开卷考试？"路许问。

"对，老师说的，有什么问题吗？"江乘月把笔记本收好。

"那你为什么不带我？"

江乘月："……不好吧。"

这，太过分了，尤其是他发现路许不是逗他，而是认真在发问时，坚定地杜绝了这个可能性。除了母语和英语，他对其他语言的学习算不上有天赋，但一个学期下来，倒是也能用德语和路许进行简单的对话了。

"Wie ist das wetter？[1]"路许扫了眼课文，陪他练对话。

"Es regnet？下雨了，对吗？"江乘月想偷偷看一眼课本，路许却把课本给合上了。

路许又抽问了几组对话，让他回答再默写，他反应稍慢，但都一一答对了。

"还可以。"路许云淡风轻地夸了一句，纠正他的发音。

今年过年早，当江乘月考完最后一门选修课时，城市里来来往往的人，都开始为农历新年做准备了，Nancy Deer 也开始着手为 VIP 客户们准备新年礼物。江乘月意外收到一份，漂亮的国风红色包装盒上，还印着路设计师的签名。盒子里有一瓶 30ml 的香水、一副鹿家的手镯，除此之外，还有一张新年贺卡。

江乘月对香水的兴致一向都不大，但礼盒里的香水包装得很可爱，淡蓝色的玻璃瓶子里，有一只水晶小鹿。在路许把 Nancy Deer 的股份转出一部分给他后，他有意地去了解了 Nancy Deer 的很多东西，这瓶香水的中文名叫"浆果茉莉"，正装售价1210元，发售以来的销量一直很能打。他看了很多评论，说香调是酸酸甜甜的，很可口的感觉。

蓝色透明的玻璃瓶拿在手上，江乘月才正式好奇了。他拆了封口，对着自己按了

1　德语，今天的天气如何。

······ 印象失真 ······

两下香水，味道很淡，有点像茉莉，他想辨别这到底是不是茉莉花的味道，对着自己又来了好几下，但茉莉味始终淡淡的，卡在他能分辨的临界点上。江乘月把香水收回礼盒里，回房间了。

路许回家时，一眼就看见桌子上放着的 VIP 客户礼盒，想起来之前助理提过要不要送一盒给江乘月玩，他拒绝了，理由是江乘月不喜欢这些东西，不过助理好像还是送了。路许看着客厅桌子上敞开的盒子摇摇头，江乘月果然不喜欢这些东西。

这段时间的相处，他早就深谙送江乘月小玩具的规律，买镴片就对了。江乘月收藏了满满一箱子的镴片，闲来无事，就会拿出来挨个擦一遍。

"出来吃点心。"路许敲了敲房间的门。

房间的地上全是鼓零件，江乘月坐在中央，抱着行李箱，正在纠结怎么收纳。

"怎么把行李箱拿出来了？"路许问，"最近想出门？"

"下个星期日，就是除夕了。"江乘月问，"一起回去吗？路许。"

"当然。"路许想也没想，先答应了。

答完他才意识到，江乘月说的回家，是指回老家 C 市，虽说 Nancy Deer 在那边也有精品店，但他还没有去过这座城市。他倒是想看看，是怎样的一座城市，养出了江乘月。

"我明天去订机票。"路许说，"顺便问问路念，要带些什么过去合适。"

"你不去和路阿姨过年吗？我差点忘了问你了。"江乘月问。

"不去哦，我好多年没有过这个节日了。"路许说，"我妈也一样，我是不过，她是自己过。"

"这样……"江乘月若有所思，"其实我很多时候也一个人吧，但我们那里过年很热闹，我可以趴在窗口，看别人家里热闹，沾沾年味。"

"跟我回家吧路许。"他说，"我们两个凑一起，我们也是家人。"

路许和江乘月，一个走南闯北，满世界周游，一个孤单一人，自己长大，其实两人早已习惯了孤独的状态，并非不能好好过。可人总是贪心的，相拥取暖过后，哪儿还有重归原点的道理。

番外二　打雪仗

这天清晨，路许拍手点亮了床头的落地灯，披上睡衣坐起来，慵懒地半眯着眼睛，往后倚靠着，转头看了眼旁边，江乘月不知道去了哪里。

这栋房子，当初是请他做建筑设计的朋友画的图纸，客厅的天花板很高，采光很不错。路过圆形落地窗时，路许往窗外看了看，庭院里的树顶、地面上都积了雪，灰白色的天空下白茫茫的一片。路许在纽约读书时，每逢冬天，都会见到大雪，有一年暴雪，雪埋了半个屋子，很多人一早起来的第一件事就是铲雪出门。所以路许对下雪没什么感觉，正准备下楼，瞥见庭院雪地上有点不同的动静。

江乘月穿着单薄的睡衣，从雪地的一端滚到另一端。

路许："……"

江乘月在 C 市时，几乎没见过这么大的雪，他一早就打开门冲出去，抓了一把碎雪，想看看雪花是不是真的六边形，还拍了雪景发到他们乐队的群里。

竹笋："啊啊啊啊，下雪了！下雪了啊！好大的雪，我长这么大，只在电视上看过这么大的雪！"

孟哲："？"

李穗："哦。"

杜勋："？"

孙沐阳："稀奇？"

乐队朋友们的反应似乎不那么惊喜，甚至有些平淡和敷衍，但这没影响江乘月的好心情。他见过雪，但更多的时候只是薄雪，刚落下来就融化了，只在地面上留着一层朦胧的水渍，像是蒙了一层破漏的纱，但这里的雪，是不一样的。

江乘月低头用手指在雪地上画了个笑脸，再想戳个酒窝时，路许沿着他踩过的脚印一路走过来，踢了踢他的屁股，问："这么早跑出来，有那么好玩？"

"我没怎么见过嘛。"江乘月索性坐在雪地上，"他们都笑我。"

他灰色的睡衣裤脚被扬起来的碎雪打湿，露着花瓣大小的深色湿痕，没有穿袜子的脚冻得通红，脚踝上还沾着晶莹的雪。路许找了他半天，见他在雪地里玩，顿时气不打一处来："你不冷吗，手脚都冻红了。"

江乘月这才想起来，瑟缩了一下："冷，但我给忘记了。"

他头发上都是雪，有的融成水珠，贴在发丝上，缓慢地往下落。

"回去穿个暖和点的衣服再出来玩？"路许伸手接住了那一粒水珠。

"嗯，好。"江乘月从雪地上站起来，拍了拍衣服上的雪花，回屋子里换衣服。

路许则是接了这栋房子管家的电话，问他要不要找人过来铲雪。路许本身是不喜欢庭院里有积雪的，但他回头望了望正往脖子上系围巾的江乘月，说："不用了。"

江乘月把自己裹成一只温暖的球，跑过来问路许是不是可以出去玩了，路许懒得说他帽子和围巾配色错误，只是点了点头，说："去吧。"

江乘月在网上搜了参考图，想堆一个可爱的小雪人。路许端了一杯黑咖啡，远远地看着他玩。

"这积雪不够厚。"路许说，"我要是早知道你这么喜欢下大雪的天气，我带你去北欧过冬，找一个小村庄，雪簌簌地落下来时，坐在壁炉边的地毯上，听着柴火的噼啪声入睡，第二天出门时，一脚踩下去，积雪深到小腿肚。"

说完，他看了看江乘月，不怀好意地补充了一句："不过你踩，应该是到膝盖。"

一个很小的雪球飞过来，砸在路许的脑袋上。

"我不矮！你再说我就……"江乘月说。

路许放下手里的蓝色瓷杯子，捏了个好大的雪球，盯着江乘月的后背砸。江乘月"哎哟"一声，回头瞪他。路许小时候在家那边横着走的时候，没少玩这些，后来长大了性格使然，在大学里不屑于跟陈安迪、周韦德之流玩雪。江乘月被他砸得满院子蹿，不小心踢倒了刚堆一半的雪人，愣在了原地。

"你也不让让我啊，你真砸我啊。"江乘月委屈地说，"之前都白叫你路哥了。"

路许挑了下眉毛，想了想，语速很慢："凭什么让着你，我是有原则的。"

江乘月："……"

行了，这人中文拾掇拾掇可以毕业了。

"好了好了，我错了，逗你玩的。"路许走过来，把他从雪地上拎起来，一路揽着走过庭院，放在屋檐下干燥的地面上，"这附近有一个很大的雪场，明天要是天气好，我带你去滑雪，我教你玩，行吗？"

"行。"江乘月很好打发，把刚刚被路许砸得满院子逃窜的事情忘到一边，坐在屋檐下的浅棕色木质台阶上，伸手接了一片落下来的雪花，突发奇想，想加点辣椒酱尝尝味道。

路许疑惑地看着他给自己盛了一碗雪，往上边加辣椒酱，无奈地笑着摇了摇头。

番外三　感冒

可能是因为在雪地里打滚，江乘月感冒了，嗓子也哑了。

外面还下着雪，细碎的雪花轻轻飘落，对江乘月而言，依旧是不多见的景象，但路许说什么也不让他去外面玩了，所以他搬了把凳子，裹着一张暖黄色的羊绒毛毯，坐在落地窗前看雪。

"本来约了雪场，想带你去滑雪。"路许把一杯热水放在他面前，"在家待着吧，先把药吃了。"

江乘月想说自己没事，张了张嘴巴，没发出完整的声音。

"瞧瞧，嗓子都哑了，怪可怜的，就别出门吧，什么时候想出去玩都可以，不急着今天。"路许云淡风轻地说。

江乘月不满地踢了他一脚。他早晨有点发烧，这会儿退了烧，但嗓子还有些疼，所以他干脆紧闭着嘴巴，不和路许说话。黑白格水杯里的水温正好，他拿起来喝了好几口。又是多喝热水。

桌上放了张纸，是他昨天随手放在这里打算记歌词灵感的，他抬眼看见窗外，伸手抽了路许口袋上别着的钢笔，在纸上唰唰写了两行。

"写的什么？"路许的视线始终没从他身上离开过，"白雪？却嫌春色晚？"

白雪却嫌春色晚，故穿庭树作飞花。

很应景的一句诗。

路许中文功底让他没那么容易读明白。江乘月得意地冲他弯了弯嘴角，原本是要解释的，张嘴又没说出话来，瞥见路许眼睛里一闪而过的笑意，顿时有了些恼羞成怒的意思。江乘月搜索了这句诗的讲解视频，扔给路许，让他自己去看。

路许接过他的手机，轻轻划了两下："你明天打算出去玩？"

"你又看我的消息。"江乘月正低头欣赏羊绒毛毯上的花纹，头也没抬，抓过手机边打字边问路许，"我们乐队想聚餐，顺带着出去玩，路哥你不带我出去，我就和他们出去啦。"

"天冷，你感冒没好，哪里都别去。"路许说，"不过你可以让你的朋友们来家里玩，我明天要去趟公司，可能会稍微晚一些才回来。"

江乘月还没邀请过朋友来自己家里，用口型问："可以吗？"

"当然可以啊。"路许奇怪地看了他一眼，抓着地上的一根鼓棒敲了敲他的小腿，"现在你不用征求我同意了。"

江乘月低头喝完了路许拿给他的那杯水。即使是感冒，江乘月也能尝出来这杯子里很淡的甜味。路许倒水的时候竟然加了蜂蜜，原来不是单纯的热水，这次是甜的。

梦镀乐队第 N 次团建活动的地点，定在路许的独栋别墅里，化雪天异常寒冷，对路许这种见惯了暴雪的人来说算不上什么，但江乘月就有些不适应，他还是更喜欢夏天。

刚过上午 11 点，梦镀的 4 个人就骑着摩托一路呼啸着来了。江乘月穿着居家拖鞋开门迎接时，最先进来的人，是他们的主唱酷哥。

"中……中午好。"酷哥僵着脸，机械地抬起手，把一串小米辣往他手里塞，"伴……伴手礼。"

江乘月的嗓子只好了一半，尽可能少说话，所以他神情严肃地冲着孙沐阳鞠了一个躬。

"干吗呢你俩，不说话，对着装高冷？"孟哲不解，转头问江乘月，"那位行走的奢侈品，不在家吗？"

这房子对江乘月而言，有些太大了，路许不在的时候，他总是感觉家里有些空荡荡的，路许在的时候，他也喜欢和路许待在同一个空间里，他几乎是无意识地享受这种安全感。

"他今天有工作。"江乘月小声地说话，声音还有些感冒后的沙哑。

他们乐队5个人，本来打算去玩剧本杀，但因为江乘月生病，酷哥硬件条件又跟不上，最终计划还是泡汤了，几个人围着小圆桌，捧着江乘月煮的花椒茶聊乐队的事情。

"你桌上那个插花的瓶子……"杜勋一直在盯着那边看。

"嗯？"江乘月顺着他的方向看过去，"怎么了？"

杜勋在手机上翻了翻："这好像是一个拍卖花瓶，我记得好像被人100多万元拍走了，原来是路老师拍的啊。"

100多万元……

江乘月傻眼了，好多钱。他每天抱着这花瓶玩插花的时候可是从来没心疼过，该磕碰的时候一点都不含糊，路许也从来没跟他说过这回事。

番外四　滑雪

因为感冒，江乘月在家休息了三四天，才被路许允许出门。路许兑现诺言，带他去周围的滑雪场滑雪，江乘月从来就不知道，这座城市，还能有滑雪场。所以路许和司机说地名的时候，他还用地图软件搜索了一下，这座滑雪场在郊外，占地近6万平方米，据说是本地人玩滑雪的好去处。江乘月的滑雪服是路许提前准备好的，很亮眼的蓝色，没有明显的品牌logo，穿在身上很暖和，外层可以防水。

路许帮他套滑雪服的时候，他还问："大家都穿得这么鲜艳，是不是因为穿得鲜艳点，走丢了好找？"

"算是吧。"路许伸手把他衣服前边的拉链给拉到最上边，"你放心玩，我总不至于把你弄丢了。"

穿好衣服后，路许找出一副雪镜，扣在江乘月脑袋上，这才带着他，向雪场的方向出发了。

江乘月对滑雪的印象，主要来自一些网红小视频，视频中的主角踩着雪板，近距离直播自己速降的过程，各种高难度的翻转与跳跃炫技，白色的雪扬满了整个视野，这让江乘月一直对滑雪这项运动充满好奇。所以当路许说要来滑雪的时候，他认认真真地期待了好些天，该吃的感冒药一次都没落下。

路许帮他穿好雪板，又检查了一次后，抓着他，带他去新手练习雪道。这是最低层次的入门雪道，和江乘月想象中的旋转跳跃差得不是一星半点，雪道几乎没什么坡度，空间展开得十分开阔，雪道长度一般，他们周围有许多带小朋友来玩的家长，也有趁着假期过来体验的小情侣。

江乘月依依不舍地朝着高级雪道的方向瞅，期待的目光果不其然没逃过路许的眼睛。

"你现在可去不了那边，绝对去不了，也不能去。"路许的风凉话来得非常及时。

江乘月对这种白雪皑皑的场景憧憬程度很高，于是他问："路老师，如果我现在开始练的话，大概多久，能去那边滑啊？"

"你啊，"路许看似认真实则有点不怀好意地把他上上下下打量了一遍，又装模作样地在他小腿肚子上捏了几下，"有点困难。"

江乘月揉开手里攥着的一把碎雪，趁着路许捏他，把雪花撒进路许的领口，感觉到路许动作有一瞬间的停顿，开心地笑了。

"哑……"路许揉了揉自己的脖子，"我尽量教，你好好学。"

根据路许的说法，滑雪在他们设计师的圈子里，几乎是人人都会一点的技能，就连在设计上比较菜的陈安迪，滑雪也玩得挺熟练。

"说起来，他们几个倒是有私人滑雪场。"路许把一副手套拆了丢给他，"你要是想去，下次我们可以借用。"

"还是这里吧。"江乘月说，"这里好热闹。"

这一片是新手区，有很多滑雪教练走来走去，试图让人买课。大约是看他俩在原地站着说话，有个外国教练走过来："第一次来吧？需要培训吗，新人的话，不上点专业培训，可能都滑不出去。"

江乘月看看路许，征求意见，路许开口了："不用，我能教他。"

大胡子教练自知做不成这笔生意，点点头，撑着雪杖滑开，去找他的下一个目标了。

"他滑得好顺畅啊。"江乘月羡慕地说。

来了新手区以后，这还是第一个看起来很会滑雪的人。

"我觉得，我中文说得比他好。"路许看着那个教练的背影说。

"是比他好……"但江乘月不知道这两者之间有什么可比性。

他话还没说完，路许单条腿插进他的两膝盖之间，左右踢了踢他的小腿肚："腿分开点，别站那么笔直，我来教你滑。"

江乘月本来就没怎么站稳，路许这么一脚踢过来，他差点摔倒，只好加倍努力地撑着雪杖，按路许教的一点点往前平移。

"慢点滑。"路许在旁边看着他，又指了指刚刚那个教练说，"你知不知道，他教一小时，得 700 块。"

"700 块？才一小时？"江乘月瞪大了眼睛，"这是抢钱吧。"

"嗯。"路许满意地勾了勾嘴角，"这个价格，是不是贵得离谱？我教你可是不收钱的。"

江乘月严肃地点头："你真是太好了。"

省钱是一件好事，但免费的东西总是有那么一丝缺点的——路许教人的时候没什么耐心。

"别走神！"路许说。

路许抓他胳膊的力道不小，但滑雪服很厚，卸去了一半的力道。

"你教就教，别凶我。"他伸手去推路许，"我好像会了，你别盯着我，我自己滑。"

江乘月抬了抬下巴，说："你被开除了。"

路许"哼"了声，也没骂他，顺势退到他的身后，不远不近地跟着他。

江乘月对这项运动充满了好奇，他笨拙地学着路许刚刚教他的动作，缓慢地往雪道下滑，他没有回头，但他能感觉到路许始终在他的不远处，他有点不自在，又觉得是自己多心，总是错误揣测路许的本意，所以他仍是心不在焉地装作什么都不知道，继续自己滑雪。

"小心。"路许突然撑起雪杖，推着雪板拐了一个弯，挡在江乘月的面前，拦住他的去路。

"啊啊啊啊啊啊。"一阵拉长的号叫声。

一位游客摔得倒在雪地上，一路连喊带叫，往坡下滑，还撞翻了好几个正在"学步"的人。

江乘月看着别人那狼狈样子，有些庆幸路许反应快，及时把他拦住了。

"是自己接着滑，还是我教你？"脸上的滑雪镜被路许抬了一下，江乘月以为他是要给自己摘掉，然而路许只是帮他松了松扣带，"都勒红了，你不知道疼吗？"

"好像是有点疼。"江乘月说，"要你教我。"

"乘月，"路许站着没动，"算笔账，刚是谁把我开除了，现在又找我教？你路哥不要面子的吗？要不你……"

"那我还是自己玩吧！"江乘月隔着雪镜，白了他一眼，转身就走，路许抬起雪杖，又一次拦住了他的去路。

"回来。"路许说，"我教你难一点的。"

江乘月其实很聪明，很多东西，路许只要提点一二，他就能学会，等到傍晚，他已经能跟着路许慢悠悠滑完整段新手雪道。路许以前在纽约读书时，经常去滑雪，新手雪道他没来过，甚至很多雪场的高级雪道他都觉得无聊，可今天在新手雪道陪江乘月玩了一个下午，他竟然还觉得时间短暂。

江乘月感冒刚好，又在雪场玩了那么久，刚上车没多久就睡着了，他把脑袋枕在车后座的靠枕上，睡得不太舒服。

"不难受吗？"路许把他推醒，"下午看你疯玩，还说你精力好，没想到这就困了。"

江乘月睡眼蒙眬，路许等了3秒，也没等到他的反应，直接从车上拿了个咖啡色的羊绒毛毯，往他身上一搭，说："睡吧。"

江乘月和路许回C市的机票订在明天下午，原本今晚，两个人约好要去商场买一些礼物带回家，车路过市区商场时，司机回头看了下路许，询问意见，路许摇摇头，示意车继续开。

江乘月是在车停在家门口的时候醒过来的，他悄悄地伸了个懒腰，问："我们是不是忘了去买东西了啊？"

"是。"路许抱臂在车门外站着，"我叫你了，你不醒，还对我骂骂咧咧。"

江乘月觉得，自己应该不是这种人，但他看见路许被他枕得有些褶皱的衣服，顿时愣在原地，眼睛都不大眨得动了。他没记错的话，路设计师在服装搭配上向来一丝不苟，几乎不能容许自己身上有褶皱出现，现在却……

"看什么？"路许沿着他的目光低头，"没事，回去吧，早点休息，明天下午陪你回家。"

"我们还没有买礼物……"江乘月提醒。

老家的亲戚们虽然不好相处，但该有的礼数还是得有。

"明早再去。"路许催促，"再说你带个我，比带什么都有面子。"

江乘月下车，挪动了两步，在白茫茫的雪场待了一下午，乍一看见灰色的地面还有些不习惯，下午路许教的滑雪姿势还在脑海中，这让他迈出第一步的时候有些犹豫。

"你，江乘月，睡傻了？"路许看着他，下了结论。

江乘月刚想说不是，就看见路许在他面前微微弯下腰："来，背你几步。"

"真的？"江乘月跳起来，路许托着他，背他往前走，就几步路，路许还故意拖了点时间。

"我重吗？"他小心地问。

"没感觉。"路许说，"可以再胖一点。"

"怎么吃都胖不了。"江乘月抓着路许领口的拉链玩，"路哥，我们下次还能去滑雪吗？"

"喜欢？"路许把他放在玄关处，低头去拿拖鞋，"行啊，你想玩的，不危险的，我都能陪你试一遍。"

"那一言为定！"江乘月说。

番外五　私心

江乘月发现，他对设计师这个行业可能有些误解，路许其实并不是十分自律的人，没有工作的时候，路许会和他一起赖床，但有事要出门时，路许表现出的效率，总让他惊讶不已。

比如今天，路许订的是下午的机票，但当他半闭着眼睛起床时，路许已经坐在客厅的沙发上慢条斯理地品黑咖啡了，除此之外，路许的脚边还放着两只已经收拾好了的行李箱。

"今天没人来送早餐，快过春节了，我让他们都放假了。"路许见他过来，原本抿成一条线的嘴巴略勾了点弧度，"江乘月，是我做饭还是你做饭？"

"我来吧。"江乘月说，毕竟让路许做饭，实在太费厨房了。

说完，他还没忘了纠正："你说'快过年了'就好，'快过春节了'这个说法，相对而言太少见了。"

"我以前不过年。"路许盯着他，放慢了语速，眼睛里有一丁点故意拧出来的委屈，"但现在记住了，以后都跟你过年。"

江乘月初高中时，大多数的早饭，都是在路边买馒头对付，偶尔周末在家，他也动手自己做。不过给路许做早餐，他一直没什么想法，他俩口味的喜好几乎是两个极端，而且路许很挑剔，不仅挑食物的味道，还挑外观。

江乘月选了冰箱里仅剩的一枚鸡蛋，想给路许做个形状好看的煎蛋。半个小时后，路许面前的桌子上，多了一份江乘月煮的清汤抄手，还有一只切得奇奇怪怪的煎蛋，蛋黄散开了，白色的鸡蛋边儿上还有两片焦煳，不过闻起来味道还算可以。

江乘月平时煎蛋还行，今天为了让挑剔的路设计师高兴，过于追求视觉效果，适得其反。

"还行吗路哥？"江乘月不太放心地问，"是不是不太好吃啊？"

对他而言，给别人做吃的不放辣，是一件不太礼貌的事情，也不符合他们家的待客之道。

路许尝了一口，说："好吃。"

"真的好吃吗？"江乘月不信，"这个抄手，一点辣都没放的话，就很没有味道。"

路许却觉得，从来没在江乘月手上吃过这么阳间的食物。

"没骗你。"路许莞尔，"我喜欢得很，以后多做给我吃。"

"我家那里可多了。"江乘月说，"你跟我回家，我天天煮给你吃。"

不知道是因为做饭的人，还是因为中餐本身的魅力，路许对这顿早餐的评价很高。

江乘月一边吃自己的那份，一边低头翻开时尚杂志上新出的一套平面拍摄图看，这是他上次参与拍摄的那一套照片，提供服装的是一个带国风元素的独立设计师品牌。这套国风模特图是陈安迪的项目，推出得很快，全套一共 17 张图，直接上了当期杂志的首页。

　　路许也在看这套图，不得不说，江乘月很有平面拍摄的潜质，动作表情都很有氛围感与感染力，略带业余模特的生涩却不破坏最终的美感，自打两人第一次合作拍摄后，路许经常教江乘月一些拍摄动作与常识。

　　虽然这次路许几乎没有插手最终造型，但江乘月还是在工作人员名单上发现了路许的名字，写的是"流程监制"。

　　"流程监制是什么？"江乘月故意问，"你那天除了给路阿姨打电话，还做什么工作了吗？"

　　"我的私心。"路许一点都没有被揭穿的尴尬，"没什么，就是想在你的作品上，都留个我的名字，我勉强也算是时尚界的权威了吧，他们都知道你经常跟我合作，巴不得让我署名。"

　　这套时尚杂志同样在短时间内达到了非流量明星的天花板水平，不少购买杂志的人纷纷夸奖，说封面图上的江乘月好看得像是雪后的阳光，眼神中带着疏离，却也透着些暖意。

　　"他才不像什么雪后的阳光好吧。"梦镀的乐迷在发售杂志的平台上留言说，"之前音乐节的时候看过他的现场，鼓玩得非常厉害，梦镀的鼓是他们的灵魂，他整场的节奏都控得很稳，而且他平时爱穿深色衣服，不笑的时候挺酷的，笑的时候就有点没心没肺的。"

　　下午 5 点，江乘月和路许乘坐的飞机在 C 市机场降落。路许推着行李箱往前走，江乘月就在他旁边，傍晚的阳光在江乘月的脸上添了层柔和的光晕，弯弯的睫毛上像是镀了层夕阳色的金边。江乘月瞪了路许一眼，从路许的包里翻出一副墨镜，挡住微微发红的眼睛。

　　"好看，不明显。"路许有些惋惜地说。

　　江乘月摇头："您闭嘴吧。"

　　手机开机时，有一个未接来电，江乘月回了电话。

　　"对，我今天刚回来。"江乘月说，"不是待到寒假结束，过完年初三我就回去了。

　　"可以啊，我也很想你们……约见的地点，我想想啊……常去的那条路'熊猫屁股'下面，可以吗？

　　"好，那就这么决定了，到时候见！"

　　江乘月戴了墨镜和口罩，路许看不到他的表情，只能听见他欢快的声音。路许站得离他很近，双手揣在风衣的口袋里，听他讲了很久的电话。电话另一端是男生的声

······ 印象失真 ······

音，听起来年龄似乎和江乘月相仿，两个人的关系很熟捻。

"是以前乐队的朋友。"挂了电话，江乘月主动说，"他在英国读书，最近过年才回来的，想约我见一面。"

路许点点头，表示知道了，没有挑这件事的毛病，而是问："常去的……'熊猫屁股'，是什么？"

"啊……怎么说呢，算个标志建筑吧，一个挂在商场边上抠都抠不下来的超大熊猫雕塑，我和朋友们经常约在那里见面。"江乘月解释，"路哥你是第一次来，到时候我带你一起去。"

"不是说和朋友见面吗？"路许问，"带我，你不介意？"

"我为什么要介意？"江乘月瞪大了眼睛，"我可骄傲了。"

江乘月不乐意让路许再去挤地铁，在机场附近招手打了出租车，给司机报了地名。国内的城市全貌多数是大同小异的，路许去过很多地方，唯独对这座城市饶有兴趣。

"外国游客啊？"司机一眼瞧见路许眼睛的颜色，盘算着要不要给外国友人多绕两圈高速。

"我是土生土长的本地人。"江乘月连忙说，"别绕路哦，叔叔！"

出租车里挂着一只麻将车饰，这让路许不合时宜地想到那个晚上，路演结束的江乘月饿着肚子，带着他往街角的麻将馆里钻，说要给他变现。

从那个时候，或者更早的时候开始，那只小小的萤火虫就已经在他的心里变成种子生根发芽了。

番外六　回家

江乘月在脑海中盘算了 10 多个可以带路许去看的地方："窄巷子，柿子港，熊猫基地，嗯，再加个春溪路……哎，路哥，你最想去看哪一个？"作为本地人，江乘月这才想起来问路许的意见。

"我啊，"路许看了眼司机，给他说悄悄话，"你卧室吧。"

"字面意思？"江乘月被路许一句话给哽了回去。

路许好看的蓝眼睛给了他半片余光，轻描淡写道："字面意思，不然呢？"

江乘月摆摆手，把刚刚那一瞬间涌出的无关联想给打散了。

"我房间特别小，没什么新奇的东西。"江乘月努力回想了一下，自己先前离开时有没有好好收拾房间，"那你去酒店把行李放下，我再带你去看看。"

江乘月家所在的小区，很有老城区的烟火气，路许在附近两公里的位置，订了一家酒店的套房。两人一下出租车，就有酒店的人帮忙提行李。路许订的房间是大平层，江乘月跟着推门进去的时候愣了好几秒，没想明白酒店还能有这么大的房间。

"你为什么……订这么大的房子？"江乘月放下行李，站在观景视野 230° 的客厅里，感觉自己熟悉的那片城区似乎改头换面般好看。

"我不喜欢太狭窄的环境。"路许随手脱了外套，搭在衣帽架上，"当然，老宅和你的房间除外。"

"先生您好。"酒店的服务员打了内线电话，"等下我们给您送一份下午茶，您可以告诉我口味偏好。"

"嗯，我想想。"路许沉吟，冲江乘月抬了抬下巴，"你有什么想吃的吗？钵钵……鸡？"

"不吃钵钵鸡。"江乘月在飞机上时，吃了半包薯片，现在并不想吃其他东西，所以他摇了摇头说，"你连钵钵鸡都知道了？"

"不完全知道，听你梦话说过，去查了词条，搜了好几次，才知道具体怎么写。"路许自己要了黑咖啡和一小块芝士蛋糕。

下午茶很快送了上来，酒店的服务员大概是看江乘月年龄不大，特地给他倒了一杯可乐。

"这里的芝士蛋糕味道还算可以，你确定不要试试吗？"路许建议。

"不要，不喜欢甜食。"江乘月跪在沙发上，双手撑着沙发靠背，趴着看窗外的风景，因为心情不错，搭在沙发边缘的两只脚还轻轻地晃了晃。白色袜子是 Nancy Deer 的 VIP 客户冬季赠礼款，右脚脚踝的位置还有针线刺绣的浅蓝色小鹿轮廓，江乘月很喜欢，找路许要了好几双不同颜色的。

路许订的房间在酒店的第 15 层，观景视野开阔，沙发就落在窗边，江乘月往外看去，隔着窗户，好像就已经领略了外面的天空与风。

"没你想象得那么甜。"路许不知道什么时候拿着盘子出现在他身侧，银色的小勺子切下蛋糕的一个小角，递到他面前，"不骗你。"

江乘月半信半疑地咬走小勺子上的蛋糕，芝士的咸香味道在他的嘴巴里短暂地停留了一会儿。

"还可以。"他如实说，"但不喜欢。"

"那不勉强你。"路许用手里的小银勺敲了敲瓷碟，吃完了剩下的蛋糕。

江乘月以为，自己的旅行箱已经大得离谱了，但路许的旅行箱不仅大，还带了两个，里面是各种冬季的衣服配饰，路许带了自己的，也带了他的。自打在春夏大秀之后，路许仿佛成了他的个人造型监制，他出门的每一身打扮，都有路许的穿搭理念。

"收拾一下，我们去你家。"路许说，"等下天黑了。"

"嗯，好，这就来。"

没过多久，江乘月坐在自己的旅行箱边，绝望地给曲婧打电话。

"你在开玩笑吗，江乘月？"电话那边是曲医生笑骂的声音，"第一次带路许回家，你告诉我你把钥匙忘在宁城了？你像话吗？"

"啊，妈你回国了是不是，你给我钥匙吧。"江乘月手忙脚乱地问。

"回是回了……但是约了你路念阿姨出去玩，这两天都回不去。说起来，你在我不知道的时候'吃'了路许公司的股份，你可真行啊，见了你路念阿姨我都不知道怎么说。"曲婧也没办法，"你翻窗户吧，咱们家在一楼，难度不大，翻自己家的窗户不违法，就这样吧。"

江乘月："……"

江乘月家的小区有些年份了，墙面有岁月斑驳的痕迹，掩盖在十多年前的城市绿化植物中，小区街坊开了各种小吃店，一路走过去，能闻到各种特色小吃的香味。五层的小楼，从下往上，像是覆盖了层温和的阳光，已经变成暖黄色的空调外机凌乱地挂在每一户人家的窗户外面，深蓝色的遮雨棚上面跳着一两只小麻雀。半年没有回来，江乘月感觉这栋房子熟悉又陌生，他带着路许绕着房子转了一圈，找到了自己的窗台，在路许灼灼的目光里，撑着窗台跳了上去，然后……

临出门的时候，江乘月怕家里进小偷，把窗户从里面锁死了。他坐在窗台上，靠着窗户，忽然有点沮丧。

"你不会从此以后更嫌弃我了吧？"他瞪着路许，紧张地问。

"啊？"路许本来绷着脸，被他逗笑了，"就因为你翻了个窗户？"

"不是吗？"江乘月沮丧地说。

"你差不多可以了吧。"路许站得笔直，伸手要把他从窗台上扶下来，"我知道你是什么样的人，一开始就知道，哪家的乖孩子会把所有生活费都拿去玩架子鼓，自己天天啃馒头，会打麻将，live会炫技会'跳水'，会在我院子里种绿苗，哦，你还去文身。"

江乘月无言以为。

"我比你大几岁，去过不少地方，见过的人比你多，你是什么人，我看不出来吗？"路许的声音听起来颇为扬扬自得，"叫你乘月你还真给自己贴标签啊，你本来就不是乖的那种类型，没必要那样要求自己。"

"哎，你不是曲婧的娃娃吗？"二楼传来个声音，是和曲婧年龄差不多的阿姨，"啊，你妈妈在我这里留了备用钥匙，我扔给你啊。"

"哦，行！"江乘月接了钥匙。

曲婧骂归骂，人还是靠谱的。还好一番波折后，江乘月他总算正式带路许回家了。

"看看卧室？"江乘月忙着给路许拿拖鞋。

他一直借住在路许家里，现在把路许往自己的领地上带，这还是第一回。江乘月的房间挺小的，还带着高中时的生活气息，桌子边堆着试卷和习题，上面的墨迹颜色淡了点，但还清晰。

"这是你？"路许从江乘月的书桌边拿起相框。

照片上是一个刚出生不久的小娃娃，还睡在襁褓中，手里抓着一张糖纸，在笑，粉雕玉琢的样子十分可爱。

"是我啊！"江乘月把照片放在自己脸颊边对比，"不像吗？"

路许突然想起好久好久以前的一件事——在他七八岁的时候，路念刚离婚，拿了一张手机上的照片给他看，说是闺密的孩子，问他可不可爱。

"丑。"小大人一般的路许说，"可太丑了。"

"瞎说什么？"路念不高兴，"你江乘月弟弟那么可爱，如果有机会见到，你作为哥哥，要照顾他。"

"江乘……月？"

当时的路许只觉得这名字真的太难读了，难读到他在路念面前装模作样地读了 10 来遍，转头就抛在脑后。

谁知道辗转 10 多年后，江乘月这个名字，又出现在他的生活里。

番外七　成长

江乘月当初离开家去上学时，没想过自己过一个学期才会回家，房间还是他离开时的样子，说不上有多整齐，但也不乱。路许从进他房间开始就一直在悄悄皱眉，显然是对他房间的布置风格极不满意。窗帘是淡绿色的，书桌上铺着一张淡黄色的桌布，旁边的墙纸上贴了两张国外乐队的演出照片，桌子边缘还摆了一个摇摇欲坠的鲜红的笔筒。

这间卧室江乘月用了十几年，从来没觉得有什么不好，现在和路许待得久了，有了一点审美水平，一进房间，就觉得这布置确实丑得厉害，凑齐了世界上半数的颜色不说，某些东西颜色的饱和度超出了他的想象。

也就他那张小床，配色还算正常。

路许绷不住了，直接说："你这房间，我待久了真头疼。"

江乘月一把将淡绿色的窗帘拉开卷好，有些抱歉地说："那时候觉得这样会显得房间里热闹点，看起来没那么冷清。"

人气不够，颜色来凑，没想到时过境迁，这房间现在他自己都看不顺眼。

家里一学期都没有住人，江乘月思考了一会儿，问路许："路哥，你是回酒店休息，还是在我这里？"

"嗯？"路许想也没想，"当然是在你这里。"

"我怕你睡不惯……那我稍稍打扫一下。"江乘月伸手去扯床单，"不然你连坐的地方都没有。"

路许那么爱干净，他不打扫一下的话，路许今晚肯定休息不好。

"对了，路哥，那酒店的房间呢？不住了吗？"江乘月问。

"暂时不住，想睡你这里。"窗户上，挂着几段吉他琴弦，路许伸手拨弄了两下，能看出来，江乘月大约是想拿它们当装饰，但实在是弄得不怎么好看。

"那酒店一晚上那么多钱，你就拿来放行李？"江乘月很是心疼，"能买好多……"

"是，能买好多馒头。"路许接上他后面的话，"我什么时候缺你馒头了，再说把你嘴巴堵上。"

江乘月小声嘀咕了几句路许听不懂的话，转身弯腰把枕头抱起来，扔到路许怀里，掀开床单的一角，要换一条干净的。路许见不得他一个人忙活，把枕头扔一边，向前走了两步要给他帮忙。

江乘月低头从柜子里找床单，一床灰色，一床花里胡哨的红色，他回头看了一眼路许，放弃了那条花里胡哨的红，把灰色床单拖了出来，再一回头，整张床都空了。

"这个放哪里？"路许提着整张床垫，挑眉看他。

"放回去。"江乘月冷漠地说，"路哥你要是晚上还想睡，就坐回椅子上，别给我添乱！"

路许摊手，满不在乎地笑了一下，退到一边，看着他收拾。

"你笑什么？"江乘月把床边的一只熊猫玩偶砸到路许的膝盖上。

"没什么。"路许到过很多国家，也去过很多地方，几乎每到一个地方，他就会先花钱买一套当地的住处，好像买了这些，他就能有个落点，有个旁人口中能称之为"家"的地方。但现在，他好像忽然明白了，他的落点不是安身之地，而是陪伴之人。

江乘月铺好自己的小床，用手把床单整理得没有一丝褶皱，这才满意地后退两步，拍了拍手，然后直接倒在床尾，一路滚到床头，再滚回去。

路许："……"

其实很多时候，他不能理解江乘月非常幼稚的行为，但这不妨碍他觉得有趣。江乘月在床上快乐打滚后，起身走了几步，双手向后一撑，坐在书桌上，从这个角度，刚好能看见床底下放了一把破旧的木吉他。这是江乘月好久以前捡回来的，他认识的一个酒吧驻唱，有一天忽然说不唱了，把摔坏了的木吉他抛给了江乘月，他拿回来修了修，还能弹。

路许正在翻江乘月放在床头的一本薄薄的相册，忽然听见脚边窸窸窣窣的动静，江乘月抱了一只吉他坐过来："路哥，来，我唱歌给你听。"

路许："……"不是特别想听。

江乘月没有系统学过吉他，但玩乐队的人多少都了解过这些乐器，所以他会一些简单的伴奏，给路许唱民谣完全足够了。

"让我掉下眼泪的，不止昨夜的酒，让我依依不舍的，不止你的温柔……"[1]

江乘月有些生疏地弹着吉他琴弦，路许只觉得旋律陌生，但好像并不难听。江乘月很少唱歌，因为走音，也不喜欢在乐迷面前唱，连 live 时的和声都是由别人来完成的，但和路许在一起之后，他经常唱给路许听。

"要我把原曲的名字告诉你吗？"江乘月问。

"没必要。"路许说，"我想听的时候，就把你抓过来唱，不就好了？"

虽然江乘月每次唱的版本都有不小的出入，但路许已经不介意了。不知道是不是因为身处老城区，这座城市的生活节奏仿佛很慢，自从来了这里以后，路许觉得自己的心情也一起跟着静了下来。

晚饭是江乘月煮的粥，为了照顾路许的口味，江乘月加了一点点桂花糖。

前阵子乐队演出的酬劳打到江乘月的银行卡上，他查了一下，有近 2 万块，这是玩乐队赚的钱，是喜欢的事情给他带来的回报。钱不是很多，但是意义非凡。所以他想拿这笔钱给路许买一件礼物，具体买什么，他还没有想好，路设计师这种成功人士，看起来好像什么都不缺。买衣服，他的审美打不过路许，买饰品，路许身上所有东西都是精心设计的，他不认为自己一时兴起的挑选能比得上时尚设计师的心机。

于是，他再次选择问酷哥。

竹笋："Hello，酷哥。你和你关系好的朋友互相送礼物，都会送什么啊？"

竹笋："别发语音！"

孙沐阳：（白眼 .jpg）

孙沐阳："他喜欢蜘蛛，我前几天刚给他弄了一只大的。怎么，你也要？"

竹笋：不要，谢谢。"

江乘月吓出了冷汗，酷哥的那个朋友，喜欢拿眼泪骗人就算了，竟然还喜欢蜘蛛。江乘月没得到合适的答案，只能暂时作罢，打算找个时间，直接问路许。路许躺在沙发床上，两条长腿委屈地搭在沙发边缘。

"你说你图啥？"江乘月坐在床上，"放着那么贵的酒店不住，非要来我这里体验生活，我家小门小户的，你住着多难受。"

"我乐意。"路许说，"我想看看你是怎么长成现在这样的。"

"没什么特殊的。"江乘月觉得他看自己都有滤镜了，"我就是老城区长大的小孩。"

1　歌词摘自赵雷的《成都》。

　……　印象失真　……

路许摇头，他去过太多的地方，早就失去了对一座新城市应有的新奇感，但江乘月带他来的地方，他很愿意仔细去看。

番外八　礼物

除夕前一天，路许在酒店的床上醒来，抬着手腕，眯着眼睛，挡了一下窗帘缝隙里透进来的阳光。江乘月不在房间里，不知道去了什么地方。

路许没直接打电话，而是打开两人前几天因为好奇而绑定的一款定位 App，在这个定位 App 上，绑定的两个人能看到对方的位置和行动轨迹。这几天他们的行程轨迹都是重合的，今天早晨，代表江乘月行程轨迹的红色线条分了出去，单独绕出一段长长的轨迹。

路许看着那条分出去的线条，眯了下眼睛。App 上显示，江乘月 6 点半出了酒店，从小区后门回了一趟家，在小区附近的街上绕了一个圈，目前正停在一家超市门口，没有再动了。这行程奇奇怪怪的，绕了这么多地方。路许起床，想去看看。

考虑到家里太小，路许住着可能会不太舒服，江乘月这两天都让路许在酒店休息。临近春节，路念有别的行程，曲婧今天下午就会回来。得知这个消息，江乘月一早就出了门，去买些年节需要的东西。路许找过来的时候，江乘月正站在一个卖春联的摊位前和摊主说话。

"30 块全套，送你 3 个'福'字。"摊主说，"便宜得很，来 1 套？"

"不买了，哪里便宜。"江乘月坚决摇头，"我不如去充话费，充 100 块，直接能送全套春联。"

摊主的女儿是从外地读大学回来的，从江乘月走近这边时，她就在打量这个长得好看、穿衣服很有品位的弟弟。深色的冬季短款大衣衬得江乘月皮肤很白，印着小鹿 logo 的围巾以一种她看不明白的好看系法叠在江乘月的脖子上，越发显出五官的精致。

看到这里，她终于开口，指着江乘月的手腕："弟弟，光你手上的腕表就 9 万块了，我家春联才 30 块！"

江乘月低头看了眼手腕上的表，这是路许前几天随手扔给他的，说配他身上的这件大衣好看，让他最近记着戴，具体的价格他没有问过。

"20 块。"江乘月毫不留情地说，"卖吗？"

"行行行，20 块就 20 块吧。"摊主无奈地点头。

江乘月从背包里拿手机正要付钱，两根修长的手指夹着一张崭新的 20 元纸币，先他一步递了出去。摊主愣了，看看江乘月，又看看他背后的高大男人，一时间不知道要不要接。

"路许？你怎么过来了？"江乘月惊喜地抬头，对摊主说，"那您收他的，我们是一起的。"

"你哪儿来的20块纸币啊？"江乘月问。就他知道的而言，他路哥可不像是会随身带现金的人。

"还不是你之前换的零钱，我一直放在包里没动过。"

路许一手搭在他的肩膀上，一手接过装着春联的红色塑料袋。

"我来提？"江乘月问。

路许的衣着打扮和土红色的塑料袋着实不搭，他看着着急，路许却毫不在意，甚至从他手上分走另外两个绿色袋子。

"买的什么？"路许问他。

"春联啊。"江乘月随意地说完，才想起来路许之前说没怎么过过这种节日。

"我知道什么是春联。"路许掂了掂手里的袋子，"不用拿那种同情的眼神看我，绿色袋子里是什么？"

"腊肉和香肠，买了一点点，不知道你爱不爱吃。"江乘月举着手里的袋子，"还有一点点蔬菜，快除夕了，什么都涨价了。"

因为对涨价不爽，江乘月稍稍拧着眉，说话时嘴巴无意识地噘了噘，天气寒冷，围巾未掩盖到的半张脸上带了些红晕。

路许也不嘲笑他，伸手一巴掌拍在他的后脑勺上："买东西招待我你还一样样精打细算，小气鬼江乘月，不像话。"

江乘月拉紧了围巾，说："你知足吧，别人来了，连馒头我都不请。"

曲婧是当天傍晚回来的，拖着一只大行李箱，在客厅里见到路许的瞬间，明显愣了愣。

"Kyle？你都长这么大了？"因为路念总说路许小时候的事情，导致曲婧对路许的印象还停留在许多年前。

"还好，阿姨，"路许说，"今年才26岁。"

"……"江乘月踢开拖鞋，光着脚在路许的脚背上踩了一下。

一眼瞥见江乘月的小动作，曲婧没绷住，笑了："我不是那个意思，路念总说你小时候上幼儿园时的事情，没想到一转眼，都过去许多年了。"

"你中文说得真好。"她说。

"啊……"路许说，"路念也不夸我几句好话。"

曲婧对路许的了解都来自照片和路念的口述，第一次当面接触路许，原本以为会很难打交道，没想到路许的性格意外地有意思。

"不用拘谨。"曲婧说，"Kyle，你就当是在自己家里，我和江乘月招待你，好好过个春节，我给你们做一桌子川菜。"

曲婧拉开了冰箱："……"

冰箱里有两块腊肉，半截川味香肠，一颗土豆，两根茄子，半颗小白菜。

除此之外，没别的了。

"江！乘！月！"刚刚回家正打算露一手的曲医生感觉丢脸丢到非洲去了，"我每个月给你大几千的零花钱，怎么养出你这么抠门的娃儿?!"

"够吃了啊。"江乘月扒拉着路许的衣服，往路许身后躲。

曲婧气笑了，问路许："我就奇了怪了，他这样你都不嫌弃他？"

"说不好，大概是哪里都觉得好吧。"路许拍拍江乘月的脑袋，"没事，我不挑食。"

江乘月见曲婧出门买菜，便招呼着路许过来，他从茶几下抱出一只大盒子。

"给你妈妈买礼物了？"路许一看就知道了。

"嗯，这个是她的，买了一条丝巾。"江乘月拆出一个小盒子，把大盒子推给路许，"这个是给你的。"

"你一大早，绕到小区的后门，就是为了拿这两个盒子？"路许明白了。

"啊……是，原来我的行程你会看的啊。"江乘月把盒子上的丝带拆开，"我剩下的钱只够买这个了，这是我买过的最贵的配饰了，你别嫌弃我。"

路许"嗯"了一声，拆开包装。盒子很大，路许拆了一层又一层，打开包裹在最里面的小盒子——一对极其精致的银色袖扣，半边镶钻，半边镂空雕刻了月牙与花瓣的图案，小小的，拿在手里却沉甸甸的，路许收手握紧，把袖扣攥在手心里。

路许之前做造型设计的时候浏览过这一款，市价大约7万元，差不多是江乘月身上所有的钱了。

"你喜欢呀？"江乘月瞧见路许动作。

"喜欢啊。"路许把袖扣收好，看着他，蓝色的眼睛像有风时的湖水，略起波澜又深不见底，"难怪都喜欢过年，现在我也喜欢上了。"

"那就好。"江乘月松了一口气，连忙说，"我不是故意不买好吃的招待你的，我是真的，一不小心就没钱了。"

"我知道。"路许嗤笑，"我还不了解你吗，你没请我吃白馒头，已经算是很重视我了。"

曲婧做的年夜饭色香味俱全，还特地照顾了路许的口味，所有的菜都没有放辣椒。江乘月一手抱着辣椒酱的瓶子，一边给路许夹菜。

"既然你们一起住，你就帮我管管他。"曲婧对路许说，"这孩子从小就皮，有时候我管不到他。打麻将就算了，他玩乐队，有时候会往酒吧里蹿，我怕他在那种场合接触一些不正经的人。"

"都是正规场合，哪有不正经的人？"江乘月不服气。

"确实。"路许看着江乘月，翘了翘嘴角，"还没成年的时候就往酒吧跑，现在更是隔三岔五地去玩。"

"是吧是吧。"曲婧常年在国外，管教儿子心有余而力不足。

"不过没事，他有分寸，不喝酒，去的都是音乐酒吧，不是乱七八糟的那种。"路许话锋一转，"我会盯着的。"

江乘月踢了踢路许的小腿，无意间视线扫过路许的衣袖，发现路许把原本的袖扣换成了他送的那个。贵是贵了点，但路许戴着很好看。

"冬天还不爱多穿衣服，非说穿得少好看。"曲婧又说，"对了，我给你俩买的秋裤，你俩穿了吗？"

江乘月："……"

路许："……嗯？"

饭后，路许把江乘月拉到一边："我没有收到你妈妈买的秋裤。"

"你不会想穿的，连我都不想穿。"江乘月悲伤地说，"红色的，特别丑，特别土。"

路许让他小声些："意义不一样啊。"

晚饭后，曲婧去隔壁串门了，江乘月打开电视，挑了个节目当背景音，路许则是坐在床边上抱着平板画一件新衣服的设计稿。

"我感觉不是很端正。"江乘月说，"看不出来这是什么？"

"设计稿画那么端正干什么，这是草图啊。"这么说着，路许还是坐正了身子，细化了这张图，让江乘月能看明白。

"好看？"路许问。

"还行。"江乘月说，"要是有颜色，就更好了。"

路许原本只想勾个草图，现在又拿了笔开始上色。世界上只有一个人敢在他画图的时候挑剔他的设计。他的好脾气，都给江乘月。

番外九　维护

江乘月的小房间里亮着灯，背景音是电视机里春晚的歌舞声，路许几乎没有体会过这种国内传统节日的氛围，江乘月做什么他都觉得新鲜。

"你在干什么？为什么要挑衣服？"路许盯着江乘月看了好一会儿，发现他已经在衣柜前徘徊了半个小时，于是开口问他。

"嗯？明天是大年初一，算是仪式感吧？"江乘月没找到合心意的衣服，合上衣柜的门，试着用路许能懂的方式给他解释，"就是……新年的第一天，辞旧迎新。"

江乘月其实也说不出个子丑寅卯，一方面，传统的年味在城市里已经很淡了，另一方面，这么多年，曲婧不在家，他上初中后从外公外婆那里搬出来，也没怎么感受过春节的氛围。也就是因为今年有路许在，他才有模有样地学起所谓的仪式感。路许大概早就看出他的笨拙了，只是没有戳穿他。

路许说："里面穿你那件浅灰色的格纹毛衣，明天温度好像有些低，你穿白色羽绒服吧，可以再搭个渔夫帽，先休息吧，明早我给你穿。"

那件白色的羽绒服来自周设计师手下的副线潮牌，之前衣服上新的时候送路许当季全款，路许挑了挑，给江乘月留了这件。

"不是不喜欢我穿浅色吗？"这件白色羽绒服的背后有一只半张脸绑着纱布的灰色毛绒海盗熊，熊是缝上去的，咧着嘴冲人笑，江乘月一直觉得这衣服过于可爱，从来没碰过。

"我什么时候说不喜欢了？"路许说，"只是怕你穿得太可爱，路上被人拐走了。"

江乘月把背后缀着熊的衣服扔路许怀里。

"那现在怎么又让穿了？"

"现在啊，"路许无所顾忌地说，"谁敢拐走你，谁就是绑架我们 Nancy Deer 的股东。"

江乘月："……"

路许仿佛总有本事让他哑口无言。

曲婧常年在国外，以往过年时拜访亲戚家都是江乘月一个人去跑，今年曲婧回国了，江乘月还带着路许，这项走亲访友的活动，就变成 3 个人一起。

其实除了照顾过自己一阵子的外公和外婆，江乘月不大喜欢曲婧家那边的亲戚，每年他回去，这些人都喜欢对他们家评头论足，说曲婧嫁得不好，又说曲婧和江乘月爸爸选的工作无法理解，还说江乘月不懂事，打他电话从来不接。

"你确定你要一起吗？"出门前，江乘月反复确认。

"不能吗？"

"不是，我怕你受不了那些七大姑八大姨。"江乘月抽抽嘴角。

"我尽量不说话。"路许没听懂什么叫"七大姑八大姨"，于是说，"都是跟你家有姻亲关系的人，哦，亲戚，我见一见没什么吧？"

江乘月不知道有没有什么，路许的确没怎么说话，进门后，只是听着曲婧的介绍，冲江乘月的外公外婆点点头，除此之外，就坐在沙发上，看江乘月嗑开心果。他不说话，那群亲戚好奇他的身份，又不好直接问，只当他是江乘月的朋友。

"江乘月出去读大学，变化还挺大啊。"舅妈说，"会穿衣服打扮了，人也变得更帅气了，有没有把心思放在学习上啊？"

江乘月懂事地笑了笑："表姐找到工作了吗，我上周看她发朋友圈说失业了？"

路许甚少见江乘月这种夹枪带棒的说话方式，觉得有意思极了，好像每一天他在江乘月身上都能发现新意。在应付亲戚这件事上，江乘月以为，酷哥孙沐阳似乎是更有经验的。

竹笋："提问，怎么应对春节叭叭叭的讨厌亲戚。"

孙沐阳："啊，能发语音吗？"

竹笋："不可以哦。"

孙沐阳："他们不叨叨我的，他们一般不和我说话，一来他们不敢，二来他们没那么多时间。"

竹笋："……"

每个人的境遇都是不同的，酷哥的所有经验，江乘月一个都不可用。所以他不再理会周围人的说话声，专心和路许聊天。

"妈妈的爸爸叫外公，妈妈的姐姐……应该是叫大姨，对吧。"江乘月转头小声教路许中文，说到一半，自己也迷糊了，"哎，你自己看，有个亲戚关系计算器，我每次都算好了再喊人。"

他和路许的说话声很小，因为路许的相貌与眼睛颜色，亲戚朋友也真当他是外国人。其间舅妈家还在读小学的小儿子还扭捏地走过来，找路许说话，想练口语："How old are you？"

江乘月："……"

路许挑眉，还没来得及开口，熊孩子已经被江乘月打发走了。

"要说你啊，当初就没嫁个好老公，年纪轻轻你就一个人，还得养他留下来的孩子，多大的累赘啊，你何必呢？这么多年了，什么都没捞着，你看你妹夫，上个月给她买2个包，都是两三千块一个的，多舍得花钱啊。"旁边传来了舅妈怨念的声音。

这说法，江乘月从小听到大，无非就是说他们全家都不争气。在他年龄还小，尚无能力反驳抗争的时候，听了多次，就免疫了，闲言碎语伤不到他，当耳旁风过了，压根不放在心上，但他忘了，今天还带了路许。

曲婧久违地听她们当面讲这话，想到江乘月委屈了那么多年，心中不忿，正要反唇相讥，沙发那边传来一个低沉慵懒的声音："曲婧阿姨脖子上的丝巾，售价5350元，小乘月自己挣钱买的。曲婧阿姨从事的职业，是多少人崇敬又没有勇气去做的，况且她也没花过别人的钱。"

"哦，还有，江乘月考的是D大王牌专业，期末专业排名前十，收到5家上市公司实习邀约，才19岁就组建了自己的乐队，还签约唱片公司，发售了专辑，多次被邀请参加各地音乐节演出，*Cocia* 时尚杂志的平面写真单本销量过 10 万，这叫累赘？谁家还能养出来这么好的孩子，你生个不累赘的我看看？"路许的中文发音字正腔圆，语法标准无误，除了语速慢点外，挑不出任何毛病，末了还加上一句，"是吧？舅妈。"

江乘月："……"

曲婧："……"

一屋子人都安静了，没想到江乘月带回来的外国朋友不仅会中文，还说得很尖锐直白，半点不委婉。江乘月觉得自己想错了，不是路许会怕七大姑八大姨，而是他路哥会让这群人害怕。

江乘月穿着自己那件缀着海盗熊的白色羽绒服，从外公家走出来时，人还有点飘。曲婧的心情很好，把脖子上的丝巾重新系了一遍，对路许说："精彩，我第一次看我嫂子那表情，路念要是有你这一半的脾气，当初也不至于在离婚的事情上犹豫不决。"

"去玩吧你们两个，我去拜访一个老朋友。"曲婧给他俩每人塞了一个红包，"没多少钱，图个吉利。"

路许小时候在圣诞节的袜子里拿到过礼物，但从来没在国内的春节收过红包，他低头看见认真数钱的江乘月，无奈地笑了笑，把自己那份塞到江乘月手里。

"路哥，"江乘月问，"我好像很少听到你夸我？你刚才怎么那么维护我啊。"

"不算维护吧，想到就说了。"路许不以为意，"我平时说你两句就算了，别人也配？"

他俩并排走在路上，江乘月后背上的海盗熊吸引了不少路人的目光，这种又甜又酷的潮牌衣服他穿起来非常合适，路许没走几步，拿出手机，调整角度，给他拍了好几张，放到自己的 ins 上。

照片发出后没多久，熟悉路许的国内外网友都发了评论。

"江乘月！我就说梦镀最近怎么没有活动，原来是咱们鼓手被路设计师带出去玩了。"

"这是在哪里？拍得好好看，这是带了多少机器啊。"

"羽绒服求个链接！好可爱的衣服，很少看江乘月穿这种风格的衣服，路老师今天这么善良？"

"这是 Kyle 老师的专属模特吗？多发发图啊，衣服和配饰我都买。"

路许的拇指腹擦过江乘月送的那只袖扣，忽略了网友多发图的请求，收起手机，一手搭在江乘月的肩膀上，继续听江乘月介绍这座城市。

"回去之前，我们还能去看一次熊猫。路哥你知道熊猫吗？panda！你应该没见过活的？"江乘月的眼睛亮了亮。

路许见过熊猫，江乘月曾经的书包挂件就是熊猫。

"行啊，去看看，我想看。"路许说。

路许答应江乘月的时候，没想到自己先看见的会是春溪路的熊猫屁股。黑白色的巨大熊猫雕塑下面，有个瘦瘦高高的男生远远地冲江乘月挥手。

"这个是我以前乐队'柚子冰雪'的主唱，徐飞，现在在英国读书。"江乘月走过去的时候，没忘了给路许介绍。

"对了，乘月，你想去国外读书吗？"路许问他，"学校有相关项目吗？"

江乘月以前没想过，但现在因为路许，他也想去路许曾经到过的地方看看。

"大二或者大三的时候，学校可能有暑期游学项目，如果报名成功，我应该可以去国外一阵子。"江乘月说。

"江乘月！"徐飞惊喜地说，"你变化真大。"

"变化大吗？"江乘月觉得自己还是从前的样子。

"以前是好看，但是没这么会穿衣服啊，现在打扮得跟男明星似的，刚刚一路走过来，别人都在看你。"徐飞说完，转头看路许，"这位是……"

徐飞的胳膊被旁边的女朋友掐了一下，静止了，他女朋友沉默了半晌，才难以置信地对江乘月说："你朋友长得好像 Nancy Deer 的设计师啊……"

"我应该没那么高的知名度吧？"路许问。

"啊，我女朋友目前在时尚杂志的编辑部工作。"徐飞解释。

"您好。"徐飞的女朋友说。不过她从来没见过路许这么轻松休闲的打扮，看起来少了平时在杂志上见过的那种距离感。这条路上人来人往，他们站在这里说话，时不时就有人看过来。

"你把口罩戴好。"江乘月不高兴地瞪了周围，"总有人盯着你看！"

路许答应了一声，把帽子狠狠扣在江乘月的头上："明明是在看你，别到处回头了。"

徐飞哑然失笑，赶紧带两人离开。

"你现在读大学了，也有自己的乐队了。"徐飞感慨，"我听了你们的歌，写得很好，舞台效果也强，当初组柚子乐队的时候，我就知道你肯定是我们中间走得最远的人，你是发自内心喜欢鼓的。"

可能也正是因为如此，江乘月才能吸引有真正喜欢事物的志同道合的朋友。

去吃饭的路上，江乘月异想天开地问路许，"路哥，我在想，我要是没去宁城读书，没有玩架子鼓，你也没有选在老宅寻找春夏大秀的灵感，那我们是不是就遇不到了？"

"嗯。"路许抓了一下江乘月，"算是吧，不过，也不一定。"

恰好，偏偏在有萤火虫的 7 月，他们选择落在同一个屋檐下。

"路哥，钵钵鸡，狼牙土豆，还有凉糕！"江乘月扯着路许，"这个好吃，那个也好吃。"

路设计师被他拉扯得小跑了两步，往他后背拍了一下，没拦住，只好跟着去了。

番外十　讨价还价

3月，返校的江乘月脱下厚厚的冬装，换上了路许给他准备的新衣服。自从认识了路许之后，他再也没有缺过衣服，衣柜里塞得满满的，都是路许给他买的各种时装，可坏处是，路许在家工作时，随便拎一件衣服，就喜欢往他身上比画。比如刚才，拎着一条挂在衣架上的黑色纱裙从他身边经过的路许，连衣服带衣架往他身上招呼。江乘月瞪了路许一眼，推开挂着黑裙子的衣架，往自己的房间里走，颈边还留着被黑色轻纱擦过的触感。

他的笔记本电脑上正显示着大一下学期自动生成的课表，除了学院规定的必修专业课外，还有选修课。周二和周四晚上的"德语（下）"立刻吸引了他的注意。

江乘月："……"

这该死的选修课，竟然还有"续集"。

"咱们学校语言类的都要上两个学期啊，你不知道吗？"美院的学长在电话里说，"所以一般都是想辅修二外的学生才会选。"

江乘月盯着课表后面的"订购课本"字样，静了好久。恰逢路许走进来，步履间带来一些黑咖啡的苦味，路许把一杯牛奶放在他电脑边。

"路哥，我被你坑了。"江乘月趴在电脑前，指着课表给路许看，"我还要上一个学期。"

路许跟他的想法不同："那不是挺好，有我教你，你怎么都不会学得比他们差。以后带你去柏林和法兰克福玩的话，也不担心你会丢。"

对路许这样的双语者来说，语言学习好像很容易，而且，理科生江乘月觉得，德语真是太难学了，如果不是为了路许，他绝对不会碰这门语言。

"那你好好教我，不许延伸教学，也不许影响我学习。"江乘月警惕地说，"听到了没有？"

路许若有所思："听到了。"

回了这座城市以后，梦镀乐队经过一个寒假的休整，又开始活跃起来。江乘月他们与公司讨论后，接了四月份在杭市的一个规模挺大的音乐节演出，对梦镀这种新成立不到一年的小乐队来说，已经是很不错的邀约了。江乘月一下课，就提着自己的鼓包，坐车去了唱片公司给他们安排的乐队排练室。

江乘月从路许的车上下去时，刚好瞧见孙沐阳和他的朋友，那人的丹凤眼冷淡地斜了他一眼，骑车扬长而去。

"你们从哪里来的？"江乘月问。

"宠……宠物……医……医院。"

江乘月记得自己刚刚没有在他们车上看见猫包或者狗包。

孙沐阳抬了一下墨镜，神色淡漠地走过旋转门："蜘蛛……在他……他口袋里。"

孙沐阳："消……消化不良……他心……心疼。"

江乘月："……"原来这种看起来"接地府"的宠物，还会消化不良的吗？

"你们来了。"正在擦吉他琴弦的李穗，把一份策划递给他们，"刚刚公司跟对接我们的负责人来过，我们近期需要拍专辑封面图，内景，让我们自己先想想拍摄方案。"

"我来吧。"江乘月说，"我和摄影那边讨论方案。"

他还算有丰富的平面拍摄经验，在家里的时候，也经常被路许摆弄造型，拍一些潮牌衣服的照片。这是他们乐队和公司合作的第二张专辑，有了前一次的经验，他们这次在各方面的准备都得心应手。

"练歌吧。"鼓棒在江乘月的手中转了一圈，寒假这段时间他光顾着和路许胡闹，练习落下了好多。

他和同龄人不太一样，他这个年龄的很多男生，都喜欢玩手游，而他的课余时间，不是给架子鼓，就是给路许。路许偶尔也想看他和同龄人那样玩玩游戏，恰好近期Nancy Deer时装精品店附近的商场里开了一家新的电玩城，路许从员工手里拿了宣传单，转头就塞给江乘月："你想抓娃娃吗？"

江乘月还没有去过电玩城，被宣传单上的抓娃娃机吸引了。

"想。"他说。

于是，江乘月刚结束今天的排练，路许就来接他去玩了。

"怎么突然想到来这种地方啊？"江乘月问。

"天天敲鼓，不累吗？"路许说，"带你放松一下。"

江乘月其实不累，他在反省自己近期是不是又沉迷编曲，忽略了路许。

因为是工作日，且位于本市日营业额最高的商场，这家新开的电玩城没有什么客人，只有几个人停在娃娃机前面。

"要试试吗？"路许问他。

"要，但我先看一会儿。"江乘月站在一台机器边，看一个女生操作，娃娃机的抓手很不听话，摇摇晃晃的，在半空中又松开，把玩偶落在一旁。

女生抓了好半天，才到手一只熊猫，转头时差点撞上江乘月，微微红了脸。

"你要玩这台？"她主动让出位置，刚好看见兑换游戏币回来的路许。

"你买了那么多？"江乘月看着捧着满满一篮子抓娃娃的游戏币的路许，觉得路许低估了他的实力。

"不多，你慢慢玩。"路许环视周围的环境，稍有些得意地体会一把带小朋友出门玩的乐趣。

路许给江乘月妈妈拍了一段短视频，视频里的江乘月站在娃娃机前，眼睛亮亮的，一只小熊猫玩偶被抓住，丢出来，没多久，又丢出来一只，好像对江乘月来说，娃娃并不难抓。

> 曲婧："好，很好，别让他成天打他那个鼓，让他偶尔放松一下。"
> Kyle："没有问题。"

"不玩了吗？"路许刚回完一句消息，发现江乘月把一只玩偶塞到他的手里，另一只留给了自己。

"我拿一个就好了啊，你也拿一个。"江乘月捏捏手中的熊猫玩偶，"我看看别的！"

路许喜欢看他身上这种藏不住的活泼，但他的嘴角挑起来没多久，江乘月就在两只鼓面前停下了脚步。

路许："……"

为什么电玩城里会有鼓，机器上方还写着"太鼓达人"？在他困惑的时间里，江乘月已经抓起旁边的鼓棒。这是一款音乐游戏，刚好踩在江乘月爱好上的游戏。屏幕上排列闪过不同颜色的圆圈，江乘月手里的鼓棒分别敲击鼓面和鼓边，大小力度刚好对应屏幕上的图形，配合乐曲的节奏，让旁边人看得眼花缭乱，店里的员工忍不住拿手机录了一段。能把这种音乐游戏的节奏一个不漏精准打满的人原本就不多，何况江乘月敲鼓的动作还那么专业好看。

没多久，江乘月在电玩城里玩鼓的视频火了。

> "看我刷到了什么，梦镀的小鼓手在玩太鼓达人，这手腕动得，太灵活了，第一次看有人把这个游戏玩得这么好看。"
> "他旁边那个是路设计师哎，每次看他都感觉好高冷，没想到竟然会出来玩，感觉好有耐心的样子，我对他的印象天翻地覆。"
> "鼓玩得很专业，我去关注一下梦镀乐队。"

晚上，路许看到别人拍的视频，给自己保存了一份，端了一杯黑咖啡正要进工作间，看见江乘月坐在自己常坐的位置上，拿着针线，正改造白天那只熊猫玩偶。

"我来吧。"路许看着江乘月笨拙的穿针动作，指关节叩了叩他面前的桌子，"让专业的来。"

做服装设计确实绕不开缝纫这个过程，江乘月放下针，把位置让给路许。

"你想弄成什么样？"路许拎着熊猫玩偶的腿，在他面前晃了晃。

"换个动作，然后加个挂绳，我想挂门把手上，可以吗？"江乘月问。

"那可真是太丑了。"路许毫不留情地说完，用地上的碎布和纱，缝了条粉色的半裙给熊猫玩偶套上，把玩偶扔回江乘月的手里，"好了，过来付一下手工费。"

江乘月："……"改了他的创意就算了，还好意思要工钱。

"那你缝的那几下值多少工钱呢，路设计师？"他故意问。

"2万块吧。"路许一本正经地说，"品牌溢价，就是贵。"

2万块，可真会算啊，江乘月刚拿到的音乐节演出费，恰好就是两万块。

"没有钱。"他转身就走。

"小气鬼。"路许在他背后说。

番外十一　最好的结局

帆船靠近波的尼亚湾的海岸线，海风清爽湿润，江乘月远远地看见岸上红墙黑顶的北欧风格建筑。

整个7月，江乘月和路许都十分忙碌。江乘月几乎每天泡在排练室里，为梦镀乐队在星彩 Live House 的又一场夏季 live 做准备；其间江乘月和乐队成员还抽出好些天，参加了一档以乐队为主题的综艺节目录制。路许则在纽约的 Nancy Deer 公司总部，完成了一条秀款重工裙子的设计项目。

好不容易等到两个人都忙完，路许提议去北欧旅游，江乘月欣然答应了。旅游计划是路许安排的，江乘月几乎没有过问。

路许经常出门，也不急着看某一处的风景，这场旅行的安排不紧不慢，江乘月完全没有以前跟着学校团队旅游的那种匆忙感觉。

这是芬兰的一个小城市，不远处的港口有来往的渔船，红色欧式建筑前有街头唱歌的乐队，手风琴的声音被海鸥的翅膀带向很远的方向。这里来往的人都身形高大，站在港口附近的木头房子边，江乘月忽然有些明白，路许之前为什么说自己矮了。

江乘月不自觉地往路许的背后站了一点，大约是察觉到他的胆怯，路许抓着他从自己的影子下边拖出来，理直气壮地说："是他们长得壮。"

江乘月静了半秒，站在路许身后小声地笑。

这里的天空是一种浸了墨色的蓝，云也很有层次，自他下船开始，周围的一切好像都变得浓墨重彩起来。

"饿了吗？"路许问他。

乘着帆船在海面上漂了小半天，江乘月光顾着拍风景，现在听路许一提，才觉得饿，于是他点点头，路许推着他，把他领进旁边的一家港口餐厅里。

"你好啊，想吃点什么？"餐厅里金发的服务员打量了他们一番，用英语问。

江乘月好奇地抬头去看服务员那头金发，对方友好地冲他眨了一下眼睛。

路许翻了翻菜单："这里的熏三文鱼很特别，你要试试吗？"

江乘月摇头："不吃生鱼。"

"这个不是生鱼。"路许翻完菜单递回去，"这里的黑面包和奶酪也不错，可以尝尝。"

港口餐厅的出餐速度很快，没多久，江乘月的面前就摆上路许给他点的午餐，还有一小块服务员特别赠送给他的蓝莓蛋糕。

"他不喜欢甜食。"路许摘了蛋糕上的蓝莓，端走蛋糕，自己吃了，"谢谢，味道不错。"

服务员耸耸肩，无奈地笑一下，去忙了。

"或许别人只是想表达一下对亚洲游客的友好？"江乘月看着蓝莓蛋糕消失在自己的面前，看起来有点不情愿。

"你要吃？"路许答非所问，"我给你买。"

江乘月手里的银色叉子把黑面包扎了个对穿。

港口的渔船来来往往，整座小城的生活节奏却意外很慢，周围人不紧不慢地走过，偶尔有情侣路过漆着红色的邮筒，还能停下脚步拥抱接吻。

路许把自己的餐盘推给他，让他尝试当地口味的食物。江乘月很久以前就发现，路许吃东西是很有艺术感的，从左往右规规矩矩地吃，不管什么时候停下用餐，餐盘里的食物都摆放得整整齐齐。江乘月在馅饼的中间扎一下，戳走一小块。

"还可以？"路许问。

"还行。"江乘月点头。

"相机拿来给我看看。"路许冲他的位置抬了抬下巴，"你上午拍的那些。"

相机是路许的，内存卡里的是路许拍摄的各种衣服，现在还多了江乘月拍的风景照。

"都没对上焦。"路许翻看了两张，"这张拍海鸥的，拍进去我半张脸，拍帆船，把我的一只手也拍进去了。"

江乘月："……"

"不是教过你怎么拍照吗？上次是谁跟我说，构图已经掌握得差不多了？"路许又往后看了几张。

"那你删掉。"江乘月说。

"留着吧。"路许凉飕飕地说，"你拼一拼，说不定还有个完整的我。"

江乘月要被他气死了。

他们今天要去的地方，距离港口大约 3 公里，近期正在举办摇滚音乐节，邀请了很多欧洲知名乐队。出发之前，江乘月怎么都没想到路许会带自己来看音乐节，他很清楚，路许其实并不能欣赏吵闹的摇滚乐，相对于音乐节，他更喜欢找个安静的音乐厅，花一晚上的时间听钢琴或小提琴独奏，摇滚风格的音乐，路许只听江乘月的歌。

"这就是路阿姨说的惊喜吗？"江乘月的手腕上系着一只路许买的红色气球，他正四处打量着与国内风格迥异的建筑。

"她怎么什么都跟你说？"路许的脚步停顿了一瞬，又问，"她还和你说别的了吗？"

"还有别的？"江乘月扭头问。

"没了。"路许说，"往前走走，看演出吧。"

这边音乐节的听众比国内的还能疯，江乘月远远地就看见有人在玩 Circle-pit[1]，嚷嚷着他听不懂的芬兰语。

"就在这里看吧，别上前了，免得你和他们一样胡闹。"路许看着那圈疯玩的人，怎么都不让江乘月过去。

今天来的好几支乐队都是江乘月喜欢的，能这么近地看着喜欢的乐队演出，是他从前没有想过的事情，即使远远地看他也很满意，所以他专心在听歌。

听顶级乐队的演出，很能发现自身和他们的差距，江乘月几乎沉浸其中。鼓声和贝斯的琴音将音乐节气氛推向高潮，他手腕上牵着的红气球被路许勾了一下，傍晚的阳光落在他们面前的草地上，躁动的鼓点声里夹着俏皮的风笛声，江乘月舒舒服服地背靠着树干，感受着手腕上气球绳子带来的牵拉感。

世界辽阔，他们还能一起去看很多风景。

番外十二　团子

"江! 乘! 月!"路许的中文吼得字正腔圆。

"啊？"举着手机的江乘月愣在原地，头顶树梢上的麻雀叽叽喳喳地叫了一长串，像极了嘲笑。

"怎么了路哥？"江乘月问。本院的迎新晚会即将开始，学生会托了好几层的关系找上江乘月，想让他在本院的晚会上演出，江乘月刚结束排练，从大学生活动中心出来，就接到路许的电话。

"桌上的夹心饼干，是你放的？"路许的声音听起来有些咬牙切齿，仿佛下一秒就会伸手把他拖回去暴揍。

桌子上的夹心饼干？江乘月想起来了。

1　夜叉乐队单曲曲名。

　　　·····　印象失真　·····

"是我放的。"他说，"但那是我的 DIY 改造版，我把夹心奶油换成了老干妈。"

路许："……"

"谁让你偷吃我的零食。"江乘月忍不住笑，"我下次贴便利贴备注，行不行啊，路哥？"

他本来就是万物皆可加辣，但路许吃不惯，而且，明明是之前路许自己说的，不吃这些乱七八糟的小零食。

路许在电话的那端"哼"了一声，随后问："什么时候回来？"

"在路上了。"江乘月顺手把鼓棒揣包里。

"我让司机开车过去接你？"路许问。

"不用。"江乘月说，"这个时间太堵了，我骑个共享单车，快得很。"

D 大的校门前停了好几排共享单车，红的绿的蓝的七彩的，江乘月挨个对比了优惠券，挑了最便宜的，把包往背上一甩，蹬着脚踏一溜烟骑出去好远。马路的两边是参天的速生杨，人行道上三三两两都是刚下课的同校学生，他小声哼着歌，悠闲地往家走。

路许买的房子在这座城市挺有名的富人区，附近马路上行驶的车都带着各种大名鼎鼎的车标。车辆来来往往，旁边风景秀美的自行车道上，江乘月晃晃悠悠地骑着。

"小江放学了啊？"别墅区外的门卫跟他打招呼。

"放学啦！"大学里没有放学这个说法，江乘月却没纠正，而是接完话后，把共享单车停在了附近。

他路过家里一楼的院子，隔着玻璃窗，看见路许坐在窗前的藤编椅子上，手里拿着一只玻璃杯，见他回来，浅蓝色的眼睛倦懒地扫了他一眼。江乘月瞥见被路许扔在一边的"DIY 小饼干"，理亏地笑了笑。

路许摆了摆手，让他赶紧进来。江乘月有这栋房子的钥匙和门卡，但他每次都选那个虹膜锁，因为觉得看起来比较酷。他正把眼睛贴近验证框，等着听验证成功的提示声，门忽然从内侧打开了。

"哎……"他没站稳，连人带包一起撞在了路许的身前，被路许扶了一下，稳稳地站住了。

"路哥？"他揉了揉被撞疼了的手，"我以为你不会给我开门。"

"不至于。"路许说。

江乘月上了大半天的课，还在学校的排练舞台上走了一圈，肚子早就饿了。他刚拿起自己的改造版小饼干，手背上就落了两道灼热的视线，他的手抖了抖，饼干又落回盒子里。

"有那么好吃吗？"路许问。

"就……还好？"江乘月不确定地说。

江乘月最近空闲的时间热衷于倒腾各种自创的小点心，偶尔还会往路许的公司那边送点儿，多少都沾点辣。他咔嚓咔嚓地啃了 3 块小饼干，又抓起桌上的玻璃杯，把剩下的冰水一饮而尽。

路许盯着他手里那只自己的玻璃杯，挑了挑眉，伸手把杯子要回来，重新接了水，从冰盒里挑了 2 个小冰块，"叮当"两声，熟练地扔进杯子里，再推回到他面前。

江乘月没那么饿了，舒舒服服地坐在沙发上。这沙发是路许从外面倒腾回来的，据说是环保设计，材料特殊。沙发套是路许自己用碎布拼的，他觉得很有价值，江乘月倒是觉得有点像是小时候在农村见过的花床单。如果王雪看见这一幕的话，一定会惊讶，因为路许从来就不允许任何人在他的作品周围吃零食，但江乘月是个例外。

路许嫌弃地把他往沙发的另一边推了推，给自己挤出一个位置。

"那么大的地方，路哥你非得跟我挤。"江乘月嚼了半个冰块，嘴角被冰得红红的，他抬手想碰，路许抽了张纸，按在了他的嘴巴上，"唔……"

"学校演出是没有钱的，你还那么尽心？"路许问。

江乘月已经是小有名气的鼓手了，梦镀在摇滚乐迷中也广受欢迎，但他似乎并不在乎这些，依旧是开开心心地玩着音乐，就算规模再小的 live，只要有人能共鸣，他就觉得高兴。路许一直以来很欣赏的，恰恰就是他这一点。

"没有钱，但是有饭票啊！"江乘月琥珀色的眼睛亮亮的，"干完这票，学校三食堂小面的窗口，我能免费吃一个月。"

路许："……"怎么说呢，学生会的人，很懂江乘月。

拐江乘月太简单了，一把辣椒就行了。路许揉了揉自己的太阳穴，余光瞥见江乘月随手扔在地上的书包。

"我给你换一个吧？都破成这样了。"路许用脚尖踢了踢那只包，"Nancy Deer 这季上了新款的男士背包，不是我设计的，但审美在线。"

他给江乘月买过不少背包，各种材质的都有，但也许是习惯使然，江乘月每次去学校的时候，都还是背着这只从高中就跟着他的破包。

"不换不换。"抠门鬼江乘月说，"还没烂呢，缝缝补补还能用。"

"缝缝补补……"路许原本想嘲笑他，却被他的这句话，触发了一点灵感，"你给我，我帮你改改。"

"好啊。"江乘月很信任他。

路许当初在 Parsons 设计学院上缝纫专业课的时候，从来没想过自己有一天会帮人补破包。大设计师拍了两下手，点亮铃兰形状的落地灯，随手架了副金边眼镜，从针盒里挑挑拣拣，选了一根合适的针，把江乘月使唤过来，扔给他一卷线。

"穿个针，会不会？"路许问。

"我会，简单！"江乘月把线圈接过来，挑出线头。

还是在很小的时候，江乘月拿着筷子，在老家大院里的树下敲饭碗玩儿，住在隔壁的奶奶，总让他帮忙穿针。他借着灯光，穿针引线，又小心翼翼地拎着线绳，递到路许的面前。

"干得不错。"路许夸奖，那双浅蓝色的眼睛像海，一不小心，就会溺于其中。

地毯很干净，上面堆了点路许做立体裁剪剩下来的碎布料，江乘月今天没抱着电脑写鼓谱，而是临时起意，靠着铃兰落地灯的灯柱，从地上捡了几片碎布料玩。

"你笑什么？"路许横了他一眼。

"就……路大设计师给我补破包，还挺值得骄傲的。"江乘月伸手去扒拉旁边的棉花。

"用这个吧。"路许扔了另一袋给他。

"哦哦。"江乘月打开手机，找了个缝纫的教程，自顾自地从地上找碎布玩。

路许则是在自己的设计工作板上，简单地勾画几笔，做了个大概的设计构想后，才开始动手。江乘月时不时地就抬头偷看他，大名鼎鼎的路设计师，造型监制和设计的价格都高得惊人，现在却坐在桌前，一边数落他，一边给他改包。

路许捡了碎布做贴花和字母拼贴，他保留了背包原本的形状，替换了包带的材质，对边缘的缝纫工艺进行了微调，拆掉了两个多余的口袋。

江乘月拿到手的时候，在背包带子上，找到了一对刺绣的鹿角，旁边还有个"Lu"。看来设计师这次也没有忘记在自己的作品上署名。

"路哥！"江乘月也兴奋地掂量着自己的"作品"，骄傲地昂起了头，"这个送给你。"

"这是个什么……"路许接过来。

一个圆形的胖团子，上面深色的片状物应该是头发，浅蓝色的两坨大概是眼睛。

稀疏的针脚歪歪扭扭地走线，在团子脸上缝了个不羁的笑容，还有两条拽拽的眉毛，路许忽然有种不好的预感。

"我照着你的样子做的。"江乘月开心地说，"像不像啊？"

路许的嘴角抽了抽，刚想说"这像个球"，目光从江乘月被针扎得伤痕累累的双手上扫过去。江乘月那双在舞台上玩弄鼓点音乐的手指，红了好几块。

"我觉得……挺像的。"路许到了嘴边的垃圾话吞回肚子里，路许走过去，在江乘月面前蹲下来，抓着他的手给他检查伤口。

"我没事。"江乘月摇手，"不疼的，你喜欢就好！"

"还行。"路许说，"也没太喜欢，我先收着吧。"

第二天，在 Nancy Deer 分公司，王雪助理上班的时候，在路许的桌上发现了不同的东西。路许那只设计感很重的手提包上，多了个毫无设计感的团子挂件，这团子还长了脸，鼻子不是鼻子，眼睛不是眼睛，丑萌丑萌的，她忍不住多看了两眼。

"路老师。"她问，"这个抽象的丑……团子，是你最新设计的包挂件吗？"

"江乘月做的。"路许的脸上多了笑意，"是不是挺好看的？"他抓握着团子，江乘月把棉花填充得很足，捏起来很舒服。

被绑架审美的王雪沉默了一会儿，憋出了一句："好看死了呢。"

番外十三　摩天轮

应江乘月的邀请，路许去看了那场有他出演的迎新晚会。迎新晚会的票上有标号，据江乘月说，等下还能拿来抽奖，一等奖是 iPad，二等奖是本市某游乐园的两张门票。

江乘月的节目比较靠后，还没轮到他上台，他就坐在观众席上，挨着路许，给路许介绍台上的迎新节目。

"京剧，从音乐学院借的人过来唱的。"江乘月凑在路许的耳边说，"我们乐队酷哥唱这个可好听了。"

路许低头看了眼滔滔不绝的江乘月，因为等会儿要上台，院里的学姐抓着他先化了淡妆。江乘月原本的相貌就好看，五官都生得很招人喜欢，今天化了淡妆后，眼尾被拉长了些，跟平时的稚气或者大演出时的拽酷风格不同，整体带了些温和。路许给他做平面造型时，还未让他尝试过这种风格的眼妆，现在看来，各种风格都能驾驭的江乘月，确实很有做平面模特的天赋。

学院排的相声很好笑，江乘月跟着观众们一起笑了几声后，转过头来，看见了面无表情的路许。

江乘月："……"

他倒是忘记了，路许的中文现在好很多了，但有些网络梗，他路哥依然"get"不到。于是，他绞尽脑汁地把笑点揉碎了，一点点解释给路许听。

"这个是逗哏，然后那个是捧哏，他们两个说的是……对，就是这样。"江乘月叭叭完，用胳膊肘撞了撞路许，"好笑吗，路哥，哈哈哈哈。"

路许笑了，却不是因为台上演出的相声，而是给他各种解释举例子的江乘月，实在是太好玩了。

"下下一个到你的节目了，江乘月。"学生会的人过来提醒。

"这就来！"江乘月揣上鼓棒。

他坐在第一排，面前是桌子，他们来的时候周围还很空，现在却坐满了人。如果一路挤着出去的话，他会蹭到很多人的腿，很可能还会踩到人，所以江乘月左手撑了下桌子，直接跳了过去。他回头冲路许笑了笑，小跑几步，钻进后台。

"学弟，感谢帮忙，等下靠你啦。"参加演出的学院主唱说，"你愿意来，真是帮大忙了。"

江乘月除了上课学习外，要照顾自己乐队的演出排练，行程很忙，参加学院的排练不多，但还是完全能控住场。江乘月的鼓棒在指间转了转："不用谢我，鼓手只是带节奏，整场的效果，还要看我们所有人的配合。"

学院迎新晚会选的乐队节目，是一组流行歌曲串烧，节奏快慢都有，比较考验鼓手对节奏性的把控，但对江乘月这种经历过很多大场合演出的鼓手来说，已经很简单了。

舞台的 LED 屏幕上，先是出现了本场节目的名称，以及参演人员的姓名和班级，随后，屏幕上的字样碎成光点，慢慢地旋转消失，一面黑底的乐队大旗展开在屏幕上，伴随着风吹旗动的猎猎声响音效，路许设计的梦镀乐队 logo，浮于 LED 屏幕的正中央。

聚光灯的光束，最先打在了架子鼓的位置，屏幕上的字样再次发生变化——"特别邀请：梦镀·鼓手江乘月"。

因为是在校园里演出，江乘月没穿那些复杂的时装和演出服，而是简单地套了一件白 T 恤，搭配了一条机能风的黑色裤子，他右手举起鼓棒，向台下的观众示意。

屏幕变换，浮现出伴随音乐的动画，江乘月高扬起的右手击打军鼓，脚下底鼓也跟上节奏，演出正式开始。摇滚乐在学生中传播度尚可，观众中有很多梦镀乐队的粉丝，他们高举着手里的灯棒，沉浸在节奏里。路许坐得离舞台很近，他举起手机，聚焦在江乘月的身上，录了一小段，分别发给了路念和曲婧。

> 曲婧："鼓打得不错，就是头发好像有点长了，路许你盯着他去剪剪。"
> Kyle：（猫猫 OK.jpg）
> Kyle："阿姨放心。"
> 路念："真是帅气！小乘月在他们学校，得是男神级别了吧。"

恰好路许听见后排的女生一声尖叫："江乘月的 live 质量太高了吧。"
路许的嘴角扬了点，又压下去。

> 路念："不得不说，现在的小乘月比以前开心多了。"
> Kyle："那是当然。"

其实还好，在学校的乐队演出，江乘月没平时玩得那么疯。平日里若不是路许经常拦着他，"跳水"和乱扔鼓棒，江乘月一样都不会落下，倒是今天，江乘月像个只是参与演出的乖学生。

下了舞台的江乘月暂时还没回观众席，迎新晚会的环节进行到抽奖这一步。

"二等奖的获得者是，DCC20……197。"舞台上穿着银白色鱼尾裙的女主持人念出票号，"持票人记得等下来后台兑奖哦，恭喜你拿到两张游乐园的门票。"

路许低头看了看自己手里的票号，笑了，江乘月今天的运气，好像很不错。

"路哥！"江乘月回来了，"演出结束，我们去吃烧烤吧。"

"烧烤？"路许的笑意僵在了嘴角。

不久前，江乘月带他去了一家路边的大排档，空气中无所不在的烟味，光着膀子穿着拖鞋的小市民，周围的汽车喇叭声，推杯换盏的劣质啤酒，是他对国内烧烤摊的全部印象。

"不去。"路许毫不留情地拒绝，"别吃那些。"

"那吃别的。"江乘月很听他的话，"路哥你来选，我都可以。"

最终两个人还是去了烧烤摊。江乘月挑了相对比较干净安静的一家，他坐在户外的餐桌边，捂着嘴巴打哈欠，沁出的眼泪染红一些眼尾。

"Nancy Deer 跟一个基金会合作了。"路许的面前摆了一碗江乘月点的据说不辣的抄手。

"嗯？"江乘月表示自己在听。

"我们将每年抽出一小部分利润，用于援非。"路许说，"下个月会举办以此为主题的慈善晚宴，到时候你跟我一起参加。"

江乘月一怔，他知道 Nancy Deer 旗下有很多类似的公益项目，但他没想到路许会特地安排这一部分。

"嗯，好。"他说。

路许是为了他做这个的，他很清楚。江乘月去过那个地方，见识过荒凉和美丽并存的矛盾感，他的家人把心牵在了那片土地上，而他，也曾像候鸟，在那里辗转停歇。他不知道该如何纪念的时候，路许已经给他准备好了。

"路哥，我……"他刚要说话，就被路许给打断了。

"别谢我了，去不去玩？"路许抽出两张票，排在桌子上，问他，"刚刚从你们迎新晚会上薅的羊毛。"

"哇！"江乘月开心地眼睛亮起来，"要去的！"

说起来，认识了这么久，他还没和路许一起去游乐园玩过。

碗里的抄手还是把路许辣得直皱眉，他用中文、英文加德语，把江乘月给骂了一顿。于是，超级抠门的江乘月自掏腰包，带他路哥去吃了西餐。

"你也算是 Nancy Deer 的小股东了吧。"路许说，"还那么小气。"

路许的语气不好，眼睛里却没有责怪的意思。江乘月看得懂他的目光，越发地有恃无恐。

票上的时间是工作日，刚好江乘月没课，路许则是翘了工作，两个人去了游乐园。两人都没有游玩大型游乐场的经验，进来后有些无措，过山车从高空俯冲而下，尖叫声铺天盖地，路许抓紧了江乘月。

"我们去排摩天轮吧。"下了过山车后，江乘月提议。

路许朝着他指的方向看过去："你喜欢这个啊？"

"你坐过吗？"江乘月问。

"坐过，London Eye.[1]"

"嗯？"江乘月有些在意，"跟谁一起？"

感觉到他心思的细微变化，路许失笑，又有点得意："我自己啊，观光。"

江乘月松了口气，带着路许往摩天轮的方向走。路设计师没这么逛过游乐场，江乘月比他更好奇，抓着他东绕西绕，找到摩天轮然后排队。

"乘月，你要吃零食吗？"路许把目光投向路过的小食店。

"不吃。"江乘月拒绝了。

"你从良了？"路许乐道，"这么少见。"

"这里的贵！"江乘月站在店门口跟路许说，"泡面卖20块，烤肠卖10块，不对……她要是看见你这个表，肯定卖你15块。"

卖泡面的姐姐听见江乘月的嘀咕，脸都绿了，看见这两个人的脸后，又红了回去。

"帅哥你回来！"她说，"我卖你5块。"

"5块也贵。"江乘月笑道，"谢谢姐姐啊。"

他背着那只被路许改过修补过的背包，一身穿搭很有潮牌的风格，从早晨出门开始，他的背包就是鼓鼓囊囊的，路许好几次都想问，那里面到底装了些什么。两人刚上了摩天轮，江乘月就拉开背包的拉链——小饼干、小面包、小蛋糕，还有牛奶和一罐黑咖啡。江乘月像是搬了个小零食库，毫无保留地推给路许。

"带那么多，怕我们饿死啊。"路许问。

江乘月笑了笑，整个人都洋溢着幸福。

"路哥路哥，那儿有个飞上来的气球！"江乘月指着窗外说，"好可惜啊，这气球起码值15块。"

"就知道钱。"路许低笑。

摩天轮缓缓地升上最高处，路许换坐到江乘月的那一边，看向窗外。

路许的蓝眼睛像海，映了江乘月背后的一片天空，他在最高处看见了比路过英伦时更美的风景。

番外十四　盛夏

深夜，梦镀乐队微信群。

1　英语，伦敦眼，指位于泰晤士河畔的摩天轮。

竹笋："咳咳。"

竹笋："睡了吗，梦镀的音乐小天才们。"

孟哲："没呢，小天才。下面，邀请咱们乐队鼓手江乘月简单讲几句，鼓掌。"

孟哲：（海豹鼓掌.jpg）

竹笋："啧。"

竹笋："我只讲三点，一、检查好自己的身份证、护照；二、明天要早起；三、今晚不许熬夜打游戏。"

竹笋："尤其是你，孙沐阳。"

杜勋："哈哈哈哈，没错！"

孙沐阳：……

孙沐阳：（语音60s）

孙沐阳：（语音60s）

孙沐阳：（语音48s）

孟哲："虽然我没听，但隔着屏幕都能感觉到语音里充满的怨气"。

孟哲：（火柴人点烟.jpg）

竹笋："太长不听。"

李穗："哈哈哈哈哈哈，江乘月真棒。"

孙沐阳：（黄豆擦汗.jpg）

孙沐阳："知道啦。"

竹笋："我在A国等你们，我跟路许在这边，你们到了的话，记得告诉我。"

杜勋："到了肯定找你，一起去找路设计师蹭饭，毕竟他天天占用我们鼓手。"

竹笋："……"

"还不睡？"路许敲门进来，"你这是要在国外演出，太激动？"

"我从来就不怯场。"江乘月信心满满。

这倒不是一句假话，他的演出经验十分丰富，控场和应对能力都强。这次是国外的一个小音乐节邀请了梦镀，规模不大，但音乐节的知名度不小，曾经邀请过很多高人气的乐队演出。梦镀作为一支成立不到三年的新乐队，能够在这里演出，对国内外喜欢梦镀的乐迷来说，都是不小的惊喜。因此，虽然路途遥远，梦镀还是接下这次的邀请，提前准备了护照和签证。

正值暑假，江乘月跟路许飞去纽约的 Nancy Deer 总部。他的英语好，交流无障碍，白天路许去总部工作，他就把这边大大小小的 Live House 都逛了一趟，鼓也没少摸，

……印象失真……

还认识了好几个玩乐队的外国朋友。

"我看你也不像是会紧张的样子。"路许勾了勾他屁股下的椅子，把他带过来，揉了揉他的头发，"音乐上的交流可以，但演出后，别结交乱七八糟的朋友，晚上 10 点后别在外面久留，知道吗？"

"路哥，你放心。"江乘月缩了缩脖子，从路许的手下逃离，顶着鸡窝头，"我不会到处乱跑的。"

"怎么证明？"路许不依不饶地问。

"……你要我怎么证明？"江乘月也问。

"你猜？"路许低头，掩去那双蓝眼睛里的几分玩味。

江乘月："……"

梦镀其他成员所乘坐的飞机，在隔天的清晨抵达机场，路许找了公司总部的司机，把江乘月送去机场。江乘月在车上补了一觉，睡醒的时候，司机大叔用英语告诉他，机场已经到了。

竹笋："Hello？"

孟哲："出来了，出来了。"

李穗："笑死，我们四个里英语最好的孙沐阳愣是说不出来，出来时耽误了好久。"

竹笋："……"

竹笋："我在西边等你们，我给你们买了早餐。"

没多久，江乘月等到了他的乐队小伙伴们。

"早呀。"江乘月冲他们挥挥手。

"你没睡好吗，眼睛红红的。"乐队里年龄最大的李穗很关心他。

"还……还好吗？"孙沐阳冷着脸，也关心地问。

"没事。"江乘月揉了揉眼睛，眼尾有些疼，"昨天睡太晚了。"

"你……你让我……不……不要熬……夜……"酷哥憋不住火了，"你这个……棒……棒槌！"

江乘月："……"发现了，孙沐阳骂人的时候，吐字也挺清楚的。

杜勋跟在他们身后，看见了车标，冲江乘月吹口哨："这是你那位路设计师的车？"

"是他的车之一。"江乘月说，"后边还有一辆，让我带来接你们的，快上车吧，我带你们去酒店。"

酒店是路许帮忙安排的，距离音乐节的场地很近，周围的交通便利，附近还有当地的几个景点。

"替我们谢谢路老师。"孟哲做好了住标间的准备，一进来却被这里的环境惊呆了。

庄园型酒店，房间宽敞，装修布置都十分高级，路许还给他们准备了排练的房间。

江乘月低头说："我已经谢过了。"

路许才不是什么烂好人，帮过他的忙，都会一笔一笔地跟他算回来。

"呜呜呜，爸，我出息了，我出国演出了，还能住上这么好的房子了。"孟哲躺在大床上打滚，一边滚，一边给他爸发视频。

江乘月："……"

李穗摇摇头，跟孙沐阳他们一起嘲笑孟哲，杜勋抓了一只枕头，去敲孟哲的脑袋，笑骂着让他清醒一点，江乘月背靠着大房间的门框，嘴角跟着一起不由自主地弯了弯，不知不觉，这个由他组建起来的乐队渐渐成长，他们一起经历了无数场大大小小的演出。

家、路许，还有乐队，让他有归属感。

得知梦镀在这边参加音乐节后，这边的乐迷都很热情，自发组建了群聊。

李华："啊啊啊啊，留学生福利！刚好 live 的地点离我学校不远，开着我的二手福特就过去了，期待演出！"

John Thomas："Wow！ How wonderful！"[1]

孙明："他们这次好像是唱原创中文歌？远是远了点，不过我还是打算去听个现场，我朋友在国内听过，说他们现场的效果特别好。"

みさき："ぜひ行ってね。[2]。"

Kyle："我这儿还有 3 张余票，VIP 的，买到即赚到，不买肯定后悔，需要的话联系我。"

李华："嗯？不是吧，这场还有黄牛？还是这么熟练的黄牛。"

Kyle："点我主页，有梦镀以往演出的视频。"

梦镀的演出在第三天下午，音乐节的主办方找人来接他们。江乘月原本以为，他们梦镀只是在国内比较受欢迎，来到陌生的异国他乡，知道他们的人肯定不多，他们都做好 live 冷场的准备，然而，刚下主办方的车，他们在海滩上就远远地看见被乐迷高举着的乐队大旗。黑色旗面，金色的梦镀 logo，像破冰而出的利箭，野蛮强横地立在异国的土地上。大部分乐迷都是留学生，除此之外，还有一些来自别的国家的乐迷。孟

1　英语，妙啊！

2　日语，一定要去哦。

……　印象失真　……

哲刚走两步，就被一个高个子的黑人小哥揽着肩膀，叽里呱啦聊起贝斯。

"啥！他说啥！"孟哲冲朋友们喊，"他喊我brother，还跟我说牛哇，别的实在是听不懂了，救救我。"

江乘月："……"好家伙，音乐无国界。

"他说你贝斯弹得好，挺喜欢你的风格，看过你演奏的好多个视频，想跟你斗琴。"江乘月帮忙翻译了几句，"问你等下音乐节结束后能不能切磋。"

他正乐着，之前认识的几个鼓手过来跟他打招呼，他朝着孟哲投了个爱莫能助的眼神，让孙沐阳过去翻译，转身和几个新朋友聊了起来。

"想来你们的现场好久了，这次多远我都会赶过来！"

"是江乘月吗？哈哈哈哈，原来你看起来这么小，净在台上耍酷了，来跟姐姐拍合照。"

"孙沐阳在哪里，我想跟他畅聊三天三夜。"

"原来我们在国外还有乐迷。"李穗抱着那只陪了他许多年的吉他，面露感慨。他当初不过是抱着试试看的态度，没想过时至今日，梦镀能拥有这么多的乐迷。他们这些玩音乐的，更想要的，无非就是自己唱的歌、作的曲，有人能听懂。

"准备一下，我们要开始了哦。"音乐节现场的负责人过来叫他们。

"来了。"江乘月小跑几步。

这个音乐节的举办地点，在海岸边的一处沙滩上，舞台的背后是辽远的海面，当地正值盛夏，一排排白色的帐篷里，摆满了各种消暑的美食，穿着泳衣的游客来往不断，来演出的好几个乐队都穿泳衣上阵。路许不让江乘月穿乱七八糟的衣服演出，因此他的穿搭风格比较简单，只是普通的夏日黑T恤和短裤，衣服上有路许手绘的卡通大鲨鱼，脑袋上则是顶了一副墨镜，左手腕上绕了一圈银色叠加手链，看似幼稚随性的打扮里带了时尚元素的小心机，很适合海滩的俏皮风格。

其余梦镀每个人的穿衣风格，都带了同夏天、大海有关的元素，孙沐阳被套了一个小鸭子游泳圈，臭着脸，酷得一直有人在拍照。孟哲顶了一顶新朋友送的海草帽子，咧着嘴笑。

"我们是，梦镀。"江乘月高举鼓棒，和乐迷打招呼。

咸湿的海风混着阳光的温暖气息，送来苏格兰风笛的悠扬伴奏，和宁城的那个夏天一样，他们在乐迷的目光里走上台，鼓声阵起，琴弦拨动，他们还在唱自己喜欢的歌。

图书在版编目（CIP）数据

印象失真 / 毛球球著 .

— 武汉 : 长江出版社 , 2023.1

ISBN 978-7-5492-8618-8

Ⅰ . ①印… Ⅱ . ①毛… Ⅲ . ①长篇小说—中国—当代 Ⅳ . ① I247.5

中国版本图书馆 CIP 数据核字 (2022) 第 226601 号

印象失真

毛球球　著

出　　版	长江出版社	
	（武汉市解放大道 1863 号）	
选题策划	齐　月	
市场发行	长江出版社发行部	
网　　址	http://www.cjpress.com.cn	
责任编辑	钟一丹	
特约编辑	齐　月　李　静	
印　　刷	北京盛通印刷股份有限公司	
版　　次	2023 年 1 月第 1 版	
印　　次	2023 年 1 月第 1 次印刷	
开　　本	787mm×1092mm　1/16	
印　　张	19	
字　　数	390 千字	
书　　号	ISBN 978-7-5492-8618-8	
定　　价	49.80 元	